365

कहानियाँ

365 कहानियाँ

आबिद सुरती

प्रभात प्रकाशन, दिल्ली

प्रकाशक • **प्रभात प्रकाशन**
4/19 आसफ अली रोड,
नई दिल्ली–110002

संस्करण • 2018
मूल्य • सात सौ रुपए
मुद्रक • नरुला प्रिंटर्स, दिल्ली

365 KAHANIYAN *by* Abid Surti ₹ 700.00
Published by Prabhat Prakashan, 4/19 Asaf Ali Road, New Delhi-2
e-mail: prabhatbooks@gmail.com ISBN 978-93-5186-230-7

लेखक की बात

महापुरुषों की जीवनी में अकसर पाया जाता है कि बचपन में उन्हें ढेर सारी कहानियाँ सुनने-पढ़ने का अवसर प्राप्त हुआ था। चाहे वे कहानियाँ नाना-नानी से सुना हों या खरीदकर पढ़ी हों, एक बात निश्चित है—उन महापुरुषों को महान् बनाने में कहानियों का योगदान कम नहीं था। वैसी ही रोचक, ज्ञान बढ़ानेवाली इस संकलन की कहानियाँ हैं। हर रोज तुम्हें सिर्फ एक कहानी पढ़नी है। पढ़कर थोड़ा चिंतन-मनन करना है। मसलन…

लगभग कहानियों से सच, एकता, भाईचारे की महक आती है। क्या इनका मकसद विश्व में प्रेमधर्म का प्रचार करना है? क्या इसी कारण ये कहानियाँ देश-विदेश में यात्रियों की तरह घूमती रहती हैं?

दूसरा, भारत की कहानी वेश बदलकर जर्मन कहानी कैसे बन जाती है? जर्मन कहानी नए रूप रंग के साथ चीन में कैसे घुस जाती है? चीनी कहानी का 'अलादिन' सारे संसार के बच्चों का प्रिय पात्र कैसे बन जाता है?

नए-नए सवाल उठे तो माता-पिता या मास्टरजी से जवाब भी तलब करने हैं।

यही रहस्य है महान् बनने का, यही मार्ग है, जीवन को सफल बनाने का, देश को आगे बढ़ाने का।

मुंबई, अक्तूबर 2000

—आबिद सुरती

1 बिजली और तूफान की कहानी

बहुत समय पहले बिजली और तूफान धरती पर मनुष्यों के बीच रहा करते थे। राजा ने उन्हें मनुष्यों की बस्ती से दूर रखा था।

बिजली तूफान की बेटी थी। जब कभी किसी बात पर बिजली नाराज हो उठती, वह तड़ककर किसी घर पर गिरती और उसे जला देती या किसी पेड़ को राख कर देती, या खेत की फसल नष्ट कर देती। मनुष्य को भी वह अपनी आग से जला देती थी।

जब-जब बिजली ऐसा करती, उसके पिता तूफान गरज-गरजकर उसे रोकने की चेष्टा करते। किंतु बिजली बड़ी ढीठ थी। वह पिता का कहना बिलकुल नहीं मानती थी। यहाँ तक कि तूफान का लगातार गरजना मनुष्य के लिए सिरदर्द हो उठा। उसने जाकर राजा से इसकी शिकायत की।

राजा को उसकी शिकायत वाजिब लगी। उन्होंने तूफान और उसको बेटी बिजली को तुरंत शहर छोड़ देने की आज्ञा दी और बहुत दूर जंगलों में जाकर रहने को कहा।

किंतु इससे भी समस्या का समाधान नहीं हुआ। बिजली जब नाराज होती, जंगल के पेड़ जला डालती। कभी-कभी पास के खेतों का भी नुकसान कर डालती। मनुष्य को यह भी सहन न हुआ। उसने फिर राजा से शिकायत की।

राजा बेहद नाराज हो उठा। उसने तूफान और बिजली को धरती से निकाल दिया और उन्हें आकाश में रहने की आज्ञा दी, जहाँ से वे मनुष्य का उतना नुकसान नहीं कर सकते थे जितना कि धरती पर रहकर करते थे।

☞ क्रोध का फल बुरा होता है।

2 सूअर और लड़के

दो शहरी लड़के रास्ता भूल गए। अँधेरा बढ़ रहा था, अत: मजबूरन उन्हें एक सराय में रुकना पड़ा।

आधी रात को एकाएक उनकी नींद उचट गई। उन्होंने पास के कमरे से आती हुई एक आवाज को सुना—'कल सुबह एक हंडे में पानी खौला देना। मैं उन दोनों बच्चों का वध करना चाहता हूँ।'

दोनों लड़कों का खून जम गया।

'हे भगवान्!' वे बुदबुदाए, 'इस सराय का मालिक तो हत्यारा है!' तुरंत उन्होंने वहाँ से भाग जाने का निश्चय किया। कमरे की खिड़की से वे बाहर कूद गए। पर बाहर पहुँचकर उन्होंने पाया कि बाहर दरवाजे पर ताला लगा हुआ है। अंत में उन्होंने सूअरों के बाड़े में छिपने का निर्णय किया।

रात भर उन्होंने जागते हुए बिताई। सुबह सराय का मालिक सूअरों के बाड़े में आया। बड़ा सा छुरा तेज किया और पुकारा—"आ जाओ मेरे प्यारे बच्चो, तुम्हारा आखिरी वक्त आ पहुँचा है!"

दोनों लड़के भय से काँपते हुए सराय के मालिक के पैरों पर गिर पड़े और गिड़गिड़ाने लगे। सराय का मालिक यह देखकर चकित रह गया। फिर पूछा, "बात क्या है?"

"हमने रात में आपको किसीसे कहते सुना था कि सुबह आप हमें मौत के घाट उतारने वाले हैं।" लड़कों ने जवाब दिया।

सराय का मालिक यह सुनकर हँसा, "बेवकूफ लड़को! मैं तुम लोगों के बारे में नहीं कह रहा था। मैंने तो दो नन्हे सूअरों के बारे में कहा था, जिन्हें मैं इसी तरह पुकारता हूँ।"

☞ **पूरी बात जाने बिना दूसरों की बातों पर कभी कान नहीं देने चाहिए।**

3 घंटी की कीमत

रामदास एक ग्वाले का बेटा था। रोज सुबह वह अपनी गायों को चराने जंगल में ले जाता। हर गाय के गले में एक-एक घंटी बँधी थी। जो गाय सबसे अधिक सुंदर थी उसके गले में घंटी भी अधिक कीमती बँधी थी।

एक दिन एक अजनबी जंगल से गुजर रहा था। वह उस गाय को देखकर रामदास के पास आया, ''यह घंटी बड़ी प्यारी है! क्या कीमत है इसकी?''

''बीस रुपए।'' रामदास ने उत्तर दिया।

''बस, सिर्फ बीस रुपए! मैं तुम्हें इस घंटी के चालीस रुपए दे सकता हूँ।''

सुनकर रामदास प्रसन्न हो उठा। झट उसने घंटी उतारकर उस अजनबी के हाथ में थमा दी और पैसे अपनी जेब में रख लिये। अब गाय के गले में कोई घंटी नहीं थी। घंटी की टुनक से उसे अंदाजा हो जाया करता था। अत: अब इसका अंदाजा लगाना रामदास के लिए मुश्किल हो गया कि गाय इस वक्त कहाँ चर रही है। जब चरते-चरते गाय दूर निकल आई तो अजनबी को मौका मिल गया। वह गाय को अपने साथ लेकर चल पड़ा।

तभी रामदास ने उसे देखा। वह रोता हुआ घर पहुँचा और सारी घटना अपने पिता को सुनाई। उसने कहा, ''मुझे तनिक भी अनुमान नहीं था कि वह अजनबी मुझे घंटी के इतने अच्छे पैसे देकर ठग ले जाएगा।''

पिता ने कहा, ''ठगी का सुख बड़ा खतरनाक होता है। पहले वह हमें प्रसन्नता देता है, फिर दु:ख। अत: हमें पहले ही उसका सुख नहीं उठाना चाहिए।''

☞ **लालच से कभी सुख नहीं मिलता।**

4 सच्ची सेवा

एक थी बिल्ली। मुरगी के बच्चे उसे बहुत ही भाते थे। रोजाना दो-चार बच्चों को वह कहीं-न-कहीं से खोज-खाजकर खा जाती थी। एक दिन उसे भनक मिली कि एक मुरगी बीमार है। वह हमदर्दी जताने मुरगी के दरबे के पास आई और कहा, ''कहो बहन, कैसी हो? क्या मैं तुम्हारी ऐसी हालत में तुम्हारे कुछ काम आ सकती हूँ? तुम्हारी सेवा करना मेरा फर्ज भी तो है।''

बीमार मुरगी क्षण भर सोचती रही। फिर बोली, ''अगर तुम सचमुच मेरी सेवा करना चाहती हो तो मेरे परिवार से दूर रहो—और अपनी जमातवालों से भी ऐसा ही करने को कहो।''

☞ **दुश्मन की शुभकामनाओं पर भरोसा नहीं करना चाहिए।**

5 ज्ञान की प्यास

उन दिनों महादेव गोविंद रानडे हाई कोर्ट के जज थे। उन्हें भाषाएँ सीखने का बड़ा शौक था। अपने इस शौक के कारण उन्होंने अनेक भाषाएँ सीख ली थीं; किंतु बँगला भाषा अभी तक नहीं सीख पाए थे। अंत में उन्हें एक उपाय सूझा। उन्होंने एक बंगाली नाई से हजामत बनवानी शुरू कर दी। नाई जितनी देर तक उनकी हजामत बनाता, वे उससे बँगला भाषा सीखते रहते।

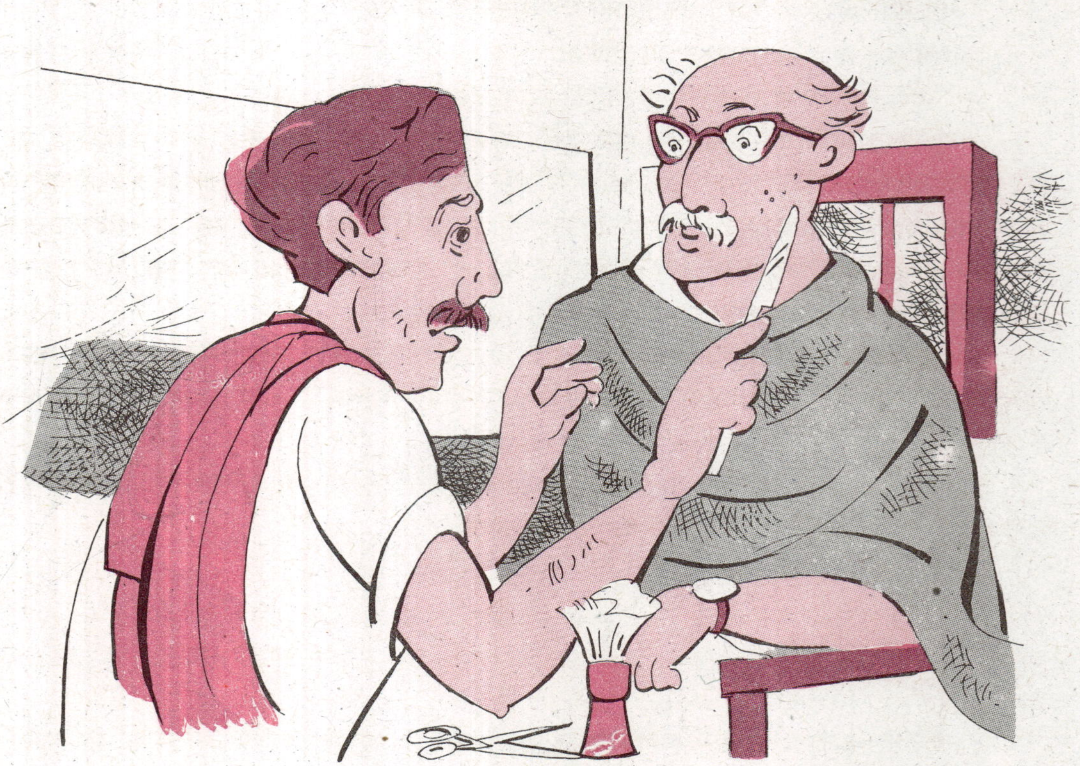

रानडे की पत्नी को यह बुरा लगा। उन्होंने अपने पति से कहा, "आप हाई कोर्ट के जज होकर एक नाई से भाषा सीखते हैं! कोई देखेगा तो क्या इज्जत रह जाएगी! आपको बँगला सीखनी ही है तो किसी विद्वान् से सीखिए।"

रानडे ने हँसते हुए उत्तर दिया, "मैं तो ज्ञान का प्यासा हूँ। मुझे जाति-पाँत से क्या लेना-देना?"

यह उत्तर सुन पत्नी फिर कुछ न बोलीं।

☞ **ज्ञान ऊँच-नीच की किसी पिटारी में बंद नहीं रहता।**

6 कोयल

गरमियों की एक सुबह घनिष्ठ मित्र तोताराम और कल्लू एक जंगल में गए। सहसा उन्हें कोयल की कुहुक सुनाई पड़ी। ''यह एक पक्षी की आवाज है जो किसी मंगल की सूचना देती है।'' अंधविश्वासी तोताराम ने कहा, ''मैंने इसकी आवाज सुबह-सुबह सुनी है। मुझे विश्वास है कि आज का दिन बड़ा भाग्यशाली होगा। अवश्य ही मुझे रुपयों से भरा थैला मिलेगा।''

''नहीं!'' कल्लू ने तोताराम की बात का प्रतिवाद किया, जो उससे भी अधिक वहमी था, ''तुम मुझसे अधिक भाग्यशाली नहीं हो। मुझे विश्वास है, यह आवाज मेरे लिए अधिक भाग्यशाली साबित होगी। तुम देखना, जरूर मुझे अच्छी-खासी रकम प्राप्त होगी।''

खूबसूरत मौसम का मजा लेने के बजाय वे दोनों इसी बात पर लड़ने लगे। तू-तू, मैं-मैं के बाद हाथापाई पर उतारू हो गए। कुछ ही समय में वे बुरी तरह जख्मी हो गए। दोनों डॉक्टर के पास पहुँचे। डॉक्टर ने उनसे पूछा कि वे आखिर इस स्थिति में पहुँचे कैसे? सारी घटना बयान करने के बाद उन दोनों ने डॉक्टर से पूछा, ''आप बताएँ कि कोयल ने किसके भाग्यशाली होने की सूचना दी थी?''

डॉक्टर ने हँसते हुए कहा, ''कोयल ने मेरे भाग्यशाली होने की सूचना दी थी। अगर तुम दोनों इसी तरह लड़-झगड़कर हाथ-पैर तोड़ते रहे तो मुझे रुपयों का ढेर तुम्हारे इलाज के एवज में मिलता रहेगा।''

☞ **बेकार के झगड़े से दूसरों का ही फायदा होता है।**

7 गरीब विधवा

विधवा कमला देवी अपनी दो पुत्रियों के साथ बड़ी गरीबी में दिन बिता रही थी। अब तक जो भी जमा-पूँजी उसके पास थी, सब खर्च हो चुकी थी। तिसपर आय का एकमात्र सहारा उसकी गाय भी मर गई। वह बड़ी परेशान थी। आखिर करे क्या?

''बस, एक ही रास्ता है, अगर भगवान् हमें कहीं से एक गाय दे दे।''

''विश्वास और हिम्मत से काम करो, ईश्वर अवश्य तुम्हारी मदद करेगा।'' उनके पड़ोसी ने उनसे कहा।

''पर हम करें क्या?'' कमला देवी ने निराशा से भरकर कहा।

''तुम अपनी आमदनी बढ़ाओ। तुम सब बहुत अच्छी कढ़ाई-बुनाई जानती हो। प्रतिदिन तीन-चार घंटा यह काम अतिरिक्त करो, ताकि कुछ ऊपरी आमदनी हो सके। उसे जमा करो। दूसरी बात यह कि अपनी चाय का खर्चा कम कर दो। रोज सुबह दलिया बनाकर उसका पानी पियो, जो स्वास्थ्यवर्धक भी होगा और बचत भरा भी। इस तरह जल्दी ही दूसरी गाय खरीदने के लिए पैसे इकट्ठे हो जाएँगे।''

कमला देवी और उसकी पुत्रियों ने अपने पड़ोसी के सुझाव के मुताबिक काम करना शुरू कर

दिया। साल के अंत में उनके पास इतना पैसा इकट्ठा हो गया कि वे एक अच्छी गाय खरीद सके।

☞ **मेहनत, बचत और समझदारी आदमी के लिए दूसरा ईश्वर है।**

8 उलटी गंगा

एक बनिया था। भला था। भोला था। नीम पागल था। एक छोटी सी दुकान चलाता था। दाल, मुरमुरे, रेवड़ी जैसी चीजें बेचता था और शाम तक दाल-रोटी का जुगाड़ कर लेता था।

एक रोज दुकान बंद कर देर रात वह अपने घर जा रहा था, तभी रास्ते में उसे कुछ चोर मिले। बनिये ने चोरों से पूछा, ''इस वक्त अँधेरे में आप लोग कहाँ जा रहे हैं?''

चोर बोले, ''भैया, हम तो सौदागर हैं। आप हमें क्यों टोक रहे हैं?''

बनिये ने कहा, ''लेकिन एक पहर रात बीतने के बाद आप जा कहाँ रहे हैं?''

चोर बोले, ''माल खरीदने।''

बनिये ने पूछा, ''माल नकद खरीदोगे या उधार?''

चोरे बोले, "न नकद, न उधार। पैसे तो देने ही नहीं हैं।"

बनिये ने कहा, "आपका यह पेशा तो बहुत बढ़िया है। क्या आप मुझे भी अपने साथ ले चलेंगे?"

चोरे बोले, "चलिए। आपको फायदा ही होगा।"

बनिये ने कहा, "बात तो ठीक है। लेकिन पहले यह तो बताओ कि यह धंधा कैसे किया जाता है?"

चोर बोले, "लिखो—किसीके घर के पिछवाड़े…"

बनिये ने कहा, "लिखा।"

चोर बोले, "चुपचाप सेंध लगाना…"

बनिये ने कहा, "लिखा।"

चोर बोले, "फिर दबे पाँव घर में घुसना…"

बनिये ने कहा, "लिखा।"

चोर बोले, "जो भी लेना हो, सो इकट्ठा करना…"

बनिये ने कहा, "लिखा।"

चोर बोले, "न तो मकान मालिक से पूछना और न उसे पैसे देना…"

बनिये ने कहा, "लिखा।"

चोर बोले, "जो भी माल मिले उसे लेकर घर लौट जाना।"

बनिये ने सारी बातें कागज पर लिख लीं और लिखा हुआ कागज जेब में डाल लिया। बाद में सब चोरी करने निकले। चोर एक घर में चोरी करने घुसे और बनिया दूसरे घर में चोरी करने पहुँचा। वहाँ उसने ठीक वही किया जो कागज में लिखा था। पहले पिछवाड़े सेंध लगाई। दबे पाँव घर में घुसा। दियासलाई जलाकर दीया जलाया। एक बोरा खोजकर उसमें पीतल के छोटे-बड़े बरतन बेफिक्री से भरने लगा। तभी एक बड़ा तसला उसके हाथ से गिरा और सारा घर उसकी आवाज से गूँज उठा। घर के लोग जाग गए।

सबने 'चोर-चोर' चिल्लाकर बनिये को घेर लिया और उसे मारने-पीटने लगे। बनिये को ताज्जुब हुआ। मार खाते-खाते उसने अपनी जेब में रखा कागज निकाला और उसे एक नजर पढ़ डाला। फिर तो वह जोश में आ गया। जब सब लोग उसकी मरम्मत कर रहे थे, तब बनिया बोला—

"भाइयो, यह तो लिखा-पढ़ी से बिलकुल उलटा हो रहा है। यहाँ तो उलटी गंगा बह रही है।"

बनिये की बात सुनकर सब सोच में पड़ गए। मारना-पीटना रोककर सबने पूछा, "यह तुम क्या बक रहे हो?"

बनिये ने कहा, "लीजिए, यह कागज देख लीजिए। इसमें कहीं पिटाई का जिक्र है"? घर के लोग तुरंत समझ गए। उन्होंने बनिये को घर से बाहर धकेल दिया।

☞ **सोच-विचारकर किया कार्य कभी कष्टदायक नहीं होता।**

9 मच्छर की कहानी

क्या तुमको पता है कि केवल मादा मच्छर ही काटती हैं? खून पीती हैं?

बहुत पहले की बात है। वियतनाम के एक गाँव में टॉम और उसकी पत्नी न्हाम रहते थे। टॉम खेती करता था और पत्नी रेशम के कीड़े पालती थी। टॉम बड़ा मेहनती था, पर न्हाम जिंदगी में तमाम ऐशो-आराम की आकांक्षी थी।

एक दिन न्हाम एकाएक बीमार पड़ गई। टॉम उस वक्त खेतों में काम कर रहा था। जब वह घर लौटा, उसने पाया कि न्हाम अब इस दुनिया में नहीं है। टॉम घुटने टेककर ईश्वर से प्रार्थना करने लगा। तभी उसे आकाशवाणी सुनाई दी कि वह समुद्र के बीच स्थित एक विशाल पहाड़ी पर न्हाम का शव ले जाए।

कई दिनों की यात्रा के बाद टॉम न्हाम के शव के साथ उस पहाड़ी पर पहुँचा और एक खूबसूरत फूलों के बाग में ले जाकर शव को लिटा दिया। उसकी पलकें थकान से झपक ही रही थीं कि सहसा सफेद बालों तथा तारों-सी चमकती आँखोंवाले एक महापुरुष वहाँ प्रकट हुए। उन महापुरुष ने टॉम से कहा कि वह उनका शिष्य बनकर इसी जगह शांति से रहे। पर टॉम ने कहा कि वह अपनी पत्नी न्हाम को बेहद प्यार करता है और उसके बगैर रह नहीं सकता।

महापुरुष टॉम की इच्छा जानकर बहुत प्रसन्न हुए। उन्होंने कहा कि वह अपनी उँगली काटकर खून की तीन बूँदें न्हाम के शव पर चुआ दे। टॉम ने वैसा ही किया। तभी जादू-सा हुआ। खून की बूँदें पड़ते ही न्हाम उठ बैठी। तब महापुरुष ने न्हाम को चेतावनी दी कि अगर वह ईमानदार और मेहनती नहीं बनेगी तो उसे सजा भुगतनी पड़ेगी। यह कहकर वह महापुरुष वहाँ से अचानक गायब हो गए।

टॉम और न्हाम नाव पर बैठकर चल दिए। रास्ते में एक गाँव के किनारे उन्होंने नाव रोकी। टॉम खाने-पीने का कुछ सामान खरीदने चला गया। नाव में बैठी न्हाम टॉम के लौटने की प्रतीक्षा कर रही थी। तभी एक विशाल सुसज्जित नाव उसके पास आई। उस नाव का मालिक एक अमीर था। उसने न्हाम को अपनी नाव पर आकर चाय पीने की दावत दी। चायपान खत्म हुआ तो अमीर ने न्हाम से उसकी खूबसूरती की प्रशंसा की और उससे शादी का प्रस्ताव रखा। यह भी वादा किया कि वह उसे अपने महल की एकमात्र रानी बनाकर रखेगा। न्हाम का तो सपना ही था कि वह धनी महिला बने, उसकी सेवा में ढेरों नौकर-चाकर हों। वह चट से उस अमीर का प्रस्ताव मान बैठी।

टॉम जब गाँव से चीजें खरीदकर लौटा तो एक बूढ़े नाविक ने उसे पूरा किस्सा सुनाया। टॉम न्हाम की धोखेबाजी से आगबबूला हो उठा। वह फौरन उस अमीर के घर की तरफ रवाना हुआ। कुछ ही दिनों में वह वहाँ जा पहुँचा। उसके महल में पहुँच उसने एक नौकर से प्रार्थना की कि वह महल के मालिक से मिलना चाहता है। तभी अचानक न्हाम फूल तोड़ने के लिए बगीचे में आई और टॉम को वहाँ देख चकित रह गई। उसने टॉम से कहा कि वह यहाँ बेहद सुखी है और यहाँ से कहीं नहीं जाना चाहती।

टॉम ने कहा कि वह उसे कतई वापस नहीं ले जाना चाहता। वह तो अपने खून की तीन बूँदें

वापस लेने आया है। वह न्हाम उसे लौटा दे। बस!

न्हाम इस बात से बेहद खुश हुई, 'चलो खून की तीन बूँदें देकर ही छुटकारा मिल जाएगा।' ऐसा कहकर उसने तुरंत अपनी एक उँगली में गुलाब का काँटा चुभोया और टॉम की बाँह पर खून टपकाने लगी। जैसे ही खून की तीसरी बूँद गिरी, न्हाम का शरीर सिकुड़ने लगा और वह मादा मच्छर के रूप में तब्दील हो गई। यही न्हाम के लिए सजा थी। वह मादा मच्छर बनकर टॉम के सिर पर मँडराने लगी, जैसे भन्नाकर कह रही हो, 'मुझे खून लौटा दो! मैं माफी माँगती हूँ, मैं माफी माँगती हूँ!!'

तभी से मादा मच्छर खून पीने के लिए आदमियों के आसपास भन्नाती रहती हैं।

☞ **धोखाधड़ी हमें मौत की ओर ले जाती है।**

10 बच्चे की शिक्षा

फ्रांसिस वेलेंड पार्कर अमरीका के प्रसिद्ध शिक्षा विशेषज्ञ थे। बहुत दूर-दूर से लोग बच्चों की शिक्षा के बारे में उनसे परामर्श लेने आया करते थे। एक दिन उनका कहीं भाषण हो रहा था। भाषण पूरा होने पर एक महिला उनके पास आई। उसने पार्कर महोदय से पहला सवाल किया, ''मैं अपने बच्चे का शिक्षण प्रारंभ करना चाहती हूँ। इसके लिए कौन सा समय ठीक होगा?''

पार्कर ने पूछा, ''आपका बच्चा कब पैदा होगा?''

यह सुनकर महिला को बड़ा आश्चर्य हुआ। बोली, ''बच्चा तो आज से पाँच वर्ष पहले पैदा हो चुका है।''

पार्कर ने कहा, ''श्रीमतीजी, तब तो आपने अपने बच्चे के पाँच सुनहरे वर्ष बरबाद कर दिए। शिक्षण का कार्य तो बच्चे के जन्म के साथ ही शुरू हो जाना चाहिए। जल्दी घर जाइए और बच्चे का शिक्षण अभी से शुरू कर दीजिए।''

☞ **ज्ञान और शिक्षा के लिए कोई समय बंधन नहीं है।**

11 नकली मोर

एक कौए ने मोर के पंख लगा लिये और अपने आपको मोर समझकर मोरों की एक टोली में जा घुसा। उसे देखकर मोरों की टोली ने उसे फौरन पहचान लिया। फिर क्या! दूसरे ही पल सारे मोर उसपर झपट पड़े। चोंच मारकर उसे अपनी टोली से दूर खदेड़ दिया। रुआँसा होकर कौआ अपनी जमात में वापस लौट आया। उसके अपने भाई-बंधु भी उसकी इस हरकत से नाराज हो गए थे। वे भी उसपर टूट पड़े। सारे कौओं ने मिलकर उसके पंख नोच डाले।

☞ **नकल को अकल कहाँ!**

12 छू नहीं सकता

गुरुदेव रवींद्रनाथ ठाकुर की बढ़ती हुई कीर्ति जब कुछ लोगों को सहन नहीं हुई तो वे लोग उनके विषय में उलटी-सीधी बातें फैलाने लगे। लेकिन गुरुदेव समान भाव से सब बरदाश्त करते रहे। शरच्चंद्र चटर्जी से जब ये कटु आलोचनाएँ नहीं सही गईं तो उन्होंने गुरुदेव से कहा कि आप इन आलोचकों का मुँह बंद करने के लिए कोई उपाय तो करिए।

गुरुदेव फिर भी शांत-सरल भाव से बोले, ''उपाय क्या है, शरत् बाबू? जिस शस्त्र को लेकर वे लड़ाई करते हैं, उसको तो मैं हाथ भी नहीं लगा सकता।''

☞ **कुत्तों के भौंकने पर भी शेर खामोश ही रहते हैं।**

13 बुलबुल

''वह देखो, उस सेब की डाल पर। कितनी सुंदर बुलबुल बैठी है!'' राकेश ने अपनी छोटी बहन चंपा से कहा। इसके बाद वह दबे पाँव पेड़ पर चढ़ा और ठीक उस डाल पर पहुँच गया जहाँ से वह हाथ लंबा करके आसानी से बुलबुल को पकड़ सकता था। बुलबुल उसके इरादे भाँप गई। राकेश का हाथ उस तक पहुँचता, इसके पूर्व ही वह फुर्र से उड़कर दूसरी डाल पर जा बैठी। राकेश के वहाँ पहुँचते ही तीसरी, फिर चौथी''' अचानक इसी आपाधापी में राकेश का संतुलन बिगड़ गया। वह धड़ाम से जमीन पर आ गिरा।

चंपा ने कहा, ''मेरे प्यारे भैया! जरा अपना हाथ देखो। अब तो अक्ल में आ ही गया होगा। आगे से कभी पेड़ पर नहीं चढ़ना। आज हाथ पर चोट आई है, कल गरदन टूट सकती है।''

''बकवास मत करो!'' राकेश ने ठहाका भरते हुए कहा, ''यह तो कुछ भी नहीं है। वह तो मेरी पकड़ से भयभीत हो जान बचाकर इधर-उधर भाग रही थी। अगली बार मैं उसे जरूर पकड़ लूँगा।''

''यह संभव नहीं है।'' चंपा ने कहा, ''पक्षी तुमसे ज्यादा चालाक और समझदार हैं। वे खतरे की जगह पर दुबारा नहीं बैठते। यही बुलबुल उड़कर अब किसी और पेड़ की फुनगी पर बैठी चहक रही होगी। और तुम सोच रहे हो कि अगली बार फिर तुम पेड़ पर चढ़कर उसे पकड़ने का प्रयत्न करोगे!''

☞ **मूर्ख अनुभव के आधार पर भी कुछ सीख नहीं पाते।**

14 मक्कार बंदर

एक जहाज कलकत्ता जा रहा था। उसमें मुसाफिरों के साथ एक बंदर भी यात्रा कर रहा था। अचानक समुद्र में तूफान उठा। जहाज डाँवाँडोल होने लगा। कुछ देर बाद डूब भी गया। ज्यादातर

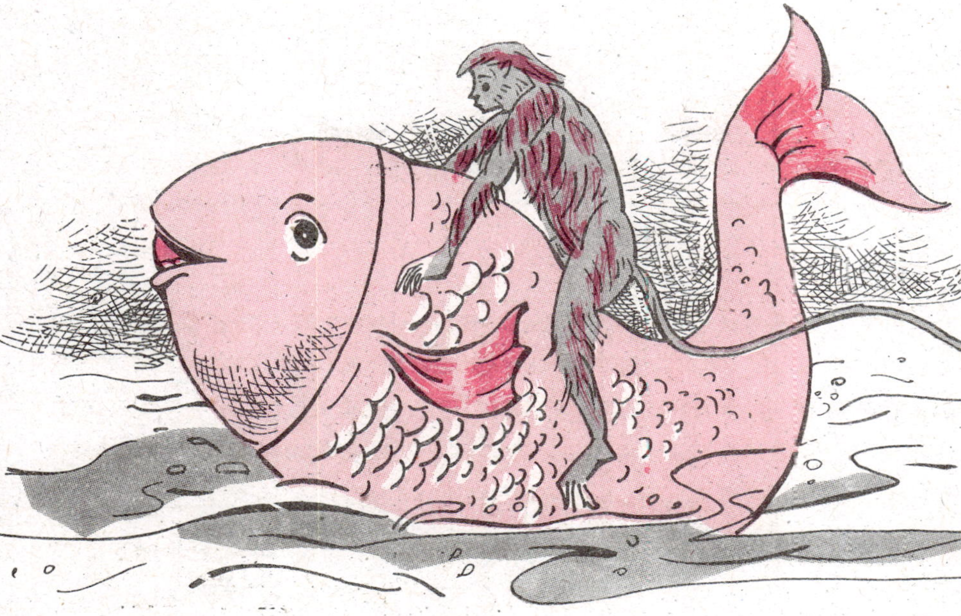

मुसाफिर डूब गए। कुछ, जो बच गए थे, किसी-न-किसीके सहारे किनारे तक पहुँचने की कोशिश करने लगे। तभी एक बड़ी सी मछली पानी में दिखाई पड़ी। बंदर उसीकी पीठ पर बैठ गया। मछली बड़ी भली थी। वह बंदर को लेकर किनारे की ओर बढ़ने लगी। रास्ते में उसने बंदर से पूछा, ''तुम भारत देश के वासी हो?'' बंदर ने हौले से जवाब दिया, ''हाँ।'' मछली ने दुबारा प्रश्न किया, ''तब तो तुम कलकत्ता से परिचित होगे।'' बंदर सोच में पड़ गया। कुछ क्षणों बाद बोला, ''हाँ-हाँ, क्यों नहीं! कलकत्ता तो मेरा लँगोटिया यार है।'' मछली समझ गई कि उसकी पीठ पर कोई मक्कार बैठा है। उसने तुरंत गोता मारा और बंदर को अपने हाल पर छोड़कर चलती बनी।

☞ **दोस्तों से ईमानदारी बरतनी चाहिए।**

15 तसला और कटोरा

गांधीजी बड़ौदा जेल में थे, तब सुपरिंटेंडेंट मेजर मार्टिन ने उनके लिए कुछ आवश्यक वस्तुओं का प्रबंध करवाना आरंभ किया। गांधीजी ने सुपरिंटेंडेंट से पूछा, ''ये सारी वस्तुएँ किसके लिए आ रही हैं?''

सुपरिंटेंडेंट ने उत्तर दिया, ''आपके लिए। मैंने सरकार को लिखा था कि इतने महान् पुरुष पर तीन सौ रुपए महीने खर्च होने चाहिए।''

गांधीजी ने कहा, ''आपको बहुत-बहुत धन्यवाद। किंतु मेरा मासिक व्यय पैंतीस रुपए से

अधिक नहीं होगा। यदि मैं स्वस्थ होता तो खाना भी 'सी क्लास' का खाता।''

गांधीजी के आग्रह पर वे सारी वस्तुएँ वापस कर दी गईं। उनके स्थान पर वही तसला और कटोरा आ गया, जो सामान्य कैदी को दिया जाता था।

☞ **महान् पुरुष कभी अपने को साधारण लोगों से अलग नहीं समझते।**

16 गुड़िया रानी

हमारे देश में गुड़ियों का एक रोचक त्योहार मनाया जाता है—श्रावण शुक्ल पंचमी के दिन। इस दिन सारे देश में नागपंचमी का पर्व मनाया जाता है। पूर्वी उत्तर प्रदेश में लड़कियाँ अपनी-अपनी गुड़ियाँ लेकर गाँव के बड़े मैदान में या नदी के किनारे जाती हैं, जहाँ गाँव के लड़के टेढ़े-मेढ़े सर्प के आकार के डंडे लेकर उन गुड़ियों को पीटते हैं। कहा जाता है कि नागपंचमी के दिन सर्पाकार डंडों से गुड़ियों को पीटने के पीछे इतिहास की उस घटना का स्मरण है, जब कुषाणों को नागों ने पीटा था।

☞ **जो हो चुका और जिसका कोई उपाय नहीं किया जा सकता, उसका रंज न करो।**

17 किस्सा एक काठ के उल्लू का

किसान का एक लड़का था। वह काठ का उल्लू था। एक बार खेत से घर जा रहा था। रास्ते में उसे एक घोड़ेवाला मिला। घोड़ा देखकर लड़के का जी चाहा कि वह उसे खरीद ले। उसने घोड़ेवाले से पूछा, ''क्यों भाई, इस घोड़े का क्या लोगे?''

घोड़ेवाले ने कहा, ''इसके पूरे सौ रुपए लगेंगे।''

लड़का बोला, ''मेरे पास तो सिर्फ पचास रुपए हैं।''

घोड़ेवाले ने कहा, ''दफा हो जाओ। यह घोड़ा है, गधा नहीं जो पचास रुपए में मिल जाए।''

लड़का सोचकर बोला, ''भाई, हम ऐसा करते हैं—तुम मुझे घोड़ा दो, मैं ये पचास रुपए तुम्हें नकद देता हूँ।''

''और बाकी के पचास?''

''उसके बदले तुम अपना घोड़ा वापस ले लो। सौदा कैसा रहा?''

बात घोड़ेवाले की समझ में आ गई। वह कोई नेक आदमी तो था नहीं। पचास रुपए और घोड़ा लेकर वह वहाँ से बेखटके चल पड़ा। यहाँ लड़का भी बहुत खुश था। वह टिक्-टिक् आवाज करता, घोड़ा हाँकने का खेल खेलता हुआ अपने घर आया। घर पहुँचकर बोला, ''बापू-बापू! आज मैंने एक घोड़ा खरीदा।''

पिताजी ने पूछा, ''कहाँ है घोड़ा?''

लड़का बोला, "बापू, दरअसल बात यह हुई कि घोड़ा मैंने सौ रुपए में खरीदा, लेकिन मेरे पास तो सिर्फ पचास रुपए थे। वह पचास रुपए मैंने घोड़ेवाले को दे दिए और बाकी के पचास के बदले मैंने उसे उसका घोड़ा लौटा दिया। हम अपने सिर पर बेकार कर्ज क्यों रखें?"

पिताजी ने कहा, "वाह रे काठ के उल्लू, वाह! तेरी अक्ल के क्या कहने!"

☞ मूर्ख हर जगह अपनी बेवकूफी का प्रदर्शन करते हैं।

18 कुत्ते की दुम

दो ग्वाले आपस में मिले तो एक ने पूछा, "क्यों रे जग्गा, तेरी भैंस कितना दूध देती है?"

"यही कोई बीस लीटर।"

"बेच कितना लेता है?" उसने आगे पूछा।

"यही कोई तीस लीटर।" जग्गा ने जवाब दिया, "और जो बाकी बचता है उसका मैं दही भी जमा लेता हूँ।"

☞ कुत्ते की दुम कभी सीधी नहीं होती।

19 मृत्यु और चंद्रमा

एक बूढ़ा व्यक्ति सड़क के किनारे-किनारे चला जा रहा था। तभी उसने देखा कि किसी मरे हुए आदमी का शरीर और मरा हुआ चंद्रमा एक तरफ पड़े हुए हैं। उसने तमाम पशुओं को अपने आसपास इकट्ठा किया और उन्हें ललकारा, ''तुममें से है कोई वीर जो चंद्रमा और इस मरे हुए आदमी की लाश को नदी के पार पहुँचा दे?''

दो कछुओं ने कहा कि वे इस काम को अंजाम दे सकते हैं। पहले कछुए के पंजे काफी बड़े थे। उसने मजबूती से चंद्रमा को उठाया और नदी के पार सुरक्षित जा पहुँचा। दूसरा, जिसके पंजे छोटे थे, भार उठा न सका और लाश समेत नदी में डूब गया। इसी वजह से चंद्रमा मरने के बाद भी अगली रात को फिर से आता है, पर आदमी मरने के बाद कभी नहीं लौटता।

☞ **कायर लोग बार-बार मरते हैं। वीरों की मौत सिर्फ एक बार ही होती है।**

---

20 संसार की रचना

भगवान् मपुंगू, सबसे बड़े देवता ने धरती और आकाश बनाया, दो मनुष्य—एक पुरुष और एक स्त्री बनाई; जिन्हें दिमाग दिया। किंतु अब तक इन दोनों मनुष्यों को उन्होंने हृदय नहीं दिया था।

भगवान् मपुंगू के चार बच्चे थे। चंद्र, सूर्य, अंधकार और बरसात। उन्होंने चारों को एक साथ बुलाया और कहा, ''मैं अब निवृत्त होना चाहता हूँ। अत: मनुष्य अब कभी मुझे देख न सकेंगे। मैं अपनी जगह पर एक हृदय को धरती पर भेजूँगा। किंतु जाने से पहले मैं जानना चाहता हूँ कि तुम लोग क्या-क्या करोगे?''

बरसात ने कहा, ''मैं मूसलाधार पानी बरसाऊँगा और हर चीज को पानी में डुबो दूँगा।''

''नहीं।'' भगवान् मपुंगू ने कहा, ''ऐसा हरगिज नहीं करना चाहिए। इन दोनों की तरफ देखो।'' उन्होंने स्त्री और पुरुष की ओर इशारा किया, ''क्या ये लोग पानी के भीतर रह सकेंगे? तुम सूर्य से इस काम में मदद लो। जब तुम जरूरत भर का पानी बरसा दो तब सूर्य को काम करने देना। वह अपनी गरमी से उसे सुखा देगा।''

''और तुम किस तरह काम करोगे?'' भगवान् मपुंगू ने सूर्य से पूछा।

''मैं चाहता हूँ, मैं इतना तेज चमकूँ कि मेरी गरमी से सब जल जाएँ!'' उनके दूसरे पुत्र सूर्य ने कहा।

''नहीं।'' भगवान् मपुंगू ने कहा, ''यह होगा तो फिर मेरे बनाए इन मनुष्यों को भोजन कैसे मिलेगा? देखो, जब अपनी गरमी से सबकुछ झुलसाने लगोगे तब बरसात को मौका देना। वह पानी बरसाकर राहत देगा और फल-अनाज उगने में सहायता करेगा।''

"और तुम, अंधकार! तुम्हारे कार्यक्रम की क्या रूपरेखा है?" भगवान् ने अंधकार से पूछा।

"मैं हमेशा-हमेशा के लिए राज्य करना चाहता हूँ।" अंधकार ने उत्तर दिया।

"दयालु बनो।" भगवान् ने सौम्य स्वर में कहा, "क्या तुम मेरी इस अद्‌भुत रचना को खत्म कर देना चाहते हो? क्या तुम चाहते हो कि शेर, चीते, सर्प सब अँधेरे में घूमते रहें और मेरी बनाई दुनिया न देख सकें? चाँद को भी कुछ करने का मौका दो। उसे धरती पर चमकने दो। जब वह चौथाई रह जाए तब पुनः तुम अपना साम्राज्य फैला सकते हो। मुझे काफी देर हो गई है। अब मुझे जाना चाहिए।" और भगवान् मपुंगू अंतर्धान हो गए।

कुछ समय के बाद हृदय एक पतली सी झिल्ली से आवृत्त उनके पास आया। वह रो रहा था। उसने सूर्य, चंद्रमा, अंधकार और बरसात से पूछा, "हमारे पिता भगवान् मपुंगू कहाँ हैं?"

"पिताजी चले गए।" उन्होंने कहा, "हम जानते भी नहीं हैं कि वे कहाँ गए!"

"हाय! मेरी कितनी इच्छा थी कि उनके साथ उनमें लीन हो जाऊँ। किंतु...खैर, जब तक वे नहीं मिलते, मैं आदमी में प्रवेश करूँगा और उसके माध्यम से पीढ़ी-दर-पीढ़ी ईश्वर को खोजूँगा।" हृदय ने कहा।

और यही हुआ। मनुष्य से पैदा होनेवाले हर बच्चे के पास हृदय होता है, जो आज भी ईश्वर को चाहता है।

☞ ईश्वर सबमें है।

21 सेवा

मुहम्मद साहब के बाद हजरत अबू बकर सिद्दीकी को खलीफा बनाया गया। सेवा की भावना उनमें इतनी थी कि वे किसीके घर का सौदा ला देते, किसीका पानी भर देते। यहाँ तक कि मुहल्लेवालों की बकरियाँ तक दुह देते। जब वे खलीफा हो गए तो मुहल्ले की एक लड़की ने दुःख से कहा, "अबू बकर तो खलीफा हो गए, अब हमारी बकरियाँ कौन दुहेगा?"

अबू बकर ने जब यह सुना तो बोले, "सच कहता हूँ, मैं अब भी बकरियाँ दुह दिया करूँगा। खलीफत का भार मुझे सेवा करने से नहीं रोक सकता।"

☞ विद्वान् पुरुष सारी समृद्धि के बाद भी विनम्रता का गुण नहीं त्यागते।

22 नुकसान

एक गाँव था, जिसके चारों ओर जंगल था। जंगल में तरह-तरह के फलों के वृक्ष थे। वसंत ऋतु में वे फूलों से भर जाते। उनकी महक हवा में तैरती रहती। शाखाओं पर तरह-तरह के पक्षी अपना घोंसला बनाते और अपनी चहचहाहट का संगीत बिखेरते। सर्दियों में डालें सेब-नाशपातियों से लद जातीं।

कुछ शरारती लड़कों ने जंगल में घूम-घूमकर घोंसले खोजे और उन्हें नष्ट कर डाला। बेचारी चिड़ियाँ फिर किसी दूसरी जगह जाकर अपना घोंसला बनाने लगीं। अब हुआ यह कि फलों और पत्तियों को चाट जानेवाले कीड़े-मकोड़े, जो पहले चिड़ियों द्वारा खा लिये जाते थे, फिर से पनपने लगे और सारे फलों को नष्ट करने लगे। सर्दियों में बच्चों को जो मीठे और अच्छे फल खाने को मिलते थे, अब तोड़ने पर कीड़ेवाले निकलते थे।

☞ **जो लोग पेड़-पौधों और पक्षियों को स्नेह देते हैं वे उनसे बदले में उतना ही स्नेह पाते हैं।**

23 शह और मात

एक दिन एक लड़का खेलता-कूदता गाँव से दूर निकल गया। तभी एक भेड़िए की दृष्टि उसपर पड़ी। भेड़िए ने उसे घेर लिया। लड़के ने जब देखा कि अब बचने का कोई उपाय नहीं है तो उसने भेड़िए से एक प्रार्थना की, ''सुनो भैया! मौत से मैं डरता नहीं, पर इतना जरूर चाहूँगा कि मेरी मौत सुख से हो। अगर तुम मुझे बाँसुरी बजाने दोगे तो मैं उसकी धुन पर नाचूँगा, गाऊँगा। फिर भले ही तुम मुझे खा लेना। मुझे कोई दुःख नहीं होगा।'' भेड़िए ने कहा, ''ठीक है।''

लड़का बाँसुरी बजाने लगा। उस बाँसुरी की आवाज सुनकर लड़के का कुत्ता कहीं से दौड़ा

आया और भेड़िए को देखकर उसपर लपका। भेड़िया फौरन नौ दो ग्यारह हो गया।

☞ **अगर कोई स्वयं बेवकूफ बनना चाहे तो उसमें किसीका दोष नहीं।**

24 बर्फीली बूँद

एक बुढ़िया थी। वह एक झोंपड़ी में रहती थी। बारिश के दिन थे। एक रोज पानी मूसलाधार बरसा। बुढ़िया की झोंपड़ी में पानी चारों तरफ टपकने लगा और जगह-जगह गड्ढे भर गए।

रात को एक शेर बुढ़िया की झोंपड़ी के पिछवाड़े छिपकर खड़ा था। उसी समय बुढ़िया के पैर में ठोकर लगी। वह गड्ढे में जा गिरी। उसके कपड़े भीग गए और पानी की बूँदें टपकने लगीं। उसे ठंड लगने लगी। बुढ़िया बोली—

''मैं शेर से नहीं डरती।
मैं बाघ से नहीं डरती।
मैं तो बर्फीली बूँद से डरती हूँ।''

बुढ़िया की बात सुनकर शेर सोच में पड़ गया। यह बुढ़िया शेर से नहीं डरती, बाघ से नहीं डरती और बर्फीली बूँद से डरती है, तो यह बर्फीली बूँद क्या होगी?

इतने में छत में से बुढ़िया की पीठ पर एक बड़ी सी बूँद पड़ी। बुढ़िया सिहरकर बोली—

''मैं शेर से नहीं डरती।
मैं बाघ से नहीं डरती।
मैं तो बर्फीली बूँद से डरती हूँ।''

बुढ़िया के मुँह से फिर वही शब्द सुनकर शेर घबराया और बर्फीली बूँद से बचने के लिए दुम दबाकर जंगल की तरफ दौड़ा।

रास्ते में बरगद का एक पेड़ था। एक बंदर ठंड से थर-थर काँपता हुआ उसकी डाल पर बैठा था। बरगद के नीचे एक मुसाफिर लेटा था।

शेर को घबराया देखकर बंदर ने पूछा, ''शेरखान, जंगल के राजा होकर आप काँपते हुए किधर भागे जा रहे हैं?''

शेर ने कहा, ''भैया, मैं तो बर्फीली बूँद से डरता हूँ, एक बुढ़िया कह रही थी—

''मैं शेर से नहीं डरती।
मैं बाघ से नहीं डरती।
मैं तो बर्फीली बूँद से डरती हूँ।''

बुढ़िया की जबानी यह सुनकर मैं तो जान बचाकर आया हूँ।'' शेर की बात सुनकर बंदर भी डर गया।

पेड़ के पास शेर को खड़ा पाकर पेड़ के नीचे लेटे हुए मुसाफिर को डर लगा कि कहीं यह मुझे

खा न ले। इसलिए उसने पेड़ पर चढ़ाने की सोची। जैसे ही पेड़ की डाल पकड़कर वह चढ़ने लगा कि उसके एक हाथ में बंदर की लटकती हुई दुम आ गई। दुम के फँसते ही बंदर चौंक पड़ा और यह मानकर कि बर्फीली बूँद आ पहुँची है, वह जोर से चीखकर पेड़ से कूद पड़ा। मुसाफिर के हाथ से पूँछ फिसल गई और वह भी नींचे आ गिरा। जब बंदर चीखा और मुसाफिर धम से नीचे गिरा तो शेर ने समझा कि बर्फीली बूँद यहाँ भी आ पहुँची है। वह इतना डर गया कि रात के अँधेरे में दौड़ता-दौड़ता दूर निकल गया।

उसी रात एक किसान की बकरी खो गई थी। किसान उसे खोजता हुआ जंगल में घूम रहा था। अँधेरे में शेर उससे टकरा गया। वह समझा कि उसकी बकरी ही उससे टकराई है। शेर बर्फीली बूँद के डर से काँपता हुआ एक तरफ खड़ा हो गया। किसान को लगा कि पास में जो जानवर खड़ा है वह उसकी बकरी है, इसलिए वह लपककर उसके पास गया और उसपर ढेर सारी लानतें बरसाईं, उसके कान पकड़े और दो-चार झापड़ भी रसीद कर दिए। शेर ने सोचा—'अब तो मैं बेमौत मारा जाऊँगा। मैं इस बर्फीली बूँद की गिरफ्त से छूट नहीं पाऊँगा।' डर-ही-डर में उसने मार-पिटाई सह ली और भीगी बिल्ली बनकर किसान के साथ चलने लगा।

घर पहुँचकर किसान ने बकरी के खूँटे से उसे बाँध दिया।

सबेरे उठकर जब किसान की जोरू बकरी को दुहने के लिए आई तो उसने बकरी की जगह शेर को बँधा पाया। उसने किसान से सारी बात कही और जब दोनों को यकीन हो गया कि खूँटे से बकरी नहीं, शेर बँधा है तो उन्होंने शेर के गले में बँधी रस्सी काट दी और घर में घुस गए।

शेर ने मन-ही-मन सोचा—'ठीक ही हुआ, जो बर्फीली बूँद से छुटकारा मिल गया।'

☞ **कोई भी शरीर से नहीं दिमाग से बलवान होता है।**

25 लोहे की उत्पत्ति

संसार की शुरुआत में वोटो को एक बड़ी चट्टान मिली, जिसे भगवान् लुंबा ने पृथ्वी पर फेंका था। 'यह तो ईश्वर का नाखून है।' उसने सोचा। फिर वह उस चट्टान को गाँव में ले आया और लोगों से उसका आदर करने के लिए कहा।

अगली रात को वोटो ने भगवान् लुंबा को सपने में देखा। भगवान् लुंबा ने उससे कहा, ''तुम बड़े अच्छे नेता हो। मेरी हर चीज का तुमने आदर किया है, यहाँ तक कि मेरे नाखून का भी। तुम्हारी इस भावना के बतौर इनाम मैं तुम्हें सिखाऊँगा कि इस नाखून का उचित उपयोग क्या होगा।'' और भगवान् लुंबा ने वोटो को सिखलाया कि चट्टान से लोहा कैसे निकाला जाता है।

☞ **मन की श्रद्धा सुंदर फल देती है।**

26 दुश्मन दोस्त

जार के मुख्यमंत्री काउंट विट्टी ने एक दिन अपने मंत्री से कहा, ''ऐसे सारे लेखकों की सूची बनाओ, जिन्होंने अखबार में मेरे विरुद्ध लिखा है।'' जब सूची तैयार हो गई तब विट्टी ने कहा, ''अब उन लेखकों के नाम चुनो, जिन्होंने मेरी सबसे कठोर आलोचना की है।'' यह नई सूची भी जब बन गई तब उनके मंत्री ने पूछा, ''इन्हें क्या सजा दी जाएगी?''

''सजा? कैसी सजा? अब मैं इनमें से अपने सबसे कठोर आलोचक को अपने समाचार-पत्र का संपादक बनाऊँगा। मेरा अनुभव है कि सबसे कठोर आलोचक ही सबसे सच्चा हितैषी होता है।'' काउंट विट्टी ने जवाब दिया।

☞ **सच्चा हितैषी वही होता है जो सही आलोचना करता है।**

27 अपवित्र हाथ

सन् 1857 के विद्रोह के अग्रणियों में बिहार के महाराजा कुँवर सिंह का नाम सदा बड़े सम्मान के साथ लिया जाएगा। वे जब तक जीवित रहे, अंग्रेजों के विरुद्ध विद्रोह का झंडा ऊँचा किए रहे।

एक दिन शाहाबाद जाने के लिए कुँवर साहब नाव द्वारा गंगा पार कर रहे थे कि अंग्रेज सेना को इसका पता चल गया। सेनापति लुंगर्ड ने किनारे से गोली चलाई। गोली कुँवर सिंह के दाहिने हाथ की कलाई में लगी। उन्होंने चट दाहिने हाथ को तलवार से काटकर गंगा माता को समर्पित करते हुए कहा, ''जो हाथ फिरंगी की गोली से अपवित्र हो गया हो वह अब किस काम का! अत: मैं यह तुम्हें भेंट करता हूँ।''

☞ **गौरव और गरिमा से जीना ही जीवन है।**

28 शेर और सवा शेर

एक बूढ़े शेर में अब शिकार करने की ताकत नहीं बची थी। उसने एक उपाय सोच निकाला। सारे जंगल में उसने यह बात फैला दी कि अब वह चंद दिनों का मेहमान है। जो उससे मिलना चाहे, बेखौफ मिल सकता है; क्योंकि अब उसने मांसाहारी भोजन भी लेना बंद कर दिया है। यह सुनकर एक के बाद एक भोलेभाले जानवर उससे मिलने गुफा में आने लगे। भूखा शेर आराम से उनको मारकर खा जाता। आखिर में एक लोमड़ी ने सोचा, मैं भी शेर से मिल आऊँ। लोमड़ी बड़ी सयानी थी। जैसे ही वह गुफा के निकट पहुँची, उसने पाया कि जमीन पर सभी जानवरों के पैरों के निशान अंदर की ओर जा रहे थे, पर एक भी पाँव का निशान बाहर की ओर आता हुआ नहीं दिखाई पड़ता था। वह माजरा समझ गई और गुफा के दरवाजे से ही वापस लौट आई।

☞ **जालिमों पर कभी विश्वास नहीं करना चाहिए।**

29 बेचारी चिड़िया

एक किसान था। उसने अपने खेत में ज्वार बोई थी। ज्वार में बालें आईं। बालों में दाने पड़े। एक-एक दाना मोती-सा था।

एक रोज चिड़ियों ने खेत में दाने चुगने की सोची। सब एक साथ खेत में पहुँच गईं। सब नरम-नरम दूध भरे दाने चुगने लगीं।

तभी किसान आ पहुँचा। तुरंत उसने अपना जाल फैलाया। सब चिड़ियाँ उड़ गईं। एक बेचारी, जो एक आँखवाली थी, पीछे रह गई और वह जाल में फँस गई।

किसान ने उसे पकड़ लिया। उसने चिड़िया को एक रस्सी के साथ खंभे से बाँध दिया। फिर

डंडे से पीटने लगा। बेचारी चिड़िया छटपटाने लगी।

उधर से एक ग्वाला गुजरा। ग्वाले को देखकर चिड़िया बोली—

"ओ गायों के ग्वाले, दैया रे दैया!
एक आँखवाली मैं चिरैया,
बचा लो मुझे मेरे भैया।"

चिड़िया की आवाज सुनकर ग्वाला खेत पर पहुँचा। उसने देखा कि किसान चिड़िया को डंडे से पीट रहा है।

ग्वाला बोला, "इसे मत पीटो। छोड़ दो। बेचारी एक आँखवाली है।"

किसान ने कहा, "मैं इसको कैसे छोड़ूँ? मैं तो इसको कचहरी में ले जाऊँगा। तुम क्या जानो कि इसने मेरा कितना नुकसान किया है?"

ग्वाला बोला, "भैया, तुम मेरी एक गाय ले लो और इस चिड़िया को छोड़ दो।"

किसान ने कहा, "यहाँ से फौरन दफा हो जाओ, वरना तुम्हारी खैर नहीं।"

ग्वाला अपनी गायें लेकर चला गया।

कुछ देर के बाद उधर से भैंसों का चरवाहा गुजरा। उसे देखकर चिड़िया फिर चिल्लाने लगी—

"ओ भैंसों के चरवाहे, दैया रे दैया!
एक आँखवाली मैं चिरैया,
बचा लो मुझे मेरे भैया।"

खेत में पहुँचकर चरवाहे ने देखा कि किसान एक चिड़िया को पीट रहा है।

चरवाहा बोला, "अरे भैया! इसे छोड़ दो। बेचारी की एक आँख फूंटी है।"

किसान ने कहा, "नहीं। मैं इसे हरगिज नहीं छोड़ूँगा। इसने मेरा बहुत नुकसान किया है। मैं तो इसे कचहरी में ले जाऊँगा।"

चरवाहा बोला, "भैया, लो मेरी एक भैंस ले लो और इस बेचारी चिड़िया को मुक्त कर दो।"

किसान ने कहा, "यहाँ से फौरन नौ दो ग्यारह हो जाओ, वरना तुम्हारी भी खैर नहीं।"

भैंसोंवाला चरवाहा भी अपनी भैंसों के साथ आगे बढ़ गया।

फिर वहाँ एक के बाद एक बकरियों का चरवाहा, घोड़ों का चरवाहा और ऊँटों का चरवाहा पहुँचा, लेकिन किसान ने सबको डाँट-डपटकर भगा दिया।

बाद में किसान चिड़िया को लेकर कचहरी जाने के लिए चला बड़ी तेज धूप थी। रास्ते में उसे लू लगी, इसलिए वह एक बड़े पेड़ की छाँव में जा बैठा। वहाँ चार गँजेड़ी बैठे थे।

उन्हें देखकर चिड़िया बोली—

"ओ गँजेड़ी भैया, दैया रे दैया!
एक आँखवाली मैं चिरैया,
बचा लो मुझे मेरे भैया!"

चिड़िया की दुहाई सुनकर गँजेड़ी किसान के पास पहुँचे और बोले, ''ओ शैतान के बच्चे! तू इस चिड़िया को छोड़ता है या नहीं?''

किसान ने कहा, ''यहाँ से फौरन चलते बनो, वरना तुम्हारी भी खैर नहीं।''

गँजेड़ियों को गुस्सा आ गया। बोले, ''मारो इसको।'' और वे किसान पर टूट पड़े।

किसान डर गया। उसने चिड़िया को छोड़ दिया। अब चिड़िया उड़ती हुई, गुनगुनाती हुई अपनी टोली में जा मिली।

☞ **पाप का घड़ा एक दिन भर ही जाता है।**

30 करनी का नतीजा

मालकिन अपने नौकर और नौकरानी को सुबह तब उठाती थी जब तोता शोर करने लगता कि सुबह हो गई, सुबह हो गई।

एक रोज नौकरानी तोते पर नाराज हो उठी कि यही मुआ शोर करके मालकिन को जगा देता है और वह फिर हमें जगा देती है। अगर यह तोता नहीं होगा तो मजे आ जाएँगे। हम थोड़ी देर और सो सकेंगे। यह देख नौकर और नौकरानी ने मिलकर तोते की गरदन मरोड़ दी।

मालकिन काफी बूढ़ी और बीमार थी। तोते की मौत के बाद उसे वक्त का सही अंदाजा नहीं रहता था। जब भी उसकी नींद खुलती, उसे लगता कि सवेरा हो गया। वह नौकरों को जबरन जगाकर बैठा देती। कभी-कभी तो आधी रात को ही जगा देती। तोता तो अब था नहीं, जो उसे सही समय बताता।

☞ **जैसी करनी वैसी भरनी।**

---

31 पर्वत कैसे बने

संसार की शुरुआत में पृथ्वी एकदम समतल थी। पर एक दिन वह आकाश से बातें करने के लिए बेचैन हो उठी और धीरे-धीरे ऊँचा उठने लगी। इतना ऊँचे कि बड़ी देर तक वह आकाश से बतियाती रही। किंतु जब वह वापस लौटी तो उसके कुछ हिस्से अपनी जगह पर नहीं लौट सके। थकान से चूर वे जितनी ऊँचाई पर थे, वहीं जड़ हो गए और समतल पृथ्वी का रूप बदल गया। वही हिस्से अब जगह-जगह पर्वत बन गए थे।

☞ **कुदरत के राज अब तक कोई समझ नहीं पाया।**

---

32 जनता की राय साहबी

उत्तर प्रदेश के गवर्नर सर मातकम हेली ने जब उपन्यास सम्राट् मुंशी प्रेमचंद को संदेश भिजवाया कि वे उन्हें 'राय साहब' का खिताब देना चाहते हैं तो प्रेमचंद चिंतित हो उठे।

''सिर्फ खिताब ही देंगे कि और कुछ भी?'' पत्नी ने पूछा।

''इशारा कुछ और के लिए भी है।''

''तो फिर इसमें चिंता की क्या बात है? ले लीजिए! इतना सोच-विचार क्यों कर रहे हैं?''

''इसलिए कि अभी तक मैंने जनता के लिए लिखा है। 'राय साहब' बनने के बाद मुझे सरकार के लिए लिखना पड़ेगा।''

''ओह, ऐसा! तब गवर्नर को क्या जवाब दीजिएगा?'' पत्नी ने फिर पूछा।

प्रेमचंद बोले, ''लिख दूँगा, जनता की राय साहबी ले सकता हूँ, सरकार की नहीं।''

☞ **झूठे आदर-सम्मान का कोई अर्थ नहीं होता।**

---

33 जिद

मक्के के खेत के करीब एक जंगल में दो लड़कों ने तीतर का एक घोंसला देखा। किसी तरह वह घोंसला उनके कब्जे में आ गया, जिसमें मादा तीतर अपने अंडों सहित बैठी थी।

बड़ेवाले लड़के ने कहा, ''तुम अंडे ले लो, मैं तीतर रखता हूँ। दोनों का मूल्य बराबर ही है।''

''जैसाकि तुम कह रहे हो, अगर यह सच है तो तुम अंडे ले लो, मैं तीतर लूँगा।'' छोटेवाले लड़के ने जवाब दिया।

उनका तर्क-वितर्क लगातार चलता रहा और वे अपनी-अपनी जिद पर डटे रहे। अंत में उनकी इस तू-तू, मैं-मैं में अंडे गिरकर फूट गए और तीतर उड़ गई। दोनों हाथ मलते रह गए।

☞ **लालच का अंत बुरा होता है।**

34 साहसी बालक

कलकत्ता की एक सड़क पर घोड़ागाड़ी दौड़ी जा रही थी। उस घोड़ागाड़ी में एक स्त्री अपने बच्चे के पास बैठी हुई थी। अचानक घोड़ा बिदक गया। कोचवान छिटककर दूर जा गिरा। घोड़ागाड़ी में बैठी स्त्री सहायता के लिए चीख-पुकार मचाने लगी।

वह कलकत्ता की भीड़ भरी सड़क थी और उस समय भी लोगों के ठट-के-ठट सड़कों के दोनों ओर जुड़े थे। पर किसीकी भी इतनी हिम्मत नहीं हुई कि आगे बढ़कर घोड़े को काबू कर ले। तभी

अचानक भीड़ को तेजी से चीरता बारह-तेरह वर्ष का एक लड़का सड़क पर आया और उछलकर घोड़े की पीठ पर बैठने की कोशिश करने लगा। पर घोड़े ने उसे गिरा दिया। उसके हाथ, पैर, घुटने रगड़ खाकर बुरी तरह छिल गए। वह खून से लथपथ हो उठा, फिर भी उसने हिम्मत नहीं हारी। उसने बार-बार कोशिश की और अंत में उसे सफलता मिली। वह छलाँग मारकर घोड़े पर सवार हो गया और उसे काबू करने में सफल हो गया। तब कहीं घोड़ागाड़ी पर बैठी स्त्री और बच्चे की जान में जान आई।

क्या तुम जानते हो, यह साहसी बालक कौन था? यह था नरेंद्र, जो बड़ा होकर स्वामी विवेकानंद के नाम से संसार में प्रसिद्ध हुआ।

☞ **साहस प्रगति की निशानी है।**

35 चालाक भेड़िया

एक चरवाहा जंगल में जब भी अपनी भेड़-बकरियाँ चराने जाता तो पाता कि एक भेड़िया चुपचाप उसकी भेड़-बकरियों के करीब आकर खड़ा हो जाता है। उसे देखकर वह अकसर भयभीत हो जाता। पर फिर उसने पाया कि उसका भय निर्मूल है—भेड़िया बिना किसी भेड़-बकरी को छेड़े आराम से उनकी रखवाली करता रहता है। चरवाहे को विश्वास हो गया कि वह भेड़िया जमाने के साथ बदल चुका है। इसने अपनी मांसाहारी प्रवृत्ति त्याग दी है। खुश होकर उसने अपनी भेड़-बकरियों की देख-रेख भेड़िए को सौंप दी और खुद आँखें मूँदकर हरी-हरी घास पर सो गया। घंटे भर बाद जब उसकी आँख खुली तो उसे चक्कर आ गया। भेड़िया उसकी सब भेड़-बकरियों का खात्मा कर जंगल में गायब हो गया था।

☞ **उन धोखेबाजों से दूर रहो जो मित्र होने का दावा करते हैं।**

36 नकल बिन अकल

एक कौआ था। वह रोज नदी किनारे जाता और बगुले को नमस्कार करता। धीरे-धीरे दोनों में दोस्ती हो गई। बगुला मछलियाँ पकड़ता और कौए को खिलाता। बगुला अपने अनोखे ढंग से रोज नई-नई मछलियाँ पकड़ता। कौए को हर दिन नया भोजन मिलता।

बगुला आसमान में उड़ता, लेकिन निगाह उसकी बराबर नीचे रहती। मछली दिखाई देते ही वह सरसराता हुआ नीचे आता, अपनी लंबी चोंच पानी में डालता और पैर ऊँचे रख झट से मछली पकड़कर किनारे पर आ बैठता।

कौआ यह सब देखता। उसका मन होता कि वह भी ऐसे ही मछलियाँ पकड़े। वह मन-ही-मन सोचा करता, इसमें कौन सी बड़ी बात है? ऊपर उड़ना, निगाह नीचे की ओर रखना, मछली दिखते ही फौरन नीचे आना, चोंच खोलकर पानी में डालना, औंधा सिर करके पाँव ऊपर की तरफ उठाना। मछली

चोंच में नहीं आएगी, तो आखिर जाएगी कहाँ?

सबकुछ सोच-विचारकर एक रोज कौआ आसमान में उड़ा। बहुत ऊँचा उड़ा। आखिर उसे पानी में एक मछली दिखाई पड़ी। कौआ सरसराता हुआ नीचे आया। पाँव ऊँचे रख, चोंच नीची कर फुरती के साथ मछली पर टूटा; लेकिन मछली वहाँ से खिसक गई। कौए की चोंच काई और जालों में उलझ गई। पाँव ऊँचे रह गए। कौआ छटपटाने लगा। ऊपर आने की उसने बहुत कोशिश की, पर सिर तो पानी में डूबता चला गया। तभी बगुला वहाँ आ पहुँचा। उसको दया आ गई। उसने बड़ी मुश्किल से कौए को पानी से बाहर खींच निकाला। फिर कौए से कहा—

''करते हो सो कीजिए नकल न कीजे काग।
चोंच फँसेगी जालों में पाँव रहेंगे काठ।''

उस दिन से कौआ समझ गया और किसीकी भी नकल करना छोड़ दिया।

☞ **इसीलिए कहते हैं कि कभी किसीकी नकल नहीं करनी चाहिए।**

37 फूलों का देश

जापानी फूलों के बड़े शौकीन होते हैं। कमल, चेरी और गुलदाऊदी आदि के फूल उन्हें बहुत प्रिय हैं। जापान में कदम-कदम पर इन फूलों के बगीचे मिलेंगे। फूलों के मौसम में जापानी इनके स्वागत में कई उत्सव मनाते हैं, जो 'कमलोत्सव', 'चेरी-उत्सव' और 'गुलदाऊदी-उत्सव' आदि नामों से प्रसिद्ध हैं। इन फूलों में सुगंध तो नहीं होती, परंतु इनके रंग बहुत आकर्षक होते हैं। गरमियों में जब चेरी के वृक्ष पर फूल आते हैं तो उनकी शोभा देखने को सारा जापान उमड़ पड़ता है। जापानी लोग अपने पूरे परिवार के साथ बगीचों में जाते हैं और घंटों फूलों को निहारते रहते हैं। वे फूलों पर कविता करते हैं और उन कविताओं को फूलों के पौधों पर ही लटकाकर घर लौट आते हैं। पूरी बहार में खिले हुए फूलों की शोभा देखने के लिए निर्धन-से-निर्धन जापानी भी सौ मील तक की यात्रा खुशी के साथ कर लेता है। कमलों के मौसम में शिक्षकगण अपने विद्यार्थियों को सूर्योदय से पूर्व कमल के तालाब पर ले जाते हैं और समझाते हैं कि कमल किस तरह खिलते हैं।

☞ **फूल चुनकर इकट्ठा करने के लिए मत ठहरो। आगे बढ़े चलो, तुम्हारे पथ में निरंतर फूल खिलते रहेंगे।**

38 गरजनेवाले बादल

महात्मा सुकरात यूनान के बहुत बड़े विद्वान् और दार्शनिक हुए हैं। कहते हैं, वे जितने शांत स्वभाव के थे, उनकी पत्नी उतनी ही गरम और क्रोध की साक्षात् मूर्ति थीं।

सुकरात जब भी कोई पुस्तक पढ़ते, वह चिल्ला उठतीं, ''आग लगे इन मरी पुस्तकों को! इन्हींके साथ ब्याह कर लेना था। मेरे साथ क्यों किया ?''

एक दिन जब सुकरात अपने कुछ शिष्यों के साथ घर आए तो उनकी पत्नी उनपर बरस पड़ीं। सुकरात शांत बैठे रहे। सुकरात की चुप्पी ने उन्हें और आगबबूला कर दिया। वह तुरंत एक लोटे में घर की नाली से कीचड़ भर लाईं और सुकरात के सिर पर उलट दिया। सुकरात के शिष्यों ने सोचा कि अब तो सुकरात अवश्य क्रोधित हो उठेंगे। किंतु वे हँसकर बोले, 'देवी, आज तो तुमने पुरानी कहावत झुठला दी। कहते हैं कि गरजनेवाले बादल बरसते नहीं, पर आज देख लिया कि गरजनेवाले बरसते भी हैं।''

उनके एक शिष्य को सुकरात का यह अपमान बरदाश्त न हुआ। वह क्रोध से चिल्लाकर बोला, ''यह स्त्री तो दुष्ट है। आपके योग्य नहीं है।''

सुकरात बोले, ''नहीं, यह मेरे ही योग्य है, क्योंकि यह ठोकर लगा-लगाकर देखती रहती है कि सुकरात कच्चा है या पक्का। इसके बार-बार उत्तेजित करने से मुझे यह भी पता चलता रहता है कि मुझमें सहनशक्ति है या नहीं।''

☞ **शांत स्वभाव स्वस्थ चित्त की निशानी है।**

39 घोंसला

वसंत ऋतु आई। चिड़ियाँ अपने स्वभाव के अनुसार चहचहाने लगीं। किसान ने यह देख अपने बच्चों को बुलाया और कहा, ''कभी इन चिड़ियों को नुकसान न पहुँचाना। जो लोग इनका घोंसला उठाकर फेंक देते हैं उनके घर से सुख और संपन्नता खत्म हो जाती है। हमारे पड़ोसी ने यही किया था। तब से उनके ऊपर ऐसी आफत आई कि उनका सारा व्यापार चौपट हो गया। बेचारे कहीं के नहीं रहे।''

किसान के छोटे बेटे राज ने यह सुन कहा, ''पिताजी, आप हमें उनकी पूरी कहानी सुनाइए न!''

किसान ने घटना बयान की, ''हमारे पड़ोसी के दादा-परदादा चिड़ियों को बेहद प्यार करते थे। उन्होंने कभी चिड़ियों को नुकसान नहीं पहुँचाया, बल्कि वे सुबह चिड़ियों की मीठी चहचहाहट सुन जाग जाते थे और वक्त से अपने काम के लिए निकल पड़ते थे। किंतु हमारे पड़ोसी अपने बाप-दादा की परंपरा का निर्वाह न कर सके। वे रात भर होटल में काम करते थे, सुबह घर लौटकर सोते थे। ऐसे में सुबह चिड़ियों की मीठी चहचहाहट उन्हें तंग करती थी। उन्होंने उनका घोंसला उठाकर फेंक दिया, अंडे फोड़ डाले। तभी से वे भीख माँगते हैं।''

☞ **दया सुख-संपन्नता की कुंजी है।**

40 घोड़ा और गधा

एक व्यापारी जब भी अपना माल बेचने करीब के गाँव में जाता था, सारा बोझा गधे पर लाद देता था। एक रोज चिलचिलाती धूप गधे से बरदाश्त न हुई। उसे चक्कर आने लगे, ''बंधु!'' उसने अपने साथी घोड़े से कहा, ''बड़ी कृपा होगी, अगर मेरा थोड़ा सा बोझा अपनी पीठ पर लाद लोगे। मैं अब ज्यादा दूर तक नहीं चल सकता।''

घोड़े ने गर्व से ऐंठकर कहा, ''बोझ उठाना मेरा काम नहीं। मैं असल अरबी घोड़ा हूँ।'' तभी गधा धड़ाम से रास्ते के बीचोबीच गिर पड़ा। उसके प्राण-पखेरू उड़ गए। व्यापारी को किसी तरह भी अपना माल गाँव पहुँचाना था। तुरंत उसने गधे का सारा बोझा घोड़े पर लाद दिया। ऊपर से गधे की लाश भी उसीकी पीठ पर लाद दी, ताकि मरे हुए गधे की खाल के पैसे उसे मिल जाएँ।

☞ **जो मित्र वक्त पर काम नहीं आता उसपर भी बुरा वक्त आ सकता है।**

41 बुराई के बदले

सन् 1937 के जाड़ों की बात है। पटना जंक्शन पर गाड़ी आकर रुकी तो मोटा कंबल ओढ़े एक प्रौढ़ व्यक्ति तीसरे दरजे के डिब्बे में सवार हुआ। उसी डिब्बे में कुछ मनचले छात्र भी थे। वे लगे उसका मजाक उड़ाने। पर उस व्यक्ति पर मानो उनकी फब्तियों और मजाक का कुछ भी असर नहीं हो रहा था। वह तो खोया सा खामोश बैठा था। तभी उस डिब्बे में टिकट चेकर आया और टिकट चेक करने लगा। उन छात्रों की भी बारी आई। पर उनमें से किसीके पास भी टिकट नहीं था। बिना टिकट यात्रा करने पर चेकर उनको डाँटने लगा। यह देखकर उस व्यक्ति से रहा नहीं गया। उसने अपनी जेब से किराया चुकाकर चेकर से उन लोगों का पिंड छुड़ाया।

सभी छात्र खिसियाए से बगलें झाँकने लगे। वे सोचने लगे, जरूर यह कोई महान् व्यक्ति है!

गाड़ी स्टेशन पर रुकी और सारा प्लेटफॉर्म 'देशरत्न राजेंद्र बाबू की जय!' से गूँज उठा। अब जब छात्रों को असलियत का पता चला तो उनकी गरदनें शर्म से झुक गईं।

☞ **महानता वटवृक्ष-सी विशाल होती है।**

---

42 बारहसिंगा का भरम

एक दिन एक बारहसिंगा तालाब में पानी पी रहा था कि उसकी दृष्टि अपनी परछाईं पर पड़ी। पानी में अपनी छाया देखकर वह सोचने लगा—वाह! मेरे सींग कितने सुंदर हैं! काश, मेरे पैर भी इतने सुंदर होते! तभी उसके कानों में शिकारी कुत्तों की आवाज टकराई। चौंककर वह फुरती से दौड़ा। अपने पैर, जिन्हें वह बदसूरत समझता था उन्हींकी सहायता से वह कूदता हुआ दूर पहुँचकर एक झाड़ी में घुस गया। पर शिकारी कुत्ते बढ़ते ही आ रहे थे। किंतु वह उस झाड़ी से निकलकर आगे न भाग सका। उसके सुंदर सींग झाड़ी की टहनियों में बुरी तरह फँस गए थे। वह निकल भागने की जद्दोजहद में ही था कि तभी शिकारी कुत्ते करीब आ पहुँचे और उसे धर दबोचा।

☞ **वह सुंदरता किस काम की जिसका कोई उपयोग नहीं हो।**

---

43 झूठ का फल

न्यायालय में दो मित्र उपस्थित हुए। नाम था सुंदरलाल और गुंदरलाल।

सुंदरलाल जज से बोला, "साहब, तीन साल पहले जब मैं अपना घर छोड़कर विदेश गया तो गुंदरलाल को अपना परम मित्र जानकर अपनी हीरे की एक अँगूठी अमानत के रूप में दे गया था। मैंने इससे कहा था कि वह तब तक उस हीरे की अँगूठी को सँभालकर रखे जब तक मैं न लौट आऊँ। पर अब यह कहता है कि इसे अँगूठी के विषय में कुछ नहीं पता।"

गुंदरलाल अपने दिल पर हाथ रखकर बोला, ''सरकार! सुंदरलाल झूठ बोल रहा है। मैंने उसकी अँगूठी कभी नहीं ली। हाँ, जब यह यहाँ से गया था तब इसकी मानसिक स्थिति ठीक नहीं थी।''

जज ने कहा, ''सुंदरलाल, क्या तुम्हारी इस बात का कोई साक्षी है?''

उसने कहा, ''हुजूर! जब मैंने गुंदरलाल को अँगूठी दी उस समय दुर्भाग्य से वहाँ कोई उपस्थित नहीं था, सिवा एक देवदार के पेड़ के, जिसके नीचे हम खड़े थे।''

गुंदरलाल ने यह सुनकर जवाब दिया, ''मैं कसम खाकर कह सकता हूँ कि न मैं अँगूठी के विषय में जानता हूँ और न इस देवदार के वृक्ष के ही विषय में।''

जज ने सुंदरलाल से कहा, ''तुम खेत में वापस जाओ और उस देवदार के पेड़ से एक टहनी लेकर वापस आओ। मैं उसे देखना चाहता हूँ।''

सुंदरलाल चला गया। कुछ देर के बाद जज ने गुंदरलाल से कहा, ''सुंदरलाल वापसी में इतनी देर कैसे लगा रहा है? तुम जरा खिड़की के पास खड़े होकर देखो तो सही कि वह देवदार की टहनी लिये रास्ते पर आता दिखाई दे रहा है या नहीं।''

गुंदरलाल ने कहा, ''मालिक, अभी तो वह उस पेड़ तक भी नहीं पहुँचा होगा। वहाँ तक पहुँचने में उसे कम-से-कम एक घंटा लगेगा।''

जज ने जब गुंदरलाल का यह तर्क सुना तो सारा माजरा उनकी समझ में आ गया। वे बोले, ''सुंदरलाल, जितना तुम पेड़ के विषय में जानते हो उतना ही अँगूठी के विषय में भी जानते हो।''

☞ **सच कभी छिपता नहीं।**

44 पीड़ा का कारण

कुरुक्षेत्र का मैदान। भीष्म पितामह बाणों की शय्या पर लेटे हैं। मगर उनके प्राण नहीं निकल रहे हैं। अर्जुन ने तीर मारकर पाताल फोड़ डाला। पाताल के झरने का पवित्र पानी भीष्म पितामह पर छिड़का, फिर भी उनकी आत्मा को शांति नहीं मिली।

आसपास पांडव खड़े हैं। भीष्म कातर दृष्टि से कृष्ण को निहार रहे हैं।

श्रीकृष्ण ने कहा, ''आपने पाप देखा है, दादा···इसीलिए यह यातना भोग रहे हैं।'' भीष्म तो गंगाजल से पवित्र हैं फिर भी··· ? श्रीकृष्ण ने आगे कहा, '' कौरवों की भरी सभा में जब दु:शासन द्रौपदी का चीर खींच रहा था, उस वक्त आप भी वहाँ उपस्थित थे, दूसरों की तरह मूकदर्शक थे। न आप दु:शासन का हाथ पकड़ सके, न दुर्योधन को ललकार सके।''

☞ **पाप देखना भी पाप में भागीदार बनने से कम नहीं है।**

45 किसान और चिड़ियाँ

गेहूँ के खेत में चिड़ियों की एक टोली मौज कर रही थी। तभी किसान आया और फसल को देखकर बोला, ''फसल तैयार है। फसल काटने के लिए मुझे अपने पड़ोसियों की मदद लेनी पड़ेगी।'' यह कहकर वह पड़ोसियों को बुलाने चला गया। चिड़ियाँ ने अपनी माँ को पुकारा, ''माँ, माँ! चलो, हम किसी और खेत में जाकर चुगें।'' माँ ने इत्मीनान से कहा, ''अभी चिंता की कोई बात नहीं। तुम सब मौज उड़ाओ।''

किसी पड़ोसी के साथ न आने पर किसान ने फसल को देखकर दूसरे दिन कहा, ''भाड़ में जाएँ पड़ोसी, मैं जाकर अपने रिश्तेदारों को बुला लाता हूँ।'' वह अपने रिश्तेदारों को बुलाने गया कि नन्ही चिड़ियाँ फिर चिल्ला उठीं, ''माँ, माँ! अब तो यहाँ से उड़ चलो। हमारी जान को खतरा है।'' माँ ने उसी इत्मीनान से जवाब दिया, ''अभी काफी वक्त है। तुम आराम से दाना चुगो।'' तीसरे दिन किसान अकेला ही आया और बोला, ''रिश्तेदार भी भाड़ में जाएँ। अब तो मुझे स्वयं ही कुछ इंतजाम करना होगा, और मजदूरों की तलाश में वह गाँव की ओर चल पड़ा। तब माँ ने नन्हे-मुन्ने बच्चों की ओर देखकर कहा, ''चलो बच्चो, अब हम किसी और किसान के खेत में चलकर डेरा डालेंगे।''

☞ **काम तभी बनता है जब आदमी अपनी ताकत पर भरोसा करता है।**

46 कद्दू और बेल

एक किसान बेल के पेड़ के नीचे खड़ा हुआ अपने पड़ोसी की फुलवारी को देख रहा था। तभी उसकी निगाह कद्दू को देख उसकी बेल पर गई। एक बड़ा सा कद्दू बेल पर लटका हुआ था। किसान यह देखकर स्वयं से ही बोला, ''बेल का यह पेड़ कितना मजबूत है! और इसमें लगनेवाला फल कितना छोटा, हलका, गेंद सा होता है! और कहाँ यह कद्दू की दुबली-पतली बेल और इतना वजनी कद्दू!

अगर मैंने इस संसार का निर्माण किया होता तो शर्तिया बेल को कद्दू की हलकी-फुलकी लत्तर में गूँथ देता और एक-एक टन वजनी कद्दू को इस मज़बूत बेल के पेड़ में लटका देता, जो सचमुच देखने लायक होता।''

किसान का इतना कहना भर था कि तभी बेल के पेड़ से एक बेल टूटकर उसकी नाक पर गिरा।

नाक से खून बहने लगा। किसान दुःखी हो बड़बड़ाया, ''मैं भी कितना गलत-सलत सोचता हूँ! जो जहाँ है वहीं भला है। अगर बेल के पेड़ पर एक टन का कद्दू लगा होता तो!''

☞ **ईश्वर ने सभी को सोच-विचारकर जगह दी है।**

47 सीता

रावण की अशोक वाटिका में सीताजी भगवान् राम को याद कर छटपटा रही थीं। उनके आसपास राक्षसियाँ बैठी पहरा दे रही थीं। उनकी परवाह न करते हुए वे बस, 'राम' नाम का जप कर रही थीं।

त्रिजटा ने करीब जाकर पूछा, ''तुम तो राम का ध्यान इतना करती हो कि एक दिन खुद ही राम बन जाओगी, जैसेकि प्राण शिव हो जाते हैं।''

''नहीं।'' ध्यानस्थ सीता चौंकीं, ''मैं उनमें लीन होकर भी सीता बनी रहना चाहती हूँ; क्योंकि अगर मैं उनमें लीन हो मिट जाऊँ तो फिर उनकी सेवा कैसे कर पाऊँगी!''

☞ **भक्त बनना भगवान् बनने से भी कठिन है।**

48 अमर प्रेम

बंबारा गाँव में रहनेवाली दो औरतों के घर एक ही दिन बच्चों का जन्म हुआ। एक के घर लड़का हुआ, दूसरे के घर लड़की। लड़के का नाम रखा—येंगे और लड़की का सिराह।

दोनों बच्चे एक-दूसरे को बहुत चाहते थे। वे एक-दूसरे के लिए जान भी दे सकते थे।

जब सिराह जवान हुई तो एक अमीर आदमी ने उसका हाथ माँगा।

माँ-बाप शादी के लिए तैयार हो गए, लेकिन सिराह अपने दूल्हे के साथ जाने के लिए तैयार नहीं हुई। वह येंगे को भी अपने साथ ले जाना चाहती थी। उसने दूल्हे से विनती की। दूल्हे ने विनती स्वीकार कर ली। और फिर तीनों गाँव छोड़कर दूसरे गाँव की ओर चल दिए।

दूल्हे के गाँव पहुँचने के बाद सिराह ने नई मुसीबतें खड़ी कर दीं। उसने कहा कि अगर येंगे न आया तो मैं नए घर में जाऊँगी ही नहीं।

इस बार भी उसके पति को हार माननी पड़ी।

और रोज दिन-रात यही चलता रहा। जहाँ कहीं सिराह जाती, येंगे साथ में रहता; जो कुछ सिराह अपने पति के लिए करती, पहले येंगे को मिलता।

कुछ दिनों तक यही रवैया देखकर पति ने सोचा, कुछ-न-कुछ तो करना होगा। इसलिए उसने गाँव के मुखिया को अपनी परेशानी बताई। ''तुम भाग्यशाली हो।'' मुखिया बोला, ''जल्द ही एक बहुत बड़ा युद्ध शुरू होनेवाला है—और चूँकि येंगे हट्टा-कट्टा है, इसलिए वह युद्ध में जाने से इनकार नहीं

कर सकता। उसे मेरे पास भेज दो। उसे खत्म करने का इंतजाम मैं कर लूँगा।''

कुछ ही दिनों बाद चारों तरफ लड़ाई के नगाड़े बजने लगे। सभी युवा लोग मोरचे पर जाने के लिए मुखिया के आगे उपस्थित हुए। उन्हींमें था येंगे और पीछे थी उसकी प्रिय सिराह। लड़ाई के वक्त भी सिराह उसे छोड़ना नहीं चाहती थी। लेकिन उसके पति को आशा थी कि येंगे से उसका जल्दी ही पीछा छूट जाएगा और सिराह गोलाबारी से डरकर वापस उसीके पास भाग आएगी।

लड़ाई शुरू ही हुई थी कि येंगे घायल होकर गिर पड़ा। मरते ही वह एक पेड़ बन गया। सिराह जो येंगे के बिना जीने की बात भी नहीं सोच सकती थी, एक बेल बन गई और पेड़ के तने से लिपट गई।

और उस दिन से पेड़ों के तने बेलों से ढके होते हैं।

☞ **प्रेम अमर होता है।**

49 चालाक चमगादड़

किसी जमाने में चखेरू और पखेरुओं के बीच युद्ध छिड़ गया। कई दिनों तक युद्ध चलता रहा। चमगादड़, जो आधा पशु और आधा पखेरू था, इस युद्ध पर अपनी दृष्टि गड़ाए रहा। अंत में उसे ऐसा लगा कि चखेरू युद्ध जीत जाएँगे। तुरंत वह चखेरुओं की फौज में भरती हो गया। पर युद्ध का नतीजा एकाएक पलट गया। आखिरी हमले में चखेरू हार गए और पखेरुओं की जीत हो गई। यह देखकर चमगादड़ ने फिर दल बदला। वह जैसे ही पखेरुओं के दल में घुसने गया कि सारे पखेरुओं ने मिलकर उसे खदेड़ दिया। वह फिर चखेरुओं के बीच लौट आया। पर उसकी इन हरकतों से चखेरू उसपर चिढ़े बैठे थे। उन्होंने उसे ऐसा खदेड़ा कि उसे अपनी जान के लाले पड़ गए। वह जाकर अँधेरे कोने में छिप गया। तब से आज तक चमगादड़ अपना मुँह दिखाने के काबिल नहीं रहा। शायद इसीलिए वह सिर्फ रात में ही घर से बाहर आता है।

☞ **स्वार्थी को सभी धिक्कारते हैं।**

50 कंस और हंस

कंस को ज्योतिषियों ने बताया था कि तुम्हारी बहन का आठवाँ पुत्र तुम्हारी मृत्यु का कारण बनेगा। कंस ने इसीलिए अपनी बहन देवकी को कारागार में डाल दिया। छह बालकों को उसने जनमते ही मार डाला था। इस वक्त वह सातवें का संहार करने जा रहा था। राजमहल से निकलकर वह बाग में आया। बाग में एक बेहद सुंदर फव्वारेवाला सरोवर था। सरोवर में हंस-हंसिनी का एक जोड़ा रहता था। जैसे ही वह फव्वारे के पास पहुँचा, हंस ने हंसिनी से कहा, ''अब मोती चुगने का शौक रहने दो।''

हंसिनी हंस की बात समझी नहीं। बोली, ''महाराज कंस का राज्य है। मोतियों की क्या कमी! मोती जैसे अन्न के दानों का भंडार तो भरा पड़ा है।''

हंस पुनः हँसा, ''जो राजा मानवों की हत्या करता है और तिसपर भी बाल-हत्या करता है वहाँ धन-धान्य क्या रहेगा!''

कंस ने अपनी निंदा सुनी तो क्रोधित हो उठा, ''मेरे ही अन्न-जल पर जीनेवाले की यह हिम्मत!'' उसने तुरंत हंस की गरदन काट दी। हंसिनी चीत्कार कर उठी।

इसके बाद कंस कारागार पहुँचा। उसने सातवें बच्चे को उठाया और पत्थर पर पटकने के लिए उछाला। परंतु पत्थर पर टकराने से पूर्व ही वह बच्ची आसमान में यह कहती हुई उड़ गई कि तुम्हारी बहन की आठवीं संतान तुम्हारा काल होगा!

☞ **यह मत भूलो कि ईश्वर न्यायी है।**

51 किस्सा एक महामूर्ख का

एक महामूर्ख था। एक बार वह अपनी बहन के घर गया। बहन ने बड़ी उमंग से भाई को चूरमा के लड्डू खिलाए। भाई को लड्डू बहुत पसंद आए। उसने बहन से पूछा, ''क्या नाम है इनका?''

बहन ने कहा, ''चूरमा।''

भाई ने सोचा कि घर पहुँचकर चूरमा बनवाऊँगा और पेट भरकर खाऊँगा। वह मन-ही-मन 'चूरमा' की रट लगाता हुआ अपने घर की ओर लौट पड़ा। वह जानता था, रटेगा नहीं तो सब भूल जाएगा।

रास्ते में एक छोटा सा नाला पड़ा। उसे पार किए बिना आगे नहीं बढ़ा जा सकता था। उसने पार करने की तरकीब सोची और पार भी कर लिया। लेकिन इस जद्दोजहद में वह 'चूरमा' शब्द भूल गया और उसके बदले 'वाह, क्या पार किया' जबान पर चढ़ गया। थोड़ी देर बाद घर पहुँचकर उसने पत्नी से कहा, ''सुनो, जल्दी करो। मेरे लिए 'वाह—क्या पार किया' बना दो। मुझे तो वही खाना है। मेरी बहन ने बहुत मीठे 'वाह, क्या पार किया' बनाए थे।''

पत्नी सोच में पड़ गई—'अरे, यह 'वाह, क्या पार किया' किस चिड़िया का नाम है?' बात उसकी समझ में नहीं आई। देर होती देखकर महामूर्ख का गुस्सा बढ़ने लगा। बोला, ''निठल्ली, बनाती क्यों नहीं? कद्दू की तरह बैठी क्यों हो?''

पत्नी ने कहा, ''वाह, क्या पार किया—कैसे बनता है, मैं तो नहीं जानती। आपकी बहन जानती है तो वापस उसके घर जाओ और उससे कहो कि बना दे।'' यह सुनकर उसका पारा चढ़ गया। पास ही में एक डंडा पड़ा था। उसे उठाकर वह अपनी घरवाली को दनादन पीटने लगा। बेचारी को इतना पीटा कि उसके सारे बदन पर चकत्ते उठ आए।

पास-पड़ोस के लोग दौड़कर इकट्ठे हो गए। पति को डाँटते हुए बोले, ''अरे, बीवी को कोई ऐसे पीटता है! मार-मारकर बेचारी का चूरमा बना डाला।''

वह बोला, ''हाँ-हाँ, यही! मुझे तो चूरमा के लड्डू खाने हैं। मैं तो इसका नाम ही भूल गया था।''

सबने कहा, ''महामूर्ख कहीं का!''

☞ **अज्ञान से बड़ा दूसरा कोई दुश्मन नहीं होता।**

52 हम भी टेढ़े, तुम भी टेढ़े

माँ ने केंचुए को डपटा, ''बेटे, तुम हमेशा टेढ़े-मेढ़े चलते हो, कभी तो सीधे चला करो!''

नन्हे केंचुए ने तपाक से जवाब दिया, ''आप चलकर दिखाइए। अगर आप सीधा चल सकेंगी तो मैं भी हमेशा वैसा ही चलने की कोशिश करूँगा।''

☞ **वही सीख औरों को दो जिसका पालन खुद करते हो।**

53 मछलियाँ और साँप

बुद्धूराम बड़ा नासमझ लड़का था। एक दिन वह नजदीक के एक तालाब में मछलियाँ चुराने गया। किनारे पर औंधे लेटकर उसने एक बाँह पानी के भीतर डाल दी और मछलियों के हाथ में आने का इंतजार करता रहा।

तभी उसे महसूस हुआ कि हाथ में कोई मछली फँसी है वह प्रसन्न हो गया। चट उसने अपना हाथ पानी के बाहर निकाला। पर जैसे ही दृष्टि हाथों की तरफ गई, वह सन्न रह गया। पानीवाला साँप

उसके हाथों से लिपटा था। चीखकर उसने साँप को वापस पानी में झटक दिया और सिर पर पैर रखकर भागा।

रास्ते में मछुआरे ने उसे रोका और डाँटने लगा, ''अगर यह साँप जहरीला होता तो आज तुम्हारी खैर नहीं थी।''

☞ **हर काम तरीके से करना चाहिए।**

54 स्वर्ग का रास्ता

गयासुर नाम का एक राक्षस था। उसने इतनी लंबी तपस्या की कि ब्रह्माजी उसके तप से प्रसन्न हो उठे। उन्होंने गयासुर से कहा, ''तुमको जो भी माँगना हो, माँगो।''

गयासुर घमंड से बोला, ''अरे छोड़ो! तुम कौन होते हो देनेवाले! माँगना है तो तुम मुझसे माँगो।''

गयासुर की घोर तपस्या से देवता भयभीत थे। तिसपर उसने माँगने के लिए कहा तो ब्रह्माजी ने सुरक्षा के लिए माँगा, ''अपनी देह दे दो। आपकी देह तप से पवित्र हुई है, हम उसपर यज्ञ करेंगे।''

गयासुर ने स्वीकार कर लिया।

राक्षस की देह पर यज्ञ शुरू हुआ। देवताओं ने वर्षों तक यज्ञ किया, फिर भी राक्षस नहीं मरा। इतने में एक और गड़बड़ हुई। राक्षस की देह उड़ने लगी।

ब्रह्माजी अत्यधिक चिंतित हो उठे। उन्होंने फौरन नारायण की स्तुति शुरू कर दी।

नारायण प्रकट हुए, ''क्या बात है, वत्स?''

ब्रह्माजी बोले, ''गयासुर की देह हवा में उड़ रही है। वह मरेगा नहीं तो देवताओं का नाश हो जाएगा।''

गयासुर की उठती हुई देह को नारायण ने दो लात मारीं। फिर भी वह न मरा।

नारायण ने कहा, ''अरे, अब तो जीवन का मोह छोड़ो।''

गयासुर ने कहा, ''ठीक है। पर मैं राक्षस हूँ। मैंने कठोर तप किया है। वह व्यर्थ तो नहीं जाएगा।''

भगवान् नारायण को उसकी बात ठीक लगी। वह राक्षस होकर भी दे सकता है और ये देवता होकर सिर्फ ले रहे हैं।

देवों के देव नारायण ने गयासुर को वरदान दिया, ''जाओ, तुम्हारे अवसान से यह जगह पवित्र हो जाएगी। लोग यहाँ आकर अपने पिता का श्राद्ध करेंगे तथा पितरों को पिंडदान करेंगे।''

'गया' उसी राक्षस की भूमि है। भगवान् के आशीर्वाद से पवित्र हो गई। आज भी लोग श्राद्ध करने गया जाते हैं।

☞ **तप से पापी भी पवित्र हो जाते हैं।**

55 कुत्ता–घर का और गाँव का

एक बार घर का कुत्ता और गाँव का कुत्ता रास्ते में टकरा गए। गाँव के कुत्ते ने देखा कि उसका मित्र काफी तंदुरुस्त और हट्टा-कट्टा है। जबकि उसकी अपनी हालत बड़ी नाजुक थी। पूरे-पूरे दिन उसे खाने को नहीं मिलता था।

तभी घर के कुत्ते ने सहानुभूति से भरकर उसे बताया, ''अगर तुम चाहो तो तुम्हें भी पेट भरकर खाना मिल सकता है।''

गाँव के कुत्ते ने पूछा, ''वह कैसे?''

घर के कुत्ते ने जवाब दिया, ''तुम्हें हमारे मालिक के घर की चौकीदारी करनी होगी।''

''मैं तैयार हूँ।'' गाँव का कुत्ता बोला, ''पर तुम्हारे गले में यह क्या है?''

''पट्टा!'' घर के कुत्ते ने बताया, ''रात में मैं पहरेदारी करता हूँ। दिन में हमारा मालिक मुझे बाँधकर एक कोने में बिठा देता है।''

यह सुनकर गाँव का कुत्ता चलता बना।

☞ **यशस्वी होने का सबसे छोटा रास्ता अंतरात्मा के अनुसार चलना है।**

56 नारद का दुःख

एक दिन नारद मुनि अत्यंत उदास मुद्रा में बैठे थे। सनकादिक ने उनसे उनकी व्यथा जाननी चाही। पूछा, ''हमेशा हँसते रहनेवाले आप आज उदास कैसे हैं?''

नारद बोले, ''मुझे अपने देश की चिंता सता रही है। जरा भारत भूमि की ओर देखो। धर्म का विनाश हो रहा है। अधर्म पनप रहा है। लोग भूखे मर रहे हैं और व्यापारी धन बटोरकर तिजोरियाँ भर रहे हैं। भाई-भाई को लूटने की युक्ति कर रहा है। उफ! भ्रष्टाचार से तो तौबा!''

सनकादिक को नारदजी की बात सही लगी। देश का दुःख किसी भी दुःख से बड़ा होता है।

☞ **जननी और जन्मभूमि स्वर्ग से भी बढ़कर हैं।**

57 सबक

किसी गाँव में एक महिला सराय की मालिक थी। एक दिन उसकी एक सहेली उससे मिलने आई। उसने पूछा, ''कैसा चल रहा है तुम्हारा धंधा?''

''एकदम मंदा। आजकल सारे-के-सारे ग्राहक उस सामनेवाली सराय में जाते हैं। हालाँकि चाय मेरे यहाँ ज्यादा अच्छी बनती है।'' वह बोली।

सहेली ने कहा, ''मैं तुम्हें इसका कारण बताती हूँ, अगर तुम बुरा न मानो तो।''

''हरगिज नहीं।''

''तो सुनो।'' सहेली ने कहा, ''इसमें शक नहीं कि उस सराय की चाय की बनिस्बत तुम्हारे यहाँ की चाय अधिक अच्छी होती है; पर तुम्हारे यहाँ सफाई नहीं है। कप और प्लेट बेहद गंदे होते हैं। इसमें चाय पीते हुए ग्राहकों को मतली आने लगती है। ऊपर से नौकर तुम्हारे यहाँ टेबल और कुरसियाँ तथा फर्श तक ठीक से साफ नहीं करते। अगर तुम अपने यहाँ साफ-सफाई का खयाल रखो तो कुछ ही दिनों के भीतर तुम पाओगी कि तुम्हारे पुराने ग्राहक फिर से तुम्हारे यहाँ चाय पीने आने लगे हैं।''

उसने अपनी सहेली की सलाह मानकर सारा सामान साफ रखना शुरू कर दिया। यहाँ तक कि खिड़की, दरवाजे तक लकदक-लकदक करने लगे। धीरे-धीरे शहर में उस सराय की स्वच्छता की चर्चा होने लगी और लोगों ने फिर से वहाँ बैठकर चाय पीना शुरू कर दिया।

☞ **स्वच्छता हमेशा समृद्धि लाती है, जबकि गंदगी दरिद्रता का द्वार खोलती है।**

58 नहले पर दहला

कल्लूमल को परेशान देखकर उसके दोस्त ने बड़ी सहानुभूति से पूछा, ''क्यों दोस्त, क्या बात है, बड़े परेशान नजर आ रहे हो?''

कल्लूमल का गला भर्रा उठा। बोला, ''क्या बताऊँ, दोस्त, मेरे घर के सामनेवाला जो दर्जी है न, वह कमबख्त भाग गया। साथ ही टेरालीन की तीन पतलूनें और दो कमीजों का मेरा कपड़ा भी लेता गया।''

दोस्त सुनकर मायूस हो उठा।

उसकी संजीदगी देखकर कल्लूमल ने पूछा, ''मगर तुम इतने क्यों उदास हो गए?''

''उदास इसलिए हो रहा हूँ कि वह कमबख्त तेरी तो तीन पतलून और दो कमीजों का कपड़ा ही लेकर भागा है, पर मेरी तो ऐसी-तैसी कर दी उसने। चार कुरते, चार पायजामों का नाप लेकर रफू-चक्कर हो गया!''

☞ **बेवकूफ हमेशा उलटी बातें करते हैं।**

59 किसान और कुत्ते

अकाल का मारा एक किसान भूखों मरने लगा। घर में खाने को कुछ था नहीं। अचानक उसे एक उपाय सूझा, क्यों न मैं अपनी भेड़ों को अपना भोजन बनाऊँ? दूसरे दिन से उसने भेड़ मारकर खानी शुरू कर दीं। कुछ दिनों में वह सारी भेड़ें मारकर खा गया। तब उसकी नजर अपनी बकरियों पर गई।

महीने भर में सारी बकरियाँ भी खत्म हो गईं। तब उसने अपनी गाय को भी कत्ल कर डालने का फैसला किया। तभी उसके दो कुत्ते चौंक उठे। वे समझ गए कि अब उनकी भी खैर नहीं। गाय के बाद उनका ही नंबर है। जब तक जान में जान है, यहाँ से भाग निकलो—और वे उस किसान के घर से भाग खड़े हुए।

☞ **दूसरों के घरों को जलता देखकर अपने घर की फिक्र करनी चाहिए।**

60 सूरज

एक औरत बेहद मेहनती थी। एक शाम अँधेरा होते ही वह अपने दोनों बच्चों के साथ घर लौटी तो उसने पाया कि मेज पर रखा हुआ दीया जल रहा है।

बड़ा लड़का सत्तार आश्चर्य से चिल्लाया, "घर में तो कोई नहीं था, फिर यह दीया किसने जलाया?"

"कौन जलाएगा? जरूर तुम्हारे पिताजी शहर से लौट आए होंगे।" औरत बोली।

दोनों बच्चे उछाह से कूदते हुए घर के भीतर घुसे तो अगले कमरे में पिताजी को सचमुच बैठा पाया।

दूसरे दिन सुबह दोनों बच्चे माँ-बाप के साथ खेत पर गए। उस दिन सूरज अधिक चमकीला था। बच्चे धूप देख बहुत खुश हुए। तब पिता ने बच्चों से कहा, "बच्चो, घर में रोशनी की उजास देखकर तुमने तुरंत अनुमान लगा लिया था कि दीया मैंने ही जलाया होगा। क्या तुम इस सुहानी धूप के बारे में बता सकते हो कि इसको चमकानेवाला कौन है?"

"क्यों नहीं!" सकीना ने उत्तर दिया, "खुदा चमकाता है। अगर एक छोटा सा दीया अपने आप नहीं जल सकता तो सूरज को भी कोई-न-कोई चमकाता ही होगा।"

बच्चों के पिता बेटी का उत्तर सुन बेहद प्रसन्न हुए।

☞ **हमारे आसपास फैली हुई ईश्वर की दुनिया शानदार है, मगर हमारे अंदर रहनेवाली ईश्वर की दुनिया उससे भी ज्यादा शानदार है।**

61 परीक्षा

मनु महाराज की पुत्री का नाम देवहूति था। वह बड़ी सौम्य और ज्ञानी थी। बड़ी हुई तो मनु महाराज को उसके ब्याह की चिंता हुई। तभी एक दिन नारदजी ने सुझाव दिया, "कर्दम ऋषि से बढ़कर योग्य वर तुम्हें अपनी कन्या के लिए दूजा नहीं मिलेगा।"

मनु महाराज को भी बात जँच गई। वे पत्नी शतरूपा तथा कन्या देवहूति के साथ कर्दम ऋषि के आश्रम पहुँचे। कर्दम ऋषि तीक्ष्ण बुद्धिवाले ऋषि थे। उनके आगमन का अभिप्राय समझ गए।

परखना था उन्हें देवहूति को। अतः उन्होंने मेहमानों के लिए तीन आसन बिछाए और बैठने के

लिए कहा।

मनु महाराज बैठ गए और शतरूपा भी बैठ गईं।

किंतु देवहूति के मन में विचार आया—पिता और माता के समक्ष भावी पति खड़ा है तब वह कैसे बैठे? फिर कर्दम ऋषि ने अपने बैठने के लिए तो आसन छिाया ही नहीं है। साथ ही उन्होंने तीनों को आसन ग्रहण करने का अनुरोध किया है। उसे टालना भी अनुचित है।

उसने एक उपाय सोचा। अपना एक हाथ आसन पर रख वह जमीन पर बैठ गई।

देवहूति के इस चातुर्य पर कर्दम ऋषि रीझ गए और उन्होंने उसे पत्नी के रूप में स्वीकार कर लिया।

☞ **हर मुश्किल का एक हल होता है।**

62 बनिए का बनिया

एक बनिया संत के पास पहुँचा। बोला, ''भगवान् का नाम लेना चाहता हूँ, महाराज! सेवा-पूजा करना चाहता हूँ; किंतु एक दमड़ी का भी खर्चा न हो, इसका खयाल रखिएगा।''

संत बोला, ''अरे भाई, भगवान् कब तुमसे पैसा-रुपया चाहता है! उसे तो चाहिए सच्ची भक्ति।''

पैसे के बिना भक्ति हो सकती है, तब बनिए को भक्ति से क्या परहेज। बस, लग गया राम नाम जपने। उठते-बैठते, खाते-पीते, दिन-रात वह ईश्वर का नाम जपता रहता।

एक दिन बनिए ने भगवान् के सामने दूध से भरा लोटा चढ़ाया। मीठा करने के लिए शक्कर डाली। तभी उसे खयाल आया कि दूध में शक्कर ज्यादा पड़ गई है। सोचा, थोड़ा निकाल ले। मगर जैसे ही लोटे में हाथ डाला तो दंग रह गया। लोटे में शक्कर तो शक्कर, दूध भी गायब था।

बनिया समझ गया। भगवान् उससे भी ज्यादा उस्ताद निकले। हाथ आया वापस क्यों जाने दें।

सच है, भगवान् बनियों का बनिया है। भक्ति तो मन में सच्ची थी, अतः भगवान् ने प्रसाद ग्रहण कर लिया। यह सोच बनिए की खुशी का ठिकाना न रहा।

☞ **भक्ति धन से नहीं, मन से होती है।**

63 जिंदा मुरदा

राजा राहूगण पालकी में यात्रा कर रहे थे। चार मजदूर उनकी पालकी उठाए दौड़ रहे थे। सफर लंबा था। तभी एक कुएँ के पास पालकी उतारकर मजदूरों ने कहा, ''प्यास लगी है, हुजूर! जरा पानी पीकर आते हैं।''

उनमें से एक मजदूर तो इतना थक गया था कि एक कदम भी चलने की हिम्मत उसमें बाकी

नहीं थी। वह वहीं से जान छुड़ाकर भाग गया। अब बच रहे तीन। पालकी कैसे उठाई जाय? इतने में सामने से जड़भरत आते दिखे। राजा ने कहा, ''पकड़ो इसे। उठवाओ इससे पालकी।''

चौथे मजदूर की जगह जड़भरत ने कंधा दिया। पालकी चल पड़ी। मगर यह क्या? कभी राजा का सिर पालकी की दीवार से टकराता तो कभी लुढ़कने लगता।

राजा ने मजदूरों को धमकाया, ''ठीक तरह चलो।''

तीनों मजदूर गिड़गिड़ाए, ''हुजूर, ठीक तो चल रहे हैं। यह जो नया मजदूर है न, यही सीधा नहीं चल रहा।''

राजा ने जड़भरत को धमकाया, ''जान है कि नहीं? क्या मरे जैसा चल रहा है!''

जड़भरत ने कह दिया, ''राजा, मैं तो मरे जैसा चल रहा हूँ, पर तू तो जिंदा है, फिर अपना भार दूसरों पर क्यों डालकर चल रहा है? इस तरह तो आदमी तब चलता है जब मृत्यु को प्राप्त होता है।''

यह सुनकर राजा तुरंत पालकी से कूद पड़ा।

☞ **जो उपदेश आत्मा से निकलता है, आत्मा पर सबसे ज्यादा कारगर होता है।**

64 भेड़िए की चाल

एक भेड़िया बीमारी की वजह से कुछ कमजोर हो गया। जंगल में शिकार कर अपने लिए भोजन जुटाना अब उसके लिए संभव न रहा। उसने एक चाल चली। भेड़ की खाल ओढ़कर वह भेड़ों के एक झुंड में घुस गया। किसीको पता न चला। चरवाहे को भी नहीं। बस, अब क्या था! मौज-ही-मौज। भेड़िया रोज चुपके से एक भेड़ के बच्चे को अलग ले जाता और मिनटों में गड़प कर जाता। कुछ रोज यह युक्ति चलती रही। एक दिन चरवाहे के घर पर कुछ मेहमान आनेवाले थे। उसने एक बड़ी सी भेड़ को काटकर उसका सालन बनाने का निश्चय किया। अचानक उसकी दृष्टि भेड़ की खाल ओढ़कर भेड़ बने भेड़िए पर गई। चरवाहे ने फौरन उसकी गरदन धड़ से अलग कर दी।

☞ **जैसी करनी वैसी भरनी।**

65 भाग्य की महिमा

एक यात्री रेगिस्तान में रास्ता भूल गया। कई दिनों तक वह बिना भोजन और पानी के लिए भटकता रहा। बस मरने-मरने को हो रहा था। तभी उसे एक खजूर का पेड़ दिखाई दिया। वह उसकी ठंडी छाया में बैठ गया। पेड़ पर खजूर तो नहीं थे, पर सामने रेत पर एक थैला जरूर पड़ा था। यात्री ने सोचा, अवश्य इसमें कुछ खाने का सामान होगा—और वह मरने से बच जाएगा। बड़ी उत्सुकता से उसने थैला खोला। पर तुरंत उसका चेहरा फक पड़ गया। ''ओह! इसमें तो हीरे भरे हैं।'' वह बुदबुदाया।

यात्री भूख से मर रहा था और उसकी बगल में कीमती हीरों का थैला पड़ा था। वह ईश्वर से प्रार्थना करने लगा। तभी उसने देखा कि एक ऊँट उसकी तरफ चला आ रहा है। जैसे ही ऊँट निकट आया, उसने देखा कि ऊँट की पीठ पर एक व्यापारी बैठा है।

यह व्यापारी कुछ समय पूर्व उसी रास्ते से गुजरते हुए खजूर के पेड़ के नीचे आराम करने के लिए बैठा था और अपना हीरों का थैला भूल गया था। उसी थैले की खोज में वह उस जगह वापस लौटा था। थैला वापस पाकर व्यापारी बेहद खुश हुआ। उसने यात्री को ढेर सारी खाने की सामग्री दी और उसे अपने ऊँट की पीठ पर बैठाकर साथ ले गया।

☞ **कभी ढेर सारे हीरों से कीमती एक रोटी होती है।**

66 छोटा और बड़ा काम

अब्राहम लिंकन जब अमेरिका की धारा सभा के सदस्य चुने गए तो उनका अभिनंदन करने के लिए अपार मानव समूह उमड़ पड़ा। उसमें अनेक जाने-माने और धनी लोग भी थे। जब ये सारे लोग लिंकन के घर पहुँचे तो वे अपनी गाय दुह रहे थे।

कुछ समय तक विस्मय का वातावरण बना रहा। आखिर जब एक सज्जन से न रहा गया तो उसने पूछ डाला, ''अरे, आप देश के अग्रणी नेता होकर अपने हाथ से गाय दुह रहे हैं!''

लिंकन ने मुसकराकर उत्तर दिया, ''भाइयो, काम कोई छोटा-बड़ा नहीं होता। हम लोग श्रम से डरते हैं और अपना काम औरों पर छोड़ देते हैं। यह हमारे भीतर की एक बड़ी कमी है।''

☞ **वही सफल होता है जिसका काम उसे निरंतर आनंद देता है।**

67 बंद आँखें, खुला मुँह

एक छोटे से गाँव में रहनेवाले एक मुरगे को अपनी आवाज पर बड़ा नाज था। एक दिन एक चालाक लोमड़ी उसके पास आई और बोली, ''मुरगे महाशय! सुना है, आपकी आवाज बड़ी प्यारी और बुलंद है!''

मुरगे ने गद्गद होकर अपनी आँखें मीचीं और ऊँची आवाज में चिल्लाया—कु कु ड़ू···कूँ! कुकुड़ू कूँ···पर तभी लोमड़ी ने फुरती से उसे अपने मुँह में दबोच लिया और जंगल की तरफ भाग चली।

गाँववालों की नजर उसपर पड़ी तो वे चिल्लाए, ''पकड़ो, मारो! यह तो हमारा मुरगा दबोचे लिये जा रही है।''

लोमड़ी ने उनकी चिल्लाहट पर ध्यान नहीं दिया। यह देखकर मुरगा बोला, ''लोमड़ी बहन, ये गाँववाले चिल्ला रहे हैं कि मेरा मुरगा दबोचे लिये जा रही है। आप इन्हें जवाब क्यों नहीं दे देतीं कि यह मुरगा आपका है, उनका नहीं?''

लोमड़ी को मुरगे की बात जम गई। उसने फौरन मुँह खोला और गाँववालों की ओर देखकर कहा, ''भूल जाओ अपने मुरगे को। यह तो अब मेरा निवाला है।'' पर यह कहने के साथ जैसे ही लोमड़ी का मुँह खुला, मुरगा उसके मुँह से छूट गया। वह सरपट भागा और अपने गाँववालों के पास पहुँच गया।

☞ प्रयत्नशील लोगों के लिए सदा आशा है।

68 पानी

करनाल के मैदान में मुहम्मद शाह की सेना को हराकर जब विजयी नादिरशाह दिल्ली पहुँचा तो दोनों बादशाह साथ ही तख्त पर बैठे। नादिरशाह को प्यास लगी। उसने मुहम्मद शाह को पानी मँगाने का संकेत किया। वह पानी आने का इंतजार कर रहा था कि उसे नगाड़े बजने की आवाज सुनाई पड़ी। लगा, जैसे कोई उत्सव होने जा रहा है। वह अभी पूछने ही वाला था कि उसके सामने दस-बारह नौकर हाजिर हुए। किसीके हाथ में रूमाल था तो किसीके हाथ में पानदान। तभी दो-तीन नौकर आगे बढ़े। उनके हाथ में चाँदी का एक थाल था। उसमें बड़े तरतीब से जल भरे हुए गिलास सजे थे। वह थाल बेशकीमती कपड़े से ढका हुआ था।

नादिरशाह को जब पता चला कि यह सारा आडंबर उन्हें पानी पिलाने के लिए है तो वह बोला, ''हम ऐसा पानी नहीं पीते।''

इसके बाद उसने जोर से आवाज देकर अपने भिश्ती को बुलाया।

भिश्ती चमड़े की मशक में पानी लिये तुरंत दौड़ा आया। नादिरशाह ने सिर से अपना लोहे का

टोप उतारा और उसमें पानी भरकर तुरंत पी गया। फिर उसने मुहम्मद शाह की ओर देखकर कहा, ''अगर हम भी तुम्हारी तरह पानी पीते तो ईरान से हिंदुस्तान तक न आ पाते।''

☞ **आदमी जितना महान् होगा उतना ही नम्र होगा।**

69 चमत्कारी भोजन

एक दिन एक राजा आँधी और तूफान में फँस गया। उसने एक झोंपड़े में शरण ली। उसने देखा, बच्चे जमीन पर बैठे हुए खाना खा रहे हैं। खाने में सिर्फ पतली खिचड़ी ही थी, पर बच्चे काफी स्वस्थ दिख रहे थे। उनके गालों पर हलकी ललाई थी। राजा ने बच्चों की माँ से इसका राज जानना चाहा।

उनकी माँ ने कहा, ''यह सब उन तीन बातों की वजह से है जो बतौर घुट्टी मैं इन्हें खाने के साथ देती हूँ। पहली चीज, बच्चे अपने खाने भर का पैदा करने के लिए स्वयं मेहनत करें। दूसरी, मैं कोई चीज उन्हें बाहर की नहीं देती। तीसरी, मैंने उन्हें अंधाधुंध खाने से दूर रखा है। जितनी भूख हो उतना ही खाना।''

☞ **नियम और सादगी स्वास्थ्य की निशानी है।**

70 सब्जी

''यह सब्जी बड़ी बेस्वाद है!'' शैली ने गुस्से से कटोरी पटकते हुए कहा, ''मैं इसे नहीं खा सकती।''

''ठीक है।'' माँ ने उसे पुचकारा, ''शाम को मैं ठीक से बनाने की कोशिश करूँगी।''

दोपहर में दोनों बगीचे में गईं। माँ ने आलू खोद-खोदकर निकालने शुरू किए और शैली उन आलुओं को उठा-उठाकर झाबे में रखने लगी। यही करते-करते शाम हो गई। शैली और माँ दोनों घर लौटे। शैली दिन भर काम में माँ का हाथ बँटाती रही थी, अत: बुरी तरह थक गई थी। भूख भी उसे बड़ी जोरों की लगी थी। माँ ने जैसे ही खाना परोसा, शैली खाने पर टूट पड़ी। फिर उसने माँ से कहा, ''सुबहवाली सब्जी की अपेक्षा यह सब्जी बहुत स्वादिष्ट बनी है।''

शैली का खाना समाप्त हो गया तो माँ ने कहा, ''मुझे बड़ी खुशी हुई है कि तुम्हें सब्जी इतनी पसंद आई; पर बेटी, मैं तुम्हें यह सच्चाई बताना चाहती हूँ कि यह सब्जी वही सुबहवाली है। पर इस वक्त तुम्हें इसलिए अच्छी लग रही है क्योंकि तुम खूब थकी हुई हो और तुम्हें कसकर भूख लगी है। मेहनत के बाद खाना अच्छा लगता है।''

☞ **हर चीज की कीमत सही वक्त पर होती है।**

71 फू-फू बाबा

एक ब्राह्मण था। उसके एक लड़का था। एक रोज बाप-बेटा दोनों पड़ोस के गाँव जाने के लिए निकले। चलते-चलते रास्ता भूल गए और घने जंगल में पहुँच गए। उस जंगल में एक चुड़ैल रहती थी। दोनों को जोर की भूख लगी थी। वे चुड़ैल के घर पहुँचे। चुड़ैल घर में ही बैठी थी। उसे देखकर बाप-बेटा दोनों घर के कोने में पड़े कुठले में छिप गए। दोपहर होने पर चुड़ैल कहीं बाहर गई और दूध की एक हाँड़ी लेकर लौटी। फिर उसने खीर बनाई। खीर गरम थी। उसे ठंडा करने के लिए एक ओर रख दी।

बेटे को जोरों की भूख लगी थी। खीर देखकर उसके मुँह में पानी आ गया। खाने के लिए वह उतावला होने लगा। पिताजी से बोला, ''बापू! अब तो मुझसे रहा नहीं जाता। मैं तो बाहर निकलकर खीर खाऊँगा। चाहे चुड़ैल मुझे ही क्यों न खा जाए।''

पिता ने कहा, ''अच्छी बात है। धीरे से कुठले के बाहर निकलना। चुड़ैल की बाईं ओर बैठकर खीर खाना। इसकी बाईं आँख नकली है। इसलिए वह तुझे देख नहीं पाएगी।''

बेटा धीमे से बाहर निकला। जैसे ही उसने खीर के बरतन में हाथ डाला, गरम-गरम खीर से उसका हाथ जल गया। वह फू-फू करके हाथ को सहलाने लगा।

चुड़ैल ने इससे पहले कभी फू-फू की आवाज नहीं सुनी थी। वह एकदम डर गई। उसने सोचा, मेरे घर में यह कौन आ गया? सचमुच यह कोई फू-फू बाबा है। शायद बहुत बड़ा राक्षस हो!

चुड़ैल फौरन घर से बाहर निकलकर भागी। रास्ते में उसे एक सियार मिला। सियार ने पूछा, ''अरी ओ भूत की बहन! यों भागती हुई कहाँ जा रही है?''

वह बोली, ''अब तुमसे क्या कहूँ? मेरे घर में कोई फू-फू बाबा घुसा है। डर के मारे मुझे तो पसीना छूट रहा है। घर में बढ़िया खीर बनी है, लेकिन अब घर में जाने की हिम्मत नहीं होती।''

सियार बोला, ''डरो मत। आओ, मैं तुम्हारे साथ चलता हूँ। भला चुड़ैल के घर में कोई घुस सकता है? तुमसे तो सारा जमाना डरता है।''

चुड़ैल और सियार दोनों घर पहुँचे। सियार ने चारों तरफ देखा तो कहीं कोई भी नजर नहीं आया। हाँ, कुठले में से फू-फू की आवाज जरूर आ रही थी। बेटा अभी भी अपने जले हुए हाथ पर फूँक मार रहा था।

सियार बोला, ''हाँ, कुछ है जरूर। मैं कुठले में झाँककर देखता हूँ।''

यह कहकर सियार कुठले पर चढ़ा और उसके अंदर उतरने लगा। जैसे ही सियार की पूँछ करीब आई कि अंदर दुबककर बैठे बाप ने उसे पकड़कर मरोड़ा।

सियार चीखने-चिल्लाने लगा। वह बोला, ''बाप-रे-बाप! कुठले में तो कोई मरोड़ी लाल बैठा है। भागो, भूत की बहन भागो। यह तो तुम्हारे फू-फू बाबा का भी बाप मालूम होता है।''

सियार ने पूँछ छुड़ाने के लिए ऐसा जोर लगाया कि उसकी पूँछ ही टूट गई। सियार और चुड़ैल

दोनों अपनी जान बचाकर भाग खड़े हुए। बाद में ब्राह्मण और उसका बेटा कुठले में से बाहर निकले और खीर खा लेने के बाद इतमीनान से अपने घर पहुँच गए।

☞ **विपत्ति में साहस से काम लेना चाहिए।**

72 दूध

कल्लू काफी धनी लड़का था। एक बार वह शहर से घूमने गाँव की तरफ आया। कड़ी दोपहरी थी। उसे भूख लगी। एक किसान से उसने दूध व रोटी खरीदी और एक पेड़ की छाया में आराम से बैठकर खाने लगा।

बल्लू एक गरीब बच्चा था। कल्लू को जब उसने पेड़ की छाया में बैठकर दूध और रोटी खाते देखा तो उसकी भी इच्छा हुई कि उससे थोड़ा सा अपने लिए माँग ले; पर वह कह न सका।

कल्लू ने बल्लू को देख लिया था और उसका इरादा भी भाँप लिया था। अत: उसने गिलास में थोड़ा सा दूध बल्लू के लिए छोड़ने का निश्चय किया। किंतु अपनी भूख की वजह से वह पूरा दूध पी गया। जैसे ही उसने अपना दूध खत्म किया, गिलास की तली में उसने कुछ लिखा हुआ पढ़ा। मारे शर्म के उसका चेहरा झुक गया। वह फौरन किसान के पास गया। दूध का एक और बड़ा गिलास व रोटी खरीदी और बल्लू को पास बुलाकर उससे खाने का आग्रह किया।

पंक्तियाँ जो उसने गिलास की तली में पढ़ी थीं, वे इस तरह थीं—

☞ **जो गरीबों का खयाल नहीं रखते, वे स्वयं भी भोजन के अधिकारी नहीं हैं।**

73 सच्चा-झूठा

एक पेड़ पर मधुमक्खियों ने अपना शानदार घर बनाया। जैसे ही वे शहद की तलाश में बाहर गईं, मधुमक्खों ने उसपर फौरन कब्जा कर लिया। वे कहने लगे, ''यह घर तो हमने बनाया है। यह घर हमारा है।''

मधुमक्खियाँ बोलीं, ''तुम लोग झूठे हो। यह घर हमने बनाया है। यह घर हमारा है।''

दोनों पक्ष अपनी-अपनी बात पर अड़े रहे। अंत में मामला एक टिड्डे के पास पहुँचा। टिड्डे ने दोनों पक्षों की बात सुनकर अपना फैसला सुनाया, ''आप लोग फिर से एक-एक घर बनाओ। जिसका घर इस घर से मिलता-जुलता होगा वही इस घर का सच्चा मालिक होगा।'' यह सुनकर मधुमक्खे बोले, ''यह फैसला हमें मंजूर नहीं।''

टिड्डा समझ गया, सबके सब मधुमक्खे झूठे हैं। सच यही है कि यह घर मधुमक्खियों का है।

☞ **लोगों से काम लेने के लिए मखमल की म्यान में तेज दिमाग होना चाहिए।**

74 अनाथ

मुनि दुर्वासा स्नान के लिए जा रहे थे। तभी राह में इंद्र की सवारी चली आ रही थी। इंद्र थे राजाओं के राजा। साधु-संतों की क्या परवाह!

उन्होंने न दुर्वासा मुनि को प्रणाम किया, न ठहरकर आदर ही दिया।

दुर्वासा मुनि को यह अनादर सहन न हुआ। गुस्से से बोले, ''ऊँचे सिंहासन पर बैठा है, पर मन कितना छोटा है! संत-मुनियों को देखकर भी वंदना नहीं करता! जा, आज से तू निर्धन बन जाएगा।''

दुर्वासा मुनि का शाप।

जो नाथों का नाथ था, वही इंद्र अनाथ हो रास्ते का भिखारी बन गया। न जाने कब तक वे इसी दशा में भटकते रहे।

☞ **अगर कोई व्यक्ति अपने को कीड़ा बना ले तो रौंदे जाने पर उसे शिकायत नहीं करनी चाहिए।**

75 भेड़िया और खोपड़ी

एक घना जंगल था। उसमें एक भेड़िया जा रहा था। तभी उसकी नजर किसी मनुष्य की खोपड़ी पर पड़ी। उसने अपने पंजों से खोपड़ी को उलट-पलटकर देखा। पर खोपड़ी ने कुछ भी न कहा। तब भेड़िया बोल उठा, ''अगर तुम जिंदा होते और मैंने तुम्हें छुआ होता तो तुम अवश्य चिल्ला उठते। तब तुम हट्टे-कट्टे थे, गाते थे, मौज उड़ाते थे। अब तुम कितने खोखले हो! किसी काम के नहीं हो।''

☞ **शत्रुता का अंत शत्रु के जीवन के साथ ही हो जाता है।**

76 बोझ का सम्मान

प्रसिद्ध उद्योगपति जमशेदजी अपने सेवकों के साथ सड़क पर जा रहे थे कि उनकी बगल से भारी बोरा उठाए एक मजदूर गुजरा। बोरे का धक्का लगने से जमशेदजी गिर पड़े और उनकी पगड़ी उछलकर नाले में जा पड़ी।

एक सेवक ने फुरती से उन्हें उठाया। वह मजदूर सहम गया और हाथ जोड़कर गिड़गिड़ाने लगा। सेवकों ने सोचा, अब तो इस मजदूर की खैर नहीं। पर वे चकित रह गए, जब जमशेदजी ने उसे बिना डाँटे-डपटे क्षमा कर दिया और बोले, ''इस बेचारे का इसमें क्या कसूर! यह तो बोझ से दबा हुआ था। यह भला कैसे देख सकता था! कसूर तो मेरा है, मुझे देखकर चलना चाहिए था।''

यह कहकर उन्होंने पाँच का नोट उस मजदूर को दिया और अपने सेवक से बोझ उठवा देने के लिए कहा।

☞ **बुद्धिमान पुरुष अपने किए का दोष दूसरों के सिर नहीं मढ़ते।**

77 रोटी और पानी

एक बार बहुत भयानक अकाल पड़ा। भूख से बिलबिलाता एक गरीब बच्चा चंदू गाँव के अमीर लोगों के दरवाजे पर पहुँचा और उनसे एक रोटी की याचना करने लगा। पर किसीने उसकी गिड़गिड़ाहट पर ध्यान न दिया। रमेश, जो एक धनवान किसान का बेटा था, प्रवेश की सीढ़ियों पर बैठा हुआ रोटी खा रहा था। चंदू उसके निकट पहुँचा। उसने रमेश से याचना की, ''मुझे एक कौर रोटी का दे दो न! भूख से मरा जा रहा हूँ।'' पर रमेश अपने खाने में मस्त रहा। बिना उसकी तरफ देखे ही बोला, ''जाओ, जाओ, रास्ता नापो अपना।''

करीब एक साल बाद, रमेश पहाड़ पर इधर-उधर घूमता कुछ खोज रहा था। दरअसल उसकी बकरी खो गई थी। कड़ी धूप और लंबी भाग-दौड़ ने उसे बुरी तरह थका डाला था। प्यास से वह बेचैन

था। तभी उसे एक लड़का बकरियाँ चराता हुआ नजर आया। उसकी बगल में पानी से भरा लोटा रखा हुआ था।

रमेश उस लड़के के निकट पहुँचा और बोला, ''मुझे थोड़ा सा पानी दो न पीने को। मैं प्यास से मरा जा रहा हूँ।''

तभी उस लड़के ने फट से जवाब दिया, ''जाओ, जाओ, अपना रास्ता नापो। तुम्हारे लिए मेरे पास एक घूँट भी पानी नहीं है।''

रमेश उस लड़के की आवाज पहचान गया। वह चंदू था, जो पिछले साल भूख से बिलबिलाता हुआ उससे रोटी का टुकड़ा माँग रहा था और उसने रोटी उसे देने से इनकार कर दिया था। वह आँखों में आँसू भरकर चंदू से क्षमा-याचना करने लगा। चंदू बड़ा दयालु था। उसने पानी से भरा लोटा रमेश को थमा दिया।

प्यासा रमेश एक ही साँस में पूरा लोटा खाली कर गया।

☞ **सबसे बड़ा दोष किसी दोष का भान न होना है।**

78 संत की महानता

दक्षिण भारत में तुकाराम नाम के एक संत हुए हैं। वे अत्यंत निर्धन थे। उनके पास एक छोटा खेत था। एक बार उन्होंने उस खेत में गन्ने बोए। जब गन्ने तैयार हो गए तो एक दिन उन्होंने गन्नों को काटा और गठरी बाँधकर अपने घर की ओर रवाना हुए।

रास्ते में कई बच्चे उनके पीछे पड़ गए और गन्ना माँगने लगे। उन्होंने सभी बच्चों को गन्ना बाँट दिया। उनके पास सिर्फ एक गन्ना बचा, जिसे लेकर वे घर लौटे।

उनकी पत्नी का नाम रखुमाई था। वह बड़ी गुस्सैल और चिड़चिड़े स्वभाव की थीं। जब रखुमाई ने देखा कि तुकाराम खेत से केवल एक गन्ना लेकर लौटे हैं, तो वे सारी बातें समझ गईं। उन्होंने आव देखा न ताव, तुकाराम से गन्ना छीनकर उन्हींकी पीठ पर जोर से दे मारा। पीठ पर पड़ते ही गन्ने के दो टुकड़े हो गए।

संत तुकाराम तो पूरे संत ही थे, क्रोधित होने के बदले वे हँसते हुए बोले, ''कितनी अच्छी हो तुम! हम दोनों के लिए गन्ने के दो टुकड़े मुझे करने पड़ते, पर यह काम तुमने मेरे बिना कहे ही कर दिया।''

☞ **ईंट का जवाब पत्थर से देने पर झगड़े की आग और भड़कती है।**

79 बूढ़ा कुत्ता

एक बूढ़ा कुत्ता, जो अपनी जवानी के दिनों में बढ़िया शिकारी था, अपने मालिक के साथ जंगल

में शिकार खेलने गया। जंगल में काफी दूर जाने के बाद उसे एक गीदड़ नजर आया। कुत्ते ने दौड़कर उसे घेर लिया। कुत्ते और गीदड़ के बीच युद्ध छिड़ गया। काफी घेरा-घारी के बावजूद गीदड़ कुत्ते के पंजे से छूट भागा। कुछ मिनटों बाद कुत्ते का मालिक हाँफता हुआ कुत्ते के निकट पहुँचा। गीदड़ को न पकड़ पाने की कुत्ते की असमर्थता पर वह क्रोधित हो उठा। छड़ी उठा कुत्ते की पिटाई करने जा ही रहा था कि तभी कुत्ता नरम स्वर में बोला, ''मालिक! उन दिनों की याद करिए, जब मैं जवान था और बड़े-बड़े शिकार आपके लिए झपट लाता था। लेकिन अब तो मैं बूढ़ा हो गया हूँ। मुझपर दया करो।''

☞ **समय सत्य के सिवाय हर चीज को कुतर खाता है।**

80 सब्र का फल

एक बार बहुत बड़ा अकाल पड़ा।

अमीर जमींदार ने गाँव के सबसे ज्यादा गरीब बीस बच्चों को बुलाया और कहा, ''इस टोकरी में तुम सबके लिए रोटी है। ये ले लो और तुम तब तक रोटी लेने इसी तरह आते रहना जब तक ईश्वर हमें अच्छा समय नहीं दिखाता।''

बच्चे टोकरी पर मक्खियों की तरह टूट पड़े और रोटी पाने के लिए आपाधापी करने लगे। सभी की कोशिश यही थी कि उसे अच्छी सेंकी हुई रोटी हाथ लगे। किसी तरह धक्का-मुक्की करके वे अपना-अपना हिस्सा लेकर लौट गए—बिना उस दयालु जमींदार को धन्यवाद दिए।

केवल नंदा, एक नन्ही लड़की, चुपचाप उनकी छीना-झपटी सहमी-सहमी सी अलग खड़ी देखती रही। सबके चले जाने के बाद उसने टोकरी में पड़ी आखिरी रोटी उठाई, कृतज्ञता से जमींदार के हाथ चूमे और घर की तरफ चल दी।

उस दिन रोटी लूटने के लिए बच्चे हमेशा की अपेक्षा अधिक शैतान हो रहे थे; किंतु नंदा पहले की तरह ही चुपचाप खड़ी रही और अंत में एक बची-खुची छोटी सी रोटी ले घर पहुँची। माँ ने रोटी को तोड़ा तो उसके भीतर से सोने के सिक्के निकले। उसकी माँ अवाक् रह गई। फिर एकाएक चिंतित होकर बोली, "नंदा, ये सोने के सिक्के फौरन जमींदार के पास ले जाओ। मुझे लगता है, जरूर कोई भूल हो गई है।"

नंदा ने जमींदार को यह घटना सुनाई तो वे बोले, "कोई भूल नहीं हुई है। मैंने ही विशेष कर सबसे छोटी रोटी के भीतर सिक्के डलवाए थे—तुम्हें इनाम देने के लिए। तुम्हारे सब्र और शांत व्यवहार को देख मैं तुमपर बहुत प्रसन्न हूँ।"

☞ **सब्र का फल मीठा होता है।**

81 दो पत्नियों का पति

किसमू नामक एक व्यक्ति था। उसकी दो पत्नियाँ थीं। दोनों अलग घरों में रहा करती थीं। एक बार, जब उस देश में अकाल पड़ा तो उसने सोचा, "मैं सचमुच भाग्यशाली हूँ। अगर मैं एक पत्नी को खाना पकाते हुए देखूँगा तो उसके साथ खा लूँगा, अगर दूसरी को देखूँगा तो दूसरी के साथ खा लूँगा—और अगर बहुत बुरा समय आया तो मैं दोनों से भीख मँगवाऊँगा।"

समय बीतता गया। हालात बिगड़ते गए। लोग भूख से छटपटाने लगे। किसमू अपनी पहली पत्नी के पास गया। देखा कि वह चूल्हे के पास बैठी खाना पका रही थी। किसमू ज्यादा देर रुकना नहीं चाहता था, इसलिए वह अपनी दूसरी पत्नी के पास चला गया। वहाँ जाकर उसने देखा कि वह भी अभी पका रही है। यहाँ भी देर लगनेवाली थी। इसलिए उसने सोचा, मैं अपनी पहली बीवी के पास जाता हूँ। अब तक तो वह पका चुकी होगी। वह बहुत भूखा था।

उसे लौटा देख पहली पत्नी माफी माँगती हुई बोली, "खाना बहुत कम था, जो थोड़ा बनाया वह मैंने और बच्चों ने मिलकर खा लिया। मुझे लगा, आप दूसरे घर में खाएँगे।"

भूख से व्याकुल वह जल्दी से अपनी दूसरी पत्नी के घर पहुँचा। वह बोली, "मुझे पता था कि तुम्हारा एक और घर है और तुम उसी औरत के साथ रहते हो, इसलिए मैंने तुम्हारे लिए कुछ भी नहीं छोड़ा। जो कुछ पकाया, बच्चों को दे दिया।"

किसमू के पास भूखा सोने के अलावा कोई चारा नहीं था। दोनों पत्नियों का यही रवैया रहा और अंत में एक दिन किसमू की भूख के मारे मृत्यु हो गई।

☞ **कहावत है—दो जोरू का वर, उसका श्मशान में घर।**

82 सौ के साठ

एक था मियाँ और एक था बनिया। मियाँ ने बनिये से कुछ रुपए कर्ज ले रखे थे। बनिया बार-बार रुपयों का तकाजा करता था। मियाँ की नीयत में पत्थर थे। एक धेला भी लौटाने का उसका इरादा नहीं था। बनिया जब भी उगाही के लिए आता, मियाँ उलटा-सीधा जवाब देकर उसे टरका देता। आखिरकार बनिया थक गया। संदेश भेज-भेजकर परेशान हो गया। फिर भी उसने अंतिम कोशिश की। एक दिन बगल में बही दबाकर मियाँ के घर जा पहुँचा। बाहर से आवाज दी, ''क्या मियाँजी घर पर हैं?''

मियाँजी के लड़के ने कहा, "सेठजी, अब्बू तो बाहर गए हैं।"

बनिये ने पूछा, "कहाँ गए हैं?"

लड़का बोला, "कमाई करने।"

बनिये ने पूछा, "मगर कहाँ?"

लड़का बोला, "गाँव के सिवान पर अमराई में गए हैं। वहाँ से गुठली लाकर यहाँ आँगन में लगाएँगे। उसमें से आम का पेड़ बनेगा। उसपर आम लगेंगे। हम आम खाएँगे और बेचेंगे भी। उनसे जो पैसे मिलेंगे, उन पैसों से पापा आपका कर्ज अदा करेंगे।"

बनिया समझ गया कि इस मियाँ से पैसे वसूल करना दीवार से सिर टकराना है।

मियाँ घर लौटे। बेटे ने उनको सारी बातें कह सुनाई। मियाँ बोले, "तूने समझदारी से काम नहीं लिया। पैसे देने की बात कहने की क्या जरूरत थी?"

तभी आगबबूला होता हुआ बनिया वहाँ आ पहुँचा। बोला, "बरखुरदार, रुपए चुका दो, वरना

मैं इंसाफ के लिए पंचों के द्वार खटखटाऊँगा।''

मियाँ ने कहा, ''अब आपने अकलमंदी की बात कही। आप पंचों को इकट्ठा कीजिए। पंच जो भी कहेंगे, मैं कबूल कर लूँगा। पंच कहेंगे तो नकद गिन दूँगा।''

पंच बैठे। पंचों ने समझौते की कोशिश की। ''हाँ-ना, हाँ-ना' करते हुए आखिर पंचों ने सौ के साठ देने की बात तय कर दी।

मियाँ बमके, ''साठ रुपए! सरकार, कुछ कम कर दें तो मैं इसी वक्त चुका दूँगा।''

फिर पंचों ने दो इधर से कम किए, दो उधर से काटे और यों आधे रुपए कम कर डाले। इसके बाद तो सिर्फ तीस रुपए ही देने को बचे।

मियाँ ने कहा, ''वाह, इसे कहते हैं इंसाफ। पंच माई-बाप का फैसला एकदम सही है। लीजिए, मैं अभी दिए देता हूँ। ये दस नकद दे रहा हूँ। दस कहीं से दिला दूँगा और बाकी दस का लेना क्या और देना क्या? इतने दिनों के बाद इतने बड़े मामले का निपटारा हुआ है। आपको इतनी रियायत तो देनी ही चाहिए।''

अब बनिये की तरफ मुड़कर मियाँ बोले, ''देखिए सेठजी! पहले सुन लीजिए और फिर उसी हिसाब से अपनी बही में लिख डालिए।

सौ के किए साठ,
आधे हुए नाश।
दस दूँगा, दस दिलवाऊँगा
और बाकी दस का लेना क्या और देना क्या।

मियाँजी की चतुराई देखकर बनिया हँस पड़ा।

मियाँ का बेटा बोला, ''अब्बू! देखिए, बनिया हँस रहा है।''

मियाँ ने कहा, ''बात ही ऐसी है। आज उसे नक्द रुपए जो मिले हैं।''

☞ **भागते भूत की लँगोटी ही काफी होती है।**

83. पवित्र हाथ

सिखों के दसवें गुरु गोविंद सिंहजी एक बार घूमते-फिरते एक बहुत बड़े जमींदार के घर पहुँचे। वह जमींदार उनका शिष्य था।

जमींदार हाथ जोड़े गुरुजी की सेवा के लिए खड़ा था। तभी गुरुजी ने पीने के लिए पानी माँगा। जमींदार ने अपने बड़े लड़के से कहा, ''बेटा, गुरु की सेवा का अवसर बड़े भाग्य से मिला है। तुम अपने हाथ से पानी लाकर गुरुजी को पिलाओ।''

लड़का तुरंत पानी लेने दौड़ा। पानी का पात्र जब उसने गुरुजी की ओर बढ़ाया तो उन्होंने पूछा, ''बेटे, तुम्हारे हाथ तो बड़े सुंदर लगते हैं। इन हाथों से तुम मुझे ही पानी पिला रहे हो या और भी

किसीको पिलाते हो?''

लड़के के उत्तर देने के पूर्व ही जमींदार बोल उठा, ''महाराज, इसकी जिंदगी में यह पहला ही मौका है, जब यह अपने हाथ से पानी लाया है। आप इसके हाथ का पानी पी लेंगे तो यह धन्य हो जाएगा।''

पर गुरुजी ने उसके हाथ का पानी नहीं पिया। बोले, ''मैं तुम्हारे अपवित्र हाथों से पानी नहीं पीऊँगा।''

लड़के ने कहा, ''पर महाराज! मैं इन हाथों को अच्छी तरह धोने के बाद आपके लिए पानी लाया हूँ।''

गुरु गोविंद सिंह ने उत्तर दिया, ''बेटा, हाथ तो पवित्र होते हैं दूसरों की सेवा करने से। वह तुमने कहाँ की? पहले दूसरों की सेवा करो, तभी मैं तुम्हारे हाथ से पानी पीऊँगा।''

☞ **मानवों की सेवा ही ईश्वर की भक्ति है।**

84 गधा और नमक

एक व्यापारी अपने गधे पर नमक का थैला लादकर शहर जा रहा था। रास्ते में नदी आई। पानी ज्यादा गहरा न था। कुछ डग भरने के बाद ही गधे का पाँव फिसल गया। पर गधा इस घटना से तनिक भी दुःखी न हुआ। पानी में फिसल जाने के कारण भीगकर बहुत सा नमक घुल गया और उसकी पीठ पर का बोझ हलका हो गया। सहसा गधे के दिमाग में यह घटना बढ़िया तरकीब बनकर बैठ गई। दूसरे दिन जब मालिक उसकी पीठ पर नमक का थैला लादकर शहर ले जा रहा था, वह नदी में बैठ गया। दो-चार दिन इसी तरह हुआ। पर मालिक भी कम नहीं था। गधे की शरारत ताड़ गया। समझ गया कि बोझ हलका करने के लिए यह गधा ऐसी हरकत करता है।

फिर क्या था, अगली बार शहर से आते समय व्यापारी नमक की बजाय रुई लेता आया। वापसी में नदी के बीच पहुँचने पर गधे ने जैसे ही अपनी पुरानी आदत दोहराई, वह हैरान रह गया। उसका बोझ हलका होने की बजाय और भारी हो गया, क्योंकि पानी में भीगने से रुई भारी हो गई थी। व्यापारी की तरकीब काम कर गई थी।

☞ **मूर्ख एक ही युक्ति का बार-बार उपयोग करते हैं।**

85 छोटी सी बात

एक बार बाप-बेटा गली से गुजर रहे थे। बाप ने बेटे से कहा, ''वह देखो, धूल में घोड़े की नाल पड़ी है। उठा लो और अपनी ज़ेब में रख लो।''

''बाप रे!'' बेटे ने जवाब दिया, ''कौन झुके और कौन इसे मिट्टी में से उठाए!''

बाप ने कुछ न कहा। उसने चुपचाप नाल उठाई और जेब में डाल ली। जब वे करीब के एक गाँव में पहुँचे तो बाप ने एक लुहार को नाल बेच दी। बदले में जो पैसे मिले उससे उसने रसभरी खरीद लीं।

बाप-बेटे आगे बढ़े। सूरज सिर पर चमक रहा था। वे एक सुनसान रास्ते से गुजर रहे थे। दूर-दूर तक कोई घर नजर नहीं आता था। बेटे को बुरी तरह प्यास लगी थी। वह बेचैन हो रहा था। बाप ने बेटे की स्थिति भाँप ली। उसने एक रसभरी रास्ते पर फेंकी। बेटे ने चट से उसे उठाया, धूल पोंछी और मुँह में डाल ली। यह सिलसिला तब तक चला जब तक सारी रसभरी खत्म न हो गईं।

तब पिता ने कहा, ''यह जान लो कि ये रसभरियाँ उसी नाल की बदौलत थीं, जिसे धूल में से उठाना तुम्हें बुरा लगा था। अगर मैं नाल को न उठाता तो आज तुम्हारी प्यास बुझाने का कोई उपाय हमारे पास न होता।''

☞ **वक्त आने पर छोटी सी चीज भी काम आती है।**

86 ज्ञान-बुद्धि

स्वामी शंकराचार्य समुद्र के किनारे अपने शिष्यों से वार्त्तालाप कर रहे थे। एक शिष्य ने चापलूसी भरे शब्दों में कहा, ''गुरुदेव! आपने इतना अधिक ज्ञान कैसे पाया, यह सोचकर मुझे आश्चर्य होता है। मेरे विचार से दुनिया में आपसे बढ़कर ज्ञानी दूसरा नहीं है।''

शंकराचार्य मृदु हँसी हँसे। फिर बोले, ''गलत सोचते हो तुम। मुझे तो अभी अपने ज्ञान में दिन-प्रतिदिन वृद्धि करनी है।'' उन्होंने अपने हाथ का दंड पानी में डुबोकर बाहर निकाला और उसके भीगे हुए छोर को शिष्य को दिखाते हुए आगे कहा, ''इस दंड को जल में डुबोने पर इसने मात्र इस बूँद को ही ग्रहण किया। यही बात ज्ञान को लेकर भी है। ज्ञान पूरा-का-पूरा किसीके भी हिस्से में कभी नहीं आता।''

शिष्य उनका उत्तर सुनकर बड़ा लज्जित हुआ।

☞ **चापलूसी करने और करानेवाले दोनों को भ्रष्ट करती है।**

87 सियार की दुम

एक था सियार। एक दिन वह शिकारी के जाल में फँस गया। बड़ी कोशिशों के बाद वह भाग निकलने में सफल हो गया। पर उसकी दुम कट गई। उसने सोचा, दोस्त बिरादर मेरी दुम न देखकर क्या कहेंगे? पर वे लोग कुछ सोचें, इसके पहले उसने एक उपाय सोच निकाला। कुछ घंटे बाद जब उसके दोस्त-बिरादर मिले तो उसने कह दिया, ''देखो, दुम के बगैर एक सियार कितना सुंदर लगता है। इस राज का पता मुझे जैसे ही लगा, मैंने अपनी दुम काट दी। सच कहूँ तो दुम बोझ सी भी लगती थी। क्यों न आप लोग भी मेरी तरह दुम काटकर हलके और सुंदर हो जाओ।''

उसके तर्क सुनकर एक बूढ़े सियार ने कहा, ''ऐसा होता तो तुम अपनी पूँछ काटने से पहले दूसरे की काटकर न देख लेते!''

☞ **सबसे बड़ा झूठ वह नहीं जिसे बोला जाता है, बल्कि वह है जिसपर जिया जाता है।**

88 सूझ-बूझ

एक धनी महिला को कोई बच्चा नहीं था। इसलिए उन्हें एक बच्चा गोद लेने का मन हुआ। उन्होंने एक इश्तिहार छपवाया। उसे पढ़कर कई औरतें अपनी लड़कियों के साथ उस महिला के पास पहुँचीं।

महिला ने लड़कियों से कहा, ''मैं तुम सबको कुछ पैसे देती हूँ। तुम इन पैसों से वे चीजें

खरीदो, जिन्हें तुम बेहद पसंद करती हो।''

लड़कियाँ फौरन बाजार गईं और चीजें खरीदकर उस महिला के पास वापस आईं तथा उसे अपनी चीजें दिखाने लगीं। अधिकतर लड़कियों ने रंगीन फीते, बिंदी, मोतियों की माला, चूड़ियाँ आदि खरीदी थीं।

उनमें से सिर्फ एक गरीब लड़की ने, जिसका नाम केया था, प्रार्थना की एक किताब तथा एक सुई खरीदी। इन चीजों ने उस धनी महिला को अत्यंत प्रभावित किया। केया को गोद में भरते हुए उसने कहा, ''मैं तुमसे बहुत खुश हूँ, मेरी प्यारी बच्ची। इतनी छोटी उम्र में भी तुम कितनी समझदार हो! तुम प्रार्थना और काम की कीमत समझती हो। मैं तुम्हें ही अपनी बेटी बनाऊँगी।''

☞ **भीड़ से अलग सोचनेवाला हमेशा सफल रहता है।**

89 मित्र

आजीवन कारावास की सजा पाए हुए व्यक्ति को प्रार्थना का अंतिम अवसर दिया जाता है। उचित लगने पर राष्ट्रपति उसे क्षमा भी कर सकता है।

ऐसी ही एक अर्जी अमेरिका के राष्ट्रपति को प्राप्त हुई। प्रायः होता यह है कि ऐसे प्रार्थना पत्र के साथ किसीकी सिफारिशी चिट्ठी भी हुआ करती है। मगर जब इस कैदी का पत्र राष्ट्रपति के पास पहुँचा तो उन्होंने अपने सचिव से पूछा, ''अरे, क्या इस व्यक्ति का कोई मित्र नहीं है ? किसी प्रभावशाली व्यक्ति ने इसके क्षमादान की सिफारिश नहीं की ?''

''श्रीमान, यह कैदी अकेला प्रतीत होता है।'' सचिव ने उत्तर दिया।

राष्ट्रपति बड़ी देर तक कुछ सोचते रहे। फिर बोले, ''जिसका कोई मित्र नहीं है उसका मित्र मैं बनता हूँ और उसके लिए क्षमादान की सिफारिश करता हूँ।'' फिर उन्होंने उस अपराधी का क्षमापत्र स्वीकार कर लिया।

अपराधी को जब इस बात का पता चला, वह भाव-विभोर हो उठा।

ये दयाशील राष्ट्रपति थे—अब्राहम लिंकन।

☞ **जिसका कोई नहीं होता उसका ईश्वर होता है।**

90 ताड़ का पेड़

किसी जंगल में एक ताड़ का पेड़ था। उसका तना एकदम सीधा और मजबूत था। जब तेज हवा चलती थी तो जंगल के सारे पेड़-पौधे झुक जाते थे, पर ताड़ का पेड़ तना हुआ अडिग खड़ा रहता था। एक दिन उसकी छाँव में घास का एक तिनका उग आया। ताड़ ने उससे कहा, ''यार! तुम तो हवा के हर झोंके के साथ झुक जाते हो।''

घास के तिनके ने विनम्रता से उत्तर दिया, ''मित्र! मैं तुम्हारी तरह मजबूत नहीं।'' ताड़ का पेड़ इस प्रशंसा पर फूल उठा। झूमकर बोला, ''हाँ, बंधु! इस जंगल में सबसे ताकतवर मैं ही हूँ।''

उसी रात जंगल में भयानक आँधी आई। घास का तिनका हर झोंके से इधर-उधर डोलता रहा, पर तूफान ने ताड़ के पेड़ को उखाड़कर फेंक दिया।

☞ **गर्व देवदूतों को भी नष्ट कर देता है।**

91 पहरेदार लड़का

जानी नाम का एक लड़का महल के भीतरी दरवाजे पर पहरेदारी के लिए तैनात किया गया।

रात में राजा शयनकक्ष में सोने की कोशिश कर रहा था, पर नींद उससे कोसों दूर थी। ऊबकर उसने पहरेदार को बुलाने के लिए घंटी बजाई। लगातार कई घंटियाँ बजाने के बाद भी पहरेदार जानी नहीं आया। अंत में राजा अपने बिस्तर से उठकर दरवाजे के करीब आया। देखा तो जानी मेज पर सिर टिकाए गहरी नींद में सो रहा था। बगल में एक मोमबत्ती जल रही थी और सामने एक अधूरा पत्र लिखा पड़ा हुआ था।

राजा ने वह पत्र पढ़ा, जो इस तरह शुरू किया गया था—'मेरी प्यारी माँ, आज यह तीसरी रात है जब मुझे पहरेदारी का मौका दिया गया है। मैं यहाँ कब तक रहूँगा, कह नहीं सकता; किंतु कुछ हफ्तों में मैंने करीब दस रुपए कमाए हैं, जो मैं तुम्हें भेज रहा हूँ। शायद वह तुम्हारी कुछ जरूरतों को पूरा कर सकें।'

माँ के प्रति लड़के के इस गहरे प्यार ने राजा को द्रवित कर दिया। वे फौरन अपने शयनकक्ष में लौटे और अशर्फियाँ ले जाकर उस पहरेदार की जेब में डाल दीं।

लड़का जब जागा तो अपनी जेब में अशर्फियाँ पाकर फौरन समझ गया कि यह काम किसने किया होगा।

सुबह राजा जब अपने शयनकक्ष से निकले तो वह दौड़कर उनके समक्ष नत-मस्तक हो गया और अपनी गलती के लिए क्षमा माँग ली। साथ ही उसने अशर्फियाँ भी लौटा दीं।

राजा ने लड़के के मातृप्रेम की ही नहीं बल्कि ईमानदारी की भी प्रशंसा की और उसे दुगुनी अशर्फियाँ इनाम में दीं।

☞ **ईमानदारी और लगन सुनहरे भविष्य के साथी हैं।**

92 किस्सा एक बौडम का

एक था ब्राह्मण और एक थी ब्राह्मणी। एक रात उनके घर में चोर घुसे। आहट सुनकर ब्राह्मण ने ब्राह्मणी से कहा, ''क्यों जी, कुछ सुनाई देता है? हमारे घर में चोर घुसे हैं।''

ब्राह्मणी बोली, ''हाँ, लगता तो यही है। आप कहें तो मैं जोर से चिल्लाऊँ और सारे गाँव को इकट्ठा कर लूँ?''

ब्राह्मण ने कहा, ''ठहरो। हम तो ठहरे ब्राह्मण। बिना मुहूर्त देखे कोई काम नहीं करते। मुझे अपनी पोथी में देखने दो कि आज चिल्लाने का मुहूर्त निकलता है या नहीं।''

ब्राह्मण पोथी देखने लगा।

ब्राह्मणी ने पूछा, ''क्यों जी, कोई मुहूर्त है या नहीं?''

ब्राह्मण बोला, ''मुहूर्त कोई फूल-पत्ता नहीं, जो जब चाहा तोड़ लिया। वैसे मुहूर्त तो निकल रहा है, आज से छह महीने बाद का। इसलिए छह महीने बाद सोचेंगे। अभी सो जाओ।''

चोरों के लिए अब चिंता की कोई बात नहीं रही। अपना ही घर मानकर जो भी चुराना था, सो सब चुराकर ले गए।

छह महीने बीत गए। ब्राह्मण बोला, ''आज हम चोरों को सबक सिखाएँगे। आज का मुहूर्त एकदम सही है।''

जब आधी रात हुई तो ब्राह्मण और ब्राह्मणी दोनों जोर-जोर से चीखने-चिल्लाने लगे, ''दौड़ो-दौड़ो, घर में चोर घुसे हैं।''

यह सोचकर कि चोर गरीब ब्राह्मण को लूटकर चले जाएँगे, पास-पड़ोस के लोग दौड़कर आए और पूछने लगे, ''महाराज! बताइए, चोर कहाँ छिपे हैं? हम उनका भरता बना डालेंगे।''

ब्राह्मण बोला, ''भाइयो, चोर तो छह महीने पहले आए थे। पर खबर आज दे रहा हूँ।''

लोगों ने कहा, ''महाराज! आप तो हमें बौडम मालूम होते हैं। कहीं छह महीने बाद कोई चोरी-डाके की खबर देता है।''

ब्राह्मण बोला, ''लेकिन भाइयो! जब मुहूर्त ही नहीं निकल रहा था तो मैं क्या करता?

☞ **मनुष्य जन्म से नहीं ज्ञान से पंडित बनता है।**

93 पीपे जैसे लोग

अप्रैल के 'मूर्ख दिवस' को रोकने के लिए यूरोप के विभिन्न देशों में समय-समय पर अनेक प्रयत्न हुए, परंतु लाख विरोधों के बावजूद यह उत्सव बराबर मनाया जाता रहा और अब तो इसने परंपरा का रूप ले लिया है। मूर्ख दिवस के हिमायतियों का कहना है कि हम इसे इसलिए मनाते हैं, ताकि मूर्खता, जो मनुष्य का जन्मजात स्वभाव है, वर्ष में एक बार स्वच्छंद होकर विचरे। शराब के बंद पीपों में यदि समय से उनके ढक्कन खोलकर वायु का प्रवेश नहीं कराया जाता तो वे फट पड़ते हैं। हम लोग भी तो बँधे हुए पीपे जैसे हैं जिनमें से बुद्धि की मदिरा बह सकती है, यदि हम उसमें मूर्खता की हवा न लगने दें।

कहते हैं कि एक बार 1 अप्रैल को हास्य-प्रेमी भारतेंदु हरिश्चंद्र ने बनारस में ढिंढोरा पिटवा दिया कि अमुक महान् वैज्ञानिक अमुक समय एवं अमुक स्थान पर चाँद और सूरज को धरती पर उतारकर लोगों को दिखाएँगे। नियत समय और स्थान पर लोगों की भीड़ इस अद्‌भुत करिश्मे को देखने के लिए इकट्ठी हो गई। घंटों लोग प्रतीक्षा में बैठे रहे, परंतु वहाँ पर कोई भी वैज्ञानिक दिखाई नहीं पड़ा। आखिर लोग मूर्ख बनकर अपना सा मुँह लिये लौट आए।

☞ **यदि हम जीवन-पथ पर पुष्प नहीं बिखेर सकते तो कम-से-कम उसपर मुसकान तो बिखेर ही सकते हैं।**

94 गधे की गलतफहमी

एक धोबी ने अपना गधा मंदिर के पुजारी को सौंप दिया। पुजारी गधे की पीठ पर एक आसन बिछा, उसपर भगवान् की मूर्ति को बिठा नदी में स्नान कराने चल पड़ा। जिस-जिस रास्ते से वह गुजरता

था, लोग भगवान् की मूर्ति को देखकर प्रणाम कर लेते थे। यह देखकर गधे को गलतफहमी हुई। उसने सोचा, मैं तो बहुत बड़ी आत्मा हूँ। लोगबाग मेरा आदर करते हैं। अब मैं कभी धोबी का बोझा नहीं उठाऊँगा।

दूसरे दिन जब वह लौटकर धोबी के पास आया तो उसने कपड़ों का गट्ठर ढोने से इनकार कर दिया। धोबी समझ गया कि इस गधे का दिमाग सातवें आसमान पर चढ़ गया है। धुनाई करनी होगी। धोबी ने कसकर गधे की पिटाई कर दी।

☞ **समझदारी खुद को फिर से सँभाल लेने में है।**

95 धन

किसी राज्य के खजांची पर यह शक किया गया कि वह राजकोष से हीरे-मोती चुराकर अपने घर के तहखाने में छिपाकर रखता है। राजा ने जब यह अफवाह सुनी तो वह खजांची के घर जाँच-पड़ताल के लिए पहुँचा और तहखाने का दरवाजा खोलने की आज्ञा दी। तुरंत तहखाने का दरवाजा खोल दिया गया। किंतु यह क्या! वहाँ जो कुछ था, देखकर सब हैरान रह गए। तहखाने के भीतर एक खाली कमरा था, जिसमें एक टूटी-फूटी मेज पड़ी थी और उसपर एक बाँसुरी रखी हुई थी। बाँसुरी की बगल में ही एक थैला रखा था। साथ में एक चरवाहे की लाठी भी रखी थी। उस कमरे में एक खिड़की थी, जहाँ से हरी-भरी घाटी का ढलान दिखाई पड़ रहा था, जो किसी स्वर्ग का हिस्सा प्रतीत होता था।

खजांची ने कहा, ''मैं बचपन में अपनी भेड़-बकरियाँ चराते हुए कितना प्रसन्न था, तभी आप मुझे महल में ले आए और आपने मुझे खजांची बना दिया। पर मैं अपने पुराने दिनों को नहीं भुला पाया। हर रोज मैं इस तहखाने में आता हूँ और बाँसुरी की धुन पर उस समय को दोहराता हूँ जो गरीबी के होते हुए भी कितने सुख के थे, शांति के थे। इस महल में सारी शान-शौकत के बाद भी मुझे वह सुख नसीब नहीं है।''

☞ **धनवान होना ही सुखी होना नहीं है।**

96 सुख-समृद्धि

वसंत की सुबह एक नन्हा चरवाहा घाटी के ढलान पर अपनी भेड़-बकरियाँ चरा रहा था। बकरियाँ चर रही थीं और वह अपनी मधुर आवाज में एक गीत गुनगुना रहा था। तभी वहाँ का राजा शिकार के लिए भटकता-भटकता उस घाटी में पहुँचा। चरवाहे को इतना खुश देखकर राजा ने उससे पूछा, ''तुम इतने प्रसन्न क्यों हो?''

चरवाहा राजा को पहचान नहीं पाया। बोला, ''क्यों प्रसन्न न होऊँ! शायद हमारा राजा भी इतना समृद्ध नहीं होगा जितना कि मैं हूँ।''

''ऐसा है!'' राजा हैरान हो उठा, ''पर यह तो बताओ, तुम राजा से ज्यादा धनी कैसे हो?''

''मेरे पास प्रकृति की संपदा है। यह सूरज मुझे रोशनी देता है, यह नीला आकाश मुझे बाँहें पसारे दुलराता है। यह घाटी अपनी पीठ पर मुझे लादे हुए किसी अनंत यात्रा का सुख देती है। मैं मस्त इन घने जंगलों की सुरसुराती हवा की बाँसुरी सुनता रहता हूँ। मुझे रोज पेट भर खाना मिल जाता है। साल

भर में मैं अपनी जरूरत भर का कमा लेता हूँ। न चोरों का डर, न छीना-झपटी की चिंता। अब तुम ही बताओ, सुख-संतोष की जो संपदा मेरे पास है वह राजा के पास होगी?''

☞ **सुखी होने के लिए धन का होना जरूरी नहीं।**

---

97 सच्ची भक्ति

यह उन दिनों की बात है जब पाँचों पांडव जुए में अपना पूरा राजपाट हारकर जंगल-जंगल भटक रहे थे। धर्मराज युधिष्ठिर घंटों पूजा-पाठ में लगे रहते। एक बार जब वे पूजा से उठे तो द्रौपदी ने कहा, ''महाराज! आप भगवान् का इतना भजन-पूजन करते हैं, फिर भगवान् से यह क्यों नहीं कहते कि वे हमारे संकट दूर कर दें? हमारी कितनी बुरी अवस्था हो रही है!''

''सुनो द्रौपदी!'' धर्मराज युधिष्ठिर ने शांत स्वर में कहा, ''मैं परमात्मा का भजन सौदे के लिए नहीं करता, अपने मन की शांति के लिए करता हूँ, शक्ति पाने के लिए करता हूँ। इससे मुझे दुःख सहने की क्षमता प्राप्त होती है।''

द्रौपदी सच्ची भक्ति का अर्थ समझ गई।

☞ **सच्ची भक्ति स्वार्थ के लिए नहीं होती।**

---

98 चिड़िया-चिरौटा

एक थी चिड़िया, एक था चिरौटा। चिड़िया लाई चावल का दाना, चिरौटा लाया दाल का दाना। चिड़िया ने खिचड़ी बनाने का निश्चय किया। चूल्हे पर खिचड़ी चढ़ाकर चिड़िया पानी भरने चली। चिरौटे से कहा, ''जरा खिचड़ी पर नजर रखना, कहीं जल न जाए।''

जब चिड़िया गई तो चिरौटे ने कच्ची-पक्की खिचड़ी खा डाली। चिड़िया को भनक न लगे इसलिए वह आँखों पर पट्टी बाँधकर सो गया। थोड़ी देर बाद चिड़िया पानी भरकर लौटी। चिरौटे ने अंदर से किवाड़ बंद कर रखा था। चिड़िया बोली, ''चिरौटे राजा, दरवाजा खोलो।'' चिरौटे ने कहा, ''रानी, मेरी आँखें दुःख रही हैं। मैं तो आँखों पर पट्टी बाँधकर लेटा हूँ। तुम खिड़की में से हाथ डालकर दरवाजा खोल सकती हो।''

चिड़िया ने कहा, ''लेकिन पानी से भरी दो मटकियाँ मेरे सिर से कौन उतारेगा?''

चिरौटा बोला, ''ऊपरवाली मटकी फोड़ डालो और नीचेवाली मटकी लेकर अंदर आ जाओ।''

चिड़िया ने ऊपरवाली मटकी फोड़ डाली और नीचेवाली मटकी उतारकर घर में आई। जब रसोईघर में जाकर उसने पतीली देखी तो उसमें खिचड़ी थी ही नहीं।

चिड़िया ने पूछा, ''चिरौटे राजा! खिचड़ी कौन खा गया?''

चिरौटे ने कहा, ''मैं क्या जानूँ। राजा का कुत्ता आया था। शायद वही कलेवा कर गया होगा।''

चिड़िया राजा के महल में शिकायत करने पहुँची। उसने राजा से कहा, ''राजाजी, राजाजी! आपका कुत्ता मेरी खिचड़ी खा गया है।''

राजा बोला, ''हमारे कुत्ते को हाजिर किया जाए। वह चिड़िया रानी की खिचड़ी क्यों खा गया?''

कुत्ता आया। उसने कहा, ''मैंने चिड़िया रानी की खिचड़ी नहीं खाई। चिरौटे ने खाई होगी।''

राजा ने आवाज दी, ''कोई सिपाही है?''

सिपाही के आने पर राजा ने हुक्म दागा, ''चिरौटे और कुत्ते दोनों के पेट काटो। जिसने खिचड़ी खाई होगी उसके पेट में से खिचड़ी के दाने निकलेंगे।''

कुत्ते ने कहा, ''आप बेशक मेरा पेट काटकर देखिए। मैंने खाई होगी तभी तो निकलेंगी?''

लेकिन चिरौटा डर गया। खिचड़ी उसीने खाई थी। वह सूखे पत्ते की तरह काँपने लगा। बोला, ''महाराज! खिचड़ी मैंने ही खाई है। क्षमा कीजिए।''

राजा को गुस्सा आ गया। उसने चिरौटे को कुएँ में डलवा दिया। चिड़िया बेचारी कुएँ पर बैठी-बैठी रोने लगी। इस बीच उधर से एक ग्वाला गुजरा। चिड़िया ने उससे हाथ जोड़कर प्रार्थना की—

''ओ रे गायों के ग्वाले!
ओ रे गायों के ग्वाले!
मेरे चिरौटे राजा को बाहर निकालो।
मैं तुम्हें हलवा-पूरी खिलाऊँगी।''

ग्वाले ने कहा, ''बहन, मुझे इतनी फुरसत कहाँ है कि तुम्हारे चिरौटे राजा को बाहर निकालूँ। मैं तो जल्दी में हूँ।''

यह कहकर ग्वाला आगे बढ़ गया।

चिड़िया वहीं बैठी बाट जोहती रही कि कोई दूसरा वहाँ से गुजरे। थोड़ी देर के बाद एक चरवाहा भैंसें लेकर आया। चिड़िया ने उससे कहा—

''ओ रे भैंसों के चरवाहे!
ओ रे भैंसों के चरवाहे!
मेरे चिरौटे राजा को बाहर निकालो।
मैं तुम्हें हलवा-पूरी खिलाऊँगी।''

भैंसों के चरवाहे ने कहा, ''बहन, मुझे इतनी फुरसत कहाँ है कि मैं तुम्हारे चिरौटे राजा को बाहर निकालूँ?''

यह कहकर भैंसों का चरवाहा भी आगे बढ़ गया।

चिड़िया और किसीकी बाट जोहती बैठी रही। थोड़ी देर बाद बकरियों का चरवाहा उधर से गुजरा। चिड़िया ने कहा—

''ओ रे बकरियों के चरवाहे!

ओ रे बकरियों के चरवाहे!
मेरे चिरौटे राजा को बाहर निकालो।
मैं तुम्हें हलवा-पूरी खिलाऊँगी।''

बकरियों का चरवाहा बोला, ''बहन, मुझे इतनी फुरसत कहाँ है कि मैं तुम्हारे चिरौटे राजा को बाहर निकालूँ? यह कहकर वह भी आगे बढ़ गया।

चिड़िया वहीं बैठी रही।

तभी एक ऊँटों का चरवाहा उधर से गुजरा। चिड़िया ने कहा—

''ओ रे ऊँटों के चरवाहे!
ओ रे ऊँटों के चरवाहे!
मेरे चिरौटे राजा को बाहर निकालो।
मैं तुम्हें हलवा-पूरी खिलाऊँगी।''

ऊँटों के चरवाहे को चिड़िया पर दया आ गई और उसने चिरौटे को कुएँ से बाहर निकाला।

चिड़िया बोली, ''चलो भैया! घर पहुँचकर मैं तुमको हलवा-पूरी खिलाऊँगी।''

ऊँटों का चरवाहा चिड़िया के घर पहुँचा। चिड़िया ने बड़े प्रेम से उसके लिए हलवा-पूरी बनाई, लेकिन चिरौटा कमीना निकला। उसने पीतल के एक तवे को तपाकर लाल-पीला बना दिया। जब भोजन का समय हुआ तो चिरौटे ने वह तवा सामने रखकर कहा, ''आओ, ऊँटों के चरवाहे, आओ, और सोने के इस आसन पर बिराजो।''

ज्योंही मेहमान उस तपे हुए आसन पर बैठा कि उछल पड़ा और चीखता-चिल्लाता हुआ भागा—

''मैं तो मर गया रे···
मैं तो जल गया रे।''

☞ **दुष्टों को कभी क्षमा नहीं करना चाहिए।**

99 शेर और सियार

एक शेर को शक हुआ कि उसके मुँह से बदबू आ रही है। उसने एक गधे को रोककर पूछा, ''जरा देखो तो सूँघ के। मेरे मुँह से बदबू आ रही है क्या?''

गधे ने शेर का मुँह सूँघकर सच-सच कह दिया, ''हाँ, महाराज! आ तो रही है।''

शेर से सच बरदाश्त न हुआ। वह उसे मारकर खा गया।

कुछ समय के बाद वहाँ से एक बकरी गुजरी। शेर ने बकरी को बुलाकर वही प्रश्न दोहराया।

बकरी गधे की अपेक्षा कुछ सयानी थी। फौरन बोली, ''नहीं तो, महाराज! किसने कहा कि आपके मुँह से बदबू आ रही है?''

शेर उसे भी मारकर खा गया, क्योंकि वह चापलूसों को पसंद नहीं करता था।

थोड़ा समय और बीता। अचानक एक सियार रास्ते पर दिखाई दिया। शेर ने उसे हाँक लगाई और वही पुराना सवाल दोहरा दिया।

सियार छँटा हुआ सयाना था। फिर उसने गधे और बकरी की हड्डियाँ भी पास पड़ी देख ली थीं। बोला, ''महाराज! मुझे बुरी तरह जुकाम हुआ है। क्षमा कीजिए। मैं बता नहीं सकूँगा।''

☞ **ज्ञान का पहला काम असत्य को मालूम करना है, दूसरा सत्य को जानना।**

100 कौड़ी-कौड़ी का मोल

बापू के लेखन-स्थान की सफाई करते हुए मनु बहन ने उनकी एक बहुत छोटी पेंसिल हटाकर उसके स्थान पर दूसरी बड़ी पेंसिल रख दी। जब बापू लिखने बैठे तो अपनी छोटी पेंसिल न पाकर उन्होंने मनु बहन से उसके बारे में पूछा। मनु बहन ने जवाब दिया, ''पेंसिल बहुत ही छोटी थी। मैंने उसके बदले में बड़ी पेंसिल रख दी। आपको शायद काम करने में तकलीफ होती।''

इसपर बापू बोले, ''मनु, यदि मैं इतना सा भी कष्ट सहन न कर सका तो अहिंसा की कड़ी कसौटी पर खरा कैसे उतरूँगा! आज भारत में करोड़ों माता-पिता ऐसे हैं जो स्कूल जानेवाले अपने बच्चों के लिए पेंसिल का टुकड़ा भी नहीं खरीद सकते। पेंसिल का इतना सा टुकड़ा हमारे कंगाल देश में सोने

के टुकड़े का महत्त्व रखता है। जब तक हम कौड़ी-कौड़ी का मोल नहीं समझेंगे, हमारा देश गरीबी और भुखमरी से नहीं उबरेगा।

☞ **हर चीज की अपनी कीमत और उपयोगिता होती है।**

101 घाटा

ससुरजी की किराने की दुकान थी। दामाद और लड़की पास में ही रहते थे। दामाद बड़ा चतुर था। घर के लिए जो भी अनाज-पानी लगता, सब ससुरजी की दुकान से भरवा लाता। ससुरजी को दामाद का यह काँइयाँपन तनिक भी पसंद न था। मगर लिहाज में कुछ बोल न पाते। एक दिन जैसे ही दामाद सामान लेने दुकान पर पहुँचा, उन्हें ताव आ गया। सोचा, आज तो इसे सामान देने से साफ-साफ इनकार कर दूँ। मगर दामाद के सामने पड़ते ही हिम्मत हवा हो गई। दामाद की एक और आदत थी। जो भी सौदा लेता, मोल-भाव करके कम-से-कम दाम में लेता। और कुछ न कर सके ससुरजी, इस बात पर ही भन्ना उठे, ''सौदा तो तुम फोकट में ले जाते हो, फिर मोल-भाव क्यों करते हो?''

दामाद ने बिना बुरा माने बड़ी संजीदगी से जवाब दिया, ''मैं चाहता हूँ कि आपको कम-से-कम घाटा हो।''

☞ **अक्ल बड़ी या भैंस?**

102 मूर्ख हिरन

एक हिरन का कुछ शिकारी पीछा कर रहे थे। हिरन भागकर एक झाड़ी के पीछे छिप गया। शिकारी उसे ढूँढ़ते हुए ठीक उस झाड़ी के सामने से गुजर गए। तभी हिरन जिस झाड़ी में छिपा हुआ था उसीकी पत्तियाँ चरने लगा। पत्तियों की खुरखुराहट की ध्वनि से एक शिकारी का ध्यान झाड़ी की ओर आकृष्ट हुआ। वह पलटा और उसने हिरन को तीर से बेध डाला।

☞ **विपत्ति काल में विवेक और समझदारी से काम लेना चाहिए।**

103 कर्ज लेकर भूलना नहीं चाहिए

नेपोलियन बोनापार्ट बचपन में बहुत निर्धन थे। किंतु अपने साहस और प्रयत्नों से वे एक दिन फ्रांस के सम्राट् बन बैठे। सम्राट् होने के बाद वे घूमते हुए एक दिन उस स्कूल के पास जा पहुँचे, जहाँ बचपन में पढ़ते थे। अचानक उन्हें कुछ याद आया और वे पास बनी एक टूटी-फूटी झोंपड़ी के सामने जा पहुँचे। झोंपड़ी में रहनेवाली बुढ़िया बाहर आई तो उससे पूछा, ''क्या तुम्हें याद है ? बहुत पहले इस स्कूल में बोनापार्ट नाम का एक लड़का पढ़ता था ?''

''हाँ-हाँ, खूब अच्छी तरह याद है। बड़ा भला लड़का था।'' वह बोली।

नेपोलियन ने फिर कहा, ''वह तुमसे फल और मेवा खरीदा करता था। क्या उसने तुम्हारे सारे पैसे चुका दिए थे या कुछ उधार रह गया था ?''

''वह कभी उधार नहीं रखता था।'' बुढ़िया ने जवाब दिया, ''यहाँ तक कि कभी उसके साथी कुछ उधार लेते तो वही चुकता कर देता था।''

नेपोलियन ने बताया, ''माँ, तुम बहुत बूढ़ी हो गई हो। अत: तुम्हारी याददाश्त अब कमजोर हो गई है। तुमने उस लड़के को एक बार कर्ज दिया था। तुम भूल गईं, पर वह नहीं भूला है। आज वही लड़का तुम्हारा कर्ज चुकाने आया है।''

बुढ़िया अवाक् रह गई।

नेपोलियन ने रुपयों की एक भारी-भरकम थैली बुढ़िया के चरणों में रख दी।

☞ **कर्ज बोझ के समान होता है। अनुकूल अवसर आने पर उसे तुरंत उतारकर फेंक देना चाहिए।**

104 बाघ आया रे बाघ !

अपने जानवरों को चराते हुए एक दिन चरवाहे को एक मजाक सूझा। बेवजह वह चिल्लाने लगा, ''बचाओ, बचाओ ! बाघ आया रे बाघ ! मेरी सारी भेड़-बकरियाँ खाए डाल रहा है।''

चिल्लाहट सुनकर गाँववाले कुल्हाड़ी, बल्लम, भाला लेकर उसकी मदद को दौड़े आए।

तब चरवाहे ने हँसकर कहा, ''जाओ-जाओ, यहाँ बाघ-शेर कुछ नहीं है। मैं तो झूठ-मूठ चिल्ला रहा था।''

गाँववाले झुँझलाकर वापस लौट गए।

एक दिन हमेशा की तरह चरवाहा अपनी भेड़-बकरियाँ चरा रहा था कि तभी अचानक भेड़-बकरियों पर बाघ ने सचमुच हमला बोल दिया। भयभीत चरवाहे ने सहायता के लिए गाँववालों को पुकारा, ''बाघ आया रे, बाघ आया, अरे, बचाओ! नहीं तो मेरी सारी भेड़-बकरियाँ मारकर खा जाएगा।''

गाँववालों ने चरवाहे की चीख-पुकार सुनी, पर उसकी मदद को कोई नहीं आया। उन्होंने सोचा, पिछले दिन की तरह वह अब भी शायद उनसे ठिठोली कर रहा होगा।

☞ **हमेशा मजाक नहीं करना चाहिए। मजाक का भी एक समय तथा परिस्थिति होती है।**

105 आँखें

माइकल और ऐनी घर में अकेले थे। माइकल ने ऐनी से कहा, ''चलो, चलकर कुछ खाने के लिए खोजते हैं।''

ऐनी ने कहा, ''अगर तुम मुझे ऐसी जगह ले चलो जहाँ कोई हमें न देख सके, तो मैं तुम्हारे साथ चलने के लिए तैयार हूँ।''

''अच्छा, तो ठीक है। हम लोग गौशाला में चलते हैं। वहाँ चलकर एक-एक कटोरा दूध पीते हैं।''

7

''बाप रे! वहाँ तो ग्वाला हमें जरूर देख लेगा।''

''तो फिर रसोई में चलते हैं।'' माइकल ने दूसरा प्रस्ताव रखा, ''वहाँ अलमारी में शहद की भरनी रखी है।''

''पड़ोसन अपनी खिड़की से देख लेगी तो? उनकी रसोई बिलकुल अपनी रसोई की खिड़की के सामने है।''

''तब बगीचे में चलते हैं। सेब के पेड़ से लाल-लाल सेब तोड़कर खाएँगे। काफी अँधेरा भी है। कोई देख नहीं पाएगा।'' माइकल ने अंतिम प्रस्ताव रखा।

यह सुनकर उसकी नन्ही बहन ऐनी ने कहा, ''क्या तुम्हें विश्वास है कि वहाँ तुम्हें कोई नहीं देखेगा? ईश्वर की आँखें हर जगह तुम्हें देख सकती हैं। वे सर्वज्ञाता हैं।''

माइकल यह सुनकर डर गया। वह बोला, ''तब तो हमें कोई भी काम चोरी-छिपे नहीं करना चाहिए।''

☞ **ईश्वर सर्वज्ञाता है, यह हम कभी न भूलें।**

106 किस्सा अकल के एक दुश्मन का

एक अकल का दुश्मन था। जंगल में रहता था, इसलिए उसने कभी कोई दीया नहीं देखा था। एक रोज वह दूर के एक गाँव में पहुँचा और एक ग्वाले के घर ठहरा। रात होने पर घर में दीया जलाया गया। दीया देखकर अकल का दुश्मन सोच में पड़ गया।

उसने सोचा, 'यह क्या जगमगाता है? ऐसी कोई चीज मैंने पहले कभी नहीं देखी। यह तो कोई अजूबा मालूम होता है। यह इतना बढ़िया है कि माँगने पर कोई नहीं देगा। ठीक है, जब आधी रात को सब सो जाएँगे, तब मैं इसे घास की उस ढेरी में छिपा दूँगा और सुबह जाते समय इसे चुपके से लेकर चलता बनूँगा।'

सब सो गए। अकल का दुश्मन धीमे से उठा और आले के पास पहुँचा। बड़ी सावधानी से उसने जलता हुआ दीया उठाया और हौले से घास की ढेरी में रख दिया। फिर वह अपनी खटिया पर आकर ऐसे लेट गया कि किसीको भनक तक नहीं लगी।

लेकिन थोड़ी ही देर में वहाँ धू-धू करती आग जल उठी। अकल का दुश्मन तुरंत दौड़ा और कुछ खोजने लगा। लोगों ने पूछा, "वहाँ क्या खोज रहे हो? दूर हटो, वरना जल मरोगे।" वह बोला, "वहीं तो मेरा जगमगिया है। उसे मैंने वहाँ छिपाया है।"

लोगों ने पूछा, "यह जगमगिया क्या होता है?"

उसने कहा, "वही, जो रात उस आले पर रखा था। जगमग-जगमग हो रहा था।"

सब बोले, "अकल के दुश्मन! तो यह आग तुमने ही लगाई है। हम तो सोच रहे थे कि यह आग यहाँ कौन लगा गया होगा?"

☞ **अज्ञानी हमेशा अपने साथ-साथ दूसरों के लिए भी कष्टदायी होते हैं।**

107 देशभक्ति

अमेरिका में भारत की संस्कृति का प्रचार कर स्वदेश लौटते हुए स्वामी रामतीर्थ जापान भी गए। जापान में उनका बहुत आदर-सत्कार हुआ और उन्हें एक स्कूल में बुलाया गया। स्कूल में उन्होंने एक बच्चे से पूछा, "तुम किस धर्म को मानते हो?"

"बौद्ध।" बालक ने उत्तर दिया।

"तुम्हारे साथी किस धर्म को मानते हैं?"

"यहाँ अधिकतर लोग बौद्ध धर्म को ही माननेवाले हैं।"

"बौद्ध धर्म के संबंध में तुम्हारे क्या विचार हैं?"

"बुद्ध तो भगवान् हैं।" कहकर बालक ने मन-ही-मन ध्यान कर बुद्ध को प्रणाम किया।

"तुम कन्फ्यूशियस को क्या समझते हो?" स्वामीजी ने फिर पूछा।

"वे भी एक महान् संत हैं।" बालक ने उत्तर दिया और बुद्ध की तरह कन्फ्यूशियस को भी मन-ही-मन प्रणाम किया।

स्वामीजी ने पुनः पूछा, "अगर किसी देश से तुम्हारे देश को जीतने के लिए सेना आए और उसके कमांडर बुद्ध तथा जनरल कन्फ्यूशियस हों, तो तुम क्या करोगे?"

विद्यार्थी का चेहरा गुस्से से तमतमा उठा। वह बोला, "तब मैं दोनों का सिर अपनी तलवार से

काट लूँगा।''

स्वामीजी गद्‌गद होकर बोले, ''जिस देश के विद्यार्थियों में ऐसी देशभक्ति हो, वह देश सदा उन्नति के शिखर पर पहुँचता है।''

☞ **स्वदेशभक्ति सबसे बड़ा धर्म है।**

108 जाग जोगड़े जाग

सात भाइयों के बीच प्यारी-प्यारी एक बहन थी। बहन का नाम था सोनचिरैया। एक रोज सोनचिरैया अपनी भाभी के साथ मिट्टी लेने गई। सोनचिरैया जहाँ खोदती वहाँ सोना निकलता और भाभी जहाँ खोदती, वहाँ मिट्टी निकलती। भाभी ने अपनी टोकरी मिट्टी से भरी और सौनचिरैया ने अपनी टोकरी सोने से भर ली।

सोनचिरैया की टोकरी में सोना देखकर भाभी के सीने पर साँप लोट गया। अपनी टोकरी सिर पर रखकर भाभी चलने लगी। सोनचिरैया ने कहा, ''भाभी, भाभी, मेरी यह टोकरी उठवा दो न!'' दम भर रुककर भाभी बोली, ''तुम खुद ही उठा लो। मैं नहीं उठाऊँगी।'' इतना कहकर भाभी तेजी से चल दी।

सोनचिरैया अकेली रह गई। टोकरी उठाने की बहुत कोशिश की, पर वह उठा ही नहीं सकी। तभी एक लँगोटधारी जोगड़ा उधर से गुजरा। उसने कहा, ''लाओ, मैं टोकरी उठावाए देता हूँ।'' जोगड़े ने टोकरी उठवा दी। टोकरी सिर पर रखकर सोनचिरैया अपने घर की तरफ चल पड़ी। लेकिन तुरंत ही जोगड़ा उसके पीछे दौड़ा और उसको अपने कंधे पर बैठाकर अपनी झोंपड़ी में ले आया।

जोगड़े ने सोनचिरैया से ब्याह कर लिया। उसे पाँच बच्चे हुए। एक बार जोगड़ा बीवी-बच्चों के साथ यात्रा पर निकला। गाँव-गाँव घूमते हुए सब आगे बढ़ने लगे। जोगड़ा सोनचिरैया को गाँव में भीख माँगने के लिए भेजता और खुद गाँव के बाहर बैठकर बच्चों को सँभालता। यों घूमते-फिरते कई सालों के बाद वे लोग सोनचिरैया के गाँव पहुँचे। जोगड़े ने हमेशा की तरह इस गाँव में भी सोनचिरैया को भीख माँगने के लिए भेजा। सोनचिरैया घर-घर भटककर और गा-गाकर भीख माँगने लगी—

''रामलाल के सात बेटे,
सात पर एक बहन सोनचिरैया।
जोगड़े के जाल में फँसी भोली-भाली
भगवान् के नाम पर कुछ दे दो मैया।''

सोनचिरैया की आवाज सुनकर घर के सब लोग बाहर दौड़ आए और बोले, ''बेटी, तुमने अभी-अभी क्या कहा? एक बार फिर से तो कहो।''

सोनचिरैया ने गीत दोहराया। सुनकर सब बोले, ''अरे, यह तो हमारी बिटिया मालूम होती है।'' उन्होंने सोनचिरैया को पहचान लिया और उसे अपने पास ही रख लिया।

उधर जोगड़े ने उसका काफी इंतजार किया, पर वह वापस नहीं आई। बगल में झोला लटकाकर

जोगड़ा सोनचिरैया को खोजने निकल पड़ा। वह घर-घर भीख माँगता और गाता था—

"लाल बिंदी चिपकी है, सुंदर चोटी मुसकाती है।
घर में बच्चे रोते हैं, जटाजूट आहें भरती है।"

घूमता-घूमता जोगड़ा सोनचिरैया के घर पहुँचा और गाने लगा—

"लाल बिंदी चिपकी है, सुंदर चोटी मुसकाती है।
घर में बच्चे रोते हैं, जटाजूट आहें भरती है।"

जोगड़े की आवाज सुनकर घर के लोग इकट्ठा हो गए और बोले, "लगता है यह वही पाखंडी है जो हमारी बिटिया को उठा ले गया था।"

वे बोले, "बाबाजी! आइए, बैठिए। यह तो आपकी ससुराल है। थोड़ी देर में हम बेटी को विदा कर देंगे।"

कुएँ पर खटिया बिछाकर उसपर बिछौना बिछाया गया और जोगड़े से कहा गया कि खटिया पर लेटें। ज्योंही वह खटिया पर लेटा कि धमाके की आवाज के साथ कुएँ में जा गिरा और मर गया।

गाँव के सिवान पर पहुँचकर सोनचिरैया अपने बच्चों को ले आई। बाद में सोनचिरैया की भाभी की नाक और चोटी काटकर घरवालों ने उसे गधे पर उलटा बैठाया और घर से खदेड़ दिया। सोनचिरैया अब अपने पिता के घर चैन से रहने लगी।

☞ **पाप का दंड मिलता ही है, भले ही देर से।**

109 भेड़िया और भेड़ का बच्चा

एक भेड़िया झरने से पानी पी रहा था। तभी उसकी नजर कुछ दूरी पर पानी पीते हुए एक भेड़ के बच्चे पर पड़ी। भेड़िया दौड़कर उसके पास पहुँचा। डपटकर बोला, "अरे नालायक! मेरा पानी तुमने गंदा कर दिया!"

भेड़ के बच्चे ने मुसकराकर हौले से कहा, "महाशय! पानी तो आपकी ओर से बहता हुआ मेरे पास आ रहा है, न कि मेरी ओर से आपकी तरफ बह रहा है!"

इसपर भेड़िए को और भी गुस्सा आ गया। वह चिढ़कर बोला, "ठीक है; लेकिन तुमने मुझे साल भर पहले ढेर सारी गालियाँ दी थीं। वे याद हैं?"

भेड़ के बच्चे ने उतनी ही नम्रता से जवाब दिया, "यह तो मुमकिन नहीं, क्योंकि मेरे जन्म को अभी छह माह भी पूरे नहीं हुए हैं!"

इसपर भेड़िए ने कहा, "तू नहीं, तो तेरे बाप ने गालियाँ दी होंगी, और इसकी सजा तुझे भुगतनी होगी।" इतना कहकर उस निर्मम भेड़िए ने एक ही बार में उस भेड़ के बच्चे का काम तमाम कर दिया और उसे खा गया।

☞ **बुरे लोगों की नीयत किसी तर्क पर नहीं टिकती।**

110 खोया हुआ बटुआ

रॉबर्ट एक गरीब व्यक्ति का छोटा बेटा था। एक दिन वह जंगल में एक पेड़ के नीचे बैठा हुआ बुरी तरह रो रहा था। जंगल के उसी हिस्से में एक शिकारी आया। रॉबर्ट को रोता देखकर उसने बड़ी आत्मीयता से उसके रोने का कारण पूछा।

''मेरी माँ बहुत दिनों से बीमार है।'' उसने जवाब दिया, ''मेरे पिताजी ने मुझे दवाइयाँ खरीदने भेजा था, पर रास्ते में मेरा बटुआ गिर गया।''

शिकारी ने अपनी जेब से एक रेशमी बटुआ निकाला, जिसमें सोने के तमाम सिक्के भरे हुए थे। लड़के को बटुआ दिखाकर शिकारी ने पूछा, ''क्या यही तुम्हारा बटुआ है?''

''नहीं-नहीं,'' रॉबर्ट ने उत्तर दिया, ''मेरे पास जो बटुआ था वह छोटा था—और उसमें पैसे थे, सोने के सिक्के नहीं।''

''कहीं यह तो नहीं है?'' शिकारी ने उसे दूसरा बटुआ दिखाते हुए पूछा।

''हाँ-हाँ, यही है।'' वह प्रसन्नता से उछलकर बोला, ''चमड़े का यही छोटा सा बटुआ है, जो मुझसे खो गया था।''

शिकारी उसकी ईमानदारी पर बेहद खुश हुआ। रॉबर्ट का बटुआ तो उसने लौटाया ही, वह सोने के सिक्केवाला बटुआ भी उसे उपहारस्वरूप भेंट किया।

☞ **ईमानदारी अपना अलग ही प्रभाव छोड़ती है।**

111 एकाग्रता की जरूरत

वे नन्हे-नन्हे बच्चे अपनी नन्ही-नन्ही बंदूकों से लहरों पर तैरते बतख के अंडों पर निशाना लगा रहे थे। उनका एक भी निशाना सटीक नहीं पड़ रहा था। पुलिया पर खड़ा हुआ एक संन्यासी यह सब देखकर मुसकरा रहा था।

''मुसकरा क्यों रहे हो? बड़े तीसमारखाँ बनते हो तो लो, तुम्हीं निशाना लगाओ।'' झुँझलाए हुए एक बच्चे ने अपनी बंदूक संन्यासी के हाथ में थमा दी।

''देखो, कोशिश करता हूँ।'' संन्यासी ने कहा। उसने कुछ गंभीर होकर एक के बाद एक लगातार एक दर्जन अंडों को अपने अचूक निशानों से फोड़ दिया।

लड़के भौंचक्के से देखते रहे। यह संन्यासी जादूगर है क्या?

''देखो, बच्चो! यह कोई चमत्कार नहीं है। यह कोई जादू भी नहीं है। मैंने अपना ध्यान एकाग्र किया और बस, चटपट निशाना सटीक बैठ गया। जब भी तुम एकाग्र होकर काम करोगे, सफलता को तुम्हारे कदम चूमने ही पड़ेंगे।''

यह संन्यासी और कोई नहीं, हम सबके सुपरिचित स्वामी विवेकानंदजी थे।

☞ **जहाँ एकाग्रता नहीं होती वहाँ सफलता भी नहीं होती।**

112 कुत्ता और खरगोश

एक कुत्ते ने एक खरगोश को देख लिया। शिकार के लिए उसके पीछे दौड़ा। खरगोश भी अपने प्राण बचाने के लिए तेजी से भागा। कुत्ता बराबर उसका पीछा करता रहा। अंत में उसकी साँस फूल गई। थक-हारकर उसने खरगोश का पीछा करना छोड़ दिया।

तभी एक चरवाहे ने उसकी ओर देखकर ताना कसा, ''एक छोटे से खरगोश ने दौड़ में तुम्हें पछाड़ दिया।''

कुत्ते ने तपाक से जवाब दिया, ''महाशय! मैं अपने पेट के लिए दौड़ रहा था, वह अपने प्राणों के लिए दौड़ रहा था।''

☞ **जीत के कई कारण होते हैं।**

113 रस्सी

दो छोटे लड़कों को सड़क पर एक पुरानी रस्सी पड़ी मिली। दोनों उसे लेने के लिए बुरी तरह छीना-झपटी करने लगे। उनकी चीख-पुकार ऐसी थी कि दूर-दूर तक सुनाई दे रही थी।

एक लड़के ने रस्सी को एक तरफ पकड़ा, दूसरे ने दूसरी तरफ। दोनों ने पूरी ताकत से उसे

अपनी-अपनी तरफ खींचना शुरू कर दिया। अचानक रस्सी बीच में से टूट गई। एक लड़का कीचड़ में जा गिरा, दूसरा पास के एक नाले में।

एक यात्री वहाँ खड़ा यह तमाशा देख रहा था। वह जोर से हँस पड़ा। ''बच्चो! किसी चीज के लिए झगड़ा करने से यही नतीजा निकलता है।'' वह बोला।

☞ **स्वार्थ से सुख नहीं मिलता।**

114 सहायता

एक शाम एक विधवा अपने दो बच्चों के साथ पासवाले जंगल से लौट रही थी। माँ के सिर पर लकड़ियों का बड़ा गट्ठर था और दोनों बच्चों के सिर पर छोटे-छोटे।

रास्ते में उनकी भेंट एक धनी व्यापारी से हुई। माँ ने व्यापारी से सहायता की माँग की।

व्यापारी ने कहा, ''तुम्हें किसी प्रकार की सहायता की आवश्यकता नहीं है। अपने इन दोनों बच्चों को मुझे दे दो। मैं इन्हें सिखाऊँगा कि बाँस तथा सरकंडों को किस तरह सोना बनाया जा सकता है।''

माँ को लगा कि व्यापारी उनका मजाक उड़ा रहा है; पर वह राजी हो गई।

कुछ ही दिनों के भीतर व्यापारी ने एक बच्चे को टोकरियाँ बनाने नें निपुण बना दिया तथा दूसरे को हैट बनाने में। करीब तीन साल बाद बच्चे अपनी माँ के पास वापस लौट आए और अपने-अपने काम में जुट गए।

एक दिन वही व्यापारी उनके घर आया और अच्छे दाम देकर उनसे टोकरियाँ व हैट खरीदना

शुरू कर दिया।

विधवा का घर पैसों से भर गया। व्यापारी प्रसन्न हो विधवा से बोला, ''मैंने कहा था न तुमसे कि इन बाँसों और सरकंडों को मैं सोने में बदल दूँगा।''

☞ अपने हाथ जगन्नाथ।

115 मेढकों का राजा

एक समय मेढकों को महसूस हुआ कि सुखी और अनुशासनात्मक जिंदगी जीने के लिए उन्हें एक राजा की जरूरत है, ताकि सब कायदे से रह सकें। अपनी प्रार्थना लेकर मेढकों का सरदार इंद्रदेव के दरबार में पहुँचा।

इंद्रदेव ने उसकी विनती सुन ली। लकड़ी का एक बड़ा सा बुत उन्होंने आसमान से नीचे फेंका। उस बुत के पानी में गिरते ही जोरों का धमाका हुआ। सारे मेढक भय से काँप उठे। कुछ समय बाद एक मेढक ने हिम्मत की और लकड़ी के उस बुत को करीब जाकर छुआ। उसकी देखादेखी अन्य मेढकों ने भी उस बुत को छुआ। फिर कुछ तो उसपर चढ़कर नाचा-कूदी करने लगे। उन्हें पुन: इस बात का एहसास हुआ कि यह राजा तो किसी काम का नहीं है। उन्होंने फिर एक मेढक को इंद्रदेव के दरबार में

भेजा। अबकी इंद्रदेव को उनपर गुस्सा आ गया। उन्होंने एक बगुले को तालाब पर भेज दिया, जो रोजाना दो मेढक खा जाता था।

☞ **भूखे राजा से राजा का न होना अच्छा।**

116 लेन-देन और जमा-पूँजी

एक मेहनती बढ़ई था। वह काफी पैसे कमाता था, किंतु उसका खान-पान सादा था। न उसे बढ़िया कपड़े चाहिए थे, न तरह-तरह का खाना। उसे फिजूल खर्च की भी आदत नहीं थी।

एक दिन उसके पड़ोसी ने उससे पूछा, ''मित्र! हर हफ्ते तुम इतने ज्यादा पैसे कमाते हो, आखिर इन पैसों का करते क्या हो?''

''कुछ रुपयों से मैं अपना लेन-देन चुकाता हूँ, कुछ को मैं जमा कर देता हूँ।'' उसने जवाब दिया।

''छोड़ो भी।'' पड़ोसी ने कहा, ''मजाक मत करो। मैं अच्छी तरह जानता हूँ, न तुम्हें कोई लेन-देन चुकता करना होता है, न तुमने कुछ जमा ही कर रखा है जिसका तुम्हारे पास ब्याज आता हो।''

''समझो!'' बढ़ई बोला, ''जन्म से अब तक जो माँ-बाप ने मुझपर खर्च किया है वह मेरा लेन-देन है। मुझे भरना पड़ता है। जो रुपए मैं अपने बच्चों को उनका भविष्य बनाने के लिए खर्च करता हूँ

वही मेरी जमा-पूँजी है। आगे चलकर वह मुझे ब्याज के रूप में तब वापस मिलेगी जब मैं बूढ़ा हो जाऊँगा। जैसे मैं अपने पालन-पोषण की एवज में इस वृद्धावस्था में माँ-बाप का खयाल रखता हूँ, मेरे बच्चे भी देखा-देखी यही करेंगे; क्योंकि तब मैं कमाने लायक नहीं रहूँगा।''

☞ **भलाई जितनी ज्यादा की जाती है उतनी ही ज्यादा मिलती है।**

117 गुरु नानक का न्याय

महान् संत गुरु नानक एक बार घूमते-फिरते एक गाँव में पहुँचे। गाँव पहुँचते ही दर्शनार्थियों की भीड़ लग गई। जब उनके भोजन का समय हुआ तो दो भक्त उनके लिए भोजन ले आए। एक बहुत ही अमीर व्यक्ति था, जो अनेक प्रकार की मिठाइयों के साथ आला भोजन लाया था, जबकि दूसरा भक्त एक गरीब किसान था, जिसने सूखी रोटी ही प्रेम से गुरुजी के सामने भोजनार्थ रखी। गुरुजी ने अमीर व्यक्ति द्वारा परोसी हुई थाली को छुआ तक नहीं और उस गरीब की सूखी रोटी खानी शुरू कर दी।

अमीर व्यक्ति को बहुत बुरा लगा। उसने गुरुजी से प्रश्न किया।

नानक देव कुछ देर मौन रहे। फिर उन्होंने बाएँ हाथ की मुट्ठी में अमीर की रोटी और दाएँ हाथ में गरीब किसान की रोटी को लेकर थोड़ा दबाया। बाएँ हाथ की रोटी में से रक्त टप-टप करता हुआ गिरने लगा, जबकि दाएँ हाथ की रोटी में से दूध की धारा बह निकली।

गुरुजी ने उस अमीर से सवाल किया, ''अब तुम्हीं बताओ, मैं तुम्हारी रोटी कैसे खाऊँ? तुम अमीर इसीलिए बने हो, क्योंकि तुमने अनेक गरीबों का लहू चूसा है। इस गरीब की रोटी इसके खरे पसीने की कमाई की है। यह रोटी दूध के समान पवित्र है, इसीलिए इसमें से दूध गिर रहा है। मैं इसे ही खाना पसंद करूँगा।''

☞ **खरी कमाई पसीने की कमाई होती है।**

118 मक्खियाँ और शहद

एक बनिए की दुकान पर रखी हुई शहद की भरनी उलट गई। चारों ओर से भिनभिनाती हुई मक्खियों ने बिखरे शहद पर धावा बोल दिया। सबकुछ भूलकर वे शहद चाटने में इतनी मशगूल हुईं कि उनके पैर शहद में चिपक गए। अब उनके लिए उड़कर लौट पाना नामुमकिन था। तब एक मक्खी ने रुआँसी आवाज में कहा, ''कितनी मूर्ख हैं हम! कुछ पल के मौज-मजे के लोभ में हमने अपनी जान खतरे में डाल दी।''

☞ **भूखे पेट कोई भी व्यक्ति बुद्धिमान नहीं हो सकता।**

119 हीरे की अँगूठी

विली एक व्यापारी था। वह अधिक धन कमाने की इच्छा से समुद्र पार के देशों में गया। कड़ी मेहनत से उसने अच्छा-खासा धन कमाया और तीन साल बाद अपने देश वापस लौटा। जहाज पर ही उसे पता चला कि उसके तमाम रिश्तेदार पास ही के एक बँगले में हो रहे समारोह में उपस्थित हैं।

जब वह बँगले में पहुँचा तो उसने पाया कि उसके रिश्तेदारों ने उससे मिलकर कोई गर्मजोशी नहीं दिखाई; क्योंकि उनकी निगाहें सबसे पहले उसके गंदे कपड़ों पर गई थीं और उन्होंने सोचा कि वह विदेश से बड़ी गरीबी में लौटा है।

विली का एक नीग्रो दोस्त, जो उसके साथ इस समारोह में आया था, यह दृश्य देख चिढ़ गया और विली से बोला, ''कैसे रिश्तेदार हैं तुम्हारे! तुम अपने लोगों से इतने सालों बाद मिले हो, फिर वे तुमसे मिलकर जरा भी खुश नहीं दिखाई पड़ रहे हैं।''

विली ने धीरे से कहा, ''देखना, अभी इनका व्यवहार मेरे प्रति बदल जाएगा।'' फिर उसने अपनी जेब से हीरे की एक खूबसूरत अँगूठी निकालकर पहन ली। अचानक उसके उन रिश्तेदारों का ध्यान उसकी अँगूठी पर गया। एकाएक उनका व्यवहार विली के प्रति बदल गया। वे उसके करीब घिर आए और उसकी खैरियत पूछने लगे। कुछ उसे अपने घर भोजन का न्योता देने लगे तो कुछ उसे सुबह के नाश्ते पर बुलाने लगे।

यह नजारा देखकर विली के नीग्रो दोस्त ने पूछा, ''क्या यह कोई चमत्कारी अँगूठी है? इसे पहनते ही तुम्हारे सारे संबंधियों का व्यवहार तुरंत बदल गया।''

विली ने हँसते हुए जवाब दिया, ''इस अँगूठी से इन्हें यह आभास हुआ कि मैं एक बड़ा अमीर आदमी बन गया हूँ। इन्हें मुझसे ज्यादा मेरा पैसा प्यारा है।''

☞ **जब पैसों का सवाल आता है तब सभी एक मजहब के हो जाते हैं।**

120 मिट्टी का थैला

एक अमीर जमींदार ने अपनी विधवा पड़ोसन की जमीन का टुकड़ा हथिया लिया।

एक दिन वह उसी जमीन पर चलती हुई उस जमींदार के सामने खड़ी हो गई। फिर आँखों में आँसू भरकर जमींदार से बोली, ''क्या तुम मेरे बाप-दादों की इस जमीन से मुझे यह थैला भर मिट्टी लेने दोगे?''

अमीर जमींदार ने उपहास भरे स्वर में कहा, ''हालाँकि तुम्हारी यह इच्छा बड़ी बेवकूफी भरी है, फिर भी तुम जितनी चाहो, मिट्टी थैले में भरकर ले जा सकती हो।''

विधवा ने मिट्टी से अपना थैला भरा और बोली, ''मेरी तुमसे एक और प्रार्थना है। क्या तुम यह थैला उठाकर मेरे कंधों पर रख सकोगे?''

जमींदार ने कुछ पल सोचा, फिर एकदम इनकार कर दिया। विधवा पुनः गिड़गिड़ाई। अंत में जमींदार को उसकी बात पर राजी होना पड़ा। पर जैसे ही उसने थैला उठाने की कोशिश की, उसके तो पसीने छूट गए। वह झुँझलाकर बोला, ''इतना भारी थैला उठाना मेरे बूते का नहीं।''

यह सुनकर विधवा ने कहा, ''अगर यह मिट्टी का थैला तुम्हारे लिए उठा पाना संभव नहीं तो तुम मेरी सारी जमीन का बोझा किस तरह उठा पाओगे?''

जमींदार विधवा का यह तर्क सुनकर दंग रह गया। उसे अपनी हरकत पर बड़ी शर्म आई।

☞ **स्वार्थ में सद्गुण ऐसे खो जाते हैं जैसे समुद्र में नदियाँ।**

121 रंगीन चेहरा

एक गाँववाले का विचित्र चेहरा देखकर एक चित्रकार को उसका चित्र बनाने की इच्छा हुई। उसने गाँववाले से कहा, ''सुनो भैया! थोड़ी देर बैठोगे क्या? अठन्नी दूँगा।''

गाँववाले ने कोई जवाब नहीं दिया।

चित्रकार ने पुनः पूछा, ''क्यों! क्या सोच रहे हो?''

''मैं यह सोच रहा हूँ कि···'' गाँववाले ने जरा सिर खुजलाते हुए कहा, ''तुम मेरा चेहरा बनाना चाहते हो न! पर रंग भरने के बाद जब चेहरा धोना पड़ेगा तब मेरे चेहरे का रंग तो नहीं उतर जाएगा?''

☞ **जीवन में रंग न हो तो वह जीवन फीका लगता है।**

122 कुल्हाड़ी और लकड़हारा

एक लकड़हारा जंगल में आया और अपनी लोहे की कुल्हाड़ी का हत्था बनाने के लिए उसने बड़े-बड़े पेड़ों से एक शाख की माँग की। माँग छोटी सी थी, पर एक भी बड़ा पेड़ इसके लिए तैयार न हुआ। इतना ही नहीं, उन सबने मिलकर करीब के एक छोटे से पेड़ को ललकारा। बेचारे उस पेड़ ने उन सबकी जिद के पीछे अपनी जान दे दी। जैसे ही उस नन्हे पेड़ की लकड़ी से कुल्हाड़ी का हत्था बनकर तैयार हो गया, लकड़हारा बारी-बारी से सारे पेड़ों पर टूट पड़ा। एक के बाद एक पेड़ कट-कटकर गिरने लगे।

तब एक घने पेड़ ने अपने एक मित्र पेड़ से कहा, ''अगर हमने अपने नन्हे पड़ोसी पेड़ को मरने पर मजबूर न किया होता तो आज हम सुरक्षित होते।''

☞ **जहाँ एकता होती है वहीं सुरक्षा होती है।**

123 शहद की भरनी

मारग्रेट की माँ बड़ी व्यस्त थी। तभी उसे नींबू की जरूरत पड़ी। उसने मारग्रेट को बुलाकर सब्जी की टोकरी से नींबू निकाल लाने के लिए कहा।

रसोईघर में पहुँचकर मारग्रेट ने इधर-उधर देखा कि शायद उसे कुछ खाने के लिए हाथ लग जाए। तभी उसकी निगाह अलमारी के ऊपर रखी शहद की भरनी पर गई। वह अपने पंजों के सहारे उचकी और भरनी के अंदर उँगलियाँ डाल दीं।

अचानक उसे लगा कि किसी चीज ने भरनी के भीतर उसकी उँगलियाँ दबोच ली हैं। चीखकर उसने अपना हाथ बाहर खींचा तो पाया कि एक केकड़ा था, जिसने उसकी अँगुली काट ली थी।

बात यह थी कि कुछ दिनों पूर्व मारग्रेट की माँ ने भरनी का पूरा शहद बेच दिया था तथा दो केकड़े खरीदकर भरनी में पानी भरकर रख दिए थे। जैसे ही माँ ने मारग्रेट की चीख सुनी, दौड़ी-दौड़ी रसोईघर में पहुँची। देखा, तो पाया कि मारग्रेट की एक अँगुली खून से लथपथ हो रही है।

माँ ने शांत स्वर में मारग्रेट से कहा, ''यह सजा तुम्हारे लिए सबक है। जरा से लालच की वजह से तुमने बिना जाने-समझे भरनी में हाथ डाल दिया। आगे से तुम इस बात का खयाल रखना।''

☞ **लालच का नतीजा खतरनाक भी हो सकता है।**

124 अक्ल की बात

छत्रपति शिवाजी एक बार अपनी सेना से बिछुड़कर एक ऐसी जगह जा पहुँचे जहाँ दूर-दूर तक आबादी का नामोनिशान नहीं था। अँधेरा हो चला। तभी कुछ दूरी पर उन्हें हलकी सी एक रोशनी दिखाई दी। वह रोशनी एक झोंपड़ी में से आ रही थी।

प्यास से वे बेचैन हो रहे थे। झोंपड़ी के बंद दरवाजे पर उन्होंने आवाज दी तो एक बुढ़िया ने दरवाजा खोला। शिवाजी ने पानी की माँग की तो उस बुढ़िया ने बड़े स्नेह से उन्हें पानी पिलाया। पानी पिलाने के बाद बुढ़िया ने शिवाजी से खाने का आग्रह किया। एक थाली में उसने कोदों का भात परोसा। शिवाजी भूखे तो थे ही, झट एक बड़ा सा कौर भरा। पर तभी 'आह' करके रह गए।

बुढ़िया ने जब यह देखा तो बोली, "तू भी शिवा जैसे स्वभाव का मालूम देता है।"

शिवाजी चौंक उठे। बोले, "माता, तूने मेरी तुलना शिवाजी से कैसे की?"

बुढ़िया बोली, "जिस प्रकार शिवा आसपास के छोटे-छोटे किले न जीतकर बड़े-बड़े किले जीतने की उतावली करता है उसी प्रकार तूने भी किनारे-किनारे के ठंडे कोदों न खाकर बीच से बड़ा कौर भरकर हाथ जला लिया।"

बुढ़िया की बातें सुन शिवाजी की आँखें खुल गईं। उनकी समझ में आ गया। गरीब बुढ़िया ने कितनी अक्ल की बात कही थी।

☞ **ज्ञान के लिए हमेशा दिमाग खुला रखना चाहिए।**

125 लोभी बालक

एक लड़के ने मूँगफली निकालने के लिए मटकी में अपना हाथ डाला। मुट्ठी में जितनी मूँगफली आ सकती थी, उसने भर ली। ज्यों ही हाथ बाहर निकालने लगा, मटकी का मुँह सँकरा होने की वजह से मुट्ठी फँस गई। वह परेशान हो जोर-जोर से रोने लगा।

यह देखकर उसके पिताजी ने कहा, ''बेवकूफ! उतनी मूँगफली मुट्ठी में भर जितनी आसानी से बाहर आ सके।''

☞ **लोभ बुद्धि भ्रष्ट कर देता है।**

126 पत्थर पड़ा अकल पर

एक अमीर महिला ने एक खास किस्म का हार बनवाने के लिए सुनार के पास तमाम तरह के रंगीन तथा कीमती पत्थर भेजे।

एक दिन सुनार ने पाया कि उन कीमती पत्थरों में से दो पत्थर गायब हैं। सुनार को अपने यहाँ काम करनेवाले लड़के चंदू पर शक हुआ। उसने फौरन उसके कमरे की तलाशी ली तो चकित रह गया। एक पुरानी अलमारी के ऊपर उसे दोनों पत्थर पड़े मिले। उसने चंदू की खूब पिटाई की और उसे नौकरी से निकाल दिया।

एक दिन सुनार ने पाया कि फिर कुछ क़ीमती पत्थर अपनी जगह से गायब हैं। खोजने पर वे फिर उसी पुरानी जगह पर मिले। अब सुनार के दंग रहने की बारी थी। उसकी समझ में नहीं आया कि आखिर कौन इस तरह पत्थर उठाकर अलमारी के ऊपर रख देता है; क्योंकि अब दुकान पर चंदू नहीं था। उसने जासूसी करने का निश्चय किया। कुछ समय बाद उसने एक पक्षी को काँचवाली अलमारी में घुसते देखा। पक्षी ने तश्तरी में रखे हुए कीमती पत्थरों में से एक पत्थर चोंच में दबाया और चंदूवाले कमरे में जाकर ठीक अलमारी के ऊपर रख दिया।

सारा माजरा सुनार की समझ में आ गया। पर अब चंदू जैसा नेक लड़का उसे कहाँ मिलता?

☞ **जीवन की बहुत सी बड़ी चीजों को हम तब पहचानते हैं जब उन्हें ख़ो देते हैं।**

127 हवा और सूरज

एक बार हवा और सूरज में अपनी-अपनी शक्ति को लेकर बहस छिड़ गई। दोनों ही अपने बड़प्पन की जिद पर अड़े रहे। तभी उनकी दृष्टि घास पर चलते हुए एक यात्री पर गई। दोनों ने अपनी ताकत की आजमाइश उसपर करने का फैसला किया। पहली बारी हवा की थी। वह तूफान बन गई। अपने भीतर ठंड की मात्रा वह बढ़ाती गई, बढ़ाती गई। यात्री ने अपने को कोट से कस लिया। हार-थककर हवा को अपनी कोशिश छोड़ देनी पड़ी। अब सूरज की बारी थी। वह धीरे-धीरे गरम होने लगा। गरमी की तेजी से धरती भी तपने लगी। यात्री ने पहले अपना कोट उतार फेंका, फिर धीरे-धीरे सारे कपड़े। सूरज की यह विजय थी।

☞ **सबसे बड़ी विजय स्वयं अपने ऊपर विजय प्राप्त करना है।**

128 पहाड़ की पीड़ा

एक बार एक पहाड़ के पेट में दर्द होने लगा। पीड़ा से वह चीखने-बिलखने लगा। उसकी हिचकियाँ सुनकर लोग उसे दूर-दूर से देखने आए। किसीने कहा—पहाड़ के पेट से किसीका जन्म होगा! दूसरे ने टिप्पणी की—पहाड़ की पीड़ा इतनी दर्द भरी है कि उसके पेट से एक समंदर जन्म ले सकता है! तीसरे ने मत व्यक्त किया—नहीं जी! मुझे तो लगता है कि आसार किसी राक्षस के जन्म लेने के हैं! सब अपनी-अपनी हाँक रहे थे। तभी चीखों-चिल्लाहटों के बीच पहाड़ ने एक चूहे को जन्म दिया।

☞ **बड़ी-बड़ी उम्मीदें देनेवाले कभी हमारी उम्मीदों पर पानी भी फेर देते हैं।**

129 मेरे लिए लँगोटी ही काफी है

गांधीजी उत्कल की यात्रा कर रहे थे। यात्रा में उन्होंने एक ऐसी गरीब स्त्री को देखा जो फटा हुआ मैला कपड़ा पहने थी।

गांधीजी ने उससे कहा, ''बहन! तुम अपने कपड़े क्यों नहीं धोतीं? इतना आलस्य तो तुम्हें नहीं करना चाहिए।''

स्त्री ने सिर नवाकर कहा, ''बापूजी! मेरे पास पहनने के लिए इसके अलावा कोई दूसरा कपड़ा ही नहीं है। फिर धोऊँ कैसे?''

यह सुनकर बापू की आँखें डबडबा आईं, ''हाय! आज मेरी भारत माता के पास पहनने को चिथड़ा भी नहीं है!''

गांधीजी ने उसी समय प्रतिज्ञा की, ''जब तक देश स्वतंत्र नहीं होता और गरीब-से-गरीब को भी तन ढकने के लिए कपड़ा नहीं मिलता तब तक मैं कपड़े नहीं पहनूँगा। लाज ढकने के लिए मेरे लिए लँगोटी ही काफी है।''

☞ **महापुरुष दूसरों का दुःख-दर्द अपनाकर चलते हैं।**

130 पत्थर के टुकड़े

भजनलाल एक ड्राइवर था। ताड़ी पीने की बुरी आदत के कारण वह एक खतरनाक बीमारी में फँस गया। डॉक्टर ने उसे आगाह किया, ''तुमने अगर पीना नहीं छोड़ा तो शीघ्र ही मर जाओगे। ताड़ी तुम्हारे लिए जहर है।''

उसने उत्तर दिया, ''मेरे लिए ऐसा करना असंभव है। बिना ताड़ी पिए मैं जिंदा नहीं रह सकता। मुझे रोज एक बोतल ताड़ी किसी भी प्रकार चाहिए ही।''

यह सुनकर डॉक्टर बोला, ''तब तो हमें कोई और रास्ता निकालना पड़ेगा।''

दूसरी सुबह डॉक्टर ने बारीक पत्थरों से भरा एक डिब्बा मँगवाया और भजनलाल से कहा, ''इनमें से कुछ पत्थर के टुकड़े तुम प्रतिदिन अपनी ताड़ी की बोतल में डालते जाना। अगर तुम उन्हें बोतल से बाहर नहीं निकालोगे तो ताड़ी तुम्हें नुकसान नहीं पहुँचाएगी।''

भजनलाल को विश्वास हो गया कि अवश्य इन पत्थरों में कोई चमत्कार होगा। उसने प्रतिदिन डॉक्टर के कहे अनुसार करना शुरू किया।

जब भी वह अपनी बोतल में ताड़ी भराने जाता, उसमें पत्थर के टुकड़े बढ़े हुए होते थे और ताड़ी कम मात्रा में बोतल में आती थी। धीरे-धीरे उसका पीना कम हो गया—और एक दिन उसने ताड़ी पीनी छोड़ दी।

☞ **धैर्य और बुद्धिमानी से हर तरह की समस्या सुलझाई जा सकती है।**

131 चींटे ने ताटा रे, ताटा

एक राजा था। उसके तीन रानियाँ थीं। तीनों तोतली थीं। राजा ने चौथी रानी लाने का तय किया। अच्छा घर देखकर राजा ने रिश्ता तय किया। लड़की की तारीफ करते हुए किसीने राजा से कहा था कि देखने में वह सिर्फ सुंदर ही नहीं, स्वभाव से भी सुंदर है। राजा के मन में खुशी समाती नहीं थी।

राजा ब्याह करने चला। लड़की तोतली थी, लेकिन लड़की के माँ-बाप बड़े चंट थे। उन्होंने लड़की को पहले से ही सिखा रखा था कि राजा कुछ भी कहे, उसे एक शब्द भी नहीं बोलना है। ब्याह के बाद राजा दुलहन को लेकर घर वापस आया। फिर वह उसके आवास पर पहुँचा। राजा मन-ही-मन खुश हो रहा था कि नई रानी मीठी-मीठी बातें करके उसका दिल बहलाएगी।

पर नई रानी तो गूँगी बनकर खड़ी रही। राजा ने बहुत चाहा कि रानी कुछ बोले। पर वह क्यों बोलती। उसने तो जैसे अपने होंठ सी लिये थे। राजा मन-ही-मन बुदबुदाया—हाय''कुएँ में से निकलकर खाई में गिरा। तोतली को छोड़कर बोलती को लेने गया तो यह गूँगी गुड़िया पल्ले पड़ी। राजा दुःखी हो गया।

एक रोज यह चौथी रानी उपले लेने गई। वहाँ एक चींटे ने उसे इतने जोर से काटा कि वह एकदम चीख उठी, ''माँ, मुझे चींटे ने ताटा है।''

राजा अपने झरोखे में बैठा था। उसने यह सुना। वह समझ गया कि चौथी रानी भी तोतली है।

राजा ने यह राज छिपाकर रखा था कि उसकी चारों रानियाँ तोतली हैं। खुद अपनी ओर से राजा ने किसीको कुछ नहीं बताया था। लेकिन दीवान के मन में कुछ शक पैदा हो गया। सही जानकारी पाने के लिए उसने राजा से अकेले में पूछा, ''महाराज, गाँववाले कहते हैं कि आपकी सब रानियाँ तोतली हैं।

क्या यह सच है ?''

राजा ने कहा, ''दीवानजी! गाँववाले तो जाहिल हैं। क्या आपका भी कोई कलपुर्जा ढीला हो गया है ?''

दीवान बोले, ''आप मुझे भोजन के लिए बुलाएँ तो तसल्ली हो जाए।''

राजा ने दीवान को अपने महल में भोजन के लिए बुलाया। सब रानियों से कहा गया था कि कोई कुछ भी न बोले। गजा और दीवान दोनों आमने-सामने भोजन करने बैठे। तरह-तरह की रसोई बनाई गई थी। सिवईं भी बनी थी।

दीवान ने काफी कोशिश की कि रानियाँ कुछ बोलें, पर एक भी रानी ने मुँह नहीं खोला। तभी उसको एक तरकीब सूझी। सिवईं बहुत ही बढ़िया बनी थीं। सिवईं खाते-खाते दीवान ने उनकी तारीफ के पुल बाँधने शुरू कर दिए। रानियाँ मन-ही-मन मारे खुशी के फूलकर कुप्पा होने लगीं। इस मौके का फायदा उठाकर दीवान ने पूछा, ''ये सिवईं घी में किसने तली हैं ?''

इसपर एक रानी बोली, ''ये सिवइयाँ टो मैंने टली''

राजा के मना करने पर भी एक रानी ने मुँह खोला था, इसीलिए दूसरी ने सयानी बनकर उससे कहा, ''मना तरने पर भी टू बोली त्यों ?''

तीसरी रानी ने सोचा कि यह तो बहुत ही बुरा हुआ। राजा ने साफ-साफ कहा था—खबरदार, कोई नहीं बोलेगा। फिर भी ये दोनों बोली थीं। उसके मन में थोड़ा गुस्सा भी आया और कुछ अधिक सयानी बनकर कड़ी आवाज में कहा, ''ये बोई तो बोई पर आप त्यों बोई ?''

चौथी रानी ने सोचा कि ये तीनों रानियाँ महामूर्ख हैं। अब तक दीवानजी को सब पता चल गया है। उसके मन में थोड़ा गर्व भी आ गया। दीवानजी को उसके अपने राज का पता नहीं चला, यह सोचकर वह खुश हो उठी और खुशी में बोली, ''मैं तो बोई बी नै और तिसी से तहा बी नै!'' यह सुनकर राजा और दीवान दोनों खिलखिलाकर हँस पड़े।

☞ **झूठ अधिक देर नहीं टिकता।**

132 कछुआ और चील

छोटे से तालाब में रहते हुए कछुआ अपनी स्थिति से बड़ा असंतुष्ट था। विशेषकर जब वह अपने साथी पक्षियों को खुले आसमान में पंख पसारे उड़ता देखता। उसे लगा, वह भी उड़ना सीख सकता है। उसने चील से प्रार्थना की कि वह उसे अपने साथ ऊँचे आसमान में ले चले, ताकि वह भी उड़ना सीख सके।

चील ने उसे समझाया, ''बेवकूफ मत बनो। यह तुम्हारे बस का नहीं है।''

पर कछुए ने एक न सुनी। वह अपनी बात पर अड़ा रहा।

आखिर चील ने उसकी प्रार्थना सुन ली और अपने साथ उसे आसमान में ले उड़ी। काफी ऊँचे

पहुँच जाने पर चील ने कछुए से पूछा, ''इतने ऊँचे ठीक है ?''

कछुआ इतनी ऊँचाई से भयभीत तो हो उठा था, पर झूठा रोब जमाने के चक्कर में बोला, ''मैं और ऊपर जाना चाहता हूँ।''

तभी उसके हाथों पर चील के पंजों की पकड़ ढीली पड़ गई। वह धड़ाम से धरती पर आ गिरा और उसके प्राण-पखेरू उड़ गए।

☞ **बुद्धिमान वह है जो व्यर्थ के काम न करे।**

---

133 हजार हाथवाला

विवियन एक शहरी लड़का था। एक दिन वह पास के जंगल में रसभरियाँ चुनने गया। वह रसभरियाँ चुन ही रहा था कि सहसा आसमान में बिजली चमकने लगी। बादलों की गड़गड़ाहट के साथ तेज हवा ने आँधी का रूप धारण कर लिया। विवियन डर से काँपने लगा। बिजली से बचने के लिए उसने एक ऊँचे पेड़ की डाल पर शरण ली। उस बेचारे को यह पता ही नहीं था कि बिजली अकसर ऊँचे पेड़ों पर पहले गिरती है।

अचानक उसे एक आवाज सुनाई पड़ी, जो उसे उसका नाम लेकर बुला रही थी, ''विवियन! इधर आ जाओ।''

वह उस आवाज की ओर बढ़ने के लिए पेड़ से कूदकर भागा। पर जैसे ही वह कुछ कदम आगे बढ़ा, पूरी गर्जना के साथ उसी पेड़ पर बिजली गिरी। विवियन मरने से बाल-बाल बच गया। फौरन उसके होंठ प्रार्थना में बुदबुदा उठे, ''ईश्वर तुमने ही शायद मेरी प्राणरक्षा के लिए मुझे मेरे नाम से पुकारा था। मैं तुम्हारा बहुत आभारी हूँ।''

पर तभी उसे वही पुकार दुबारा सुनाई दी—''विवियन, विवियन! इधर चले आओ। मैं यहाँ हूँ।''

विवियन तेजी से दौड़ता हुआ पुकारनेवाली उस औरत के पास पहुँचा और बोला, ''लो, मैं आ गया। पर यह तो बताओ कि तुम्हें मुझसे क्या काम है ?''

यह सुन औरत बोली, ''मैं तुम्हें नहीं बुला रही। मैं तो अपने छोटे बेटे विवियन को पुकार रही हूँ, जिसे मैंने कुछ देर पहले पास के ही झरने पर बकरियों को पानी पिलाने भेजा था। जरूर वह यहीं कहीं डर के मारे छिपा बैठा होगा।''

विवियन ने उस औरत को अपना सारा किस्सा बताया तो उस औरत के हाथ ईश्वर को धन्यवाद देने के लिए जुड़ गए। वह विवियन से बोली, ''बेटा! सब उसीकी माया है।''

☞ **बचानेवाले के हजार हाथ होते हैं।**

---

134 जड़ पूजा के उपासक

हजरत मुहम्मद बहुत ही अस्वस्थ थे। अपने पैगंबर की ऐसी हालत देखकर भक्तजन उनका अंतिम उपदेश सुनने के लिए एकत्रित हुए। लेकिन मुहम्मद साहब ने कहा, ''शिष्यो! सर्वप्रथम मैं इस खजूर के पेड़ को कटवाना चाहता हूँ, जिसके नीचे तुम्हें उपदेश दिया जाता है।''

उनकी यह बात सुन सारे शिष्य सन्न रह गए। हजरत का यह आदेश उन्हें बिलकुल फिजूल लगा। फिर उन लोगों ने निवेदन किया कि ''यह कार्य तो हम बाद में भी कर सकते हैं। यह अंतिम समय है। कहीं इस कार्य में लगकर हम आपके पावन पैगाम से वंचित न रह जाएँ।''

तब हजरत मुहम्मद ने बात का भेद खोलते हुए कहा, ''सज्जनो! मुझे ऐसा लगता है, बाद में यह वृक्ष कटेगा नहीं। लोग इसे यह मानकर पूजेंगे कि पैगंबर साहब यहाँ बैठकर उपदेश दिया करते थे। अतः इसे मेरे सामने काट डालो। मैं नहीं चाहता कि मेरे अनुयायी उपदेशों को भूलकर जड़ पूजा के उपासक बनें।''

☞ **आज का काम कल पर नहीं छोड़ना चाहिए।**

---

135 हामदानी

हामदानी एक गरीब आदमी था। लोगों के घर भीख माँगकर वह अपना पेट भरता। कभी-कभी वह लोगों की आँख बचाकर कुछ उठा भी लेता। ऐसा काफी दिनों तक चलता रहा। एक दिन लोगों को इस बात का पता चल गया और उन्होंने हामदानी को भीख देनी बंद कर दी, ताकि वह उनके घरों से दूर रहे। नौबत यहाँ तक पहुँची कि अब हामदानी को अपना पेट भरने के लिए कूड़े-करकट में खोजबीन करनी पड़ती।

एक दिन सौभाग्यवश उसे एक सिक्का पड़ा हुआ मिल गया।

तभी उसने देखा कि एक आदमी लकड़ियों की एक टोकरी उठाए जा रहा है। उसने पूछा, ''अरे भई, इस पिंजरे में क्या है?''

आदमी बोला, ''हिरन।''

पास ही खड़े हुए कुछ सज्जनों ने फेरीवाले को रोक दिया। फिर कहा, ''इस गरीब के पास एक फूटी कौड़ी भी नहीं है। रोज यह कूड़े-करकट में हाथ मारता है, ताकि अपना पेट भर सके। अगर इसके पास पैसे होते तो यह भोजन खरीदता, हिरन नहीं।''

लेकिन फेरीवाले ने उनकी बात नहीं सुनी।

तभी हामदानी ने एक रुपया निकालकर उसे देते हुए कहा, ''प्यारे भाई, मुझे एक हिरन दे दो।''

फेरीवाले ने एक छोटा सा हिरन निकाला और उसे देते हुए कहा, ''लो, इसका नाम किजीपा है।''

हामदानी बहुत खुश था। हमेशा की तरह उसने अपना दिन गुजारा और रात को हिरन के साथ सो गया।

अचानक हामदानी की आँख खुल गई। उसे लगा जैसे कोई उसे बुला रहा हो। वह उठ बैठा और बोला, ''कौन है ?''

हिरन बोला, ''मैं हूँ।''

यह सुनते ही वह गरीब भौचक्का रह गया, ''कभी किसीने किसी बोलते हुए हिरन के बारे में सुना या देखा है ?''

''ओ हो!'' किजीपा हँसा, ''बस इतनी सी बात है ? अरे, दुनिया में इससे भी ज्यादा अजूबे हैं! लेकिन मैंने क्यों जगाया है, यह ध्यान से सुनो।''

''जरूर।''

किजीपा ने बात आगे बढ़ाई, ''देखो, अब तुम मेरे मालिक हो, और मैं तुम्हें छोड़कर भाग भी नहीं सकता; लेकिन तुम बहुत गरीब हो, तुम्हारा इस तरह जूठन खाना चल सकता है, मेरा नहीं। और अगर मैं चुपचाप यही सब सहता रहा तो बहुत जल्दी तुम मुझसे हाथ धो बैठोगे। इसलिए मुझे छोड़ दो। मुझे अपना खाना खुद खोजने दो। मैं वादा करता हूँ कि हर शाम तुम्हारे पास लौट आया करूँगा।''

''ठीक है।'' हामदानी बोला। उस दिन से किजीपा रोज सवेरे जाता और रात को लौट आता। लेकिन छठे दिन जब वह झाड़-झंखाड़ों में घास चर रहा था, उसकी नजर एक चमकदार हीरे पर पड़ी।

''वाह!'' वह बोला, ''इसके बदले में तो सारा राज्य मिल सकता है!''

उस रात किजीपा एक बड़े शहर के सुल्तान के पास गया और बोला, ''सरकार! मैं नहीं जानता, आप मेरी बात का क्या अर्थ निकालेंगे, मगर मैं आपका रिश्तेदार बनना चाहता हूँ।''

यह सुनकर सुल्तान बोला, ''तुम बिलकुल सही वक्त पर आए। मैं खुद एक रिश्तेदार की खोज में था।''

किजीपा ने कहा, ''मैं अपने सुल्तानदारी के पास से यह नजराना लाया हूँ।'' और उसने वह हीरा सुल्तान की गोद में गिरा दिया।

सुल्तान उसे हैरानी से देखता रह गया।

वहाँ से रुखसत हो किजीपा हामदानी के पास लौट आया।

घर पहुँचकर उसने देखा, हामदानी फूट-फूटकर रो रहा था। उसे प्यार करने के बाद हिरन बोला, ''मालिक, अब शांत भी हो जाइए, मैं आपके लिए एक खुशखबरी लेकर आया हूँ।'' और उसने हामदानी को सारी बात बता दी।

कुछ ही देर बाद वे दोनों शहर जानेवाली सड़क पर चल दिए। एक जंगल में पहुँचकर किजीपा बोला, ''मालिक, आप यहीं लेट जाइए।''

हामदानी के लेटे जाने पर किजीपा ने एक लाठी से उसे खूब पीटा, और बोला, ''अब मैं जा रहा हूँ; लेकिन आप यहीं रहेंगे।''

फिर वह दौड़कर सुल्तान के महल पहुँच गया, जहाँ हामदानी यानी कि सुल्तानदारी का बेसब्री से इंतजार हो रहा था। हिरन वहाँ अकेला पहुँचा और बोला, ''सरकार, खबर बहुत बुरी है।''

क्यों, क्या हुआ?'' सुल्तान ने पूछा।

उस हिरन ने एक मनगढ़ंत कहानी सुनाते हुए बताया कि किस तरह डाकुओं ने हामदानी को बांधकर मारा था, यहाँ तक कि शरीर के कपड़े भी नोच डाले।

यह खबर सुनते ही सुल्तान ने अपने नौकरों को वस्त्र लाने को कहा—और उनमें से सबसे खूबसूरत कपड़े हिरन को दे दिए। साथ में एक लाठी और एक घोड़ा भी दिया। किजीपा ने वे कपड़े अपने मालिक को ले जाकर पहनाए। हामदानी घोड़े पर उछलकर बैठ गया।

थोड़ी दूर चलने पर हिरन बोला, ''अब गौर से सुनिए, आज कोई भी आपको देखकर यह नहीं बता सकता कि आप कूड़ा-करकट का जूठन खाते थे।''

सुल्तान ने राजमहल में एक बहुत बड़ी दावत दी और धूमधाम से हामदानी व शहजादी का विवाह संपन्न हुआ।

हामदानी की जिंदगी में अब खुशियाँ-ही-खुशियाँ थीं।

किजीपा अपने मालिक से कुछ दिन की छुट्टी लेकर चला गया।

वह जंगलों में घूमता-फिरता रहा। एक दिन उसने सोचा, मेरे स्वामी का स्वभाव कुछ अजीब लग रहा है। मैंने हमेशा उनका भला चाहा। इसपर भी उन्होंने कभी मुझसे यह नहीं पूछा कि मैंने यह सब किया कैसे? इसके अलावा इन्होंने कभी मेरे लिए कुछ किया भी नहीं।

वह एक बुढ़िया की कुटिया में गया। ''जाओ।'' उसने बुढ़िया से कहा, ''जाकर मेरे मालिक से कहो कि मैं बहुत बीमार हूँ और मुझे उनकी जरूरत है।''

वह बुढ़िया गई और देखा कि मालिक और मालकिन संगमरमर के दीवान पर बैठे हैं। उसने जाकर हिरन की बात हामदानी को कह सुनाई। लेकिन हामदानी ने ज्यादा ध्यान न देते हुए एक कटोरा भर दलिया भिजवा दिया।

हिरन को बहुत दुःख हुआ; लेकिन उसने अपने मालिक को एक और मौका देना चाहा।

''जाओ, मेरे मालिक से जाकर कहो, मुझसे दलिया नहीं खाया जा रहा है।''

जब वह बुढ़िया पुनः लौटी तो हामदानी नाराज हुआ। इसपर उसकी पत्नी, सुल्तान की बेटी, रोने लगी और बोली कि किए हुए एहसान को न समझ पाना ही आदमी की सबसे बड़ी मूर्खता है।

''मैं अपने आपको एक हिरन के पीछे नहीं गँवा सकता, जिसे मैंने एक रुपए में खरीदा था।'' यह कहकर उसने उस बुढ़िया को दुबारा लौटा दिया।

वह बुढ़िया फिर अपनी कुटिया में लौट आई। पर अब तक दुःख का मारा हिरन अपने प्राण त्याग चुका था।

जब लोगों ने हिरन की मौत का समाचार सुना तो खूब रोए। हामदानी की पत्नी भी बहुत रोई। यह सब देख हामदानी चिढ़कर बोला, ''हिरन के मरने पर तुम लोग ऐसे रो रहे हो मानो मैं मर गया हूँ।''

उसकी पत्नी को उसके पत्थर दिल होने का एहसास हो गया। उसने अपने पिता को एक पत्र लिखा। उसमें लिखा कि वे आकर उसे तुरंत लिवा ले जाएँ।

खत मिलने पर सुल्तान अपने नौकरों समेत आया और अपनी बेटी को साथ ले वापस लौट गया।

उस रात हामदानी ने अपने आपको सपने में कूड़े-करकट के बीच पाया। जब वह जागा तो देखा, उसके हाथ धूल से भरे हैं और वह कूड़े में अनाज ढूँढ़ रहा है।

पास से गुजरते बच्चों ने उसकी हँसी उड़ाते हुए कहा, ''अरे हामदानी, इतने दिनों से तुम कहाँ थे? हम तो समझे कि तुम काफी पहले ही मर चुके हो।''

इसके बाद वह भिखारी कूड़े-कचरे में भोजन ढूँढ़ता रहा। इसी तरह एक दिन उसकी मौत हो गई।

☞ **हमें दूसरों के किए उपकारों को कभी नहीं भूलना चाहिए।**

136 फूल

रोमी और कैरोलिन एक दिन अपने बगीचे में घूम रही थीं। घूमते-घूमते वे गुलाब के एक पौधे के सामने आकर ठहर गईं। रोमी ने कहा, ''सारे फूलों में मुझे गुलाब सबसे सुंदर और प्रिय लगता है।''

सुनकर कैरोलिन ने कहा, ''उस क्यारी में जो मोगरे लगे हैं, वे सबसे सुंदर और महकदार हैं। मुझे तो इनसे बढ़कर सुंदर कोई फूल नहीं लगता।''

रोमी ने तुनककर कहा, ''इनसे अच्छे तो ये गेंदे हैं। पिछली सर्दियों में देखा नहीं था! कैसे खिले थे कि देखकर जी खुश हो गया था!''

उनकी माँ, जो पास ही बैठी उन दोनों की बातें ध्यान से सुन रही थी, बोली, ''हर फूल की अपनी-अपनी खासियत है। अत: कोई एक-दूसरे से कम नहीं है। गुलाब—शांति और सौम्यता का प्रतीक है, मोगरा—भोलेपन का और गेंदा—तेजस्विता व वीरता का।''

☞ **हर चीज में खुशबू है, यदि मनुष्य महसूस कर सके।**

137 गधा, लोमड़ी और शेर

लोमड़ी और गधे ने मिलकर तय किया कि वे शिकार खेलने साथ-साथ जाएँगे। दोनों चल पड़े। कुछ दूर जाने पर लोमड़ी आगे निकल गई। तभी अचानक उसकी मुठभेड़ शेर से हो गई। चालाक लोमड़ी ताड़ गई कि अब जान की खैर नहीं। फौरन उसे गधे का खयाल आ गया। बोली, ''जंगल के राजा अगर आप मुझे छोड़ दें तो मैं आपके भोजन के लिए एक गधा भेंट दे सकती हूँ। आप मेरे साथ चलिए।''

शेर राजी हो गया और लोमड़ी के साथ चल दिया। थोड़ी दूर जाने पर एक पेड़ की छाँव में गधा बैठा नजर आया। शेर उसपर टूट पड़ा। पूरा गधा खाने पर भी उसकी भूख नहीं मिटी। उसने लोमड़ी की ओर देखा और पलक झपकते उसे भी धर दबोचा।

☞ **जो लोग धोखेबाजी से सौदा करते हैं वे खुद भी कभी उसका निशाना बन सकते हैं।**

138 दादाजी का पोता

श्याम अकसर अपने दादाजी से तमाम सवाल पूछा करता था। एक दिन उसने पूछा, ''दादाजी, जब पृथ्वी गोल-गोल घूमती है तो हम औंधे मुँह नीचे क्यों नहीं गिर जाते?''

दादा ने जवाब दिया, ''बेटे! यह गुरुत्वाकर्षण का नियम है।''

श्याम कुछ देर सोचता रहा। फिर अपनी बाल सुलभ उत्सुकता से बोला, ''दादाजी, यह तो ठीक है, किंतु इस नियम के बनाने से पहले तो जरूर लोग नीचे गिरते रहे होंगे न!''

☞ **पूछने से ज्ञान बढ़ता है।**

139 होली

कहते हैं, होली का रंग-रँगीला त्योहार होलिका-दहन के उपलक्ष्य में मनाया जाता है। होलिका राक्षसराज हिरण्यकशिपु की बहन थी। हिरण्यकशिपु बड़ा अत्याचारी और अभिमानी राजा था। अपनी शक्ति के आगे वह किसीको कुछ नहीं समझता था, यहाँ तक कि ईश्वर को भी वह नहीं मानता था।

उसने यह घोषणा की हुई थी कि उसके राज्य में कोई भी ईश्वर की पूजा नहीं कर सकता। ईश्वर की पूजा करनेवाले को वह जान से मरवा दिया करता था। लेकिन कहावत है कि अहंकार तो बड़े-बड़ों का नहीं रहा। स्वयं हिरण्यकशिपु का इकलौता पुत्र प्रह्लाद ईश्वर का परम भक्त था और हर समय भगवान् की भक्ति में लीन रहता था। जब अपने पिता के बार-बार समझाने और मना करने पर भी प्रह्लाद ने ईश्वर-भक्ति नहीं छोड़ी तो हिरण्यकशिपु ने उसे जान से मार डालने का निश्चय किया।

उसने प्रह्लाद को पहाड़ से नीचे गिराया, पागल हाथी के पैरों तले कुचलवाना चाहा; लेकिन प्रह्लाद को एक खरोंच भी नहीं आई। होलिका प्रह्लाद की बुआ थी। उसे यह वरदान प्राप्त था कि वह आग में नहीं जलेगी। वह प्रह्लाद को गोद में लेकर आग में बैठ गई। लेकिन हुआ उलटा ही। जब आग शांत हुई तो लोगों ने देखा कि पापिन होलिका तो जलकर राख हो गई, परंतु भक्त प्रह्लाद का बाल भी बाँका नहीं हुआ। कहते हैं कि तभी से पाप पर पुण्य की, असत्य पर सत्य की विजय के प्रतीकस्वरूप होली का यह अनोखा पर्व मनाया जाता है।

☞ **भारी तलवार कोमल रेशम को नहीं काट सकती।**

140 अस्थिरता

''मैं माली बनना चाहता हूँ।'' चौदह बरस के रहिमन ने कहा, ''यह कितना सुखद होगा कि मैं हरी-भरी घास को सँवारता, नन्हे-नन्हे पौधों को सींचता, फूलों को सूँघता बगीचे में मग्न होकर काम करूँगा!''

एक सेठजी के बगीचे में उसे माली का काम मिल गया। पर जल्दी ही रहिमन का माली बनने का नशा हिरन हो गया। पौधों के लिए गड्ढे खोदते, खाद देते उसके हाथ छिल गए। वह यह काम करते-करते तंग आ गया और एक दिन सब छोड़-छाड़कर घर भाग आया।

घर आकर उसने निश्चय किया कि वह शिकारी बनेगा। हरे-भरे जंगलों में शिकार करना बड़ा मजेदार अनुभव होगा—उसने सोचा, पर दो दिन भी न बीते थे कि उसे अपना शिकारी बननेवाला निश्चय भी छोड़ना पड़ा, ''मैं झाड़-झंखाड़ों के बीच भाग-दौड़ नहीं कर सकता।''

अचानक उसे खयाल आया—मैं मछुआरा बनूँगा। नाव खेते हुए उजले पानी में जाल डालूँगा। ढेर सारी मछलियाँ जाल में फँसेंगी। उन्हें बेचकर कुछ ही दिनों में मालामाल हो जाऊँगा।

पर थोड़े ही समय में वह इस काम से भी ऊब गया। चिढ़कर बोला, ''ऊँह! यह भी कोई काम है! दिन भर पानी में भटकते फिरो और मछलियाँ इक्का-दुक्का फँसें। पानी में दिन भर रहना मेरे स्वास्थ्य के लिए भी अच्छा नहीं है।'' फिर उसने मछुआरा बनने का निर्णय भी छोड़ दिया।

अंत में उसने बावर्ची बनने का निश्चय किया। पर यह काम भी वह न कर सका। मिर्च-मसालों को कोसता वह घर लौट आया—आग के सामने बैठकर काम करना अपने बस का नहीं। कौन अपने को झुलसाए!

जैसे ही उसने पाँचवाँ काम खोजने की बात की, उसके पिता ने उसे समझाया, ''अगर सचमुच तुम जीवन में कुछ करना चाहते हो तो पहले कठिनाइयों को झेलना सीखो। बिना परेशानियाँ उठाए कभी कोई सफलता हाथ नहीं लगती।''

पिता के शब्दों को रहिमन ने ध्यान से सुना और उसी दिन तय किया कि अब से वह जो भी काम करेगा, पूरी तन्मयता से करेगा।

☞ **लगन और मेहनत सफलता की कुंजी है।**

141 लोमड़ी और अंगूर

एक दिन एक भूखी लोमड़ी अंगूर के खेत में घुसी। पके अंगूरों के गुच्छे बहुत ऊँची टहनियों पर लटक रहे थे। अंगूरों तक पहुँचने के लिए वह उछली, पर टहनी तक पहुँच न सकी। दुबारा उछली, तिबारा उछली। कई बार कोशिशों के बावजूद जब वह अंगूरों तक पहुँचने में नाकाम रही तो गुस्से से यह कहती हुई चल दी, ''किसे खाने हैं ये अंगूर! ये तो खट्टे हैं!''

☞ **उन वस्तुओं की आलोचना गलत है, जो तुम्हारी पहुँच से बाहर हैं।**

142 गूँज

नन्हा पप्पू एक दिन घाटी में खड़े होकर जोर से बोला, ''बाप रे!''

तुरंत घाटियों से आवाज टकराई और गूँज उठी, ''बाप रे! बाप रे!''

यह सुनकर नन्हा पप्पू चकित रह गया। उसने जरा ऊँची आवाज में प्रश्न किया, ''कौन हो तुम?''

फौरन आवाज पलटी, ''कौन हो तुम? कौन हो तुम?''

यह सुनकर पप्पू को बेहद गुस्सा आया। उसे लगा, अवश्य कोई कहीं छिपा है जो उसकी नकल उतार रहा है।

घर लौटकर उसने अपनी माँ से इस बात की शिकायत की। घाटी में कोई छिपा है, जो ठीक उसकी आवाज की नकल उतारकर उसे चिढ़ा रहा है।

तब माँ ने उसे समझाया, ''बेटे, वह आवाज किसी और की नहीं, खुद तुम्हारी अपनी थी जो घाटियों से गूँजकर तुम्हें सुनाई पड़ रही थी। अगर तुम कोई अच्छी बात बोलते तो तुम्हें वही शब्द सुनाई पड़ते। पर तुमने गुस्से से पूछा कि तुम कौन हो, तो तुम्हें वही शब्द सुनाई पड़े। ठीक इसी तरह जीवन में भी होता है। तुम किसीसे बुरे ढंग से बोलोगे तो बदले में तुम्हें बुराई ही मिलेगी और अगर अच्छा बोलोगे, करोगे तो बदले में अच्छाई मिलेगी।''

☞ **आदमी जैसा बोएगा वैसा ही काटेगा।**

143 संगति का प्रभाव

संत शेख सादी एक दिन अपने शिष्यों के साथ जा रहे थे। रास्ते में वे संत सत्संग की महिमा भी उनको समझाते जा रहे थे। लेकिन शिष्यों के मन में यह बात पूरी तरह से बैठ नहीं रही थी।

तभी महात्मा शेख सादी ने रास्ते के एक किनारे गुलाब के फूलों को देखा। उन्होंने गुलाब के पौधों के नीचे पड़ा मिट्टी का एक ढेला उठाकर एक शिष्य को उसे सूँघने के लिए कहा।

शिष्य ने सूँघकर कहा, ''महात्मन्! मिट्टी के इस ढेले में तो गुलाब की सुगंध आ रही है।''

तब महात्मा शेख सादी ने पूछा, ''लेकिन मिट्टी की तो अपनी बू होती है, तब यह सुगंध कहाँ से आई?''

शिष्य ने कहा, ''इस ढेले पर गुलाब के फूल टूट-टूटकर गिरते रहते हैं, इसीसे इसमें यह सुगंध आ गई है।''

महात्मा शेख सादी ने गंभीर स्वर में कहा, ''सत्संग की महिमा भी यही है।''

☞ **जो व्यक्ति जैसी संगति में रहता है वैसे ही गुण-दोष उसमें आ जाते हैं।**

144 किस्सा एक मूर्ख का

एक अहीर था। उसके एक लड़का था। वह रोज गायें चराने जंगल में जाता था। एक रोज वह जंगल की ओर जा रहा था, तब रास्ते में उसे एक ब्राह्मण मिला। ब्राह्मण चुटकी बजा रहा था और राधे-राधे बोलता जा रहा था। चुटकी की आवाज सुनकर लड़के को बड़ा अचरज हुआ। चुटकी की आवाज उसने पहले कभी सुनी नहीं थी।

लड़के ने पूछा, ''महाराज, आप यह क्या बजा रहे हैं?''

ब्राह्मण चालाक था। उसने तुरंत ताड़ लिया। बोला, ''अरे बेटा! यह तो मेरी धन्नो है। मैंने इसे पाला है।''

लड़के ने कहा, ''महाराज, आप अपनी धन्नो मुझे दें तो मैं अपनी यह तन्नो गाय आपको दे दूँगा।'' ब्राह्मण को तो हाँ भर कहना था। उसने झटपट लड़के को चुटकी बजाना सिखा दिया और वह गाय लेकर चलता बना।

लड़का खुशी-खुशी घर पहुँचा। आँगन में खाट बिछाकर दादाजी बैठे थे। उन्हें देखकर लड़के ने चुटकी बजाते हुए कहा, ''दादाजी, दादाजी! अपनी तन्नो देकर मैं यह धन्नो ले आया हूँ। जरा सुनिए तो, यह कितनी बढ़िया बजती है?''

दादाजी भी उस लड़के से कुछ कम नहीं थे। बोले, ''अरे वाह, यह धन्नो तो बड़ी मजेदार

लगती है। फटाफट बजती है और झटपट बोलती है।'' लड़के की खुशी का ठिकाना नहीं था। जब ब्यालू का समय हुआ तो उसने पूछा, ''माँ, धन्नो को मैं कहाँ रखूँ?''

माँ बोली, ''उस कुल्हड़ में रख दे। जरा सँभालकर रखना।''

उस रात लड़के ने खुशी-खुशी में दुगुना खाना खाया। लेकिन जब हाथ धोकर वह धन्नो को लेने पहुँचा तो उसे कुल्हड़ में धन्नो नहीं मिली। लड़के का चेहरा उतर गया। वह बोला, ''माँ, माँ! मेरी धन्नो गायब हो गई।''

दादाजी ने कहा, ''अभी तो थी और अभी चली गई? लगता है, कुल्हड़ ही उसे निगल गया।''

सब एक साथ बोले, ''इस कुल्हड़ को तपाना पड़ेगा। इसे तपाने पर ही धन्नो वापस आएगी।''

आँगन में बड़ा सा अलाव जलाकर उसमें कुल्हड़ डाल दिया गया। जब आग बढ़ी तो कुल्हड़ तड़का। लड़के ने अनजाने ही चुटकी बजाई। फिर बोला, ''लो, मेरी धन्नो मिल गई।'' यह सुनकर सब खुश हो गए।

☞ **बिना अध्ययन के ज्ञान नहीं मिलता।**

145 दूसरे का बुरा

दो मित्र थे। उनमें एक कुम्हार था। वह मिट्टी के तैयार बरतन गाँव-गाँव बेचने जाता। दूसरा था माली। वह भी बाग में उगी सब्जी टोकरी में भरकर गाँव-गाँव बेचता फिरता।

दोनों ने सोचा—क्यों न हम एक ऊँट खरीद लें। ऊँट पर एक ओर बरतन तथा दूसरी ओर सब्जी लादकर बाजार जाया करेंगे।

सोचने भर की देर थी कि दोनों ने मिलकर एक ऊँट खरीद लिया। अब वे ऊँट पर अपना-अपना सामान लादकर बाजार जाने लगे। देखते-देखते दोनों की आमदनी बढ़ गई।

एक दिन जब वे ऊँट पर अपना-अपना माल लादकर मंडी में बेचने ले जा रहे थे कि हरी-हरी ताजा सब्जी को देखकर ऊँट का मन ललचा आया। उसने अपनी लंबी गरदन तिरछी की और सब्जी से मुँह भर लिया। कुम्हार ऊँट की हरकत देख रहा था। पर उसने सोचा, कौन मेरा नुकसान हो रहा है—और आगे जाकर घास-दाना तो खिलाना ही पड़ेगा। दाम और खर्च होंगे, सो चरने दो। ऊँट मजे से गरदन घुमा-घुमाकर सब्जी चरता रहा। सब्जी खा लेने से एक तरफ का बोझा कम हो गया, जिससे दूसरी तरफ रखे बरतन धीरे-धीरे नीचे खिसकने लगे और कुछ देर बाद जमीन पर गिरकर चूर-चूर हो गए।

अब तो कुम्हार मन-ही-मन बहुत पछताया। उसने सोचा, कहाँ तो मैं माली का नुकसान चाहता था, मेरा तो उससे अधिक नुकसान हो गया। अब मैं कभी ऐसी गलती नहीं करूँगा।

☞ **जो दूसरों के लिए गड्ढा खोदता है, स्वयं ही उसमें गिरता है।**

146 परोपकार का फल

एक वृद्ध बैठा हुआ कुछ वृक्षों के पौधे रोप रहा था। तभी राजा की सवारी गुजरी। राजा ने वृद्ध से पूछा, ''यह क्या कर रहे हो, बाबा?''

''आम के पौधे लगा रहा हूँ।'' वृद्ध ने जवाब दिया।

''ये आम के पौधे कब बड़े होंगे और कब इनमें फल लगेंगे, यह बता सकते हो?'' राजा ने पूछा।

''इसमें कई बरस लग जाएँगे।''

''माफ करना, बाबा! क्या तुम इतने बरसों तक इन पेड़ों के फल चखने के लिए जिंदा रहोगे?''

वृद्ध हँसा और बोला, ''मैं न चख सका तो क्या, कोई और तो चख सकता है।''

उस वृद्ध की बात सुनकर राजा बहुत प्रभावित हुआ। खुश होकर तुरंत उसने उस वृद्ध को पचास स्वर्ण मुद्राओं का पुरस्कार दिया।

वृद्ध ने हँसकर कहा, ''देखो, राजन्! इनके फलों के लिए मुझे इतने वर्षों तक इंतजार भी नहीं करना पडा। इन स्वर्ण मुद्राओं के रूप में मीठे फल अभी ही प्राप्त हो गए!''

☞ **परोपकार का फल मीठा होता है।**

147 अक्लमंद कौआ

प्यास से व्याकुल एक कौआ इधर-उधर भटक रहा था। सहसा एक झोंपड़ी के निकट उसने पानी से आधा भरा मटका देखा। चोंच इतनी गहराई तक पहुँच नहीं सकती थी और मटका तोड़ने से जो थोड़ा सा पानी था, वह भी बह जाने की आशंका थी। अंत में उसे एक उपाय सूझा। उसने थोड़े से कंकड़ इकट्ठे किए। फिर एक के बाद एक मटके के भीतर डालने लगा। थोड़ी ही देर में पानी ऊपर आ गया। चोंच बढ़ाकर कौए ने अपनी प्यास बुझाई।

☞ **आवश्यकता आविष्कार की जननी होती है।**

148 हकदार

उड़ीसा में भयंकर बाढ़ आई थी। जगह-जगह हाहाकार और तबाही मची थी।

बापू ने डॉ. विश्वेश्वरैया को लिखा, ''आप फौरन जाकर उड़ीसा में बाढ़ रोकने की योजना बनाएँ।''

वे उड़ीसा गए। एक महत्त्वपूर्ण योजना बनाई और उसे सफल बनाने के लिए सरकार को सौंपकर लौट आए। कुछ दिन बाद सरकार ने उन्हें पारिश्रमिक स्वरूप एक मोटी रकम का चेक भेजा। उन्होंने उड़ीसा सरकार को चेक वापस करते हुए लिखा—'मैं बापू की आज्ञा से वहाँ गया था। सरकार से पारिश्रमिक का हकदार नहीं हूँ। अत: चेक वापस कर रहा हूँ।'

☞ **हृदय की विशालता ही उन्नति की नींव है।**

149 घोड़ा और बारहसिंगा

बहुत पहले, घोड़ा सारे चरागाह का अकेला मालिक था। तभी एक बारहसिंगे ने आकर उसके चरागाह में चरना शुरू कर दिया। घोड़ा यह बरदाश्त नहीं कर सका। वह दौड़ा-दौड़ा आदमी के पास गया और बारहसिंगे से बदला लेने में उसकी सहायता करने की प्रार्थना की।

''ठीक है।'' आदमी ने जवाब दिया, ''पर जरा यह लगाम मुझे तुम अपने मुँह में लगाने दो।

फिर देखो, हम बारहसिंगे का सफाया कैसे करते हैं।''

घोड़ा राजी हो गया। आदमी ने फौरन घोड़े के मुँह में नकेल डाली और उछलकर उसकी पीठ पर सवार हो गया। कुछ देर बाद बारहसिंगे को खोजकर आदमी ने उसे मौत के घाट उतार दिया; पर वह स्वयं घोड़े पर से नहीं उतरा। तब से घोड़ा आदमी का गुलाम है।

☞ **मुझे मेरे मित्रों से बचाओ, शत्रुओं से बचने का प्रबंध मैं स्वयं कर लूँगा।**

150 कोथी की कथा

एक द्वीप था। वहाँ वोल्फ जाति के लोग रहते थे। उनमें एक व्यक्ति बड़ा पहुँचा हुआ पंडित था। नाम था कोथी। कोथी की विद्वत्ता चारों ओर फैली थी। लोग उसका आदर करते थे। वह अकसर कहा करता था, 'किसीके ढेर सारे दोस्त हो सकते हैं। किसीके सिर्फ एक हो सकता है।' अपनी बात को स्पष्ट करने के लिए उसने माफल की कहानी सुनाई।

माफल यह सच्चाई जानना चाहता था कि उसका दोस्त कौन है। एक शाम उसने अपने हर जिगरी दोस्त का दरवाजा खटखटाया और सबसे एक ही बात दोहराई, ''मैंने अभी-अभी राजा के बेटे का खून कर दिया है।''

सभी ने भय से उसके सामने ही दरवाजे बंद कर लिये। पर एक दोस्त ने उसका साथ दिया, ''चलो, दोनों भाग चलें। मैं तुम्हें एक ऐसी जगह छिपा दूँगा जहाँ किसीको भनक ही नहीं लग सकेगी।''

माफल को सच्चा दोस्त मिल गया।

☞ **बुरा समय आने पर ही दोस्त की पहचान होती है।**

151 यात्री और पेड़

चिलचिलाती धूप में पसीने से तर दो यात्रियों को सहसा दूर एक पेड़ दिखाई पड़ा। दोनों जाकर उस पेड़ की छाँव में बैठ गए। कुछ देर सुस्ताने के बाद एकाएक एक यात्री की दृष्टि ऊपर गई तो उसने पाया कि पेड़ पर एक भी फल नहीं लगा था। वह बोला, ''जिस पेड़ पर न फल हों, न फूल, वह भला आदमी के किस काम का!''

तभी पेड़ से आवाज आई, ''ओ स्वार्थियो, मैंने तुम्हें छाँव दी, फिर भी तुम यह कह रहे हो कि मैं तुम्हारे किस काम का?''

☞ **एहसान का बदला हमेशा भला नहीं होता।**

152 कुसंगत का असर

किसी नगर में एक तोता बेचनेवाला आया। उसके पास दो पिंजरे थे। दोनों में एक-एक तोता था। तोतेवाले ने एक तोते का मूल्य रखा था पचास रुपया तथा दूसरे का पाँच रुपया।

संयोग की बात कि उस नगर के राजा की सवारी उधर से निकली। राजा ने तोते देखे तो दोनों तोते खरीद लिये। रात को जब राजा सोने लगा तो उसने अपने नौकर को आदेश दिया कि पचास रुपएवाले तोते का पिंजरा उसके पलंग के पास टाँग दिया जाए।

फौरन आदेश का पालन हुआ।

राजा सो गया।

जैसे ही भोर हुई, तोते ने भजन गाना शुरू किया। फिर सुंदर-सुंदर श्लोक पढ़े। राजा बहुत प्रसन्न हुआ।

अगले दिन राजा ने दूसरे पिंजरे को पास रखवाया। जैसे ही सवेरा हुआ, उस तोते ने गंदी-गंदी गालियाँ बकनी शुरू कर दीं। राजा की त्योरियाँ चढ़ गईं। उसने नौकर को आदेश दिया कि इस दुष्ट को तुरंत मार डालो।

पहले तोते का पिंजरा भी पास ही रखा था। उसने राजा से प्रार्थना की, ''इसे मारिए मत। यह मेरा सगा भाई है। हम दोनों एक ही साथ जाल में फँसे थे। मुझे एक संत ने खरीद लिया। उनके यहाँ मैंने भजन सीखे। इसे एक चांडाल ने खरीदा, जहाँ इसने गालियाँ सीख लीं। इसका कोई दोष नहीं। यह तो संगत का असर है।''

☞ **संसार में ऐसे अपराध कम ही हैं, जिन्हें हम चाहें और क्षमा न कर सकें।**

153 जनता का विश्वास

प्रसिद्ध चीनी दार्शनिक कन्फ्यूशियस से एक शिष्य ने प्रश्न किया, ''शासन प्रभावशाली किस तरह बनाया जा सकता है?''

दार्शनिक ने उत्तर दिया, ''पर्याप्त भोजन, अस्त्र-शस्त्र तथा जनता का विश्वास प्राप्त करके।''

शिष्य ने पुनः प्रश्न किया, ''यदि तीनों में से किसी एक का त्याग करना पड़े, तो किसे छोड़ें?''

''अस्त्र-शस्त्र को।'' दार्शनिक ने कहा।

''और यदि शेष दोनों में से एक का त्याग करना पड़े, तब?''

कन्फ्यूशियस गंभीर हो आए, ''ऐसी स्थिति में भोजन का त्याग करें। अनंत काल से मानव मृत्यु का ग्रास बनता आया है। भोजन के अभाव में कुछ लोग और मरेंगे।''

''यदि जनता का विश्वास त्याग दें तो कैसा रहे?'' शिष्य बोला।

दार्शनिक ने बिना एक क्षण सोचे उत्तर दिया, ''ऐसी स्थिति में सर्वनाश हो जाएगा। कोई भी शासन भोजन और अस्त्र-शस्त्र के अभाव में चल सकता है, किंतु जन-विश्वास के समाप्त होने पर एक क्षण भी नहीं टिक सकता।''

☞ **विश्वास का प्रधान अंग संतोष है।**

154 बूढ़ा कौआ

एक बूढ़ा कौआ बीमार पड़ा। उसने आखिरी साँसें लेते हुए अपने बच्चों से कहा, ''जाओ, ईश्वर से प्रार्थना करो, ताकि मैं स्वस्थ हो जाऊँ।''

''पिताजी!'' उसके छोटे बच्चे ने तपाक से जवाब दिया, ''हम किस भगवान् से प्रार्थना करें? आपने अपना सारा जीवन मंदिरों से प्रसाद चुराने में बिताया है और हमें भी आपने वही सीख दी।''

☞ **जीवन के आखिरी क्षणों में पछताने से अच्छा है कि जीवन में कभी पछताने का मौका ही न आने दें।**

155 मिलकर काम करो

समुद्र में भारंड नाम का एक विचित्र जीव रहता था। उसके मुख तो दो थे, किंतु पेट एक था। एक दिन भारंड समुद्र में नहा रहा था। तभी एक छोटा सा फल समुद्र में बहता हुआ आया। भारंड ने उसे खाया तो वह उसे मीठा लगा। खानेवाला मुख बोला, ''आहा, कितना मीठा है यह फल!''

दूसरा मुख बहुत बिगड़ा और बोला, ''अरे नीच, तू बड़ा स्वार्थी है! तूने मुझे उसका आधा भाग क्यों नहीं दिया?''

पहला मुख हँसकर बोला, ''अरे, तू इतना बिगड़ता क्यों है? क्या मैं और तू अलग-अलग हैं? चाहे मैं खाऊँ चाहे तू, बात तो एक ही है, पेट तो दोनों का एक ही है।''

दूसरे मुख ने उत्तर में कुछ कहा नहीं, पर मन-ही-मन इस अपमान का बदला लेने का उपाय सोचने लगा। अंत में एक दिन कहीं से उसे विष फल हाथ लग गया, तो पहले मुख को दिखाकर बोला, ''अरे दुष्ट! देख, मुझे भी आज एक फल मिला है, पर तुझे इसमें से एक टुकड़ा भी नहीं दूँगा।''

पहला मुख चिल्लाया, ''मूर्ख! यह क्या गजब करता है! इसे मत खा। यह विष फल है। इसमें जहर है। इसके खाने से मैं ही नहीं, तू भी मर जाएगा।''

पहले मुख ने बहुत मना किया, पर दूसरे मुख ने एक न सुनी। वह विष फल खा गया। नतीजा वही हुआ जो होना था। फल का विष पेट में जाकर फैल गया और भारंड छटपटाकर मर गया।

☞ **सभी बड़ी गलतियों की तह में अभिमान ही होता है।**

156 प्रेम की बाढ़

संत राबिया किसी धर्मग्रंथ का अध्ययन कर रही थीं। अचानक उनकी दृष्टि एक पंक्ति पर अटक गई, 'दुर्जनों से घृणा करो।' कुछ देर वे मौन सोचती रहीं, फिर उन्होंने उस पंक्ति को काट दिया।

कुछ समय बाद एक संत घूमता-घामता उनके यहाँ आकर ठहरा। उसने कोई धर्मग्रंथ पढ़ने के लिए माँगा। संयोगवश उसे वही धर्मग्रंथ दे दिया गया। उसने वह कटी हुई पंक्ति देखी तो पूछा, ''इस पंक्ति को किसने काटा?''

राबिया ने विनम्र उत्तर दिया, ''मैंने ही।''

संत उबल पड़ा, ''धर्म के विषय में दखल देना कोई अच्छी बात नहीं है। फिर आपने ऐसा क्यों किया?''

राबिया गंभीर हो गईं, ''महात्मन्, एक समय मैं भी स्वीकार करती थी कि दुर्जनों से घृणा करनी चाहिए; किंतु जब मेरे अंत:करण में प्रेम की बाढ़ उमड़ आती है तो मुझे पता ही नहीं चलता कि घृणा को कहाँ स्थान दूँ।''

संत निरुत्तर हो राबिया को देखने लगा।

☞ अपने में घृणा का होना अपनी कमजोरी की निशानी है।

157 बलिदान

एक राजा को खबर मिली कि दुश्मनों ने उसके राज्य पर चढ़ाई कर दी है।

उसके राज्य में एक बहुत गरीब बुढ़िया रहती थी। बुढ़िया का एक बेटा था। देश पर आए संकट को देख वह किसी प्रकार राजा के पास पहुँची। उस समय राजा मंत्री से लड़ाई के बारे में सलाह कर रहा था। तभी बुढ़िया को उसके सामने उपस्थित किया गया।

राजा ने बुढ़िया से पूछा, ''कहो माई, कैसे आना हुआ?''

बुढ़िया ने कहा, ''महाराज, मेरे पास कोई ऐसी चीज़ नहीं है, जिसे मैं अपने देश के लिए दे सकूँ। लेकिन जिस तरह अन्य माताएँ अपने-अपने बेटों को शस्त्रों से सजाकर लड़ाई में भेज रही हैं, मेरी भी इच्छा है कि मेरा यह इकलौता बेटा देश की रक्षा में मदद करे।''

राजा बुढ़िया की इच्छा सुन दंग रह गया। उसने बुढ़िया को बहुत समझाने की कोशिश की, पर वह अपने इरादे से टस से मस न हुई।

भयानक युद्ध हुआ। खून की नदियाँ बह निकलीं। वीर कट-कटकर गिरने लगे। उस बुढ़िया का बेटा भी युद्ध में काम आया।

बेटे के बलिदान की खबर पाकर बुढ़िया बिलखती हुई राजदरबार में पहुँची।

यह देख राजा बड़ा दु:खी हुआ। बोला, ''मुझे बहुत दु:ख है कि···''

बुढ़िया बोली, ''राजन्! दु:खी न हों। मैं तो इसलिए रो रही हूँ कि अगर फिर देश पर संकट आया तो मैं दूसरा बेटा कहाँ से लाकर दूँगी।''

☞ **अपने देश के लिए जो कुछ भी बलिदान दिया जाय, कम है।**

158 मुरगा और चील

एक कीड़े की वजह से दो मुरगों में घमासान लड़ाई छिड़ गई। अंत में एक मुरगा बुरी तरह घायल होकर भागा और जाकर घर के भीतर छिप गया। दूसरा, जो लड़ाई में जीता था, किसी विजेता की तरह गरदन अकड़ाए उसी घर की छत पर बैठ अपनी जीत का किस्सा सबको सुनाने लगा। तभी ऊपर मँडराती चील की दृष्टि उसपर पड़ी। सपाटे से वह नीचे आई और मुरगे को अपने पंजों में दबोच ले उड़ी।

☞ **जीत का बिगुल बजाना जरूरी नहीं होता है।**

159 मेढक और हाथी

एक हाथी तालाब के किनारे पानी पीने आया। मेढक के कई बच्चे उसके पैर के नीचे कुचलकर मर गए। भाग्यवश एक नन्हा मेढक बाल-बाल बच गया। फुदकता हुआ वह अपनी माँ के पास पहुँचा और यह दु:खद हादसा सुनाया। फिर बोला, ''माँ, माँ! जानवर इतना बड़ा था कि तुम सोच भी नहीं सकतीं।''

''कितना बड़ा था?'' बेवकूफ माँ ने अपना सीना फुलाते हुए पूछा, ''इतना?''

''नहीं माँ,'' नन्हे मेढक ने इनकार में सिर हिलाया, ''और भी बड़ा था।''

माँ ने और गहरी साँस भरी। सीना और फुलाया, ''इतना?''

''इससे भी बड़ा।'' नन्हा मेढक आँखें पटपटाकर बोला।

माँ गुस्से से फनफना उठी। उसने ताव खाकर अधिक गहरी साँस भरी और उसका शरीर गुब्बारा बन गया। जिस तरह अधिक हवा भरने से गुब्बारा तनकर फूट जाता है, ठीक वैसे ही उसका शरीर 'फट्ट' से गुब्बारे-सा फट गया।

☞ **कभी-कभी छोटे लोग बड़े बनने की कोशिश में अपना ही अहित कर बैठते हैं।**

160 न मिटनेवाले दाग

पुत्र किसीके घर में डाका डालकर आता तो माँ कमरे में एक कील गाड़ देती थी। किसीका खून करता तो एक और कील गाड़ देती। यह सिलसिला काफी दिनों से पुत्र देख रहा था। एक दिन पुत्र ने पूछा, "माँ, तुमने सारा कमरा कीलों से भर दिया है। यह सब क्या है?"

"पुत्र, यह सब तुम्हारे बुरे काम हैं। अब तो पूरा कमरा कीलों से भर गया है।"

पुत्र का हृदय पछतावे से भर गया। उसने निश्चय किया कि अब से वह बुरे काम छोड़ अच्छे काम करेगा—और उसने अच्छे काम करने शुरू कर दिए। अब माँ को वह अपने अच्छे काम बताता। माँ उन कीलों में से एक कील उखाड़ देती। कई वर्षों तक इसी प्रकार चलता रहा। एक दिन सब कीलें उखड़ गईं।

तब पुत्र ने माँ से पूछा, "माँ, अब तो कोई पाप नहीं रहा?"

माँ ने उत्तर दिया, "बेटा! कीलें तो सभी निकल गई हैं, पर कीलों के न मिटनेवाले दाग दीवार पर रह गए हैं, जो तुम्हारे बुरे कामों की हमेशा याद दिलाते रहेंगे।"

☞ **प्रायश्चित्त हृदय की वेदना है और निर्मल जीवन का उदय।**

161 जो न बोले सो निहाल

दो पंडे थे। एक था चाचा, दूसरा था भतीजा। एक बार दोनों पड़ोस के गाँव जाने को निकले। वहाँ पहुँचकर एक सेठजी के घर ठहरे। सेठजी ने खूब स्वागत-सत्कार किया और दोनों पंडों से कहा कि वे लड्डू बनाकर खाएँ।

चाचा-भतीजे ने बेसन के लड्डू बनाए। पाँच बड़े-बड़े लड्डू बने। अब चाचा-भतीजा दोनों सोचने लगे कि इन्हें बाँटा कैसे जाए? आखिर दोनों ने तय किया कि वे गूँगे बनकर बैठें। जो बोले वह दो लड्डू खाए और जो न बोले वह तीन खाए।

चाचा-भतीजा दोनों बिना बोले पाँव पसारकर सो गए। सेठजी ने आकर देखा तो न कोई बोलता था, न हिलता-डुलता था। बुलवाने की काफी कोशिश की, पर कोई मुँह ही नहीं खोलता था। सेठजी सोचने लगे…जाने किस जहरीले साँप ने इन्हें डँस लिया होगा।

उन्होंने अपने बेटों को बुलाकर कहा, ''आओ, हम सब मिलकर इन पंडों को मरघट पहुँचा दें।'' ये लोग आपस में बातें कर रहे थे। चाचा-भतीजा लेटे-लेटे सुन रहे थे। दोनों काँपने, कुलबुलाने लगे—यह तो गजब हो गया। लेकिन बोले कौन? जो बोले, उसे दो ही लड्डू मिलने वाले थे।

थोड़ी देर में गाँव के लोग इकट्ठा हो गए। अरथी तैयार होने लगी। चाचा-भतीजा दोनों को कसकर बाँधा गया, पर दोनों में से एक भी नहीं बोला। दोनों ऐसे दम साधे पड़े रहे मानो सचमुच के मरे हुए हों। लोग रोते-बिलखते उनको श्मशान घाट ले गए। यहाँ चिता तैयार थी। दोनों को चिता पर लिटाया गया। लगभग सब लोग नदी पर नहाने चले गए। बस चंद लोग वहाँ रह गए। बेचारे सेठजी ने रोते-रोते चिता को आग दी।

चाचा मन में सोचने लगा—जलकर मर जाऊँगा, लेकिन दो लड्डू हरगिज नहीं लूँगा। लूँगा तो तीन वरना एक भी नहीं लूँगा।

भतीजे ने सोचा—यह तीन लड्डू खाने के लोभ में जान गँवानी पड़ेगी। वैसे जान है तो जहान है। आखिर भतीजा चिल्लाया, ''भागो-भागो! तीन आपके और दो मेरे।''

इतना कहते ही चाचा-भतीजा दोनों उठ बैठे। उन्हें चिता पर बैठा देखकर सेठजी बोले—''भागो, ये दोनों तो भूत बन गए हैं।'' और सभी दुम दबाकर भाग खड़े हुए।

चाचा-भतीजा दोनों सेठजी के घर पहुँचकर लड्डू खाने बैठे। तीन चाचा के, दो भतीजे के।

☞ **लालच कभी-कभी जानलेवा भी हो सकता है।**

162 आत्मविश्वास की जड़ें

एक बार स्वयं विधाता के मन में अपनी सृष्टि देखने की इच्छा हुई। अभी वे धरती पर पहुँचे ही थे कि उन्होंने एक किसान को हाथ में कुदाली लिये एक विशाल पर्वत को खोदते देखा। उसके दुस्साहस पर विधाता को हँसी भी आई और अचरज भी हुआ।

उन्होंने किसान से पूछा, ''भाई, तुम यह क्या कर रहे हो?''

किसान ने उत्तर दिया, ''मैं इस पहाड़ को यहाँ से हटा रहा हूँ। इसके कारण बादल इस पार आकर मेरे खेत में पानी नहीं बरसा पाते। इससे टकराकर वे उस पार ही खाली हो जाते हैं।''

''लेकिन क्या तुम इसे हटा सकोगे?'' विधाता ने पूछा।

''क्यों नहीं!'' किसान ने दृढ़ स्वर में उत्तर दिया, ''मैं इसे हटाकर ही दम लूँगा।''

विधाता मुसकराकर आगे बढ़ गए। अभी वे कुछ कदम ही आगे गए होंगे कि स्वयं पर्वतराज ने उनके आगे हाथ जोड़कर कहा, ''प्रभु, मेरी रक्षा करें।''

विधाता ने पूछा, ''क्या तुम सचमुच किसान से डर गए?''

''मेरा डर सच्चा है, प्रभु!'' पर्वतराज ने कहा, ''किसान के भीतर जो आत्मविश्वास है, वह मुझे समाप्त करके ही छोड़ेगा। अगर अपने जीवनकाल में वह मुझे उखाड़ न सका तो उसके बेटे, पोते, पड़पोते मुझे खत्म कर देंगे।''

☞ **आत्मविश्वास की जड़ें बड़ी लंबी और गहरी होती हैं।**

163 जलपरी

यह कहानी तब शुरू हुई जब एक मछुआरा नदी किनारे बैठा मछली पकड़ रहा था। जब उसने काँटा बाहर खींचा तो देखा कि मछली की जगह एक अत्यंत सुंदर जलपरी फँसी हुई है। उसने मछुआरे से कहा, ''तुम चाहो तो मुझसे शादी कर सकते हो; लेकिन एक शर्त पर। तुम मेरे विषय में कभी किसीसे कुछ भी नहीं कहोगे।''

यह सुनकर मछुआरा बहुत खुश हुआ। वह उसे अपने साथ ले आया। उसने एक कुटिया बना ली और वह सुंदरी उसके साथ एक साधारण स्त्री की तरह रहने लगी।

कई लोगों ने यह बात जानने की कोशिश की कि उस जैसे गरीब मछुआरे को इतनी खूबसूरत बीवी कैसे मिल गई? लेकिन उसने राज को सबसे छिपाए रखा।

कुछ साल बाद उनके चार संतानें हुईं—दो पुत्र और दो पुत्रियाँ। वह मछुआरा अपने गाँव का सबसे सुखी व्यक्ति था।

लेकिन एक दिन, जब वह पीकर धुत्त था तो दूसरे मछुआरों ने उसे घेरकर उससे यह राज उगलवाना चाहा कि उसकी बीवी कहाँ से आई है। डींगें हाँकते हुए उसने अपनी शादी का राज बता दिया।

जैसे ही उसकी पत्नी ने यह बात सुनी, वह अपने पति को छोड़ फिर उस नदी में समा गई। उसकी बेटियाँ भी उसके साथ चली गईं—और जलपरी बन गईं। बेटे पिता के साथ ही रहने लगे; लेकिन उन्होंने अपनी उस रहस्यमयी माँ को फिर कभी भी नहीं देखा।

☞ **राज की बात राज ही रहे तो अच्छा है।**

164 लेटर बॉक्स

बच्चों ने आपस में कहा, ''दादी घूमने गई हैं। हम उन्हें कुछ उपहार देंगे। वे बड़ी प्यारी हैं। हम सबको कितना प्यार करती हैं!''

बच्चों ने तय किया कि घर के बाहर जो उनका 'लेटर बॉक्स' रखा है, उसमें वे गुलाबों का खूबसूरत गुलदस्ता रख देंगे। इत्तिफाक से दादी लेटर बॉक्स खुला ही छोड़ गई थीं। लौटकर वे सबसे पहले लेटर बॉक्स खोलकर देखेंगी, यह जानने के लिए कि कोई चिट्ठी आई है क्या? तभी अचानक गुलदस्ता देख कितनी खुश होंगी।

बच्चों ने वही किया।

शाम हुई। रात आई। फिर सुबह भी हो गई। उनकी प्यारी दादी नहीं लौटी। लेटर बॉक्स में फूल

मुरझा गए थे।

"वे शायद अपने नाती-पोतों के पास ठहर गई हैं। लगता है, वे कुछ दिनों बाद ही आएँगी। ठीक है, तब तक हम कोई नया उपाय सोचते हैं।" बच्चे सोचने में ही लगे रहे।

एक चिड़िया ने तब तक उस लेटर बॉक्स में अपना घोंसला बना लिया। उसने दो नन्ही चिड़ियों को जन्म दिया। घर का अहाता उनकी मीठी-मीठी चूँ-चूँ से गूँजने लगा।

अचानक एक शाम दादी लौट आईं। घर के अहाते में गूँजती मीठी आवाजों ने उन्हें गद्गद कर दिया।

बच्चों ने जब गुलदस्ता रखा था तब साथ में दादी के नाम एक चिट लगा दी थी—'हमारी तरफ से प्यारी-प्यारी दादी को उपहार।'

वह चिट सूखे फूलों के साथ हटाना वे भूल गए थे। जब दादी ने घोंसले की बगल में वह चिट पड़ी पाई तो बेहद खुश हुईं और मामला समझ गईं।

शाम को उन्होंने सब बच्चों को बुलाया और उन्हें 'केक' खिलाकर इस उपहार के लिए धन्यवाद दिया। वे चौंककर एक-दूसरे का मुँह देखने लगे, क्योंकि उपहार की बात दो-चार दिनों के बाद वे लोग भूल ही गए थे।

☞ **नीयत साफ हो तो ईश्वर साथ रहता है।**

165 तब भी उमर, अब भी उमर

एक बार खलीफा उमर के घर एक अतिथि आया। खलीफा दीपक के प्रकाश में कुछ लिख रहे थे। दीपक में तेल कम था। थोड़ी देर बाद वह बुझने लगा।

अतिथि ने कहा, ''आप चिंता न करें। मैं ठीक किए देता हूँ।''

खलीफा बोले, ''अतिथि से सेवा कराना उचित नहीं।'' उन्होंने स्वयं उठकर दीपक में तेल डाल दिया।

अतिथि को आश्चर्य हुआ। उसने कहा, ''आपने बड़ा कष्ट किया।''

खलीफा बोले, ''इसमें कष्ट की क्या बात है! जब मैं तेल डालने गया तब भी उमर था और अब वापस आने पर भी उमर हूँ।''

☞ **जीवन का एकमात्र उद्देश्य यह है कि हम जैसे हैं वैसे दिखें और जैसे बन सकते हैं वैसे बनें।**

166 भेड़िया और बकरा

एक भेड़िए ने एक बकरे का पीछा किया। बकरा कूदकर एक ऊँची चट्टान पर जा छिपा। भेड़िया चालाक था। उसी चट्टान के नीचे दुबका हुआ वह बकरे के नीचे उतरने की प्रतीक्षा करता रहा। लगातार तीन दिन, तीन रात प्रतीक्षा करने के बाद भेड़िया ऊँची आवाज में बोला, ''मुझे भूख लगी है। चलूँ, चलकर कुछ दाना-पानी का जुगाड़ करूँ।''

बकरे ने जैसे ही भेड़िए की बात सुनी और उसे जंगल की तरफ जाता हुआ देखा, फौरन चट्टान से कूदकर नीचे आ गया। प्यास से उसका गला सूख रहा था। अत: सबसे पहले वह एक झरने पर जा पहुँचा। पानी पीते हुए सहसा उसका ध्यान अपनी परछाईं पर गया वह बोला, ''वाह! क्या खूबसूरत टाँगें हैं मेरी! दाढ़ी कितनी प्यारी है! और ये सींग? दूज के चाँद जैसे खूबसूरत! ऊँह, आने दो उस भेड़िए को, मैं साबित कर दूँगा कि हम दोनों में कौन ज्यादा सुंदर है।''

तभी झाड़ियों के पीछे छिपा बैठा भेड़िया ठहाका मारता हुआ, अचानक बकरे पर झपटा और एक ही झपाटे में उसने बकरे का काम तमाम कर दिया।

☞ **शरीर की सुंदरता से अच्छी दिमाग की स्वस्थता होती है।**

167 जिली गुड़िया

फ्लोरेंस अपनी प्यारी गुड़िया जिली को घास पर अकेला छोड़ भीतर भाग गई। माँ ने पुकारा तो उसे जिली का खयाल ही नहीं आया।

जिली लाचार थी। क्या करती।

पर सुबह बड़ी प्यारी थी। वह फ्लोरेंस को भूलकर नन्हे मेमनों के साथ खेलने लगी। मगर जैसे ही अँधेरा हुआ, सारे बच्चे उसे अकेला छोड़ अपनी माँ के पास दरबे में चले गए। जिली अकेली भय और ठंड से काँपने लगी। तभी एक भेड़ ने उससे कहा, ''आओ, मैं तुम्हें गरम-गरम दूध पिलाती हूँ। फिर तुम इन्हीं बच्चों के साथ सो जाना।''

सारे मेमनों ने गोल बनाकर उसे घेर लिया। उनके मुलायम बालों की गरमी से जिली की ठंड कम हुई। वह उनके बीच आराम से सो गई।

सुबह फ्लोरेंस उसे बगीचे में ढूँढ़ने आई। उसे अपनी जगह पर न पाकर रुआँसी हो उठी। ''जिली, जिली!'' वह पुकारने लगी। तभी उसकी निगाह भेड़ों के दरबे पर गई। उसने पाया, नन्हे मेमनों के बीच जिली निश्चिंत सी सोई है। दौड़कर फ्लोरेंस ने उसे गोद में भींच लिया।

जिली भी मारे खुशी के रोने लगी, ''अब तुम मुझे इस तरह से छोड़कर मत जाना। अगर मुझे चूहे कुतर जाते तो?''

फ्लोरेंस ने जिली का खयाल रखने के लिए छोटे मेमनों को भी खूब प्यार किया।

☞ **जो लोग प्यार करना नहीं जानते वे जीना भी नहीं जानते।**

168 भलाई का पुरस्कार

दक्षिण भारत के सुदूर छोर की ओर पंडितों का एक छोटा सा काफिला बढ़ता जा रहा था। वे भगवान् रामेश्वरम् का गंगा के पावन जल से अभिषेक कर जन्म-जन्मांतरों के पापों से मुक्ति पाने के लिए जा रहे थे। गरमी के दिन थे। सूरज आग बरसा रहा था। तालाब और बावड़ियाँ सूख गई थीं।

उनमें सबसे छोटा व्यक्ति एकनाथ सबसे अलग सा प्रतीत हो रहा था। उसकी आँखों में करुणा की छाया तैर रही थी।

रास्ते में एक गधा प्यास से छटपटा रहा था। उसे देखकर लगता था, एक-दो क्षण में उसके प्राण-पखेरू उड़ने ही वाले हैं। गधे के निकट से गुजरते हुए एक-एक कर सारे पंडित आगे बढ़ गए।

एकनाथ ठिठक गया। रुका और कलश उतारकर गधे को पानी पिलाने लगा। कलश खाली हो गया। गधा फिर भी प्यास से हाँफ रहा था। अपने दूसरे कलश का पानी भी उसने गधे को पिला दिया। उसके इस कर्म के कारण उसके पंडित साथियों ने उसे तिरस्कार एवं घृणा से देखा और सोचा कि यह कितना मूर्ख है!

आखिर वह दिन आया जब सबको जल चढ़ाना था। प्रधान पुजारी ने कहा, ''एकनाथ का जल भगवान् रामेश्वरम् ने रास्ते में ही ग्रहण कर लिया। शेष लौट जाएँ। उनका जल किसी काम का नहीं है।''

☞ **ईश्वर के रूप अनेक हैं।**

169 एक से बढ़कर एक

एक बार एक हाथी और बंदर में लड़ाई हो गई।

दोनों में जब कुछ तय न हुआ तो दोनों उल्लू के पास पहुँचे। बंदर ने कहा, ''श्रीमानजी, हमारा फैसला कीजिए। हम दोनों में झगड़ा हो गया है। हाथी कहता है, वह बड़ा बलवान् है, मैं कहता हूँ कि मैं बड़ा फुर्तीला हूँ। आप यह तय कर दीजिए कि बलवान् होना अच्छा होता है या फुर्तीला होना।''

उल्लू ने कहा, ''मैं जैसा कहूँ वैसा कीजिए। नदी के पार वह आम का पेड़ देख रहे हो न! बस, जो भी उस पेड़ से आम तोड़ लाए, वही बड़ा।''

बंदर और हाथी दोनों नदी के किनारे पहुँचे। पानी की धार तेज थी। बंदर देखते ही डर गया। यह देखकर हाथी गर्व से फूला न समाया। व्यंग्य से बोला, ''कहो, कैसे मिजाज हैं? नदी पार करो तो जानूँ। अच्छा, चलो, मेरी पीठ पर बैठ जाओ। मैं बड़ा हूँ, बहादुर हूँ। मुझे नदी पार करते डर नहीं लगता।''

बंदर चट हाथी की पीठ पर बैठ गया और देखते-ही-देखते दोनों नदी पार जा पहुँचे। पर जैसे ही दोनों आम के पेड़ के नीचे पहुँचे, पेड़ की ऊँचाई देख हाथी के छक्के छूट गए। पर बंदर छलाँग मारकर पेड़ पर जा चढ़ा और आम तोड़ लाया। फिर मुसकराकर हाथी से बोला, ''कहो हाथी राम, कहाँ

गई तुम्हारी बहादुरी ? बताओ ! अगर मैं न होता तो क्या तुम आम तोड़ सकते थे ?''

हाथी खामोश हो गया। दोनों वापस उल्लू के पास आए। उल्लू ने सब बातें सुनीं, फिर बोला, ''यदि हाथी नदी न पार करवाता तो बंदर आम तोड़कर नहीं ला सकता या हाथी राम ! तुम अगर भारी-भरकम और बहादुर हो तो बंदर बेहद फुर्तीला है। कोई किसीसे कम नहीं है।''

☞ **मेल-जोल से ही काम बनता है।**

170 तूफानों से दूर

एक सज्जन को किनारे बैठा देख एक सैलानी ने पूछा, ''आप तो यहाँ सुबह से बैठे हैं ?''

''हाँ, मुझे स्नान करना है।''

''स्नान करना है तो कूदिए पानी में।''

उन सज्जन ने कहा, ''मैं ऐसे नहीं कूदनेवाला। ज्वार थोड़ा शांत होगा तभी पानी में जाऊँगा।''

सैलानी हँस पड़ा, ''और अगर ज्वार शांत नहीं हुआ तो ?''

''नहीं नहाऊँगा।''

☞ **साहस गया कि आदमी की आधी समझदारी उसके साथ गई।**

171 हाजी साहब

हाजी मुहम्मद एक मुसलमान संत थे। कहते हैं, वे साठ बार हज कर आए थे और पाँचों वक्त नमाज पढ़ा करते थे। एक दिन उन्होंने सपना देखा कि एक फरिश्ता स्वर्ग और नरक के बीच खड़ा है। वह लोगों को क्रमानुसार जन्नत या दोजख भेज रहा है। जब हाजी मुहम्मद सामने आए तो उसने पूछा, ''तुमने कौन सा अच्छा काम किया है?''

हाजी साहब ने कहा, ''मैंने साठ बार हज किया है।''

फरिश्ता बोला, ''सच है। मगर नाम पूछे जाने पर तुम गर्व से 'मैं हाजी मुहम्मद हूँ' कहते हो, इस 'अहं' से तुम्हारे हज करने का पुण्य नष्ट हो गया। और कोई अच्छा काम किया हो तो बताओ।''

''मैं पिछले साठ सालों से पाँचों वक्त की नमाज पढ़ता रहा हूँ।''

''तुम्हारा वह पुण्य भी नष्ट हो गया।''

''कैसे?'' हाजी ने प्रश्न किया।

तब फरिश्ते ने कहा, ''एक दिन कुछ मेहमान तुम्हारे घर आए थे। तुमने उन्हें दिखाने के लिए और दिनों की अपेक्षा अधिक देर तक नमाज पढ़ी थी। उस प्रदर्शन की भावना से तुम्हारी वह साठ वर्ष की तपस्या भी नष्ट हो गई।''

इस स्वप्न के बाद हाजी की आँख खुल गई। उसी पल उन्होंने गुरूर और नुमाइश से दूर रहने का संकल्प लिया।

☞ **ईश्वर का सच्चा सेवक दिखावे से दूर रहता है।**

172 जिद्दी विवियन

विवियन बेहद जिद्दी था। किसी बात पर गुस्सा आता तो जो भी चीज सामने पड़ती, उसीको पटक देता।

'बड़े होकर तो उसका यह स्वभाव बड़ा दुःखदायी होगा।' पिता ने सोचा।

तभी उनके पड़ोसी ने उन्हें सुझाव दिया, ''विवियन को आप उसके हमउम्र बच्चों के साथ बेफिक्र होकर छोड़ दीजिए। जरा खेलेगा-कूदेगा, लड़ेगा-झगड़ेगा, मार-पीट करेगा तो खुद ही अपनी आदत से बाज आएगा। सिर फुड़ाकर भी आए तो आप बिलकुल चिंता न करिएगा। ज्यादा ध्यान रखने का ही यह नतीजा है।''

माँ-बाप ने यह सुझाव मान लिया। वे तो उसे बच्चों के बीच इसी भय से नहीं छोड़ते थे कि कहीं गुस्सा आ जाने पर वह दूसरों को मार न दे।

कुछ दिनों बाद उन्होंने पाया कि कभी विवियन ने किसी बच्चे को जख्मी कर दिया तो कभी खुद पिटकर रोता हुआ आया। माँ उसके रोने पर ध्यान ही न देती। कहती, ''तुम्हारी तुम जानो।''

एकाएक विवियन के स्वभाव में परिवर्तन हुआ। उसने जिद करनी छोड़ दी।

☞ **आनंद मिलता है अपनी शक्तियों को काम में लगाने से।**

173 सबसे बड़ा मनहूस

एक दिन अकबर बादशाह ने सवेरे-सवेरे एक बनिए का मुँह देखा और सुबह से ही वे राज्य के कारोबार में ऐसे व्यस्त हुए कि शाम तक उन्हें खाना तक नसीब नहीं हुआ। ऐसा उनके साथ पहली बार हुआ था। कारण सोचने लगे कि तभी उन्हें उस बनिए का खयाल आया, 'उसकी सूरत ही मनहूस है! उसे फाँसी पर चढ़ा देना चाहिए।'

तुरंत उन्होंने उस बनिए की गिरफ्तारी का हुक्म दिया। फाँसी का फरमान सुन बनिए की हालत खस्ता हो गई। वह दहाड़ें मार-मारकर रोने लगा। इस बात का पता जब बीरबल को चला तो उन्होंने उस बनिए को बचने की एक युक्ति सुझाई।

बनिया खुश हो गया। फाँसी के दिन अकबर बादशाह स्वयं हाजिर हुए। बनिए ने उन्हें सामने

पाया तो हाथ जोड़कर बोला, ''जहाँपनाह! सवेरे-सवेरे आपने मेरी सूरत देखी तो आपको सिर्फ खाना ही नसीब न हुआ, पर मेरी हालत पर गौर कीजिए। मैंने आपकी सूरत देखी और हुजूर, माफ करें···मुझे सजाए मौत नसीब हो रही है। अब हुजूर ही फैसला करें कि किसकी सूरत अधिक मनहूस है!''

बादशाह सलामत भाँप गए। यह चाल सिवाय बीरबल के किसकी हो सकती है! उन्होंने बाइज्जत बनिए को रिहा कर दिया।

☞ **अक्ल की तेजी बड़े-बड़े मसले चुटकियों में हल कर देती है।**

174 सात पूँछोंवाला चूहा

एक था चूहा। उसकी सात पूँछें थीं। एक रोज उसकी माँ ने उसे पढ़ने को स्कूल भेजा। वहाँ उसकी सात पूँछें देखकर लड़के चिढ़ाने लगे—

''चूहा, सात पूँछोंवाला,
सात पूँछोंवाला···
चूहा, सात पूँछोंवाला,
सात पूँछोंवाला।''

चूहा रोता-रोता घर लौटा। माँ ने पूछा, ''क्या हो गया? रो क्यों रहा है?''

चूहा बोला, ''ऊँ ऊँ ऊँ···! सब मुझे—चूहा, सात पूँछोंवाला—कहकर चिढ़ाते हैं।''

माँ ने कहा, ''जा, एक पूँछ कटवा ले!''

चूहा नाई के घर पहुँचा और एक पूँछ कटवाकर लौटा। अब छह पूँछें रह गईं।

दूसरे दिन जब वह स्कूल गया तो लड़के उसे फिर चिढ़ाने लगे—

''चूहा, छह पूँछोंवाला,
छह पूँछोंवाला···
चूहा, छह पूँछोंवाला,
छह पूँछोंवाला।''

चूहा ऊँ ऊँ ऊँ करता हुआ फिर घर आया और रूठकर एक कोने में जा बैठा। उसकी माँ ने कहा, ''अरे, खाना तो खा ले। भूख नहीं लगी है क्या?''

चूहा बोला, ''मैं नहीं खाऊँगा। सब बच्चे मुझे चूहा, छह पूँछोंवला कहकर चिढ़ाते हैं।

माँ ने कहा, ''जा, फिर से नाई के घर जाकर एक पूँछ कटवा ले।'' चूहा नाई के घर पहुँचा और एक पूँछ और कटवा आया। अब उसकी पाँच पूँछें रह गईं।

दूसरे दिन वह स्कूल गया। चूहे को आते हुए देखकर एक बच्चा चिल्लाया, ''वो देखो, चूँचूँ मियाँ चले आ रहे हैं।''

चूहे के पाँच पूँछें देखकर लड़के फिर उसे चिढ़ाने लगे—

''चूहा, पाँच पूँछोंवाला,
पाँच पूँछोंवाला''
चूहा, पाँच पूँछोंवाला,
पाँच पूँछोंवाला।''

चूहा घबरा गया। जोर-जोर से रोता हुआ घर पहुँचा और एक लोटे में जा बैठा। चूहे की माँ ने पूछा, ''अब क्या हुआ? क्या आकाश टूट पड़ा?''

''चूहे ने कहा, ''सब मुझे चूहा, पाँच पूँछोंवाला कहकर चिढ़ाते हैं।''

माँ बोली, ''जा, फिर से नाई के घर जा। एक पूँछ और कटवा ले।''

चूहे ने ऐसा ही किया। अब उसकी चार पूँछें रह गईं।

जब चूहा स्कूल पहुँचा तो लड़कों ने उसे चिढ़ाना शुरू किया। चूहा बुरी तरह रोता हुआ घर लौटा और मुँह लटकाकर प्याले में बैठ गया। माँ के कहने पर उसने एक पूँछ और कटवा ली। फिर भी कोई फर्क नहीं पड़ा। बच्चे उछल-उछलकर उसे चिढ़ाते रहे। आखिर उसके एक ही पूँछ रह गई।

माँ ने कहा, ''जा, अब तुझे कोई नहीं चिढ़ाएगा। अब तो सिर्फ एक ही पूँछ है।''

नहा-धोकर चूहा फिर से स्कूल पहुँचा। लेकिन लड़कों ने तो चूँचूँ मियाँ को खूब चिढ़ाया। कोई उसकी पूँछ खींचता था और चिढ़ाता था—

''चूहा, एक पूँछवाला,
एक पूँछवाला''
चूहा, एक पूँछवाला,
जी हाँ, एक पूँछवाला।''

चूहा फिर रोता-बिलखता हुआ घर आया। माँ ने पूछा, ''अब क्या बात है? वह बोला, ''माँ, माँ! मुझे तो अब भी बच्चे चिढ़ाते हैं। कहते हैं''चूहा, एक पूँछवाला। सब चूहों को एक-एक पूँछ होती है, फिर भी मुझे चिढ़ाते हैं।''

माँ ने कहा, ''जाकर यह पूँछ भी कटवा ले, न रहेगा बाँस, न बजेगी बाँसुरी।''

चूहे ने वही किया।

अब तो वह बंडा बन गया।

दूसरे दिन चूहा स्कूल जाने के लिए निकला। उसने सोचा, 'अब बच्चे मुझे कैसे चिढ़ाएँगे? अब तो मेरे पूँछ ही नहीं है।'

जब वह स्कूल पहुँचा तो सब लड़कों ने चूहे को घेर लिया और चिढ़ाने लगे—

''बाँड़ा चूहा, बाँड़ा
बाँड़ा चूहा, बाँड़ा।''

यह सुनते ही चूहा भाग निकला और सीधे घर पहुँचकर पंखे पर लेट गया, फिर चीख-चीखकर रोने लगा।

माँ ने कहा, "अब क्या हुआ? धरती फट गई क्या?"

चूहा बोला, "मुझे अब भी सब चिढ़ाते हैं। कहते हैं—बाँड़ा चूहा, बाँड़ा चूहा!"

चूहे की माँ ने सोचकर कहा, "सुन, बढ़ई के पास जा और अपनी एक पूँछ जुड़वा ले।"

चूहा बढ़ई के पास गया और बोला, "बढ़ई, बढ़ई! मेरी पूँछ जोड़ दो।"

बढ़ई बोला, "काठ के उल्लू, कटी पूँछ कहीं जुड़ती है?"

चूहे ने कहा—

"मेरी पूँछ जोड़ दे
वरना तेरा बसूला लेकर भागूँगा।
मेरी पूँछ जोड़ दे
वरना तेरा बसूला लेकर भागूँगा।"

बढ़ई ने पूँछ नहीं जोड़ी। अतः चूहा बसूला लेकर भागा। रास्ते में उसे एक लकड़हारा मिला। उसके पास बसूला नहीं था, इसलिए वह दाँतों से लकड़ी काट रहा था। चूहे ने कहा, "अरे, दाँतों से कहीं लकड़ी कटती है? लो, यह मेरा बसूला लो।"

लकड़हारा बसूले से लकड़ी काटने लगा। काटते-काटते बसूला टूट गया। यह देखकर चूहा बोला—

"मेरा बसूला दो
वरना लकड़ी लेकर भागूँगा।
मेरा बसूला दो
वरना लकड़ी लेकर भागूँगा।"

लकड़हारा बसूला कैसे देता। इसलिए चूहा लकड़ी लेकर भागा। कुछ दूर जाने पर उसे एक बुढ़िया दिखाई दी। बुढ़िया के पास जाकर चूहे ने कहा, "माँजी, माँजी! अरे, कोई अपना पाँव जलाकर रोटी बनाता है क्या? लो, यह मेरी लकड़ी लो और इसे जलाकर रोटी बनाओ।"

बुढ़िया ने लकड़ी चूल्हे में डाली। कुछ ही देर में लकड़ी जल गई और रोटी बन गई। तभी चूहा बोला, "माँजी, माँजी! मेरी लकड़ी वापस दो।"

बुढ़िया ने कहा, "अब मैं तुझे लकड़ी वापस कैसे दूँ? लकड़ी तो जल गई।"

चूहा बोला—

"लाओ मेरी लकड़ी,
वरना रोटी लेकर भागूँगा।
लाओ मेरी लकड़ी,
वरना रोटी लेकर भागूँगा।"

यह कहकर चूहा रोटी लेकर भागा। भागते-भागते एक कुम्हार के भट्टे पर पहुँचा। कुम्हार वहाँ बैठा-बैठा दोहनी में रखी हुई दही के साथ गारा खा रहा था। चूहे ने कहा, "लो, यह रोटी लो। दही

के साथ रोटी खाओगे तो भूख मिटेगी।''

कुम्हार ने दही के साथ रोटी खा ली। तभी चूहा दहाड़ा—

''लाओ मेरी रोटी,
वरना दोहनी लेकर भागूँगा।
लाओ मेरी रोटी,
वरना दोहनी लेकर भागूँगा।''

कुम्हार रोटी कहाँ से लाता? रोटी तो उसके पेट में पहुँच चुकी थी। चूहा रोटी के बदले दोहनी लेकर भागा। रास्ते में एक ग्वाले का घर आया। ग्वाले के पास दूध दुहने के लिए बरतन नहीं था, इसलिए वह बेचारा ओखली में दूध दुह रहा था। चूहा बोला, ''इस ओखली में दूध दुहने की जरूरत नहीं है। लो, यह दोहनी लो।'' ग्वाले ने दोहनी ली और वह दूध दुहने बैठा, तभी भैंस भड़की और उसने दोहनी को लात मार दी। दोहनी टूट गई। चूहे ने यह देखा और दोहनी माँगने लगा। बोला—

''लाओ मेरी दोहनी,
वरना भैंस लेकर भागूँगा।
लाओ मेरी दोहनी,
वरना भैंस लेकर भागूँगा।''

ग्वाला दोहनी तो दे नहीं सकता था, इसलिए चूहा उसकी भैंस लेकर भागा। भागते-भागते एक खेत में पहुँचा। वहाँ एक किसान हल चला रहा था। उसने एक बैल जोता था और दूसरे के स्थान पर अपनी माँ को जोत रखा था। चूहे ने किसान से कहा, ''अरे ओ, निर्दयी! यह तू क्या कर रहा है? भला, अपनी माँ को कोई हल में जोतता है?''

किसान बोला, ''क्या करूँ? मेरा एक बैल मर गया। दूसरा खरीदने के लिए मेरे पास रुपए नहीं हैं।''

चूहे ने कहा, ''तब मेरी यह भैंस कब काम आएगी?''

किसान ने माँ की जगह भैंस को जोता और हल चलाने लगा। तभी भैंस को लू लगी और गिरकर वहीं मर गई।

कुछ देर के बाद चूहा आ पहुँचा। आकर बोला, ''ला मेरी भैंस।''

किसान ने कहा, ''भैंस तो मर गई। अब मैं तुम्हें वापस कैसे दूँ?''

चूहा बोला—

''ला मेरी भैंस,
वरना माँ को लेकर भागूँगा।
ला मेरी भैंस,
वरना माँ को लेकर भागूँगा।''

अब चूहा किसान की माँ को लेकर भागा। भागते-भागते एक गाँव में पहुँचा। गाँव की चौपाल

के पास कुछ नट खेल दिखा रहे थे। नट का एक लड़का रस्सी पर चढ़कर नाच रहा था। चूहा वहाँ पहुँच गया।

लड़के को रस्सी पर चलते देखकर चूहे ने कहा "भैया, तुम इस नन्हे बच्चे के प्राण क्यों लेना चाहते हो? यह ऊपर से गिरेगा तो इसकी हड्डी-पसली एक हो जाएगी।"

नट बोला, "लड़का नहीं नाचेगा तो क्या तुम्हारी यह बुढ़िया नाचेगी?"

चूहे ने कहा, "एकदम सही। लो, मेरी इस बुढ़िया को नचाओ।"

नट ने बुढ़िया को सहारा दिया। वह बेचारी काँपती-काँपती रस्सी पर चढ़ी। लेकिन रस्सी पर नाचती कैसे? वह तो एक चीख के साथ नीचे गिरी और वहीं ढेर हो गई।

चूहा तो तैयार ही खड़ा था। उसने नट से कहा, "तुमने मेरी बुढ़िया को क्यों मार डाला?"

नट ने कहा, "झूठ, सरासर झूठ। वह तो रस्सी से गिरकर मर गई। इसमें मेरा क्या कसूर?"

चूहा बोला—

"लाओ मेरी बुढ़िया,
वरना ढोल लेकर भागूँगा।
लाओ मेरी बुढ़िया,
वरना ढोल लेकर भागूँगा।"

यह कहकर चूहा नट का ढोल लेकर भागा। भागते-भागते रास्ते में एक टीला आया। वह उसपर जाकर बैठ गया और ढोल बजाते हुए गाने लगा—

"ढम-ढम ढोल बाजे, ढोल।
पूँछ के बदले बसूला लिया।
बसूले के बदले लकड़ी ली।
लकड़ी के बदले रोटी ली।
रोटी के बदले दोहनी ली।
दोहनी के बदले भैंस ली।
भैंस के बदले बुढ़िया ली।
बुढ़िया के बदले ढोल लिया।
ढम-ढम ढोल बाजे, ढोल।"

चूहा मस्त होकर गा रहा था और ढोल बजा रहा था। तभी एक कौआ काँव-काँव करता हुआ आया और चूहे को उठाकर आसमान में ले गया।

फिर भी चूहा ढोल बजाता रहा और गाता रहा—

"ढम-ढम ढोल बाजे, ढोल।
ढम-ढम ढोल बाजे, ढोल।"

☞ **बेवकूफ को सभी जगह मुसीबतें आती हैं।**

175 सच्ची शोभा

ईश्वरचंद्र विद्यासागर की आर्थिक स्थिति कुछ दिनों बड़ी खराब रही थी। लेकिन इन तंग दिनों में भी उनकी माँ कभी अपने द्वार से किसीको भूखा नहीं जाने देती थीं।

कुछ समय बाद एकाएक भाग्य ने पलटा खाया और विद्यासागरजी की तनख्वाह पाँच सौ रुपए हो गई।

ऐसे ही समय उनका एक मित्र उनके घर आया। उसने जब विद्यासागरजी की माँ के हाथों में मामूली चूड़ियाँ देखीं तो उससे रहा नहीं गया। उसने कहा, ''माँजी, इतने बड़े अधिकारी की माता होने के नाते ये मामूली सी हाथीदाँत की चूड़ियाँ आपके हाथों में शोभा नहीं देतीं। आप तो अब सोने के गहने पहनिए।''

उसकी यह बात सुनकर विद्यासागरजी की माँ हँस पड़ीं और बोलीं, ''बेटा, विद्यासागर की माँ के हाथ की शोभा न तो ये चूड़ियाँ हैं, न सोने-चाँदी के गहने। इन हाथों की शोभा तो सदा गरीबों की सेवा करते रहना है।''

☞ **मनुष्य की सच्ची शोभा उसका सुंदर स्वभाव है।**

176 काम और आराम

पं. विष्णु शर्मा संस्कृत के प्रकांड विद्वान् थे।

एक दिन वे बच्चों के संग खेल रहे थे। इसी बीच उनके कुछ मित्र वहाँ आ पहुँचे।

एक मित्र ने पूछा, ''पंडितजी, आप इतने बड़े विद्वान् होकर बच्चों के साथ खेल रहे हैं! इससे आपका मूल्यवान् समय नष्ट नहीं होता?''

पंडितजी ने मित्र की बात का कोई उत्तर न देकर एक बच्चे को संकेत किया कि वह धनुष ले आए। जब धनुष आ गया तो उन्होंने उस धनुष की डोरी ढीली करके रख दी।

सभी मित्र असमंजस में पड़ गए कि आखिर पंडितजी कहना क्या चाहते हैं।

तब उन्होंने अपनी बात स्पष्ट की, ''भाई, हमारा मन धनुष की तरह है। अगर धनुष पर डोरी हमेशा चढ़ी रहे तो उसकी मजबूती कुछ समय में ही जाती रहेगी और यह जल्दी टूट जाएगा; किंतु अगर काम पड़ने पर ही इसपर डोरी चढ़ाई जाए तो वह अधिक समय तक टिकेगा और काम भी अच्छा होगा। इसी प्रकार हमारा मन है। काम के बाद यदि उसे आराम मिलता रहे तो वह स्वस्थ रहेगा और अच्छा काम करेगा।''

☞ **शरीर का आनंद स्वास्थ्य में है, मन का आनंद ज्ञान में।**

177 बंदर का रोना

एक भूखा शेर जंगल में मारा-मारा फिर रहा था। काफी कोशिशों के बाद भी जब वह शिकार पाने में असफल रहा तो उसे एक ढोंग सूझा।

अचानक एक पेड़ पर बैठे हुए बंदर पर उसकी नजर पड़ी। वह महात्माओं की तरह जमीन पर फूँक-फूँककर चलने लगा। बंदर ने यह देखा तो दंग रह गया। शेर के निकट आने पर पूछा, ''क्या बात है, महाराज?''

शेर ने कहा, ''जीवन में मैंने बड़े पाप किए हैं। अब बूढ़ा हो गया हूँ। सोचता हूँ, कुछ तो प्रायश्चित्त करूँ। जमीन पर बहुत से कीड़े-मकोड़े रहते हैं। यदि मैं फूँक-फूँककर कदम न रखूँ तो उनकी हत्या होने का डर है।''

बंदर ने मन में सोचा कि यह कितने महात्मा हैं। मुझे भी इनके चरणों की धूल माथे पर लगाकर अपना जीवन सफल बनाना चाहिए। यह सोचकर बंदर ज्यों ही शेर के निकट पहुँचा कि शेर ने उसको मुँह में दबोच लिया। बंदर को फौरन अपनी भूल का अनुभव हुआ।

पर वह भी कम नहीं था। तत्काल उसने एक उपाय सोचा। वह ठहाका मारकर हँसने लगा।

शेर को उसके हँसने पर आश्चर्य हुआ।

बंदर ने कहा, ''इस समय हँसनेवाले को सीधा स्वर्ग मिलता है, महाराज! आप भी हँसेंगे तो

निस्संदेह आपको भी स्वर्ग मिलेगा।''

बंदर के चकमे में आ शेर ने ज्यों ही ठहाका मारकर हँसने के लिए मुँह खोला, बंदर ने एक छलाँग भरी और पेड़ की सबसे ऊँची डाल पर जा बैठा तथा जोर-जोर से रोने लगा।

अबकी शेर को अधिक आश्चर्य हुआ। उसने पूछा, ''अरे धूर्त! रोने के समय तो तू हँस रहा था और अब जब तेरे प्राण बच गए तो तू रो रहा है?''

बंदर ने उत्तर दिया, ''मैं इसलिए रो रहा हूँ कि दुनिया में आप जैसे संत पैदा हो गए हैं।''

☞ **बुरा आदमी उस वक्त बदतर बन जाता है जब वह साधु होने का ढोंग करता है।**

178 सच्चाई

एक माँ ने मरते समय अपने एकमात्र पुत्र को शिक्षा दी कि ''तुम सदैव सच बोलना।''

लड़के ने उसकी बात गाँठ बाँध ली।

एक दिन वह जंगल से होकर शहर की ओर जा रहा था कि डाकुओं ने उसे घेर लिया। डाकुओं ने उससे पूछा, ''तुम्हारे पास क्या है?''

लड़के ने कहा, ''मेरे पास बीस रुपए हैं।''

डाकुओं ने उसकी तलाशी ली। लेकिन उन्हें कुछ भी नहीं मिला। एक डाकू ने कहा, ''छोड़ो इसे, यह यूँ ही झूठ बोलकर हम लोगों का समय बरबाद कर रहा है।''

लड़का बोला, ''नहीं, मैं कभी झूठ नहीं कहता। बीस रुपए मेरे कोट के अस्तर में हैं।'' उसने कोट से पैसे निकालकर उन्हें दिखाए।

डाकुओं का सरदार उसकी यह सच्चाई देखकर बहुत खुश हुआ। उसने लड़के की पीठ थपथपाई तथा उसे पच्चीस रुपए इनाम के रूप में दिए और स्वयं भी बुरा काम छोड़ सच बोलने लगा।

☞ सच सभी को प्यारा है।

179 सोफिया की यात्रा

एक सुबह सोफिया पास के जंगल में अपनी रंग-बिरंगी गेंद लेकर खेलने पहुँची। जंगल में वह

अकसर जाती थी। नन्हे-नन्हे सफेद खरगोशों से उसकी खूब पटती थी।

अचानक गेंद पानी में जा गिरी। जहाँ तक वह पानी में जा सकती थी, उसने गेंद को पकड़ने की कोशिश की। मगर गेंद तैरती हुई उसकी पकड़ से आगे बढ़ गई। तभी अचानक किनारे पर उसे एक छोटी सी नाव नजर आई। सोफिया झट से नाव में जा चढ़ी और नाव खेते हुए गेंद का पीछा करने लगी।

एक चट्टान के निकट से वह गुजर रही थी कि एक मोटा सा मेढक नाव में कूद आया, ''मैं तुमसे दोस्ती करना चाहता हूँ।'' मेढक ने हँसते हुए कहा।

''ठीक है, एक से दो भले।''

पर गेंद थी कि आगे ही बढ़ती जा रही थी। ऐसे ही वे एक हरे-भरे द्वीप के किनारे-किनारे जाने लगे।

सोफिया ने जब नन्हे-नन्हे खरगोशों को चौकड़ी भरते देखा तो गेंद की बात भूल गई। मेढक और सोफिया खरगोशों के साथ खेलने लगे। कुछ रंग-बिरंगे पक्षी भी उनके साथ खेल में शामिल हो गए। हिरन के बच्चे भी आ गए।

कुछ देर बाद सोफिया को भूख लगी।

वह थकी सी हरी घास पर बैठ गई। उसने पाया कि उसके सामने तमाम तरह के मीठे जंगली फलों का ढेर लगा है। सोफिया की खुशी का ठिकाना न रहा। सबके साथ मिलकर उसने दोपहर का भोजन किया। फिर सभी पशु-पक्षियों ने मिलकर उसके लिए घास का बिस्तर तैयार किया। सोफिया मजे से सो गई।

जब उसकी नींद खुली तो शाम होने को थी। उसे घर की चिंता हुई, ''अब मैं चलूँगी। मेरी माँ मुझे खोज रही होगी।''

सारे पशु-पक्षी दुःखी हो उठे। उन्होंने सोफिया से वादा ले लिया कि वह कुछ दिनों बाद फिर उनके बीच आएगी।

सोफिया ने उनसे वादा किया और उचाट मन से उनसे विदा ली।

मोटे मेढक दोस्त के साथ वह नाव खेती हुई घर लौटी। गेंद खो जाने का दुःख अब उसे रत्ती भर भी नहीं साल रहा था। कितने प्यारे-प्यारे नए-नए दोस्तों से परिचय हुआ था उसका!

☞ **कुछ खोना, कुछ पाना—इसीका नाम जीवन है।**

180 स्वाभिमान की रस्साकशी

कलकत्ता के प्रेसीडेंसी कॉलेज में वही विद्यार्थी एम.ए. की परीक्षा में बैठ सकते थे जो पूर्व परीक्षा में सफल हो चुके हों। सन् 1906 की घटना है। कॉलेज का प्रधानाचार्य सख्त स्वभाव का अंग्रेज था। पूर्व परीक्षा का परिणाम उसीने सुनाया।

एक सीधा-सादा विद्यार्थी भी कक्षा में बैठा था। उत्तीर्ण छात्रों में कहीं उसका नाम नहीं था।

उसने खड़े होकर गंभीरता से कहा, ''आपने मेरा नाम नहीं सुनाया।''

प्रधानाचार्य ने बताया, ''सूची में तुम्हारा नाम नहीं है। यानी कि तुम उत्तीर्ण नहीं हुए हो।''

विद्यार्थी ने कहा, ''ऐसा कभी नहीं हो सकता कि मैं उत्तीर्ण न होऊँ।''

यह सुनकर प्रधानाचार्य चिढ़ गए। उन्होंने उस विद्यार्थी की अशिष्टता के लिए पाँच रुपया जुर्माना सुना दिया। लेकिन विद्यार्थी अपनी बात पर अड़ा रहा। जैसे-जैसे उसकी जिद बढ़ती गई वैसे-वैसे जुर्माना भी बढ़ता गया। अंत में प्रधानाचार्य ने जुर्माना पचास रुपए कर दिया।

जब दोनों में स्वाभिमान की यह रस्साकशी चल रही थी, तभी कॉलेज के बड़े बाबू दौड़े हुए आए। उन्होंने सूचना दी कि यह विद्यार्थी तो परीक्षा में सर्वप्रथम आया है। भूलवश उसका नाम सूची में जाने से रह गया।

प्रधानाचार्य का चेहरा लज्जा और ग्लानि से झुक गया; लेकिन छात्र का सिर स्वाभिमान से ऊँचा हो गया।

यह स्वाभिमानी विद्यार्थी और कोई नहीं, हमारे देश के प्रथम राष्ट्रपति देशरत्न डॉ. राजेंद्र प्रसाद थे।

☞ **स्वाभिमान खोना आजादी खोना है।**

181 बुरी संगत

पवन के पिताजी बड़े परेशान थे। कुछ दिनों से पवन बुरी संगत में पड़ गया था।

अंत में उन्हें एक युक्ति सूझी। वे बाजार से कुछ आम खरीद कर लाए। सब आम तो पके हुए और बढ़िया थे, पर एक आम काफी सड़ा हुआ था। उन्होंने अच्छे आमों को एक बड़ी प्लेट में चारों ओर रखकर सड़ा हुआ आम उनके बीच में रख दिया।

अगले दिन जब पवन ने आम खाने के लिए खुशी-खुशी अलमारी में से प्लेट निकाली तो यह देखकर उसकी हैरानी का ठिकाना न रहा कि सभी आम सड़ गए हैं और उनमें से बदबू उठ रही है।

पवन के पिताजी तो इसी मौके की तलाश में थे। उसे दु:खी देखकर बोले, ''बेटा! इसी तरह एक दिन तुम भी अपने बुरे मित्रों के बीच रहकर भ्रष्ट हो जाओगे। तब तुम्हारी छाया से भी लोग दूर भागेंगे।''

पवन पर इस घटना का इतना प्रभाव पड़ा कि उसने उसी समय से अपने बुरे मित्रों का साथ छोड़ दिया।

☞ **बुरी संगत आदमी को बुरा बना देती है।**

182 पीटर और तितली

एक नन्हा मेढक और पीटर बड़े अच्छे दोस्त थे। एक दिन वे घर के बगीचे में टहलते हुए गुनगुनी धूप का मजा ले रहे थे। तभी एक खूबसूरत तितली फूलों पर मँडराने लगी।

''मैं इसे पकड़ूँगा।'' पीटर ने कहा और हौले से उस गुलाब के पौधे की ओर बढ़ा, जिसपर तितली बैठी थी। उसे लगा कि वह एक ही प्रयत्न में तितली को पकड़ लेगा। मगर यह उसका भ्रम था। जैसे ही हाथ तितली की ओर बढ़ा, वह झट से उड़कर दूसरे फूल पर जा बैठी। पीटर वहाँ पहुँचा, मगर फिर वही बात। तितली उड़कर दूसरी जगह जा पहुँची। पीटर हताश हो उठा।

''तुम अगर उसे पकड़ना चाहते हो तो उसे यह एहसास करने दो कि तुम उसके प्यारे दोस्त हो। फिर देखना! कुछ देर बाद वह तुम्हारे कंधों पर आकर बैठ जाएगी।'' नन्हे मेढक ने पीटर को समझाया।

''ठीक है। तुम्हारी बात ही सही।'' पीटर ने हथियार डाल दिया।

मेढक और पीटर तितली को भूल खेलने में मशगूल हो गए। सहसा मेढक चिल्लाया, ''पीटर! देखो, तुम्हारे कंधे पर वही तितली बैठी है।''

सचमुच पीटर के कंधे पर वही तितली आ बैठी थी।

☞ **हमेशा दोस्ती का हाथ आगे बढ़ाओ।**

183 तिनके का सहारा

एक बार की बात है, दो आदमी नदी पार कर रहे थे। नदी के बीच पहुँचते-पहुँचते वे इतने थक गए कि डूबने लगे। एक ने घास का एक तिनका देखा, लेकिन उसे पकड़कर अपने को बचाने की कोशिश नहीं की।

दूसरे ने उस तिनके को देखा और पकड़ लिया। वह तिनका एक बारीक धागे से बँधा हुआ था, जिसका दूसरा सिरा एक रस्सी से बँधा था और वह रस्सी बड़ी रस्सी से बँधी थी, जो किनारे के खंभे से बँधी थी। जिस आदमी ने तिनका पकड़ा था वह किनारे पर आ गया। पहले ने कोशिश नहीं की, इसलिए बीच में ही डूब गया।

☞ **जो उम्मीद हारता है वह सभी कुछ हार जाता है।**

184 चाँद और मुन्ना

''सोने से पहले आज तुम ही एक कविता सुनाओ।'' माँ ने मुन्ना से आग्रह किया।

मुन्ना झट से अपनी पहली कक्षा की किताब उठा लाया और चाँद पर लिखी एक कविता पढ़कर सुनाने लगा—

मैं चाँद को देखता हूँ
चाँद मुझको देखता है,
मैं उसके संग खेलूँ
वह मेरे संग खेलता है।

कविता खत्म होते ही मुन्ने को नींद आ गई और वह सो गया। मगर सोया कहाँ। नींद में वह चाँद के पास पहुँचने की तैयारी कर रहा था। उसने देखा कि वह अंतरिक्ष का लिबास पहने है और हैलमेट लगाए अपनी छत पर खड़ा है। फिर कुछ समय बाद वह उड़ रहा है और धीरे-धीरे चाँद के करीब पहुँच गया है। चाँद उसे बड़ा खूबसूरत लगा। वह हँसता हुआ उसे पुकार रहा था, 'आओ, मेरे दोस्त, आओ!'

मुन्ने ने चाँद दोस्त की तरफ पुलकित हो अपनी बाँहें पसार दीं। चाँद ने अपने प्यारे होंठों से उसके गाल चूमे। तभी उसकी नींद टूटी। उसने पाया कि चाँद नहीं, माँ उसके गाल चूम रही थी—और सुबह हो गई थी।

☞ **माँ सा प्यार और कहीं नहीं।**

185 धर्म की बुनियाद

एक बार खलीफा उमर भाषण दे रहे थे। उन्होंने लोगों से पूछा, "अगर मैं आप लोगों को कोई हुक्म दूँ तो क्या आप लोग उस हुक्म को मानेंगे?"

"जी नहीं।" एक औरत बोल उठी।

हजरत उमर ने पूछा, "क्यों?"

औरत बोली, "आप इतना लंबा चोंगा पहने हुए हैं, लेकिन मेरे पति का चोंगा घुटने तक भी नहीं आता। इससे साफ जाहिर है कि आपने शाही भंडार से अपने हिस्से से ज्यादा कपड़ा लिया है।"

औरत की यह बात सुनकर उमर ने कहा, "मैं नहीं जानता, यह कैसे हुआ। मेरा लड़का इसका जवाब देगा।"

खलीफा उमर के इशारे पर लड़का आगे आया। बोला, "मेरे पिता ने कपड़ा ज्यादा नहीं लिया बल्कि मैंने अपने हिस्से का कपड़ा उन्हें दे दिया है। तभी उनका चोंगा इतना लंबा हो सका है।"

लोगों का सिर खलीफा के सामने श्रद्धा से झुक गया।

☞ **संत पुरुष सिर्फ कोरे उपदेश नहीं देते, उनका आचरण भी करते हैं।**

186 बंदर और जेबरा

एक बंदर पेड़ों को छोड़कर तालाब के किनारे बस गया और उसने प्रचारित कर दिया कि वह जल देवता है। कुछ समय बाद दो जेबरा अपनी प्यास बुझाने उस तालाब के पास आए। बंदर ने उनसे कहा, ''इस जल पर मेरा हक है। जो इसमें हिस्सा माँगेगा वह मौत के मुँह में चला जाएगा।''

जेबरा घबराकर भाग खड़े हुए। कुछ दिनों के बाद उन्होंने एक बेटे को जन्म दिया, जो बड़ा शक्तिशाली बना। उस जेबरा के बच्चे ने एक दिन अपनी माँ से कहा, ''माँ, मुझे प्यास लगी है। मैं पानी पीना चाहता हूँ। कहाँ मिलेगा ?''

उसने कहा, ''बेटा, एक तालाब है, जिसकी रक्षा एक जल देवता करते हैं, ताकि हम उसमें से पानी न पी सकें।''

बच्चा बोला, ''लेकिन पानी हर प्यासे के लिए होता है, और मैं उसीमें से पीऊँगा।''

वह तालाब के किनारे आया। उसे देखकर बंदर बोला, ''क्या तुम और तुम्हारे लोग यह नहीं जानते कि इस पानी पर मेरा हक है ? क्या मैंने उन्हें चेतावनी नहीं दी कि इस पानी को पीने से मौत हो सकती है ?''

लेकिन जेबरा बहुत प्यासा था। वह बोला, ''मुझे पानी चाहिए, वरना मैं प्यास से मर जाऊँगा।'' वह किनारे जाकर पानी पीने लगा।

बंदर गरजकर बोला, ''अब तुम्हारा समय आ गया है।'' फिर बंदर और जेबरा लड़ने लगे। पास ही बंदर का अलाव जल रहा था। लड़ाई के दौरान बंदर गरजा, ''मेरा जन्म नदी के उस पारवाली पहाड़ी पर हुआ था। लड़ाई के दौरान अगर तुम मुझे फेंको तो पहाड़ी के ऊपर ही फेंकना।''

लड़ाई अब भी जारी थी। लड़ते-लड़ते वे लोग अलाव के पास आ गए। बंदर ने जेबरा को उस अलाव में फेंक दिया। फिर जेबरा ने बंदर को उठाकर पहाड़ी की ओर उछाल दिया, ''जाओ, पहाड़ों में, रहो, जहाँ तुम्हारा जन्म हुआ था और फिर कभी इस तालाब की तरफ मत आना।'' उसने कहा।

और इस तरह वह पानी सबकी प्यास बुझाने लगा।

आज भी बंदर के पृष्ठ भाग में वह सुर्खी है, जो पत्थरों पर गिरने से हुई थी और जेबरा की पीठ पर वे धारियाँ हैं, जो जल जाने से बन गई थीं। तब से आज तक बंदर पेड़-पहाड़ों पर रहते हैं और जेबरा समतल प्रदेशों में।

☞ **प्रकृति पर किसी एक का अधिकार नहीं।**

187 वसंत में चिड़िया की वापसी

एक शाम स्कूल से लौटने पर रमा ने देखा कि घर के दरवाजे के सामने चिड़िया का एक बच्चा पड़ा है। उसे हलकी सी चोट लगी थी। रमा ने उसे उठाया और अंदर ले आई। फिर अपने हाथों से उसने

एक मुलायम सा घोंसला बनाया और उसमें बच्चे को लिटा दिया।

रोज वह उस बच्चे की देखभाल करती। धीरे-धीरे बच्चा स्वस्थ होने लगा। रमा ने महसूस किया कि वह स्वस्थ तो हो गया है, पर उसकी भूख मर गई है। यह देख रमा बड़ी दु:खी हुई। रमा की मम्मी को लगा, शायद बंद माहौल में रहने से चिड़िया के बच्चे को अच्छा नहीं लग रहा है। अत: एक सुबह उन्होंने घोंसला उठाकर खुली खिड़की पर रख दिया। शाम को जब रमा स्कूल से लौटी तो पाया कि बच्चा उड़ गया है।

एक दिन बहुत सवेरे रमा को अपनी खिड़की पर हलकी सी दस्तक सुनाई दी। देखा तो वही बच्चा था। अब बड़ा हो गया था। चूँ-चूँ करता चहक रहा था। उसे देख रमा बहुत खुश हुई। वह उसे भूला नहीं था, यह बात रमा को बेहद अच्छी लगी। ऐसे ही रोज वह रमा से मिलने आया करता।

गरमियाँ शुरू हो गईं। सभी पक्षी सर्द प्रदेशों में जाने लगे। वह भी एक सुबह आया और रमा के कंधे पर बैठ बड़ी देर तक उसे दुलराता रहा। वह आज्ञा लेने आया था वसंत की वापसी तक के लिए।

☞ स्नेह देने से स्नेह मिलता है।

188 सबसे कठिन काम

एक बार एक नौजवान ईसा के पास आया। बोला, ''मैं अमर जीवन प्राप्त करना चाहता हूँ। मुझे क्या करना चाहिए ?''

ईसा ने कहा, ''जाओ, अपनी सारी संपत्ति बेच दो। जो पैसे प्राप्त हों उन्हें गरीबों में बाँट दो।''

नौजवान बड़ा अमीर था। उसके पास लाखों-करोड़ों की धन-संपत्ति थी। ईसा की बात सुनकर

वह स्तब्ध रह गया। उसके लिए यह काम सबसे कठिन था। युवक ने लाचारी से ईसा की ओर देखा।

ईसा मुसकराए। बोले, ''कोई भी आदमी एक समय में परमात्मा और दौलत—दो मालिकों की सेवा नहीं कर सकता। तुम्हें परमात्मा के रास्ते पर चलना है तो दूसरा रास्ता छोड़ना होगा।''

☞ **ईश्वर और कुबेर की पूजा एक साथ नहीं हो सकती।**

189 मूर्ख दिवस

बहुत दिन हुए, एथेंस नगर में चार मित्र रहते थे। इनमें से एक अपने को बहुत बुद्धिमान समझता था और दूसरों को नीचा दिखाने में उसे बहुत आनंद आता था। एक बार बाकी तीनों मित्रों ने चिढ़कर एक षड्यंत्र रचा और उससे कहा, ''कल रात हमें एक अनोखा सपना दिखाई दिया है। सपने में हमने देखा कि एक देवी हमारे सामने खड़ी कह रही है कि कल रात पहाड़ी की चोटी पर एक दिव्य ज्योति प्रकट होगी और मनचाहा वरदान देगी। इसलिए तुम अपने सभी मित्रों के साथ वहाँ अवश्य पहुँचना।''

अपने को बुद्धिमान समझनेवाले उस मित्र ने स्वप्न की इस बात पर झट विश्वास कर लिया और दूसरे दिन अपने कुछ साथियों के साथ वह ठीक समय पर पहाड़ की चोटी पर पहुँचा। इनकी देखा-देखी और भी बहुत से लोग वहाँ पहुँचे। धीरे-धीरे पहाड़ी पर बहुत अधिक भीड़ जमा हो गई। लेकिन इस भीड़ में उन मित्रों का कहीं पता नहीं था। वे तो इधर-उधर छिपे हुए थे।

अब तक रात ने अपनी काली चादर से पूरे एथेंस नगर को ढक लिया था और आकाश में तारे छिटक आए थे। चंद्रमा भी दिखाई पड़ने लगा था। लेकिन जिस दिव्य ज्योति के दर्शन के लिए पर्वत की चोटी पर लोगों की इतनी बड़ी भीड़ आकुलता से इंतजार कर रही थी, उसका कहीं नामोनिशान तक नहीं था।

कहते हैं कि उस दिन पहली अप्रैल का दिन था। बस, फिर तो हर वर्ष एथेंस में पहली अप्रैल को लोगों को मूर्ख बनाया जाने लगा। बाद में दूसरे देशों ने भी इस 'मूर्ख दिवस' को अपना लिया और पहली अप्रैल को परिचितों-अपरिचितों को मूर्ख बनाने की प्रथा ही चल पड़ी।

☞ **मूर्खों से न मिलो, क्योंकि अगर तुम समझदार हो तो उल्लू दिखोगे और अगर मूर्ख हो तो और भी ज्यादा मूर्ख दिखोगे।**

190 किस्सा एक पोंगा पंडित का

एक ब्राह्मण था। एक बार उसका भानजा बीमार पड़ा। भानजे की तबीयत का हाल रू-ब-रू जानने के लिए वह उसके गाँव गया। भानजा ठीक-ठाक ही था। जब ब्राह्मण वापस अपने घर आने को निकला तो रास्ते में उसे अपने ही गाँव का हलवाई मिला। हलवाई था मसखरा। उसने पूछा, ''काका, आप कहाँ गए थे?''

ब्राह्मण बोला, ''भानजे के घर।''

हलवाई ने कहा, ''तब तो आपको कुछ पता नहीं होगा।''

ब्राह्मण बोला, ''नहीं भैया! मैं तो घर में सबको भला-चंगा छोड़कर गया था। इन दो दिनों में हो भी क्या सकता है? तुम्हारी काकी तो भली-चंगी है न?''

हलवाई ने कहा, ''अब क्या बताऊँ, महाराज! मेरी तो जबान ही नहीं खुल रही। हाय रे किस्मत, मेरी काकी विधवा हो गई। गजब हो गया महाराज, गजब हो गया।''

ब्राह्मण बोला, ''क्या कहा? तुम्हारी काकी सचमुच विधवा हो गई है? नामुमकिन। वह तो हट्टी-कट्टी भैंस जैसी थी। वह विधवा कैसे हो सकती है?''

हलवाई मन-ही-मन मुसकराता हुआ आगे बढ़ गया। ब्राह्मण अपने घर की गली के मुहाने तक आया और चादर माथे पर ओढ़ ली। फिर जोर-जोर से रोने लगा। गली-मोहल्ले के लोग इकट्ठा हो गए। ब्राह्मण अपने घर में जाकर चबूतरे पर बैठा और सिर पीटने लगा।

अंदर से ब्राह्मण की बेटी दौड़ती हुई आई। वह समझी, भानजा चल बसा। बोली, ''बापू, रोने से क्या लाभ। जो होना था, सो हो गया।''

पिताजी उठे और आँखें पोंछने लगे। तभी बेटी ने पूछा, ''आपका भानजा तो जवान था।

अचानक उसकी मौत कैसे हो गई?''

ब्राह्मण बोला, ''बेटी! मेरा भानजा तो ठीक है। पर यहाँ गजब हो गया। रास्ते में मुझे माधो हलवाई ने खबर दी कि तुम्हारी माँ विधवा हो गई है। बेटी, अब मैं रोऊँ नहीं तो क्या करूँ?''

बेटी बोली, ''लेकिन पिताजी! जब आप मौजूद हैं तो मेरी माँ विधवा कैसे हो सकती है?''

ब्राह्मण बोला, ''अरे हाँ! यह तो मुझे सूझा ही नहीं।''

☞ **किसी की कही हुई बात पर बिना सोचे-समझे अमल नहीं चाहिए।**

191 टॉफी नामक गिलहरी

सर्दियों से बचने के लिए टॉफी नामक एक गिलहरी दादाजी के बाग में बादाम के पेड़ की खोह में छिप गई। पूरे दिन वह खोह में छुपी सोती रहती। बस खाने भर के लिए उठती। पेड़ के बादाम ही उसका भोजन थे।

एक सुबह उसने देखा कि दादाजी सेबों से भरी टोकरी गोदाम से निकालकर लिये जा रहे हैं। अब वह अकसर उन्हें गोदाम से कभी सेब तो कभी आलू भर-भरकर ले जाता देखती। बेचारी टॉफी का जी ललचाने लगा। मगर वह मन मारकर रह जाती। इधर बादाम भी पेड़ पर खत्म हो रहे थे। चोरी करना बुरी बात है, यही सोच उसने गोदाम से कुछ नहीं चुराया।

दादाजी ने कई बार उस गिलहरी को देखा था और वह यह भी देख रहे थे कि पेड़ के बादाम खत्म हो रहे हैं। उन्हें नन्ही गिलहरी पर दया आई, क्योंकि वह चाहती तो अन्य पेड़ों के फल भी खाकर नष्ट कर सकती थी। मगर गिलहरी बड़ी ईमानदार थी।

दादाजी ने अब रोज कुछ सेब और आलू उसके लिए रखना शुरू कर दिया। गिलहरी बेहद खुश हुई। अब वह जैसे ही दादाजी को देखती, मस्त हो फुदकना शुरू कर देती। दादाजी भी उसका नाच देख खुश हो जाते।

☞ **आनंद बढ़ता है ज्ञान के साथ, सद्‌गुणों के साथ।**

192 दीर्घायु का रहस्य

एक राजा ने अपने पड़ोसी देश का इतिहास पढ़ा तो पाया कि उस देश के राजाओं की आयु उसके अपने देश के राजाओं की आयु से बहुत अधिक होती है। उनकी दीर्घायु का रहस्य जानने के लिए उसने अपने मंत्री को पत्र लिखकर पड़ोसी राजा के पास भेजा और कहा, ''यदि तुम मेरे प्रश्न का उचित उत्तर लेकर नहीं आए तो तुम्हें फाँसी दे दी जाएगी।''

मन-ही-मन दुःखी होता हुआ मंत्री पड़ोसी देश में पहुँचा। वहाँ उसका खूब स्वागत-सत्कार

किया गया। फिर उसे एक हरे-भरे वट वृक्ष की छाया में ठहराया गया और कहा गया कि जब तक यह वट वृक्ष जलकर खाक नहीं हो जाएगा तब तक उसे अपने सवाल का जवाब नहीं मिलेगा।

अब तो मंत्री मन-ही-मन मनौती मनाने लगा कि इस वट वृक्ष का नाश हो तो मुझे छुटकारा मिले। आखिर तीन महीने में बद्दुआ फली।

मंत्री फौरन पड़ोसी राजा के पास पहुँचा, ''महाराज! वट वृक्ष जलकर खाक हो गया है। अपने वचनानुसार अब आप हमारे प्रश्न का उत्तर दे दें।''

राजा ने कहा, ''अब क्या जवाब दूँ! जवाब तो तुम्हें मिल गया है। क्या तुमने स्वयं नहीं देखा कि तुम्हारी बद्दुआओं से हरा-भरा वृक्ष जलकर खाक हो गया? ऐसे ही जब प्रजा की बद्दुआएँ फलती हैं, तो राजा की उम्र भी घट जाती है।''

☞ **दुआएँ दवा से भी ज्यादा असर करती हैं।**

193 ऊँचाई का रास्ता

हजरत अली के पास एक नौकर था। वह एक दिन किसी बात पर नाराज हो गया और नौकरी छोड़कर चला गया। इसके बाद हजरत अली जब मसजिद में नमाज पढ़ने गए तो नौकर चुपचाप वहाँ पहुँचा और तलवार निकालकर हजरत अली पर वार किया।

हजरत अली को गहरी चोट आई। कुछ लोगों ने उन्हें उठाया और तुरंत उनकी सेवा में जुट गए। एक व्यक्ति ने दौड़कर नौकर को पकड़ लिया।

तभी हजरत अली को प्यास लगी। उन्होंने पानी माँगा। लोग दौड़े और शरबत ले आए। गिलास जब उनकी ओर बढ़ाया गया तब उन्होंने नौकर की ओर इशारा करके कहा, ''मुझे नहीं, पहले इसे पिलाओ। देखते नहीं, बेचारा कितनी बुरी तरह हाँफ रहा है!''

लोगों ने नौकर की तरफ गिलास बढ़ाया तो उसकी आँखों से टप-टप आँसू गिरने लगे।

हजरत अली ने बड़े प्यार से कहा, ''भाई मेरे, रोओ मत, गलती हम सबसे ही हो जाती है। शरबत पी लो।''

☞ **जो अपनी गलती जान लेता है और फिर न दुहराने का फैसला करता है वह जिंदगी में बहुत ऊँचा उठता है।**

194 मूर्ख के पीछे न चलो

एक साँप की पूँछ बिगड़कर बोली, ''क्यों जी, यह कहाँ का न्याय है कि तुम तो सदा नेता की तरह जहाँ चाहो आगे-आगे चलो और मैं दासी की तरह तुम्हारे पीछे-पीछे घिसटती रहूँ? यह मेरा अपमान है। आज से इस शरीर को मेरी इच्छानुसार चलना पड़ेगा।''

सिर ने विनम्र स्वर में कहा, ''बहन! तुम्हारे पास दिमाग नहीं है, आँखें नहीं हैं, कान नहीं हैं। तुम्हारी भलाई इसीमें है कि तुम मेरे दिखाए हुए रास्ते पर चलो।''

पूँछ झुँझलाकर बोली, ''बस-बस, दूसरों का हक छीननेवाले हमेशा ऐसी ही मीठी-मीठी बातें करते हैं।''

आखिर सिर को पूँछ के हठ के सामने झुकना पड़ा। पूँछ शरीर को लेकर आगे बढ़ी और सिर लटकता हुआ पीछे चला। आँखों के न होने की वजह से पूँछ को रास्ता तो दिखलाई पड़ता नहीं था। परिणाम यह हुआ कि साँप एक गड्ढे में जा गिरा। किसी प्रकार निकलकर पूँछ फिर आगे बढ़ी। सिर ने लाख समझाया, पर वह अपनी जिद से न हटी। अबकी सरकते-सरकते वह आग के दहकते हुए कुंड में जा गिरी। स्वयं तो जली ही, सिर भी शरीर समेत जलकर राख हो गया।

☞ **जो मूर्ख अपने को बुद्धिमान समझता है उसका रोग असाध्य है।**

195 सबसे बड़ा आश्रम

एक राजा को एक ऐसे गुरु की तलाश थी, जिसका आश्रम सबसे बड़ा हो। धीरे-धीरे यह बात पूरे देश में फैल गई। फिर क्या था। राजगुरु का पद पाने के लिए संतों में होड़ लग गई। वे अपना-अपना आश्रम बढ़ाने के लिए सहायता हेतु राजा के पास पहुँचे। राजा ने पाँच विद्वानों को चुना और कहा कि वे जो भी आवश्यक वस्तुएँ चाहते हैं, निस्संकोच मंत्री से प्राप्त करें।

उनमें से चार तो जमीन तथा आवश्यक सामग्री ले आश्रम बनवाने में जुट गए, पर एक साधु चुपचाप एक वृक्ष की छाया में जा बैठा।

राजा ने उसे देखा तो पास आकर पूछा, ''महाराज, क्या आपको आश्रम नहीं बनाना है?''

उत्तर मिला, ''राजन्! मेरा आश्रम तैयार है।''

''तैयार है!'' राजा आश्चर्यचकित हो उठा। कहा, ''भगवन्! जरा मैं भी तो देखूँ।''

महात्मा ने उत्तर दिया, ''राजन्! धरती को इस छोर से उस छोर तक देखो। दूर, जहाँ धरती और आकाश एक जगह मिलते हैं, वहाँ तक मेरा आश्रम फैला है।''

यह सुनकर राजा गद्गद हो उठा। उसने साधु के पाँव पकड़ लिये. ''भगवन्! आज से आप मेरे गुरु हैं। सचमुच आपका आश्रम सबसे बड़ा है।''

☞ **साधुता की कोई सीमा नहीं होती।**

196 शिकारी

लच्छीराम तब बहुत छोटा था जब उसके पिता की मृत्यु हो गई। उसके पिता एक शिकारी थे। उन्हें घने जंगल में किसी शिकारी ने मार डाला। माँ ने उसे बड़ी मुसीबतों से पाला। बीस साल का होते-होते लच्छीराम पिता की तरह निपुण शिकारी बन गया और शीघ्र ही अपने पिता के स्थान पर नौकरी पा गया।

एक दिन जब वह जंगल में अपने एक शिकारी मित्र के साथ घूम रहा था, सहसा एक हिरन पर उसकी दृष्टि पड़ी। उसने हिरन पर निशाना साधा, पर वार खाली गया। कुछ देर बाद उसने झाड़ियों के पीछे से हलकी सी कराह सुनी।

लच्छीराम दौड़कर उस आवाज के निकट पहुँचा। उसने देखा, एक वृद्ध खून से लथपथ जमीन पर पड़ा है। वृद्ध के समक्ष नतमस्तक हो वह क्षमा-याचना करने लगा। वह अपने गलत निशाने से पछता रहा था। तब उस घायल वृद्ध ने कहा, ''माफी तो मुझे माँगनी चाहिए। मैं अब वह गुप्त रहस्य तुम्हें बता देना चाहता हूँ जिसे मैं बरसों से अपने सीने में छिपाए बैठा हूँ। मैं ही वह शिकारी हूँ जिसने तुम्हारे पिता को मार डाला था। यह ठीक वही स्थान है जहाँ तुम्हारे पिता ने साँस तोड़ी थी। भगवान् कितना न्यायी है! उसने तुमसे अनजाने ही पिता का बदला लिवा लिया।'' इतनी बात कहकर वृद्ध शिकारी ने दम तोड़ दिया।

☞ **करनी और भरनी का सगा साथ है।**

197 नन्ही लाल लड़की और भेड़िया

एक भेड़िए के बच्चे ने एक लोककथा सुनी थी। वह एक नन्ही लाल लड़की के विषय में थी। उसने एक रोज तय किया कि वह पास के गाँव में जाकर बच्चों से मिलकर उस लड़की के बारे में पूछेगा।

बच्चों के समूह में उसे एक नन्ही लड़की लाल फ्रॉक और लाल टोपी पहने दिखाई दी। वह फौरन उसके पास पहुँचा और बोला, ''हे नन्ही लाल गुड़िया, हम लोगों को लोककथाओं में झूठ-मूठ का दुश्मन बना दिया गया है, जो कतई सच नहीं है।''

''पर अब उस कहानी पर बच्चे बिलकुल विश्वास नहीं करते।'' नन्ही लाल गुड़िया ने कहा।

''बहुत अच्छा! तो फिर आओ, हम दोनों दोस्त बन जाएँ।'' भेड़िया बोला।

"ठीक!" नन्ही लाल गुड़िया-सी बच्ची ने प्रसन्न हो उत्तर दिया।

दोनों दोस्त हो गए।

☞ भले बनकर तुम दूसरों की भलाई का भी कारण बन जाते हो।

198 समझदारी

एक लोभी सेठ था। उसके पास एक बंदर था, जिसे वह काफी महँगे दामों में बेचना चाहता था।

सेठ एक दिन किसी काम से घर से बाहर गया। बंदर घर पर अकेला था। सहसा उसकी दृष्टि एक बक्से पर पड़ी जो सोने की अशर्फियों से भरा था। अब क्या था, बंदर ने बक्से से अशर्फियाँ निकालकर खिड़की से बाहर फेंकना शुरू किया। आस-पड़ोस के लोगों ने यह देखा तो वे अशर्फियाँ लूटने टूट पड़े। जिससे जितना बन पड़ा, अपनी जेबें भरने लगा।

बक्सा तकरीबन खाली ही हो गया था, तभी लोभी सेठ घर वापस लौटा। बक्सा खाली देखकर वह सारा माजरा समझ गया। वह बंदर पर चिल्लाया। पर कोई फायदा न हुआ। बंदर को उसकी बात समझ में न आई।

उसका पड़ोसी यह देखकर बोला, "चुप रहो। यह ठीक है कि तुम्हारे बंदर ने खिड़की में से अशर्फियों को लुटाकर बड़ी बेवकूफी की है, पर तुमसे तो अधिक समझदार है। धन को गाड़कर रखने

से क्या फायदा? उसका तो उपयोग होना चाहिए—और बंदर ने वही किया है।''

☞ **वही सबसे अधिक धनवान् है जो सबसे कम पर संतोष कर सकता है, क्योंकि संतोष ही सच्चा धन है।**

199 सच्ची शिक्षा

महाभारत का युग था। हस्तिनापुर के सभी राजकुमार—कौरव और पांडव गुरु से शिक्षा पाते थे। एक दिन गुरुजी ने पाठ पढ़ाया, ''कभी क्रोध न करो। सदा सत्य बोलो।''

अगले दिन सबने अपना पाठ सुना दिया। परंतु युधिष्ठिर ने कहा, ''मुझे अभी याद नहीं हुआ।''

गुरुजी बोले, ''ठीक है, कल सुना देना।''

किंतु दूसरे दिन भी युधिष्ठिर नहीं सुना पाए। उनका वही उत्तर था। इस प्रकार कई दिन बीत गए। अब तो गुरुजी गुस्से में पागल हो उठे और उनको खूब पीटा।

पिटाई के बाद युधिष्ठिर ने गुरुजी के पैर पकड़ लिये। बोले, ''गुरुदेव! आपने मुझे मारा, फिर भी मुझे क्रोध नहीं आया। अतः पाठ का पहला भाग 'कभी क्रोध न करो' मुझे अब याद हो गया है; परंतु पाठ का दूसरा भाग 'सदा सत्य बोलो' अभी मुझे याद नहीं हुआ। अभ्यास कर रहा हूँ।''

गुरुजी ने ये शब्द सुने तो वे समझ गए। असली पढ़ाई वही है जिसका पालन किया जाए, अन्यथा पुस्तक पढ़ने से क्या लाभ?

☞ **हम दूसरों के आर-पार देखना चाहते हैं, परंतु स्वयं अपने आर-पार देखा जाना पसंद नहीं करते।**

200 भालू का बच्चा और आसमान के सितारे

चाँदनी रात में भालू के बच्चे ने आसमान की ओर देखा तो तारों को देख उसका जी ललचा गया। कैसे झिलमिला रहे हैं ये! मैं इन्हें तोड़ूँगा। तारे तोड़ने के लिए वह चटपट एक ऊँचे पेड़ पर चढ़ गया। आसमान तब भी उसकी पहुँच के बाहर था। फिर उससे भी ऊँचे पेड़ पर चढ़कर आसमान की तरफ हाथ बढ़ाया, पर अब भी हाथ कुछ न आया। सहसा उसकी निगाह पेड़ से लगे स्वच्छ जल के सरोवर पर गई। पानी की उजली सतह पर तारों की परछाइयाँ तारों के होने का आभास दे रही थीं।

''आह! तब तो मैं इन्हें तोड़ सकता हूँ।'' कहकर वह पेड़ पर से सरोवर में कूदा। जैसे ही वह पानी में गिरा, सारे तारे गायब हो गए।

☞ **जो कोशिश करता है उससे भूलें भी होती हैं।**

201 आत्मा सबमें एक है

हुगली के सरकारी वकील स्व. शशिभूषण बंद्योपाध्याय एक दिन किराए की गाड़ी में बैठकर एक प्रतिष्ठित व्यक्ति के घर पहुँचे। वे एक जरूरी काम से आए थे। उनका स्वागत करते हुए उस व्यक्ति ने कहा, ''इस भयंकर गरमी में आपने आने का कष्ट क्यों किया? आप किसी नौकर के हाथ पत्र भेज देते तो भी यह काम हो जाता।''

श्री शशिभूषण ने कहा, ''मैंने पहले नौकर को ही भेजने का विचार किया था, किंतु बाहर की गरमी तथा लू देखकर मैं किसी भी नौकर को भेजने का साहस नहीं कर सका। मैं तो गाड़ी में आया हूँ, उस बेचारे को तो पैदल ही आना पड़ता।''

☞ **अपने से छोटों का खयाल रखना बड़प्पन की निशानी है।**

202 खिलौनों का भोज

एक रात जब पूरा घर सोया हुआ था, नन्ही गुड़िया बिट्टो हौले से अपनी सहेली नीना की बगल से उठी और कूदकर उस अलमारी के पास जाकर खटखटाने लगी जिसमें तमाम खिलौने रखे थे। खिलौने चौंक पड़े। बिट्टो ने कहा, ''चलो, उठ जाओ। आज रात हम लोग बढ़िया खाना खाएँगे और मौज-मस्ती करेंगे।''

अलसाता जोकर उठ गया। नन्हे सैनिकों की कतारें अपना बाजा बजाती हुई रसोई की तरफ चल पड़ीं। बूढ़ा साधु अपनी दाढ़ी लहराता चल पड़ा। नई-नवेली दुलहन अपनी पायल छुनछुनाती उनके पीछे-पीछे बढ़ी।

एक ने गरम-गरम पकौड़े तले तो दूसरे ने मक्खन में पराँठे बनाए। प्लेटें सजीं। खाना परोसा गया। खाया गया। बरतन धुले। जो चीज जहाँ से उठाई गई थी, ठीक वहीं रख दी गई। फिर टोकरी में रखे हुए फल खाए गए। उसके बाद जमकर नाच-गाना हुआ। रात खत्म हुई। पौ फटने वाली थी कि सब चेते। धमाधम बंद। दौड़े अपनी अलमारी की तरफ। घुसकर अपनी-अपनी जगह जा सोए। नन्ही गुड़िया बिट्टो भी लपककर अपने बिस्तर में जा लेटी।

सुबह हुई। घर में सब लोग उठे। रात के शोर-शराबे का उन्हें पता ही नहीं चला। किसीने कहा, ''कितनी शांत रात थी!''

☞ **मनुष्य अपने आनंद का निर्माता स्वयं है।**

203 चालाक भेड़िया

भेड़िया, पिता ने कहा, ''वह देखो! शिकारी कुत्ते इस तरफ ही बढ़ रहे हैं।''

मादा भेड़िया बच्चों समेत भागने के लिए तत्पर हो उठी तो उसने आगे कहा, ''तुम बच्चों को लेकर जंगल की तरफ भागो, मैं नदी की ओर भागता हूँ। शिकारी कुत्तों का ध्यान मेरी तरफ बँट जाएगा। वे मेरे पीछे लग जाएँगे।''

यही हुआ। जितनी तेजी से भागा जा सकता था, भेड़िया पिता खेतों से होता हुआ नदी की ओर दौड़ने लगा। कुत्तों ने उसे देखा तो वे मुस्तैदी से उसका पीछा करने लगे। कुत्ते नजदीक आते जा रहे थे। बस, कुत्तों और उसमें कुछ गज का ही फासला रह गया था कि तभी वह नदी के तट पर पहुँच गया।

उसने कगार पर से छलाँग लगा दी। कुत्ते लाचार हो गए। भेड़िए ने नदी पार की और घने जंगल को पार करता हुआ उस जगह पहुँच गया जहाँ मादा भेड़िया बच्चों समेत बड़ी बेसब्री से उसका इंतजार कर रही थी। बच्चों ने उसे देखा तो खुशी से नाच उठे। मादा भेड़िया ने चैन की साँस ली।

☞ **जिसे पति बनना है उसके लिए पुरुष बनना बहुत जरूरी है।**

204 महल नहीं, धर्मशाला

अपनी शय्या पर एक भिखारी को बैठा देखकर राजा जीमकेतु क्रोध से लाल हो उठे। पास आकर बोले, ''तू कौन है? यहाँ राजभवन में कैसे घुस आया? निकल यहाँ से!''

अवधूत विनम्रता से बोले, ''भाई, यह तो धर्मशाला है। तुम भी इसमें ठहरो, मैं भी इसमें ठहरता हूँ।''

''यह मेरा राजभवन है, धर्मशाला नहीं। समझे।''

अवधूत ने शांत स्वर में कहा, ''तुमसे पहले इसमें कौन था?''

राजा ने जवाब दिया, ''मेरे पूज्य पिताजी।''

''वे कहाँ गए?''

"वे स्वर्गवासी हो गए।"

अवधूत ने फिर इसी प्रकार कई बार पूछा और राजा ने बताया कि पिता से पूर्व पितामह, उनसे पूर्व प्रपितामह भी इसी महल में रहते थे।

अवधूत हँसे और बोले, "भले आदमी, जहाँ मनुष्य आकर कुछ साल ठहरकर चला जाए, वह स्थान धर्मशाला नहीं तो क्या है!"

☞ **संसार में लोग खाली हाथ आते हैं और खाली हाथ ही जाते हैं।**

205 निरपराध

तेजी से मोटर चलाने के जुर्म में एक मोटर चालक को पकड़कर न्यायाधीश के सामने खड़ा किया गया।

न्यायाधीश ने कहा, "तुम्हें अपने बचाव में कुछ कहना है?"

मोटर चालक बोला, "हुजूर! मैं गुनहगार नहीं हूँ।"

न्यायाधीश ने प्रश्न किया, "क्या तुमने उस रास्ते पर लगी सूचना नहीं पढ़ी—प्रति घंटा दस मील की रफ्तार से चलिए?"

मोटर चालक ने जवाब दिया, "हुजूर, वह सूचना आखिर मैं पढ़ता कैसे! मैं तो साठ मील की रफ्तार से अपनी मोटर चला रहा था।"

☞ **प्रगति की रफ्तार उतनी ही होनी चाहिए जितनी कि हम काबू में रख सकें।**

206 गलती

हिरन अपनी हिरनी से बेहद परेशान था। वह हमेशा उससे लड़ती रहती, "तुम मुझे खाना तक ठीक से नहीं खिला सकते। ऐसी सूखी पत्तियाँ खाकर मैं कितने दिन जिंदा रहूँगी?"

एक दिन हिरन को छोड़कर हिरनी दूसरे जंगल में रहने चली गई। वहाँ उसने अपने से छोटे एक हिरन से दोस्ती कर ली। अपने पति से छुटकारा पाकर वह बहुत प्रसन्न थी।

जिस गुफा में वे रहते थे उसमें अचानक आधी रात को शेर की दहाड़ सुन काँप गए। उसने अपने साथी हिरन से कहा, "अब क्या करें? यह शेर तो हमारी जान ले लेगा।"

"तुम्हारी तुम जानो, मैं तो चला।" कहकर वह हिरन गुफा के पिछवाड़ेवाले रास्ते से निकल भागा।

अब हिरनी को अपने पति हिरन की याद आई। कई बार उसने हिरनी को मुसीबत से बचाया था।

वह भी गुफा के पिछवाड़ेवाले रास्ते से निकल भागी। रात भर भागते-भागते वह अपने पुराने जंगल में पुरानी जगह लौट आई।

पति हिरन उसे पाकर बेहद खुश हुआ।

☞ **अपने अपने होते हैं, पराए पराए।**

207 कुकुरमुत्ता

कैथेरिन की माँ ने एक दिन कैथेरिन को जंगल से कुकुरमुत्ता लाने को कहा, क्योंकि उसके पिताजी को वह बहुत पसंद था।

''मम्मी!'' जंगल से लौटी कैथेरिन खुशी से चिल्लाई, ''आज मुझे असली कुकुरमुत्ते मिले हैं। देखिए तो!'' उसने अपना झोला उलटते हुए कहा, ''कैसा लाल है और बैंजनी धब्बे ऐसे लग रहे हैं जैसे मोतियों की लड़ी टँकी हो। पर मम्मी! पिछली बार जो कुकुरमुत्ते तुम लाई थीं, वे तो सिर्फ सफेद थे।''

''मेरी बेवकूफ बिटिया! क्या तुझे नहीं पता कि तूने कितनी नासमझी का काम किया है? तुम जो बढ़िया रंग और डिजाइन देखकर कुकुरमुत्ते चुन लाई हो, वे जहरीले हैं। वे जो सादे सफेद कुकुरमुत्ते तुम छोड़ आई हो, वे ही खाने के काम आते हैं।''

☞ **संसार में सभी खूबसूरत चीजें अच्छी नहीं होतीं।**

208 भूख देश-प्रेम से बड़ी नहीं है

बात उन दिनों की है जब स्पेन में गृहयुद्ध छिड़ा हुआ था। फासिस्ट सेना ने मैड्रिड शहर को चारों तरफ से घेर लिया था। बेचारे नागरिक अन्न संकट से गुजर रहे थे।

जब फासिस्ट सेना के सेनापति को इस स्थिति का पता चला तो उसने अपने सहायक को बुलाया और आज्ञा दी, ''शीघ्र ही नगर में बढ़िया किस्म की डबलरोटी पहुँचाने की व्यवस्था करो।''

''लेकिन कैसे?'' सहायक ने परेशानी व्यक्त की, ''नगर के द्वार तो बंद हैं।''

सेनापति ने क्षण भर सोचा। फिर बोला, ''हवाई जहाज से बरसाओ।''

डबलरोटियाँ बरसाई गईं। पर परिणाम उलटा निकला। भूख के बावजूद बच्चों ने उन रोटियों पर कोई लूटपाट नहीं की, बल्कि बड़े आराम से उन्हें इकट्ठा कर-करके पुलिस थाने में जमा कर दिया। दूसरे दिन सभी रोटियाँ कागजों में लपेट-लपेटकर फासिस्टों की खंदकों में वापस फेंक दी गईं। जिन कागजों में उन्हें लपेटा गया था उनपर लिखा गया था—'मैड्रिड को फासिस्टों की रोटियों से नहीं जीता जा सकता। हमारी भूख हमारे देश-प्रेम और सम्मान से बड़ी नहीं है।'

☞ **यदि चिड़ियाँ भी एका कर लें तो शेर की खाल खींच सकती हैं।**

209 शार्क

गरमी के दिन थे। समुद्र में बहुत गहरे एक नन्ही मछली मजे से तैर रही थी। उसकी नानी भी उसके साथ थी। थोड़ी ही देर में नानी बहुत थक गई। फिर एक चट्टान पर बैठकर बोली, ''मैं तो थक गई हूँ। तुम्हें और तैरना है तो तैरो, पर अधिक दूर नहीं जाना। शार्क के चंगुल में फँस गई तो वह तुम्हें जिंदा निगल जाएगी।''

नन्ही मछली ने बड़े आत्मविश्वास से हँसते हुए नानी को जवाब दिया, ''मैं शार्क से नहीं डरती। अगर वह मेरे सामने पड़ जाए तो मैं उसे ऐसा नचाऊँगी कि वह याद रखेगी।''

नन्ही मछली मजे से तैरने लगी। उसे खयाल ही नहीं था कि वह अपनी धुन में उछलती-कूदती कितनी दूर निकल आई है।

कई मछलियों ने उसे टोका भी कि वह यहाँ अकेली न घूमे, मगर उसने किसीकी बात न सुनी। तभी अचानक शार्क का आगमन हुआ। अब तो नन्ही मछली सचमुच डर गई। सबसे मदद के लिए प्रार्थना करने लगी; पर कोई तैयार नहीं हुआ। अंत में एक ऑक्टोपस को दया आई। उसने नन्ही मछली को अपने पीछे छिपा लिया। जब शार्क आगे बढ़ गई तो उसे अपनी नानी के पास लौट जाने को कहा।

नन्ही मछली को अपनी गलती का एहसास हुआ। उस क्षण से उसने तय किया कि वह बड़ों का कहना मानेगी।

☞ **बड़े-बूढ़ों की नसीहत हमारी भलाई के लिए ही होती है।**

210 लालची आदमी और अजनबी

एक समय की बात है। एक लालची आदमी किसी गाँव में रहता था। वह मेहमानों से कतराता था, क्योंकि उनकी आवभगत में उसे कुछ-न-कुछ खर्च करना पड़ता था।

एक दिन एक अजनबी ने उसे बेवकूफ बनाने का निर्णय किया। हुआ यह कि जैसे ही उस लालची की बीवी ने खाना परोसने की बात की, अजनबी उनके घर पहुँच गया। फिर बोला, ''सरकार, मैं बहुत भूखा हूँ। पिछले तीन दिनों से कुछ भी नहीं खाया।''

''ओह!'' लालची ने नि:श्वास छोड़ते हुए कहा, ''पिछले साल मुझे बहुत घाटा हुआ था, इस साल भी फसल बरबाद हो गई। माफ करना, भाई, घर पर बिलकुल अनाज नहीं है।''

अजनबी चला गया, पर थोड़ी दूर जाकर वापस लौट आया। इस बीच वह लालची खाने पर बैठ चुका था। अजनबी को लौटते देख उसने तुरंत अपनी पत्नी को पुकारा, ''जल्दी से यह खाना उठा ले जाओ, और वह अजनबी आए तो कहना कि अभी-अभी मेरी मौत हो गई।''

अजनबी के आते ही पत्नी बोली, ''अभी-अभी मेरे पति का देहांत हो गया।''

अजनबी बोला, ''अरे, तब तो मुझे इनकी कब्र खोदने में आपकी मदद करनी चाहिए। लाइए,

फावड़ा दीजिए।'' और वह जमीन खोदने लगा। फिर उस जिंदा मुरदे को उसमें डाल दिया। लेकिन लालची पति यह सोचकर नहीं हिला कि मेरी पत्नी थोड़ी देर में आकर मुझे निकाल लेगी।

अजनबी फिर चला गया और उस औरत ने अपने पति को निकाल लिया।

''वह अजनबी लाख कोशिशों के बाद भी मेरे घर भोजन नहीं कर सकता।'' लालची बोला, ''जाओ, मेरा भोजन ले आओ। अब मैं आराम से खा सकूँगा।'' लेकिन उसने खाना शुरू ही किया था कि वही अजनबी फिर आ धमका।

उस लालची ने जल्दी से अपना भोजन समेट पेट में उड़ेल लिया। उस गरम भोजन से उसका सारा पेट जल गया।

''सरकार!'' अजनबी बोला, ''पहले आपने अनाज न होने का ढोंग किया और फिर मरने का। लेकिन आपके पेट को देखकर ऐसा नहीं लगता कि आपके घर अनाज नहीं।''

''अच्छा तो सुनो,'' लालची ने साफ-साफ कह दिया, ''आदमी, चाहे वह प्रेत ही क्यों न हो, मेरे घर भोजन नहीं कर सकता।

यह सुनकर अजनबी चला गया। वह प्रेतों के प्रदेश में गया, जो मनुष्य के कट्टर दुश्मन थे। उसे

देखते ही सारे प्रेत हाथों में छुरे लिये उसे घेरकर खड़े हो गए।

''मैं आपको कष्ट पहुँचाने नहीं आया, सिर्फ उस व्यक्ति के बारे में बताने आया हूँ, जिसे आपकी निंदा करते हुए कोई भय नहीं लगता।'' उसने कहा।

''कौन है वह?'' उन्होंने हैरानी से पूछा।

''वह बड़ा लालची है, और उसने कसम खाई है कि इनसान तो क्या, कोई प्रेत भी उसका अनाज नहीं खा सकता।''

''ऐसी बात है।'' प्रेतों ने कहा, ''अच्छा, तुम अपने गाँव जाओ, हम उससे निबट लेंगे।''

अगली रात उस लालची के घर जाकर प्रेतों ने उसका सारा अनाज चुरा लिया। दूसरे दिन इस बात का पता लगने पर लालची ने इस चोरी के विषय में मुखिया को बताना चाहा। तभी गाँव के रास्ते में उसकी भेंट एक प्रेत से हुई, जो मनुष्य के वेष में था। लालची ने अपने दुर्भाग्य की कहानी उसे सुनाई।

''तुम अपने मुखिया के पास जाओ।'' प्रेत ने सलाह दी, ''और उससे कहो कि अगर अपना अनाज नहीं मिला तो तुम उसीके दरवाजे पर बैठे-बैठे दम तोड़ दोगे।''

लालची मुखिया के घर पहुँचकर बोला, ''मुखिया, कोई मेरा धन चुराकर ले गया है। अगर आपने मेरी खोई हुई चीजें मुझे वापस नहीं दिलाईं तो मैं यहीं आपके दरवाजे पर अपना दम तोड़ दूँगा।''

''मुझे माफ करना, भाई।'' मुखिया बोला, ''लेकिन तुम्हारा धन किसने चुराया, यह मुझे कैसे पता चल सकता है?''

यह सुनते ही उस लालची ने मुखिया को डराने के लिए मरने का स्वाँग किया। उसने इतना अच्छा अभिनय किया कि मुखिया ने उसे सचमुच मृत समझकर दफनाने की आज्ञा दे दी। इस बार सारे गाँववालों ने उस अजनबी की सहायता से उसे इतना नीचे गाड़ दिया कि वह फिर कभी अपनी कब्र में से बाहर नहीं निकल सका।

उस दिन से उस गाँव के लोग अजनबियों को खाने के लिए कभी मना नहीं करते।

☞ **लालच बुरी बला है।**

211 मृत्यु अनिवार्य है

गोमती का प्यारा इकलौता पुत्र मर गया। वह पगला सी गई। पुत्र की लाश छाती से चिपकाकर भागती हुई महात्मा बुद्ध के चरणों पर जा गिरी और रो-रोकर उनसे अपने बच्चे को जीवित करने की प्रार्थना करने लगी।

भगवान् बुद्ध ने कहा, ''बड़ा अच्छा किया जो तुम यहाँ चली आईं। बच्चे को मैं जीवित कर दूँगा। तुम बस इतना काम करो, गाँव में जाकर जिस घर में आज तक कोई मरा न हो उस घर से सरसों के कुछ दाने माँग लाओ।''

गोमती लाश को छाती से चिपकाए दौड़ी और लोगों से सरसों माँगने लगी। जब किसीने उसे

सरसों के दाने देने चाहे तो उसने पूछा, ''तुम्हारे घर में आज तक कोई मरा तो नहीं है न?''

उसकी बात सुनकर घरवालों ने कहा, ''भला ऐसा भी कोई घर होगा जिसमें कोई मरा न हो! मनुष्य तो हर घर में मरते हैं।''

गोमती घर-घर फिरी, पर सभी जगह उसे एक सा जवाब मिला। अंततः उसकी समझ में बात आ गई कि मृत्यु अनिवार्य है।

☞ **यह बात कुछ महत्त्व नहीं रखती कि आदमी कैसे मरता है, बल्कि महत्त्वपूर्ण यह है कि वह कैसे जीता है।**

212 एक चूहे की मौत

एक बार एक चूहे ने एक हाथी की बड़ी छाया देखी। उस छाया पर वह इतना मोहित हुआ कि उसने ठान लिया कि अब वह भी अपनी छाया को वैसा ही बड़ा करेगा। उसने उपाय सोचा और आग जलाई। फिर उसने देखा कि वह जैसे-जैसे उस आग के पास जाता वैसे-वैसे उसकी छाया बड़ी बनकर सामने की दीवार पर दिखाई देती। उसकी खुशी का ठिकाना न रहा। इसी खुशी में अपनी छाया को और-और बढ़ाने में वह इतना खो गया कि आगे बढ़कर आग में ही गिर पड़ा।

आग ने उसे जलाकर भस्म कर दिया।

☞ **अपने पैर दूसरों के जूतों में न डालो।**

213 सुस्त घोंघा

घोंघा दंपती अपने तीनों बच्चों के साथ सो रहे थे। सूरज सिर पर चमक रहा था। उठकर करें भी क्या। इतनी धूप में सैर को तो जाया नहीं जा सकता। मगर तभी अचानक बादल घिर आए और रिमझिम, रिमझिम वर्षा होने लगी।

''चलो, जल्दी से उठ जाओ। सैर करने चलते हैं। मौसम बढ़िया हो गया है।'' पिता घोंघे ने बच्चों को जगाया।

सभी फटाफट उठ गए। सबसे छोटा डब्बू बड़ी मुश्किल से उठा।

कभी चट्टानों पर से फिसलते, कभी रेत पर चलते उन सबको बड़ा मजा आ रहा था। तभी घोंघा माँ को कुछ खयाल आया। वह बोली, ''अरे! डब्बू कहाँ है? कहीं रास्ते में तो नहीं छूट गया?''

वे उसे जगह-जगह खोजने लगे। पिता ने मछली से पूछा, ''क्या तुमने डब्बू को देखा है?''

''नहीं तो।''

उसने फिर मेढक से सवाल दुहराया, ''तुमने डब्बू को देखा है?''

''नहीं तो।''

फिर उसने साँप से पूछा। उसने भी वही जवाब दिया।

थक-हारकर वे घर लौट आए तो यह देखकर हैरान रह गए कि नन्हा डब्बू आराम से सो रहा था।

माँ ने उसे जगाया तो था, मगर जैसे ही वे आगे बढ़े थे, वह लौटकर फिर सो गया था।

जब पिता घोंघा ने उसे उठाया तो वह बोला, ''लगता है, बारिश हो रही है। आज सैर पर नहीं जाएँगे क्या?''

☞ आलसी लोग जीवन में बहुत कुछ गँवाते हैं।

214 शेर

एक गरीब गुलाम ने अपने मालिक के घर से भागने का प्रयत्न किया। पर वह अपने इरादे में सफल न हो सका और पकड़ा गया। मालिक ने उसे शेर के पिंजरे में डाल देने की आज्ञा दी। गुलाम को पिंजरे में डालकर शेर को फौरन खोल दिया गया।

शेर ने पिंजरे की परिक्रमा की। पिंजरे के बाहर खड़े हुए हजारों दर्शकों को देखा, फिर अपने शिकार की तरफ बढ़ा। सहसा गुलाम पर झपटने वाला ही था कि ठहर गया और पूँछ हिलाते हुए गुलाम की बाँह चाटने लगा। दर्शक हैरान रह गए कि आखिर शेर के इस हैरतअंगेज व्यवहार का कारण क्या है!

गुलाम ने दर्शकों का समाधान किया, ''जब भागकर मैं एक गुफा में जा छिपा था, तभी मैंने एक शेर को देखा जो दर्द से तड़प रहा था। वह पैरों पर खड़ा भी नहीं हो पा रहा था। मैंने उसके पैरों को ध्यान से देखा तो पाया कि एक बड़ा सा काँटा चुभा हुआ है। मैंने काँटा निकाल दिया। शेर कृतज्ञता से दहाड़ा। फिर तो हम दोनों बहुत गहरे दोस्त हो गए। मेरे लिए कुछ खाने का जुगाड़ भी उसने किया। पिछले साल शिकार के मौसम में हम दोनों अलग हुए। मुझे लगता है, शायद हम दोनों को साथ-साथ पकड़ा गया होगा। और यह वही शेर है जिसके साथ मैं गुफा में रहा था।''

दर्शक उस गुलाम के और शेर के संबंधों की बात सुन हैरान रह गए। दोनों को ही छोड़ दिया गया। शेर उसके साथ इस तरह चल पड़ा जैसे उसका पालतू कुत्ता हो।

☞ **किसीके द्वारा किए उपकार को नहीं भूलना चाहिए।**

215 लापरवाही का हश्र

एक महिला ने अपने बगीचे में तरकारी और फलों के पौधे लगाए हुए थे। एक दिन वह अपने बगीचे का निरीक्षण कर रही थी कि तभी उसने पाया, पौधों की पत्तियों पर कीड़ों ने अंडे दे रखे हैं। उन्होंने फौरन अपनी बेटी को आवाज दी और कहा, ''बेटे! ये जो पत्तों पर छोटे-छोटे अंडे देख रही हो न, इन्हें दोपहर तक तुम नष्ट कर देना। नहीं तो हमारी साग-सब्जी खराब हो जाएगी।''

बेटी को यह बात इतनी जरूरी नहीं लगी। उसने सोचा, जल्दी भी क्या है, कल कर लूँगी।

अचानक उसकी माँ कुछ दिनों तक बीमार पड़ गई और बगीचे की देखभाल न कर सकी। उठने लायक हुई तो बेटी को साथ ले बगीचा देखने पहुँची। पौधे देखे तो सन्न रह गई। बेटी ने भी देखा। अंडे कीड़े बन गए थे और उन कीड़ों ने हरे-भरे पौधों का सफाया कर डाला था। यह दृश्य देख बेटी को अपनी गलती का एहसास हुआ। वह फफककर रो पड़ी।

माँ ने बेटी को समझाया, ''बेटी! किसी भी दोष को फौरन नष्ट कर देना चाहिए। नहीं तो कल वही हमारे लिए मुसीबत बन जाता है।''

☞ **आज का काम कल पर कदापि नहीं छोड़ना चाहिए।**

216 आँखमिचौली

माँ खरगोशिनी घर के काम में लगी थी। सभी छहों बच्चों ने तय किया कि वे आँखमिचौली खेलेंगे। सबसे छोटे भाई बंटी को आँख मूँदने को कहकर सब भागकर अलग-अलग जगह छिप गए।

नन्हा खरगोश दोपहर तक हर एक को खोजने में लगा रहा, पर उनमें से एक भी उसे नहीं मिला।

धीरे-धीरे शाम होने लगी। वह मजे से अपने बिल में घुसकर बैठ गया। उसके पाँचों भाई इंतजार करते-करते थक गए कि नन्हा बंटी उन्हें आकर पकड़ेगा। मगर बंटी का कहीं पता न था। शाम घिर आई और वे ठंड से काँपने लगे। कोई चारा नहीं था। छुपने की जगह से निकलकर वे थरथर काँपते माँ के पास आए और नन्हे बंटी के बारे में पूछने लगे।

''मैं जानती हूँ, वह कहाँ है!'' माँ ने इत्मीनान से कहा, ''वह अपने बिल में आराम से बैठा सलाद के पत्ते खा रहा है।''

''हमें फँसाकर वह आराम से बैठा है।''

''क्या करेगा वह, नन्हा? तुम लोग ऐसी-ऐसी जगह छुपोगे तो वह कैसे खोज सकेगा? उसके साथ खेलना है तो उसकी बुद्धि के मुताबिक खेलो।''

☞ **केवल भले न बनो, कुछ भलाई भी करो।**

217 नानी मर गई कौए की

एक कौआ था। वह रोज बनिये के बेटे के हाथ से पूरी छीनकर ले जाता था। बनिये ने उसे सबक सिखाने का निश्चय किया।

एक रोज बनिये ने अपने मुँह में दही भरी। फिर वह गाँव के बाहर खड़े बरगद तले जाकर ऐसे लेट गया मानो वह मुरदा हो। तभी वह कौआ उड़ता हुआ वहाँ आ पहुँचा। उसने सोचा, 'यह बनिया तो मर गया। अब मैं इसके मुँह में भरी हुई दही खा सकता हूँ।'

जैसे ही कौए ने बनिये के मुँह में अपनी चोंच डाली, बनिये ने अपना मुँह बंद कर लिया। कौए की चोंच बनिये के दाँतों के बीच फँस गई। अब कौआ तेजी से सोचने लगा, चोंच छुड़ाने की कोई तरकीब खोजनी होगी। कौए ने किसी तरह बनिये से पूछा, ''कौन? नंदू काका हैं, आप?''

बनिये ने सोचा, 'अगर जवाब दिया तो मुँह खुल जाएगा और कौआ उड़ जाएगा।' इसलिए दाँत भींचकर वह बोला, ''हूँ, तेरा काका हूँ...।'' कौए की तो नानी मर गई, क्योंकि दाँत भींचकर बोलने से उसकी चोंच बुरी तरह दबी और वह अधमरा सा हो गया।

अब बनिये ने सोचा—कौए को काफी सजा मिल चुकी है, इसे छोड़ देना चाहिए। अब उसने कौए को छोड़ दिया। इसके बाद कौआ बनिये के बेटे के हाथ से पूरी छीनना भूल ही गया।

☞ **अपराध करने वाले को एक दिन सजा अवश्य मिलती है।**

218 शीशा

नीना बड़ी गुस्सैल और बदमिजाज लड़की थी। अकसर नीना की माँ उसे ऐसी आदतों से छुटकारा पाने के लिए समझाती; पर नीना थी कि उसपर किसी बात का असर ही नहीं होता था।

एक दिन नीना अपनी मेज पर बैठी पढ़ रही थी। करीब ही तिपाई पर एक सुंदर फूलदान रखा था। अचानक उसके छोटे भाई से धक्का लग गया। फूलदान फर्श पर गिरकर चूर-चूर हो गया। यह देख नीना गुस्से से भर उठी। तभी माँ ने उसके तने हुए चेहरे के सामने शीशा दिखाया। नीना ने शीशे में जब अपनी बिगड़ी हुई भयानक सूरत देखी तो चौंक पड़ी। धीरे-धीरे उसका गुस्सा शांत पड़ गया। वह फफककर रो पड़ी।

''तुमको शीशे की जरूरत है।'' माँ, ने कहा, ''अगर तुमने अपना मिजाज शांत न किया तो धीरे-धीरे तुम्हारे चेहरे का तनाव तुम्हारे चेहरे को सचमुच बिगाड़ देगा और तुम अपनी सुंदरता अपनी वजह से ही खो दोगी।''

नीना को माँ की बात सही लगी। उसने निश्चय किया कि वह धीरे-धीरे अपने गुस्से को काबू करेगी।

☞ **ईश्वर ने हमें केवल एक चेहरा दिया है और दूसरा हम स्वयं बना**

219 नया साल

ईरानी नया वर्ष 21 मार्च को अर्थात् 20 मार्च की मध्य रात्रि को प्रारंभ होता है। यह उत्सव 'नौरोज' के नाम से प्रसिद्ध है। 'नौरोज' की मध्य रात्रि को घर के किसी कोने में मेज पर या नीचे कालीन पर एक नया कपड़ा बिछाया जाता है, जिसे ईरानी 'सुफ्रा' कहते हैं। इस कपड़े पर अनेक वस्तुएँ करीने से रख दी जाती हैं। दर्पण, रँगे हुए अंडे, घर के प्रत्येक सदस्य के लिए एक मोमबत्ती, मछली या मछली के आकार की कोई अन्य वस्तु, कुरान पाक की पुस्तक और सात ऐसी चीजें जिनका नाम 'स' से प्रारंभ होता है, जैसे—सेब, संजन (एक फल), सीर (लहसुन), सुई, सब्जी आदि रखी जाती हैं। इसके अतिरिक्त जैसे हमारे यहाँ दशहरे के पर्व पर नई पौध के रूप में जौ उगाए जाते हैं, इसी प्रकार ईरान में इस अवसर पर गेहूँ की कोंपलें बो दी जाती हैं और छोटे-छोटे डिब्बों एवं टोकरियों में सजाकर उन्हें स्थान-स्थान पर सजावट के लिए रख दिया जाता है। गेहूँ की ये कोंपलें और पौध नए स्वस्थ जीवन की प्रतीक मानी जाती हैं।

सब सदस्य नए वस्त्र पहनकर सुफ्रा के चारों ओर खड़े हो जाते हैं। मोमबत्तियाँ जला दी जाती हैं। ऐसे अवसर पर कोई नहीं चाहता कि उसके नाम की मोमबत्ती बुझ जाए, इसलिए हवा रोकने के लिए दरवाजा बंद कर देते हैं, क्योंकि ज्योति का बुझना अशुभ माना जाता है।

☞ **खुशी को हम जितना लुटाएँगे वह उतनी ही हमारे पास अधिक होगी।**

220 अभिमानी चूहा

''मैं घर बदलना चाहता हूँ।'' झगड़ालू चूहा अपनी दोस्त गिलहरी से बोला।

''क्यों, क्या बात है?'' गिलहरी ने कारण जानना चाहा।

''यहाँ खाना बस एक सा ही मिलता है।''

''मगर खाने से अधिक तो तुम्हें सोना पसंद है और इत्तफाक से यहाँ तुम्हारे पास आरामदायक घर है।''

''सिर्फ घर से क्या होता है!'' कहकर वह जंगल की ओर चल पड़ा।

जंगल के रास्ते में उसे एक खरगोश नजर आया, जो घास की पत्तियाँ चबा रहा था।

''छि:! यह क्या खा रहे हो?''

''भई, मुझे तो जो मिल जाता है, खा लेता हूँ।'' खरगोश ने जवाब दिया।

चूहा नाक-भौंह सिकोड़ता आगे बढ़ गया। तभी उसे तालाब के निकट एक मेढक दिखाई दिया। वह मक्खियाँ मारकर खा रहा था।

''छि:! तुम मक्खियाँ खा रहे हो!''

"तुम भी खाकर देखो। बड़ी स्वादिष्ट हैं।" मेढक ने जवाब दिया।

"मैं ऐरी-गैरी चीज नहीं खा सकता।"

"मरजी तुम्हारी।" मेढक ने मुँह बिचकाया।

चूहे का कहीं भी मन न लगा। वह पुरानी जगह वापस लौट आया।

गिलहरी ने देखा तो हँसकर बोली, "क्या हुआ? कैसे लौट आए?"

"अरे, क्या बताऊँ! कैसे-कैसे बेवकूफ पड़े हैं दुनिया में! भला उनके बीच रहा जा सकता है! मैं तो यहीं ठीक हूँ।"

"यह क्यों नहीं कहते कि लौट के बुद्धू घर को आए!" गिलहरी ने उसे चिढ़ाया।

☞ **अपना घर स्वर्ग जैसा होता है।**

221 दुष्ट का संग

बहुत पुरानी बात है। एक बार एक राजा के महल में एक छोटी सी जूँ पहुँच गई। दिन भर वह राजा के रेशमी बिस्तर में छुपी सोती रहती और रात को जगकर उनका खून पीती।

अचानक एक दिन कहीं से एक काला-कलूटा खटमल राजा के बिस्तर पर आ पहुँचा। अब जूँ की नींद हराम। कहीं खटमल के आने से उसके रहने का भी भेद न खुल जाए—यह सोचकर वह खटमल से बोली, "इससे पहले कि कोई तुझे देखे, तू फौरन यहाँ से भाग जा!"

खटमल बड़े प्यार से बोला, "घर आए दुश्मन का भी लोग आदर-सत्कार करते हैं। एक तू है, जो मुझे आते ही भगा रही है। अरी बहना, मैंने तरह-तरह का खून पिया है, पर बादशाही खून नहीं पिया। राजा का खून मुझे भी चख लेने दे। सुबह होते ही मैं चला जाऊँगा।"

जूँ बेचारी सीधी-सादी थी। उसे उस मक्कार पर दया आ गई। मगर राजा को इस बात का आभास न हो, अतः उसने खटमल से कहा, "मैं तो राजा का खून तब पीती हूँ जब वह गहरी नींद में सो जाता है। तुम जल्दबाजी मत करना।"

खटमल बोला, "ठीक है।"

मगर खटमल बड़ा लालची था। जैसे ही राजा बिस्तर पर लेटा, उसकी लार टपकने लगी। झट जाकर राजा की बाँह पर उसने दाँत गड़ा दिए। राजा को महसूस हुआ कि किसीने उसे काटा है। उसने फौरन सेवकों को पुकारा कि वे बिस्तर देख डालें। शायद कोई खटमल या जूँ है, जो काट रहा है।

राजा की बात सुन खटमल फुरती से भाग पलंग के नीचे जा छिपा। जूँ इतनी तेज नहीं भाग सकती थी। वह बेचारी तकिए के नीचे सेवकों के हाथ लग गई और मारी गई।

☞ **खतरे से खाली कोई जगह नहीं है। हर जगह सज्जन को दुर्जन ही जाते हैं।**

222 जूते

जैक गरीब चरवाहा था। वह रोज सुबह भेड़-बकरियों को चराने पहाड़ों की ढलान पर जाया करता था। सर्दी के दिन थे और उस बेचारे के पास पहनने के लिए जूते तक नहीं थे।

एक दिन जब वह भेड़ों को चरा रहा था कि अचानक एक गाड़ी उसके करीब आकर ठहर गई। उसमें से एक चोर निकला, जो कई बार जेल की सजा काट चुका था। वह जैक से बोला, ''तुम मेरे साथ काम करोगे? यदि करो तो मैं तुम्हें बढ़िया जूते खरीद दूँ, तुम्हें अपने भोजन और कपड़ों की भी चिंता नहीं करनी पड़ेगी।''

यह सुनकर उस छोटे से लड़के जैक ने तपाक से जवाब दिया, ''मुझे नंगे पाँव रहना मंजूर है, पर धोखाधड़ी और चालाकी से कमाए पैसों का सुख मुझे नहीं चाहिए।''

☞ **ईमानदारी की सूखी रोटी बेईमानी से कमाई गई घी चुपड़ी रोटी से कहीं अधिक श्रेष्ठ है।**

223 पंजाब केसरी का दंड

पंजाब केसरी महाराजा रणजीत सिंह अपने अंगरक्षकों के साथ कहीं बाहर जा रहे थे। वे अपने विचारों में तल्लीन थे कि एक पत्थर का टुकड़ा बड़े जोरों से आकर उनके सिर पर लगा।

जिधर से पत्थर आया था, अंगरक्षक उधर दौड़े। थोड़ी ही देर बाद उन्होंने एक बुढ़िया को पकड़कर महाराजा के सामने हाजिर किया।

बुढ़िया थरथर काँप रही थी। आँसू भरकर बोली, ''मेरा बच्चा कल से भूखा है। घर में खाने को कुछ नहीं था। पत्थर मैंने बेर के पेड़ को मारा था, ताकि कुछ बेर बटोरकर उसका पेट भर सकूँ। वही पत्थर भूल से आपको आ लगा। मैं बेकसूर हूँ, महाराज, मुझे क्षमा कर दें।''

महाराज ने कुछ पल सोच-विचार किया, फिर बुढ़िया से बोले, ''माँ! यह लो एक हजार रुपए। घर जाकर बच्चों को खाना खिलाओ और पढ़ाओ।''

यह देख अंगरक्षक अवाक् रह गए।

''फूलों से लदी डालियों पर ही पत्थर फेंके जाते हैं।'' महाराजा रणजीत सिंह बोले, ''निर्जीव वृक्ष जब पत्थर लगने पर मीठे-मीठे फल दे सकते हैं तो मनुष्य होते हुए भी 'पंजाब केसरी' कहा जानेवाला रणजीत सिंह क्या इस वृद्धा को खाली हाथ लौटा देता!''

☞ **हम सभी ईश्वर से दया की प्रार्थना करते हैं और वही प्रार्थना हमें दूसरों पर दया करना भी सिखाती है।**

224 जियाफत

भेड़ियों के सरदार ने भेड़-बकरियों के सरदार को संदेश भेजा। संदेश में लिखा गया था कि कई साल से हमारे बीच दुश्मनी चली आ रही है। हम यह नहीं चाहते कि हमारे बीच यह दुश्मनी जारी रहे। वास्तव में हमारे और आपके बीच दुश्मनी की वजह वह चरवाहा है जो अपना डंडा पछाड़कर हमें ललकारता रहता है। अगर हमारे बीच से उसे हटा दिया जाए तो हम लोग अच्छे दोस्त की तरह रह सकते हैं।

यह संदेश पढ़कर मूर्ख भेड़-बकरियों ने सींग मार-मारकर चरवाहे को खदेड़ दिया। भेड़िए तो यही चाहते थे। जैसे ही उन्हें इस बात का पता चला, वे भेड़-बकरियों पर टूट पड़े।

☞ **मित्र की बुराई सुनकर उससे रिश्ता तोड़ने से पहले सौ बार सोचना चाहिए।**

225 जैसे को तैसा

एक जादूगर ने घोषणा की कि वह जादू के कुछ नए करतब दिखाना चाहता है। पर दिखाएगा तभी, जब राजकुमार स्वयं सभा में उपस्थित होंगे। राजकुमार ने जब यह आग्रह सुना तो सहर्ष उसका जादू देखने सभा में आ डटे। जादूगर के हाथ में मटर के दाने थे। जादूगर के सामने एक व्यक्ति सुई लिये खड़ा हुआ था। जादूगर ने किसी संकेत में धीरे से हाथ हिलाया। सुई में मटर का दाना पिरो गया। इसी तरह उसने कई दाने पिरोए।

यह चमत्कार देखकर राजकुमार बोला, ''जादूगर, मैं तुम्हें इस करतब के लिए इनाम दूँगा।''

राजकुमार ने अपने मंत्री से कुछ मंत्रणा की। मंत्री महल के भीतर चला गया। कुछ समय बाद थाल में एक बड़ा सा थैला रखे हुए वह वापस सभा में उपस्थित हुआ। जादूगर ने जब भारी-भरकम थैला देखा तो उसकी खुशी का ठिकाना न रहा। वह सोचने लगा, अवश्य इस थैले में स्वर्णमुद्राएँ होंगी।

पर जैसे ही राजकुमार ने थैला खोलने की आज्ञा दी, सभास्थल पर उपस्थित समुदाय चकित रह गया। थैला मटर के दानों से भरा था। राजकुमार बोला, ''हे जादूगर! अपने इस महान् करतब को दिखाने

के लिए तुम्हें मटर की जरूरत पड़ेगी, अतः मैं तुम्हें यही इनाम भेंट करता हूँ।''

☞ **आसान काम मुश्किल से करने का परिणाम शुभ नहीं होता।**

226 फर्क

एक दिन एक किसान अपने बेटे के साथ खेत पर यह देखने के लिए गया कि फसल पक गई है या नहीं। पकी फसल में कुछ बालियाँ सीधी तनी हुई खड़ी थीं और कुछ झुकी हुई थीं।

यह दृश्य देख किसान का बेटा अपने पिता से बोला, ''पिताजी, जो बालियाँ झुक गई हैं वे अच्छी नहीं लग रहीं। जो सीधी तनी खड़ी हैं वे कितनी प्यारी लग रही हैं!''

किसान ने झुकी हुई कुछ बालियों को हाथ में उठाकर कहा, ''देखो! जो बालियाँ झुकी हुई हैं

उनमें कितने अच्छे दाने पड़े हैं! और जो बालियाँ सीधी तनी खड़ी हैं उनमें अनाज का एक भी दाना नहीं पड़ा।''

☞ **जो विनम्रता से झुके होते हैं उन्हें ही कुछ प्राप्त होता है। अहंकार से सीना ताने लोगों के हाथ कुछ नहीं पड़ता।**

227 मन का स्वामी

बात उन दिनों की है, जब यूनान में गुलामी की प्रथा प्रचलित थी और प्रत्येक धनी के घर गुलाम रखना अनिवार्य समझा जाता था।

डायोजिनीज नामक एक धनी के पास केवल एक ही गुलाम था। दूसरे धनी अपने गुलामों के साथ मनमाने अत्याचार करते थे जबकि डायोजिनीज अपने गुलाम के साथ बड़ी नम्रता से पेश आता। फिर भी उसका गुलाम एक दिन उसे छोड़कर भाग गया। डायोजिनीज़ चाहता तो अन्य धनिकों की तरह उसे पकड़वा मँगवाता, पर उसने ऐसा नहीं किया, न मन में बुरा ही माना; बल्कि उसके जाने के बाद से वह सारे काम अपने हाथों से करने लगा।

लोगों से यह बरदाश्त न हुआ। वे उसकी निंदा करने लगे कि वह पक्का डरपोक है। यह आरोप डायोजिनीज से सहन न हुआ। वह उन धनिकों से शांत स्वर में बोला, ''सोचो तो, मेरा गुलाम मेरे बिना रह सकता है तो मैं उसके बिना क्यों नहीं रह सकता!''

☞ **हर एक को अपना स्वर्ग आप बनाना होता है और अपनी राह भी आप ही बनानी होती है।**

228 सफेद हाथी

बच्चों के हाथ से बने हस्तकला के कुछ नमूने बेचने के लिए एक महिला की दुकान पर रखे गए थे।

हिल्डा ने सोचा, 'मेरे साथी अपने को मुझसे अधिक कुशल समझते हैं। अगर मैं दुकान की मालकिन से जाकर पूछूँ तो वह मुझे सच्चाई बताएँगी कि लोग किसके हाथों की बनी चीजें ज्यादा पसंद कर रहे हैं।'

वह उस दुकान पर गई। उसने एक गुड़िया की तरफ संकेत कर दाम पूछा, जो उसकी एक साथिन के हाथों बनी थी।

''यह मैं आपको किसी भी हालत में दस रुपए से नीचे नहीं दूँगी।'' मालकिन ने कहा।

''और यह ?'' हिल्डा ने दूसरी साथिन के हाथ के बने गुलदस्ते की तरफ संकेत किया।

''इसकी कीमत बीस रुपए है।''

“यह इधर जो हाथी है इसकी कीमत?” हिल्डा ने अपने हाथ से बने हाथी की तरफ संकेत किया।

“यह तो मैं तुम्हें मुफ्त उपहार के रूप में दे सकती हूँ, अगर तुम पहलेवाली दोनों चीजें खरीदो तो।”

हिल्डा यह सुनकर शर्म से गड़ गई और अपनी ईर्ष्या-भावना पर पछताने लगी।

☞ **घमंड से आदमी फूल सकता है, फैल नहीं सकता।**

229 हुक्म का गुलाम

एक मंदिर के बाहर तख्ती लगी थी—‘जूते दरवाजे के बाहर उतारे बिना अंदर जाना मना है।’

एक सिपाही वहाँ हमेशा खड़ा रहता था।

जेबों में हाथ डाले हुए एक जवान बड़े रोब से अंदर जाने लगा।

सिपाही ने उसे धर पकड़ा, “आपके जूते कहाँ हैं?”

"मैं जूते नहीं पहनता।"

सिपाही बोला, "फिर आप अंदर नहीं जा सकते।"

जवान ने पूछा, "क्यों?"

सिपाही ने कहा, "वह तख्ती पढ़िए, मेरा काम तो हुक्म की तामील करना है।"

☞ **लकीर के फकीर न बनो।**

230 दो बाघ, दो बाघिन

एक थे मियाँजी। एक रोज वह सफर पर निकले। बीवी ने बड़े प्यार से पराँठे बना दिए थे। पराँठों की पोटली बगल में दबाकर मियाँजी चले जा रहे थे। रास्ते में एक राजपूत का साथ हो गया। दोनों साथ-साथ चलने लगे। कुछ दूर जाने पर मियाँजी ने पूछा, "भैया! आपका नाम क्या है?"

राजपूत बोला, "मेरा नाम शेरसिंह है।"

मियाँजी मन-ही-मन बोले, 'पट्ठा, मुझको डराने के लिए कह रहा है।'

इसी बीच राजपूत ने पूछा, "हुजूर, आपका नाम क्या है?"

मियाँजी ने कहा, "मेरा नाम? मेरा नाम तो है—दो शेर, दो शेरनी, तीन फू-फू और उनपर बिच्छू का टोकरा।"

राजपूत समझ गया कि मियाँजी क़ोरी डींग हाँक रहे हैं। ठीक है, जब मौका आएगा तब पता चल जाएगा। चलते-चलते रास्ते में बबूल की घनी झाड़ी आई। वहाँ जंगली जानवरों का बड़ा डर था।

मियाँजी बोले, ''देखो भैया! करीब रहना। यह घनी झाड़ी है। मुझे तो डर लगने लगा है।''

राजपूत ने कहा, ''मियाँजी, आप डरिए मत। मेरे साथ चलते रहिए।'' उसे पता चल गया कि मियाँजी कितने बहादुर हैं। दोनों कुछ दूर आगे बढ़े। राजपूत ने हँसकर पूछा, ''हुजूर! अपना नाम एक बार फिर से बता दीजिए। मैं तो उसे भूल ही गया हूँ।''

मियाँजी कुछ नरम तो पड़ ही चुके थे, फिर भी तनकर बोले, ''मेरा नाम है—दो शेर, दो शेरनी, तीन फू-फू और उनपर बिच्छू का टोकरा!''

राजपूत ने कहा, ''नाम तो आपका बड़ा ही शानदार है।''

तभी कुछ फासले पर एक शेर दिखाई पड़ा। वह लेटा हुआ था। राजपूत ने कहा, ''देखिए, वह शेर सो रहा है।''

मियाँजी बोले, ''क्या कहा? शेर है! तब तो मारे गए। ओ खुदा!''

राजपूत ने कहा, ''हुजूर! आप तो दो शेर, दो शेरनी, तीन फू-फू और उनपर बिच्छू का टोकरा-वोकरा कुछ हैं न!''

मियाँजी बोले, ''अरे भैया! मैं न तो टोकरा हूँ और न वोकरा हूँ। मैं तो बस तुम्हारी गाय हूँ। तुम मुझे इससे बचा लो, भैया! मेरा असली नाम तो मियाँ फुसफुस है।''

इसी बीच शेर उठ खड़ा हुआ और इनकी ओर लपका। राजपूत ने अपनी तलवार के एक वार से शेर को वहीं ढेर कर दिया। मियाँजी तो उलटे पाँव जाने कितनी दूर भाग खड़े हुए थे। बाद में दोनों फिर इकट्ठे हुए और आगे बढ़ने लगे। रास्ते में एक नदी आई। दोनों ने सोचा, 'अब यहाँ खाना खा लें।'

राजपूत तो बेचारा गरीब था। उसकी पोटली में ज्वार की रोटी और मिर्च बँधी थी। उसे खोलकर वह खाने बैठा। मियाँजी रईस थे। उनकी बीवी ने उनके लिए बढ़िया पराँठे बनाकर दिए थे। राजपूत ज्वार की रोटी चबाता था, बीच-बीच में मिर्च का टुकड़ा लेता था और पानी के साथ रोटी के कौर हलक से नीचे उतारता जाता था। मियाँजी मौज से पराँठे खा रहे थे और अपनी बीवी की तारीफ करते जा रहे थे। राजपूत बेचारा देखता रहा। और करता भी क्या?

इसी बीच मियाँजी बोले, ''भैया शेरसिंह! आप यह क्या खा रहे हैं? और बीच-बीच में इतना पानी क्यों पी रहे हैं?''

राजपूत ने मन-ही-मन कहा, 'यह अच्छा मौका है।'

वह बोला, ''हुजूर! यह तो मैं हलकघूँट खा रहा हूँ।''

मियाँजी ने कहा, ''यह हलकघूँट तो हमने कभी खाया ही नहीं। सुनो, शेरसिंह भाई! ये मेरे पराँठे आप ले लो और अपना हलकघूँट मुझे दे दो।

दोनों ने आपस में खाना बदल लिया। जैसे ही मियाँजी के पराँठे राजपूत के हाथ में आए, वह उन्हें झटपट चट कर गया और पानी पीकर अपने पेट पर हाथ फेरने लगा।

इधर मियाँजी हलकघूँट खाने लगे। लेकिन ज्वार की सूखी रोटी और मिर्च उनके हलक से नीचे कैसे उतरती? मियाँजी ने बड़ी मुश्किल से घूँट-घूँट पानी पीकर रोटी के दो-तीन कौर हलक से नीचे उतारे। फिर बोले, ''शेरसिंह भैया! यह अपना हलकघूँट तो आप अपने ही पास रखो और मुझे मेरे पराँठे लौटा दो।''

राजपूत ने कहा, ''हुजूर! आपके पराँठे तो मेरे पेट में पहुँच चुके हैं। आपको हलकघूँट खाना हो तो खाओ, नहीं तो नदी में बहा दो।''

यह सुनकर मियाँजी का मुँह उतर गया।

☞ **दिखावा करनेवाले को बाद में लज्जित होना पड़ता है।**

---

231 कायर की पीड़ा

हिरन के एक बच्चे ने अपनी माँ से पूछा, ''माँ, माँ! आप कुत्ते से काफी बड़ी हैं। आपके पास सींग भी हैं, जिनसे आप कुत्ते का मुकाबला कर सकती हैं। फिर आप कुत्ते से क्यों डरती हैं?''

हिरन की माँ ने बताया, ''बेटे! तुमने जो कहा, सच ही कहा। फिर भी, न जाने क्यों, कुत्तों के भौंकने की आवाज सुनते ही मेरे पैर भागने के लिए तेजी से दौड़ने लगते हैं।''

☞ **कायर में हिम्मत भरना आसान नहीं।**

---

232 महल और झोंपड़ी

महारानी सोफिया को अपने महल और अपने राजसी ठाट-बाट पर बड़ा गर्व था।

एक दिन मेरी एक गरीब मिस्त्री की लड़की रानी के पास आई और बोली, ''मेरे पिता कुछ ही देर के मेहमान हैं। वे आपको तुरंत बुला रहे हैं। शायद वे आपको कोई बहुत जरूरी राज बताना चाहते हैं।''

महारानी ने अभिमान से कहा, ''मैं तुम्हारे गंदे झोंपड़े में किसी हालत में भी नहीं जा सकती। भाग जाओ। मेरे पास वक्त नहीं है।''

कुछ ही पल बीते होंगे कि बच्ची पुन: लौटकर आई और जल्दी-जल्दी बोलने लगी, ''महारानी! मैं आपसे प्रार्थना करती हूँ। लड़ाई के जमाने में आपकी माँ ने सोने-चाँदी का खजाना कहीं छुपाया था, जिसे मेरे पिता के सिवा कोई नहीं जानता। वे आपको उन खजाने का राज बताना चाहते हैं।''

महारानी सोफिया फौरन झोंपड़ी की तरफ दौड़ी; पर जैसे ही वह झोंपड़ी में पहुँची, वह गरीब मिस्त्री स्वर्ग सिधार चुका था।

☞ **स्वार्थ के कारण मनुष्य सुख से दूर हटता जाता है।**

---

233 लापरवाही का नतीजा

एक दिन एक किसान अपने घोड़े के साथ शहर जा रहा था। तभी उसने देखा कि घोड़े के अगले पैर का नाल ढीला हो गया है। पर बिना इस बात पर अधिक ध्यान दिए वह इत्मीनान से आगे चल पड़ा।

अभी वह कुछ कदम ही आगे बढ़ा होगा कि सहसा घोड़े के पैर से वह ढीला नाल निकल गया।

तभी अचानक जंगल में दो डाकुओं ने उस किसान पर हमला बोल दिया। जो कुछ भी उन्हें किसान के पास मिला, छीन-झपटकर भाग गए। किसान निरुपाय था, करता भी क्या। आखिर उसको अपनी लापरवाही का नतीजा भुगतना पड़ा। अगर वह थोड़ी सी तकलीफ उठा, आसपास ढूँढ़कर घोड़े के पैर में नाल लगवा देता तो सरपट भागने में उसे तनिक भी देर न लगती। अपनी ही गलती पर किसान बहुत पछताया।

☞ **किसी भी चीज के प्रति लापरवाही नहीं बरतनी चाहिए।**

234 दुःख का साथी

जॉन और मारिन एक दिन खरीदारी के लिए गए। काफी फल खरीदने की वजह से उनके थैलों का बोझ बढ़ गया। बोझ से परेशान जॉन रास्ते में बड़बड़ाता हुआ चल रहा था, पर मारिन पर उसकी झुँझलाहट का कोई असर नहीं पड़ रहा था। उलटा वह हँसती-हँसती उसे एक चुटकुला सुनाने लगी।

जॉन चिढ़ गया और गुस्से से बोला, ''मारिन! क्या तुम चुप नहीं रह सकतीं? बड़ी चुहल सूझ रही है न! मेरी तरह अगर तुम्हें यह भारी बोझा उठाना पड़ता तो सारी हँसी भूल जातीं।''

मारिन बोली, ''प्यारे जॉन! बोझा तो मेरा भी कम नहीं; पर हाँ, मैंने उसे अपने एक साथी से बाँट लिया है, इसीलिए महसूस नहीं हो रहा।''

जॉन सुनकर हैरान रह गया। बोला, ''मुझे भी बताओ, कौन है वह साथी? मैं भी उसे अपना मित्र बना अपना बोझा बाँटूँगा।''

मारिन ने उत्तर दिया, ''जिस साथी को अपना मित्र बना लेने से सारा बोझ हलका हो जाता है उसका नाम है—धैर्य।''

☞ **धैर्य कठिनाइयों का सच्चा साथी है।**

235 सरदार के सींग

चूहे और बिल्लियों के बीच युद्ध चल रहा था। चूहे मैदाने जंग में आते और बिल्लियों से पिटकर लौट जाते थे। इस बार हारने के बाद चूहे अपनी पराजय पर सोच-विचार करने के लिए भूगर्भ में जमा हुए और यह तय किया कि युद्ध में हारने की वजह उनके ऊपर किसी सरदार का न होना है। फौरन सरदार का चुनाव हुआ। तीन अलग-अलग दलों के तीन सरदार चुने गए। सरदारों ने अपने सिर पर सींग लगा लिये, ताकि वे अन्य सैनिक चूहों से महान् लगें। दूसरे दिन वे फिर मैदाने जंग में गए और फिर पिटने लगे। कुछ ही देर में चूहों में भगदड़ मच गई। सारे चूहे जान बचाकर अपने-अपने बिलों में जा घुसे। पर सरदार चूहे अपने सींगों की वजह से बिलों में नहीं घुस पाए। बिल्लियों ने उन्हें घेर लिया और मारकर खा गईं।

☞ **सरदार बनना जितना आसान है, सरदार बने रहना उतना ही मुश्किल है।**

236 सात छड़ें : छह बेटे

एक गाँव में एक बूढ़ा आदमी रहता था। उसके छह बेटे थे। वे अकसर आपस में बेवजह लड़ा करते थे। पिता सबको समझाता कि आपस की फूट ठीक नहीं। पर उसकी बात किसीने नहीं सुनी।

एक दिन बूढ़े बाप ने अपने छहों पुत्रों को बुलाया और उनके सामने लकड़ी की सात छड़ें, जो आपस में एक-दूसरे से जुड़ी हुई थीं, रखकर कहा, ''मैं उस बेटे को सौ रुपए दूँगा जो इसे तोड़कर रख देगा।''

एक के बाद एक सभी लड़कों ने छड़ें तोड़ने की कोशिश की, पर वे उसे अपनी पूरी ताकत आजमाने के बाद भी तोड़ न सके।

''इसे तोड़ना नामुमकिन है।'' वे सब चिल्लाए।

''इन्हें तोड़ा जा सकता है, पर इस तरह।'' कहकर पिता ने सातों छड़ों को अलग कर दिया। फिर एक के बाद एक सभी छड़ों को तोड़ दिया।

''इस तरह तो इन्हें कोई नन्हा बच्चा भी तोड़ सकता है।'' छहों पुत्र पुनः चिल्लाए।

इसपर उनके पिता ने उन्हें समझाया, ''मिलकर रहोगे तो इन छड़ों की तरह कभी कोई तुम्हें नहीं तोड़ सकेगा, न तुम्हें नुकसान पहुँचा सकेगा। पर तुम लड़-झगड़कर अलग हो जाओगे तो किसी भी

वक्त तुम्हें नुकसान पहुँचाया या नष्ट किया जा सकता है।''

☞ **एकता में बड़ी ताकत है।**

237 लकड़ी की चिप्पी

सर्दी की एक शाम को एक ईमानदार क्लर्क रुपयों की गड्डियाँ लेकर जा रहा था। तभी उसपर किसीने हमला कर दिया। रुपए छीन लिये और उसे मार डाला। खून की धारा बहकर बर्फ पर जम गई। सुबह मालिक घटनास्थल का मुआयना करने गए। तभी उन्हें लकड़ी की एक चिप्पी पड़ी दिखाई दी। चुपचाप चिप्पी उठाकर उन्होंने जेब में डाल ली।

दूसरे दिन सुबह जब वे अपने दफ्तर पहुँचे तो यह देखकर चकित रह गए कि जो छड़ी उनका दूसरा क्लर्क उपयोग करता है, उसकी एक जगह से चिप्पी निकली हुई है। उन्होंने पाई हुई चिप्पी जेब से निकाली और उसी जगह पर लगाकर देखा तो पाया कि वह वहाँ पर एकदम फिट बैठती है। सारा माजरा उनकी समझ में आ गया। उन्होंने फौरन क्लर्क को कैद कर लेने की आज्ञा दी और उसे जेल में डलवा दिया।

लोगों को जब इस घटना की जानकारी हुई तो वे हैरान रह गए कि लकड़ी की एक छोटी सी चिप्पी ने हत्यारे को कैसे रँगे हाथों पकड़वाया।

☞ **कर बुरा तो हो बुरा।**

238 बंदर आदमी का हिस्सा क्यों नहीं है

भगवान् ने जब सृष्टि की रचना की तो सबसे पहले मिट्टी के जानवर बनाकर उन्हें तरह-तरह के आकार दिए। उसने उन्हें नाम नहीं दिए, यही सोचकर कि सब बन जाने पर उचित नाम दूँगा। लेकिन सारा काम अपने आप न कर पाने की वजह से उन्होंने दूसरे जानवरों से सहायता माँगी। ऐसी ही सहायता माँगते हुए वे बंदर के पास आए और कहा, ''चूँकि तुम्हारे हर हाथ में पाँच उँगलियाँ हैं, तुम मेरी ज्यादा सहायता कर सकोगे! और अगर तुमने मन लगाकर काम किया तो मैं तुम्हें जानवरों की श्रेणी में न रखकर मनुष्यों में शुमार कर लूँगा।''

यह सुनकर बंदर मारे खुशी के उछल पड़ा।

दूसरे दिन सवेरे जब भगवान् निरीक्षण करने आए तो देखा कि सभी जानवर काम में लगे हैं। कुछ ज्यादा काम कर रहे हैं, कुछ कम। लेकिन बंदर सबसे धीरे काम कर रहा था। वह सिर्फ तालियाँ बजाता हुआ चिल्ला रहा था, ''मैं आदमी बनूँगा। मैं आदमी बनूँगा।''

जब भगवान् ने यह सुना तो उसे बुलाकर कहा, ''मुझे दुःख है, तुम कभी भी मनुष्य नहीं बन सकोगे और अपने इस आलस्य की वजह से हमेशा बंदर ही बने रहोगे।''

☞ **आलस्य जिंदा आदमी की कब्र है।**

239 हत्यारा त्योहार

हर वर्ष जब नील नदी अपने पूरे यौवन पर होती तो मिस्रवासी उसके स्वागत में एक शानदार जश्न मनाया करते, जिसमें वे 'नील देवता' के प्रति अपनी श्रद्धा प्रकट करने के लिए मिस्र की सबसे खूबसूरत और कुमारी युवती की कुरबानी दिया करते थे। मिस्रवासियों का विश्वास था कि इस भेंट से प्रसन्न होकर नील देवता हमेशा उनके देश को धन-धान्य से भरा-पूरा रखेंगे और उनकी फसल को अपने पानी से सींचेंगे। इसके लिए बहुत छानबीन के बाद देश के कोने-कोने से सबसे सुंदरी कुमारी

तलाश करके लाई जाती और उसे दुलहन की तरह सजाया जाता। इसके बाद एक खूबसूरत नौका में बैठाकर उसे ले जाया जाता और नदी के पानी में, जहाँ खूब भँवर उठ रहे होते, यह दुलहन देवता को 'नजर' कर दी जाती।

कहते हैं, पुराने मिस्र में यह त्योहार सदियों तक इसी शान-शौकत से मनाया जाता रहा। लेकिन आज से हजार वर्ष पहले, जब फातमी खलीफाओं की हुकूमत यहाँ कायम हुई तो उनके हुक्म से कुमारी लड़की की कुरबानी रोक दी गई और उसकी जगह कपड़े की एक गुड़िया, जिसको अरबी में 'ओरूसा' कहते हैं, सजा-धजाकर नील नदी को भेंट की जाने लगी।

☞ **असत्य के मार्ग पर हम चाहे जितनी दूर जा चुके हों, वहाँ से लौट पड़ना उसपर चलते रहने से बेहतर है।**

240 कूड़ा

मुहम्मद साहब रोज अपने घर से मसजिद में नमाज पढ़ने जाया करते थे। मसजिद के रास्ते में एक दुष्ट बुढ़िया रहती थी। उस बुढ़िया को उनसे इतनी चिढ़ थी कि जब वे उसके घर के सामने से गुजरते तो वह उनके सिर पर कूड़ा फेंक देती।

एक दिन उनके सिर पर कूड़ा नहीं गिरा। उन्हें बड़ा आश्चर्य हुआ। नमाज पढ़कर लौटे तो वे बुढ़िया का हाल-चाल जानने के लिए उसके घर पहुँच गए। वहाँ उन्होंने देखा कि बुढ़िया खाट पर बीमार पड़ी है।

मुहम्मद साहब ने उसका हाल पूछा, उसे तसल्ली दी और स्वयं उसकी सेवा में लग गए। जब तक बुढ़िया स्वस्थ नहीं हो गई, वे वहाँ से नहीं हटे।

स्वस्थ होने पर बुढ़िया ने अपने दुर्व्यवहार के लिए क्षमा माँगी और उसी दिन से उनकी अनुयायी बन गई।

☞ **प्यार से नफरत को भी दूर किया जा सकता है।**

241 गधे का भाई

एक अंग्रेज साहब थे। पहाड़ पर उनका बँगला था। नीचे उनके सहायकों के बँगले थे।

एक दिन अंग्रेज साहब बड़े मस्त मूड में बँगले के बरामदे में इधर से उधर देखते घूम रहे थे। तभी उनकी दृष्टि नीचे गई। उनका धोबी गधे के ऊपर कपड़ों का गट्ठर लादे उनके सहायकों के बँगले-बँगले जाकर कपड़े दे रहा था। नीचे सबको कपड़े देकर धोबी ऊपर आया। पर गधा अधिक ऊँचाई पर नहीं चढ़ पा रहा था, अत: धोबी कपड़ों का गट्ठर उसकी पीठ पर से उठा, अपनी पीठ पर लाद साहब के बँगले पर आ पहुँचा।

यह देख अंग्रेज साहब गुस्से से भर उठे। सहायकों के घर तो धोबी गधा लेकर गया था, पर उनके घर अकेला ही आया था।

धोबी के सामने पड़ते ही वे छड़ी फर्श पर पटककर गुस्से से दहाड़े, ''देखो धोबी! हमारा सहायक लोग गद्धा। फिर हम क्यों नहीं गद्धा?''

धोबी माजरा समझ गया। फौरन बोला, ''साहब! आप भी गद्धा!''

☞ **पशु न बोलने से कष्ट उठाता है और मनुष्य बोलने से।**

242 हमशक्ल

एक बिल्ली ने दो बच्चों को जन्म दिया। दोनों रंग-रूप में एक जैसे थे। बिल्ली ने प्यार से एक का नाम पूपू रखा तथा दूसरे का नाम पीपी। दिन भर दोनों बच्चे हलकी गुनगुनी धूप में कुलाँचे भरते-खेलते रहते। बिल्ली ने सोचा, मैंने इनका नाम तो रख दिया है; मगर दोनों एक जैसे होने की वजह से मुझे यह लगता है कि मैं जब पूपू को पुकारती हूँ तो पीपी आ जाता है और पीपी को बुलाती हूँ तो पूपू आ जाता है। उसने लाख कोशिश की कि बच्चे अपना नाम पहचानें, मगर वे बड़े नासमझ थे। क्या करें?

तभी उसे एक उपाय सूझा। क्यों न पूपू के गले में लाल फीता बाँध दें और पीपी के गले में नीला, ताकि वह उन्हें पुकारे तो जो भी पास आए, उसे सही नाम से पहचान सके और उन्हें भी समझा सके कि तुम पूपू नहीं, पीपी हो।

बिल्ली ने यही किया। अब वह पुकारती—पूपू तो पीपी दौड़ता। उसे वह टोक देती, ''तुम पीपी हो।'' धीरे-धीरे बच्चे अपने नाम को खुद पहचानने लगे। वह पुकारती, ''पीपी!'' तो पीपी दौड़कर उसके पास आता। अब उनकी शक्ल से हू-ब-हू पहचानने में उसे कतई गड़बड़ नहीं होती थी।

☞ **हर पहेली बूझी जा सकती है।**

243 सेब का पेड़

बूढ़ा दादा अपने घर के सामने सेब के पेड़ की छाया में बैठा हुआ अपने पोतों को लाल-लाल पके सेब खाता हुआ देख रहा था। बच्चे सेब खाने में लगे हुए थे, पर उनमें से कोई भी इन बढ़िया सेबों की तारीफ नहीं कर रहा था। बूढ़े दादा ने बच्चों को पास बुलाकर कहा, ''अब मैं तुम्हें बताऊँगा कि यह सेब का पेड़ यहाँ कैसे आया।''

बच्चे ध्यान से सुनने लगे।

''करीब पचास साल पहले, एक दिन मैं इसी बंजर जमीन पर यों ही उदास खड़ा हुआ अपने पड़ोसी से अपनी गरीबी का रोना रो रहा था। पड़ोसी बड़े भले आदमी थे। सुनकर बोले, 'अगर तुम सचमुच रुपए चाहते हो तो जहाँ इस वक्त तुम खड़े हो ठीक उस जमीन के नीचे सौ से भी ज्यादा रुपए गड़े हुए हैं। चाहो तो खोद निकालो।'

''उस समय मैं छोटा था। बिना ज्यादा सोचे-समझे उसी रात को मैंने वह जगह खोद डाली। पर काफी गहरे तक खोद डालने के बावजूद भी मेरे हाथ कुछ नहीं लगा। सुबह जब मेरे पड़ोसी ने वह गड्ढा देखा तो ठहाका मारकर हँस पड़े। फिर वे बोले, 'मैं तुम्हें सेब का यह नन्हा पौधा इनाम में दे रहा हूँ। इसे उस गड्ढे में रोप दो। कुछ सालों बाद तुम पाओगे कि तुम्हारे रुपए तुम्हें मिल गए हैं।'

''मैंने पौधा लगा दिया। शीघ्र ही वह बढ़ने लगा और कुछ सालों के भीतर बहुत बड़ा पेड़ बन गया, जो तुम अपने सामने देख रहे हो। इस पेड़ के मीठे सेबों की आय मुझे साल भर में सौ रुपए से ऊपर बैठती है।''

☞ **जहाँ मेहनत होती है वहाँ फल भी होता है।**

244 गधा

एक छोटे से द्वीप में एक गधा रहता था। वह सारे दिन इधर-उधर घूमता रहता। एक दिन उसे महसूस हुआ कि यह द्वीप बहुत बड़ा है। घूमते-घूमते वह बेहद थक जाता है। नई जगह जाना चाहिए।

द्वीप में रहनेवाले अन्य जीव-जंतुओं ने उसे रोका, ''मित्र! भला तुम्हें यहाँ क्या परेशानी है जो हम सबको छोड़कर जा रहे हो?'' पर गधा था सनकी। उसने किसीकी एक न सुनी। द्वीप से लगे समुद्र में कूदा और तैरकर दूसरे किनारे जा पहुँचा। किनारे से लगा हुआ हरा-भरा जंगल था। उसे वहाँ तमाम जानवर मिले। नए साथी थे, नई-नई जगह थी। हरी-हरी घास चरता। तालाब में पानी पीता। आराम से सोता। कुछ ही दिनों में वह अच्छा-खासा मोटा हो गया।

एक दिन एक किसान जंगल से गुजर रहा था। उसने गधे को एक खरगोश के साथ बतियाते देखा। उसकी अच्छी-खासी कद-काठी देखकर किसान उसपर मोहित हो गया।

किसान को अपनी तरफ आता देख खरगोश सर्र से भाग गया। किसान ने लपककर गधे के गले में रस्सी डाली और उसे घर ले आया। अब तो किसान उससे मनमाना काम लेता और खाने को थोड़ा सा चारा डाल देता।

किसान के पास एक लड़का भी काम करता था। उसका भी हाल ठीक गधे जैसा ही था। एक दिन जब किसान बुखार में पड़ा कराह रहा था, गधे ने अपने उस मित्र लड़के से प्रार्थना की कि वह उसपर तरस खाए और इस राक्षस किसान से छुटकारा दिलवाए। लड़का स्वयं किसान से चिढ़ा बैठा था। उसने गधे को ही नहीं, अन्य सभी जानवरों को भी छोड़ दिया। गधे को अपनी गलती का एहसास हो चुका था। वह खुद तो अपने द्वीप लौटा ही, नए मित्रों को भी साथ लेता गया।

☞ **स्वतंत्रता की सूखी रोटी गुलामी की तर रोटी से कहीं अधिक मीठी होती है।**

245 बड़प्पन

एक सैनिक लकड़ी की टाँग लगाए एक कस्बे में पहुँचा। अचानक उसे बुखार ने दबोच लिया। निरुपाय उसे अपनी यात्रा स्थगित कर उसी कस्बे में शरण लेनी पड़ी। टोकरी बनानेवाले एक गरीब की बेटी एजी का ध्यान सहसा बीमार सैनिक की ओर गया। दयालु एजी रात-दिन उसकी सेवा में लग गई। कुछ ठीक होने पर वह रोज उस सैनिक को देखने जाती और कुछ-न-कुछ पैसे देकर लौट आती।

सैनिक बड़ा ईमानदार था। एक दिन उसने एजी से पूछा, ''मेरी प्यारी बिटिया, मुझे पता चला है कि तुम्हारे माता-पिता बहुत गरीब हैं, फिर...तुम ये पैसे मुझे कहाँ से लाकर देती हो? मैं भूखा रहना पसंद करूँगा, पर गलत ढंग से लाकर दिए गए पैसे स्वीकार नहीं करूँगा।''

सैनिक की बात सुन एजी मुसकराई और बोली, ''आप बिलकुल निश्चिंत रहिए। ये पैसे जो मैं

आपको देती हूँ, मेरी खरी कमाई के पैसे हैं। रोज सुबह जब मैं स्कूल जाती हूँ, रास्ते में पड़नेवाले जंगल से टोकरी भरकर फूल तोड़ती हूँ। फिर उसे गाँव में बेच देती हूँ। मेरे माता-पिता यह बात जानते हैं और मेरी इस बात से वे बड़े प्रसन्न हैं। वे कहते हैं कि बहुत से लोग हमसे भी खराब स्थिति में हैं। हम उनकी ज़ितनी भी सहायता कर सकते हैं, हमें अवश्य करनी चाहिए।''

एजी की बात सुनकर सैनिक की आँखें भर आईं।

☞ **गरीबी अपने को गरीब मानने में है।**

246 हीरा और भूख

एक मुरगा खाने के लिए खेत में कीड़े ढूँढ़ रहा था। वहीं एक हीरा अपनी पूरी आभा लिये तारे की तरह जगमगा रहा था। यह देखकर सारी मुरगियाँ वहाँ दौड़ी आईं और हीरे की प्रशंसा करने लगीं। पर मुरगा वहाँ नहीं ठहरा। कीड़े खोजता हुआ वह आगे बढ़ गया।

तब एक मुरगी ने उसे टोका, ''अरे बेवकूफ! ऐसा हीरा तो भाग्यशालियों को मिलता है और एक तुम हो जो उसे छोड़कर आगे बढ़े जा रहे हो।''

मुरगे ने मुसकराकर जवाब दिया, ''यह हीरा मेरे किस काम का, जो मेरी भूख भी नहीं मिटा सकता!''

☞ **जिसकी जरूरत जहाँ होती है वह वहीं अमूल्य है।**

247 मेहनत की कमाई

एक बार ईश्वरचंद्र विद्यासागर बाजार से होकर जा रहे थे। रास्ते में उन्हें एक भिखारी मिला। भिखारी ने उनसे एक पैसा माँगा।

ईश्वरचंद्र ने उससे पूछा, ''तुम एक पैसे का क्या करोगे?''

''मैं उससे अपना पेट भरूँगा।''

''अगर मैं तुम्हें दो पैसे दूँ, तो तुम क्या करोगे?'' ईश्वरचंद्र ने उससे फिर पूछा।

''एक पैसे से मैं खाऊँगा तथा एक पैसे से अपनी बूढ़ी माँ का पेट भरूँगा।'' भिखारी ने तपाक से उत्तर दिया।

इसपर ईश्वरचंद्र बोले, ''अगर मैं तुम्हें चार पैसे दूँ, तो तुम क्या करोगे?''

''दो पैसे से मैं अपना और अपनी माँ का पेट भरूँगा और बाकी दो पैसे से कोई चीज खरीदकर बेचूँगा।''

ईश्वरचंद्र उसके उत्तर से बहुत खुश हुए। बोले, ''ठीक है, मेहनत करके पेट भरना ही सच्ची कमाई है।'' उन्होंने भिखारी को एक रुपया दिया और आगे बढ़ गए।

अपने कहे अनुसार भिखारी ने वही किया। उसने बाकी पैसों से आम खरीदे और बेचे और इसी मेहनत एवं लगन के बल पर वह एक दिन फलों की एक बड़ी दुकान का मालिक बन गया।

☞ **मेहनती व्यक्ति का साथ भाग्य भी देता है।**

248 नसीहत

अफ्रीका के एक राष्ट्रीय उद्यान में जॉर्ज नाम का एक छोटा सा जिराफ अपने माता-पिता के साथ रहता था।

एक दिन जॉर्ज दोपहर में अपनी माँ के साथ पेड़ की हरी-हरी पत्तियाँ चर रहा था। तभी उद्यान से लगी सड़क पर से एक जीप गुजरी। जीप में एक प्रसिद्ध फिल्म निर्माता बैठे थे। जैसे ही उनकी दृष्टि जॉर्ज और उसकी माँ पर गई, उन्होंने जीप रुकवा दी और उसकी छत पर चढ़कर उस सुंदर दृश्य का चित्र उतारने लगे। अचानक हवा का एक तेज झोंका आया और निर्माता की टोपी उड़कर ठीक उसी पेड़ पर

जा अटकी, जिसकी डाल से जॉर्ज और उसकी माँ पत्तियाँ चर रहे थे।

''वाह! मैं इसे भी खाऊँगा।'' जॉर्ज ने कहा और अपनी गरदन उस तरफ बढ़ाई।

माँ उसकी इस बात पर हँसी, ''यह कतई स्वादिष्ट नहीं होती, जॉर्ज। इसे उन सज्जन को लौटा दो।''

जॉर्ज को माँ की बात माननी पड़ी। उसने सावधानी से गरदन उचकाकर टोपी डाल पर से उतारी और उद्यान की चारदीवारी के पास जाकर उन सज्जन को लौटा दी। वे फिल्म निर्माता उसके इस व्यवहार से अत्यंत खुश हुए। उन्होंने फौरन जानवरों पर एक फिल्म बनाने का निश्चय किया, जिसका नायक उन्होंने 'जॉर्ज' को चुना। जॉर्ज को भी इस बात से बड़ी प्रसन्नता हुई, क्योंकि सारे साथी जानवरों में उसे ही प्रधानता दी गई।

☞ **उदारता का हर कार्य स्वर्ग की ओर एक कदम है।**

249 इंद्रधनुष

भयंकर आँधी और मूसलाधार वर्षा के बाद आकाश में एक सुंदर इंद्रधनुष बन गया।

नन्हा हेनरी, जो खिड़की से सारा दृश्य देख रहा था, सतरंगी इंद्रधनुष देखकर खुशी से चिल्ला उठा, ''मैंने अपने जीवन में इतने सुंदर रंगों की छटा कभी नहीं देखी।'' आँधी से उखड़े पड़े एक पेड़ के करीब इंद्रधनुष के रंग धरती छू रहे थे। पेड़ की भीगी पत्तियाँ सतरंगे रंगों से रँगी लग रही थीं। नन्हा हेनरी झूम उठा। उसने सोचा कि मैं दौड़कर उस पेड़ के पास जाता हूँ और अपने कलर बॉक्स में ये सारे रंग भरकर रख लेता हूँ।

वह दौड़कर उस पेड़ के पास पहुँच गया। पर अफसोस! पत्तियों पर कोई रंग न था। दु:खी हेनरी पानी में भीगता-भागता घर लौट आया। घर पर उसने अपने पिता को इंद्रधनुष का किस्सा सुनाया।

पिता हँस पड़े और बोले, ''बेटे हेनरी! ये रंग कभी भी कलर बॉक्स में नहीं भरे जा सकते। पानी की बूँदें ही रंगों में बँटकर इंद्रधनुष के रूप में चमकती हैं। अत: कुछ क्षणों के लिए ही सुंदर-सुंदर रंग उभरते हैं। फिर गायब हो जाते हैं।''

☞ **दूर के ढोल सुहावने लगते हैं।**

250 पूरे का पूरा गधा

एक गधे और शेर में मित्रता हो गई। गधे ने शेर से कहा, ''चलो, हम एक साथ शिकार पर चलते हैं।''

शेर ने पूछा, ''पर कहाँ?''

गधे ने बताया, ''मैं एक ऐसी गुफा जानता हूँ, जिसमें काफी भेड़-बकरियाँ रहती हैं।''

यह जानकर शेर उसके साथ चल पड़ा। गुफा आने पर शेर प्रवेश द्वार पर खड़ा हो गया और गधा गुफा के पिछले द्वार से अंदर दाखिल होकर जोर-जोर से चिल्लाने लगा। उसकी आवाज सुनकर भेड़-बकरियाँ डर गईं और प्रवेश द्वार की ओर दौड़ीं। प्रवेश द्वार पर खड़े शेर ने सबका खात्मा कर दिया। बाद में दोनों मित्र भेड़-बकरियों के गोश्त का ताजा भोजन करने लगे।

तभी गधा गर्व से बोला, ''क्यों मित्र! मेरी आवाज डरावनी थी या नहीं?''

तब शेर ने जवाब दिया, ''क्या बताऊँ, दोस्त! अगर मुझे यह पता न होता कि तुम पूरे गधे हो तो संभव था, मैं भी डर गया होता।''

गधा यह सुनकर चुप हो गया।

☞ **अपने से बड़ों के समक्ष डींग हाँकना बेवकूफी है।**

251 मूँगफली

दो लड़कों ने एक मूँगफली खोद निकाली।

''यह मेरी है।'' पहले ने ऊँची आवाज में कहा।

''मैंने इसे पहले देखा।'' दूसरा भी गरम हो उठा।

''नहीं, यह मेरी ही है। मैंने इसे खोद निकाला।''

दोनों के बीच मूँगफली को लेकर गरमागरमी हो गई।

''मैं तुम दोनों के बीच मामला तय कर देता हूँ।'' एक युवक, जो वहाँ से गुजर रहा था, उनके करीब आकर बोला।

वह दोनों लड़कों के बीच खड़ा हो गया और मूँगफली को तोड़ते हुए कहने लगा, ''आधा दाना उसको मिलेगा जिसने मूँगफली को पहले देखा और आधा उसको जिसने मूँगफली को खोद निकाला। बाकी बचे हुए दाने मैं इस समझौते की एवज में ले लूँगा।'' मुसकराते हुए उसने उन दोनों की तरफ देखा और कहा, ''ठीक है न!''

☞ **जब दो लोग लड़ते हैं तो तीसरा उसका फायदा उठाता है।**

252 प्यास कबूतर की

एक कबूतर प्यासा था। पानी की तलाश में वह मारा-मारा भटक रहा था। तभी उसकी नजर सराय की दीवार पर पड़ी। दीवार पर किसीने पानी से भरे मटके का चित्र बनाया हुआ था। कबूतर प्यास

से अंधा हो रहा था। वह सीधा उस चित्र पर लपका और दीवार से टकराकर वहीं ढेर हो गया। सराय के मालिक ने उसे देखा और उठा लिया। उसके घावों पर उसने मरहम-पट्टी की। कुछ ही दिनों के भीतर कबूतर फिर से तंदुरुस्त हो गया। पर अब वह आजाद नहीं था। सराय के मालिक ने उसे पिंजरे में बंद कर दिया था।

☞ **भूख और प्यास की स्थिति में भी आदमी को अपना विवेक बनाए रखना चाहिए।**

253 लूसी का खास पकवान

माँ का जन्मदिन था।

लूसी और पापा ने तय किया कि आज वे दोनों मिलकर कुछ 'खास' पकवान बनाएँगे। माँ को रसोई में बिलकुल नहीं घुसने देंगे।

फटाफट लूसी ने करीब सेर भर बड़े-बड़े आलुओं के पतले टुकड़े काटे।

पापा बड़े खुश हुए। बोले, ''मजा आ जाएगा! मैं मछलियाँ ले आया हूँ। उन्हें मसाला भरकर बनाता हूँ। तुम चिप्स तल लो। तुम्हारी माँ को यह बहुत पसंद आएगा।''

पापा ने मसाला भरकर मछलियाँ पकाईं। लूसी ने कड़ाही में आलू के चिप्स को सुनहरे हो जाने तक तला।

ऊपर पिसा हुआ नमक तथा काली मिर्च बुरकनी थी। लूसी ने अलमारी से पिसे नमक की

डिब्बी उठाई। पापा उसकी हड़बड़ाहट देखकर बोले, ''इतनी जल्दबाजी मत करो।''

''माँ को दिखाना जो है!'' लूसी ने उत्साहित स्वर में जवाब दिया।

चिप्स पर पिसी काली मिर्च डालकर उसने अनुमान से नमक बुरका, फिर बाप-बेटी ने माँ को रसोई में बुलाया।

माँ ने चिप्स का टुकड़ा मुँह में डाला तो प्रशंसा से हँसी, ''वाह! तुमने तो एकदम नए तरीके से चिप्स बनाए हैं।''

मगर पापा ने चिप्स जैसे ही मुँह में रखा तो चौंके, ''अरे लूसी! लगता है, तुमने हड़बड़ाहट में पिसे नमक के बदले पिसी शक्कर बुरक दी है।''

''क्या!'' लूसी दुःखी हो चीखी। चिप्स बिगड़ जाने से उसका चेहरा उतर गया।

तभी माँ ने उसे समझाया, ''उदास होने की क्या बात है? मीठा चिप्स भी स्वादिष्ट लगता है। तुम्हें तो खुश होना चाहिए कि तुमने चिप्स बनाने का एक नया तरीका खोजा है।''

☞ **किसीकी खुशियों को ठुकराना पाप है।**

254 सच्चा साधु

महात्मा बुद्ध का एक शिष्य जब दीक्षा ले चुका तो उनसे बोला, ''प्रभु! अब मैं निकट के प्रांत में धर्म-प्रचार के लिए जाने की आज्ञा चाहता हूँ।''

महात्मा बुद्ध ने कहा, ''वहाँ के लोग क्रूर और दुर्जन हैं। वे तुम्हें गाली देंगे, तुम्हारी निंदा करेंगे तो तुम्हें कैसा लगेगा?''

शिष्य—''प्रभु, मैं समझूँगा कि वे बहुत ही सज्जन और भले हैं, क्योंकि वे मुझे थप्पड़-घूँसे नहीं मारते।''

महात्मा बुद्ध—''यदि वे तुम्हें थप्पड़-घूँसे मारने लगें तो?''

शिष्य—''वे मुझे पत्थर या ईंटों से नहीं मारते, इसलिए मैं उन्हें भले पुरुष समझूँगा।''

महात्मा बुद्ध—''वे पत्थर-ईंटों से भी मार सकते हैं।''

शिष्य—''वे मुझपर शस्त्र प्रहार नहीं करते, इसलिए मैं उन्हें दयालु मानूँगा।''

महात्मा बुद्ध—''शायद वे तुम्हारा वध ही कर दें।''

शिष्य—''प्रभु, यह उनका मुझपर बहुत बड़ा उपकार होगा। यह संसार दुःखों से भरा है। यह शरीर रोगों का घर है। आत्महत्या पाप है, इसलिए जीना पड़ता है। यदि लोग मुझे मार डालें तो मैं उन्हें अपना हितैषी ही समझूँगा।''

महात्मा बुद्ध प्रसन्न होकर बोले, ''जो किसी भी हालत में किसीको दोषी नहीं समझता, वहीं सच्चा साधु है। अब तुम जहाँ चाहो, जा सकते हो।''

☞ **हमेशा दूसरों की अच्छाइयाँ देखो।**

255 कोई नहीं जानता

डजुग्गा में रहनेवाले एक व्यक्ति की दो पत्नियाँ थीं। दोनों में से वह एक को ज्यादा चाहता था। एक दिन उसकी प्रिय पत्नी बीमार पड़ गई। दूसरी पत्नी अपनी सौत को बीमार देख बेहद खुश हुई कि चलो, अगर यह मर-मरा गई तो इससे पीछा छूटेगा।

वह बीमार सौत के पास जाकर बड़ी सहानुभूति से बोली, ''कैसी हो ?''

''मुझे लगता है, शायद मैं बच न सकूँगी।'' पहली ने जवाब दिया।

''घबराओ नहीं। मैं एक दवा जानती हूँ, जिसे पीते ही तुम्हें तुरंत आराम मिलेगा।'' दूसरी ने प्यार से कहा।

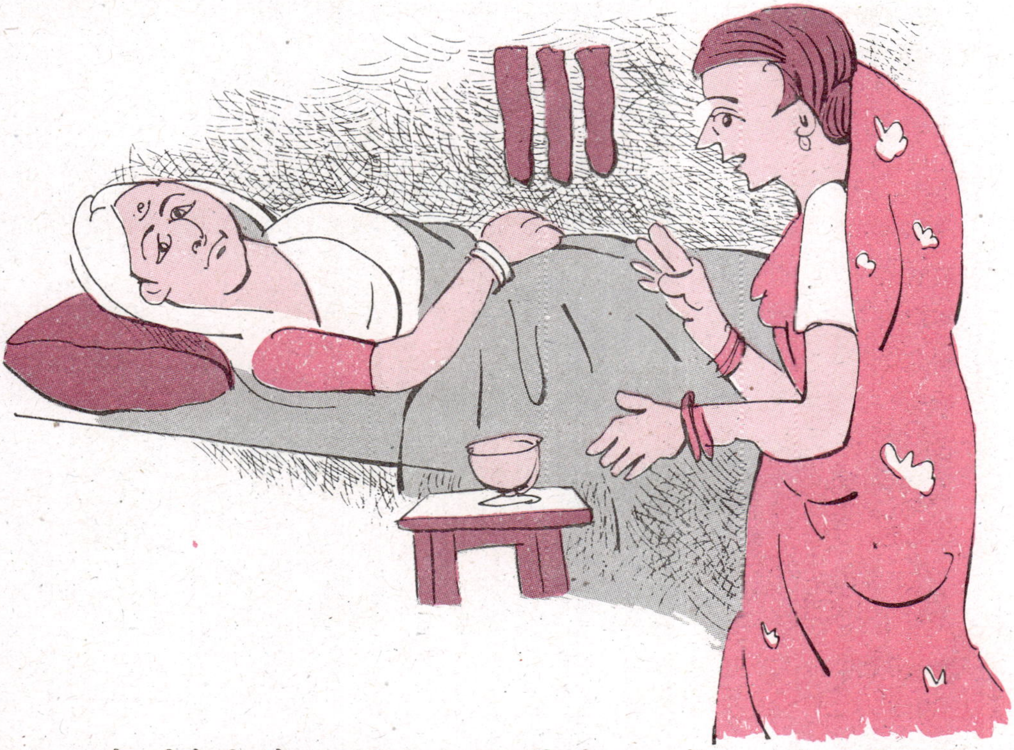

उसने नदी के किनारे एक बार एक जड़ चखी थी। स्वाद में जड़ बड़ी कड़वी थी। जड़ की कड़वाहट से उसे विश्वास था कि अवश्य यह कोई तेज जहर होगा। वह नदी के किनारे गई और जड़ खोदकर ले आई। उबालकर फौरन सौत को पीने के लिए दी। किंतु सौत को जड़ के उस उबले रस से तुरंत आराम पहुँचा। उसने दूसरी से वही दवा और माँगी तो दूसरी हैरान रह गई। असल में उसका षड्यंत्र नाकाम रहा।

सौत तो एक ही दिन में भली-चंगी हो उठी। प्रसन्न होकर वह दूसरी से बोली, ''मैं तुम्हारी बहुत एहसानमंद हूँ। अगर तुम दवा न देतीं तो मैं कभी ठीक न हो पाती।''

दूसरी शर्म से पानी-पानी हो उठी।

☞ **एक आदमी के लिए जो जहर होता है वह कभी-कभी दूसरे के लिए अमृत होता है।**

256 दो चूहे

गाँव के एक चूहे ने शहर के चूहे को दावत दी। शहर का चूहा अपने गाँव के मित्र के पास आया। गाँव के चूहे ने उसे थोड़ी सी मूँगफली और कुछ फल खाने को दिए।

यह देखकर शहर के चूहे ने अपने देहाती मित्र से कहा, ''बंधु! खाने का मजा तो शहर में ही आता है। क्यों न तुम मेरे साथ शहर चलो।''

दूसरे दिन गाँव का चूहा अपने शहरी मित्र के साथ शहर आ गया। शहर का चूहा उसे एक आलीशान बँगले में ले गया। वहाँ खाने की टेबल पर जूठे बरतन पड़े थे। उन बरतनों में अभी भी मक्खन था, मलाई थी। लड्डू के टुकड़े थे। बढ़िया सालन था। गाँव का चूहा खुशी के मारे पागल हो उठा।

तभी बँगले की बिल्ली कहीं से भीतर घुस आई। उसे देखकर दोनों चूहे भय से उछलकर भाग

निकले। गाँव का चूहा तो ऐसा भागा कि उसने अपने गाँव पहुँचकर ही दम लिया।

☞ **हम जीना जानते हैं; पर किस तरह जीना चाहिए, यह बहुत कम लोग जानते हैं।**

257 सूरज और वर्षा

अनवरत वर्षा और घोर अँधेरे से दुःखी होकर बच्चों की टोली आपस में तर्क करने लगी, ''कितना अच्छा हो, अगर सूरज हमेशा चमकता रहे!''

उनकी इच्छा शीघ्र पूरी हुई। सूरज उगा और लगातार कई महीनों तक चमकता रहा। बादल का कोई एक छोटा सा टुकड़ा भी आसमान में दिखाई नहीं दिया। भीषण गरमी से खेत-खलिहान और पेड़-पौधे सूख गए। धरती सूखकर चटक गई। कहीं कोई हरियाली नहीं बची।

तभी बच्चों को माँ ने समझाया, ''देखो! बरसात भी उतनी ही जरूरी है जितना कि सूरज। एक-दूसरे के बिना सब अधूरा है। भगवान् की इस व्यवस्था से तुम शिक्षा ग्रहण करो। आदमी पर भी यह लागू होती है। जिंदगी में आगे बढ़ने के लिए दुःख और सुख दोनों ही आवश्यक हैं। जब तक दुःख से नहीं गुजरोगे, सुख का सही अनुभव नहीं कर सकोगे।''

☞ **हर पक्ष का अपना महत्त्व होता है।**

258 मुक्ति का मार्ग

एक बार मिस्र देश के प्रसिद्ध संत मैकेरियस से उनके एक शिष्य ने पूछा, ''गुरुदेव! कृपा करके मुझे मुक्ति का मार्ग बता दें, जिससे मैं अपने जीवन को सुखी बना सकूँ।''

गुरुदेव ने अपने उस प्रिय शिष्य से नम्रता के साथ कहा, ''बेटे, मुक्ति प्राप्त करने का मार्ग तो बहुत ही सरल है। तुम ऐसा करो कि पहले कब्रिस्तान में जाओ और कब्रों में जो लोग सोए पड़े हैं उनको खूब गालियाँ दो। उनपर खूब पत्थर फेंको। फिर मेरे पास आओ, मैं तुम्हें मुक्ति का मार्ग बता दूँगा।''

दूसरे दिन वह गुरुजी के पास लौट आया और बोला, ''गुरुदेव! आपकी आज्ञा के अनुसार मैं सारे काम पूरे कर आया हूँ।''

गुरुजी ने कहा, ''तुम फिर उसी कब्रिस्तान में जाओ और इस बार उन कब्रों की खूब तारीफ करो, उनपर फूल चढ़ाओ।''

कब्रिस्तान में पहुँचकर शिष्य ने वैसा ही किया। फिर वह गुरुजी के पास लौट आया।

गुरुजी ने पूछा, ''अब यह बताओ कि जब तुमने उन कब्रों को बुरा-भला कहा तो उन्होंने तुमसे क्या कहा? और जब तुमने उनकी खूब तारीफ की तो उस समय उन्होंने तुमसे क्या कहा?''

शिष्य ने नम्रता से कहा, ''गुरुजी! मुझसे तो उन्होंने कुछ भी नहीं कहा। वे तो उसी तरह शांत

रहीं।''

संत मैकेरियस ने कहा, ''बेटे, बस उन्हीं कब्रों की तरह तुम भी अपना जीवन बिताओ। जो तुम्हें बुरा-भला कहे, उससे भी प्रेम से बोलो और आशीर्वाद दो। जो तुम्हारी प्रशंसा करे, उससे भी तुम प्रेम से बोलो और आशीर्वाद दो। उन कब्रों की तरह जब तुम सबके साथ एक सा व्यवहार करोगे तो तुम्हें मुक्ति का मार्ग दिखाई देने लगेगा।''

☞ **मनुष्य के भीतर एक शुभ भावना का नाम प्रेम है, जिसे निकाल दिया जाए तो मनुष्य और पशु में कोई अंतर नहीं रहता।**

259 करीम को उपहार मिला

लकड़हारों के बच्चे जंगल के रास्ते घर लौट रहे थे। रास्ता बर्फ से ढका हुआ था।

प्रत्येक बच्चे के पास घर ले जाने के लिए कोई-न-कोई उपहार था। करीम ही एक ऐसा बच्चा था जिसका हाथ खाली था। अपनी इस स्थिति से वह बड़ा दुःखी था। वह चारों तरफ देखता हुआ चल रहा था कि शायद उसे कोई ऐसी चीज दिखाई पड़ जाए, जो उसके लिए उपहार का काम दे सके। बच्चे उससे बेखबर उछलते-कूदते, गीत गाते, हाथों में उपहार लिये बढ़े चले जा रहे थे।

दु:खी हो करीम एक ढूह पर बैठ बर्फ के गोले बना-बनाकर फेंकने लगा। जब उसके साथी काफी आगे निकल आए तो एकाएक उन्हें करीम का खयाल आया। वे मुड़कर उसे आवाजें देने लगे।

करीम उन्हें अनसुना कर मजे से बर्फ के गोले फेंकता रहा। तभी झाड़ियों के बीच उसे कुछ सरसराता नजर आया। वह फुरती से उठा और देखा तो दंग रह गया। एक नन्हा खरगोश अपने खूबसूरत कान उठाए टुकुर-टुकुर ताक रहा था। करीम की खुशी का ठिकाना न रहा। दबे पाँव आगे बढ़कर उसने खरगोश को उठाकर गोद में दुबका लिया। उसे बड़ा खूबसूरत उपहार मिल गया था। वह लगभग दौड़ता हुआ घर की ओर बढ़ा।

उसकी नानी आग के सामने हाथ-पाँव सेंकती हुई बेचैनी से उसका इंतजार कर रही थीं। सब बच्चों को उन्होंने उपहार के साथ खुशी-खुशी लौटते देखा था। पर करीम अभी तक क्यों नहीं आया?

तभी करीम दौड़ता हुआ आकर उनसे लिपट गया, ''देखो नानी! मैं तुम्हारे लिए उपहार में क्या लाया हूँ!''

सच! नानी ने नन्हा खरगोश देखा तो उनकी आँखों में खुशी के आँसू आ गए। वे सब समझ गईं कि वह इतनी देर से क्यों लौटा।

''इससे अच्छा उपहार तो किसी बच्चे ने नहीं दिया, करीम!'' उन्होंने खरगोश सहित करीम को बाँहों में भर लिया।

☞ **उपहार की कीमत नहीं, भावना देखी जाती है।**

260 सोने का सिक्का

एक बूढ़ा किसान था। वह हमेशा एक वाक्य हर किसीके सामने दोहराता रहता था—'ज़ो ईश्वर से प्रेम करता है वह हमेशा बुराइयों से दूर रहता है।'

उसके पास एक नौकर था, जो बड़ा बदमिजाज था। हमेशा गंदे शब्दों का प्रयोग करता था। किसान ने उसे कई बार समझाया कि वह अपने गुस्से पर थोड़ा काबू करे और ईश्वर-भक्ति में मन लगाए; किंतु नौकर उसकी कभी नहीं सुनता था।

एक सुबह किसान ने अपने नौकर से कहा, ''छगनलाल! तुम यह सोने का सिक्का देख रहे हो? यह तुम्हें उपहारस्वरूप मिल सकता है, अगर तुम पूरा दिन शांति से बिताओ और गाली-गलौज वाले शब्द न बोलो।''

छगनलाल इस प्रस्ताव से बेहद खुश हुआ। उसने किसान की बात मान ली।

अन्य नौकरों को जब इस बात की भनक मिली तो उन्होंने आप्स में तय किया कि वे किसी तरह छगनलाल को उकसाएँगे, ताकि वह गुस्से से भड़क उठे और शर्त हार जाए। पर छगनलाल ने पूरे दिन अपने को काबू में रखा। किसी बात पर नहीं भड़का।

शाम को किसान ने अपने वादे के मुताबिक उसको वह सोने का सिक्का उपहार में दिया और

बोला, ''तुम्हें अपने पर शर्म आनी चाहिए। इस सिक्के के प्यार में तुम पूरे दिन अपने को काबू कर सकते हो। पर ईश्वर के लिए तुम अपनी गलत आदतों का त्याग नहीं कर सकते!''

☞ **दुःखी पर दया दरशाना मानवोचित है, उसके दुःख का निवारण करना देवोचित।**

261 पापी

एक बार एक चोर राजा के महल से चोरी करके भागा। सिपाहियों की एक टुकड़ी उसका पीछा करने लगी। भागते-भागते वह थक गया। सामने एक ऋषि का आश्रम देख वह उसीमें घुस गया। चुराई हुई वस्तुओं को वहीं छिपाकर वह पिछवाड़े से पुनः निकल भागा। सिपाहियों ने उसे आश्रम में घुसते देखा था। उन्होंने आश्रम का कोना-कोना छान मारा। तलाशी में उन्हें चुराई हुई वस्तुएँ मिल गईं। अतः वे माल सहित ऋषि को पकड़कर राजा के समक्ष ले आए।

तब चोर की सजा एक ही हुआ करती थी—फाँसी। ऋषि को भी फाँसी की सजा सुनाई गई। पर राजा ने देखा कि फाँसी की सजा सुनकर भी ऋषि एकदम शांत है, जैसे कुछ हुआ ही न हो। राजा को शक हुआ। उन्होंने ऋषि से सचाई पूछी। ऋषि ने सचाई बता दी। राजा ने ऋषि को बाइज्जत रिहा कर दिया।

ऋषि को यमराज के इस कृत्य पर बेहद गुस्सा आया। आखिर एक तपस्वी के साथ इस तरह का मजाक करने की उनकी हिम्मत कैसे हुई। वे सीधा यमपुरी जा पहुँचे।

यमराज ने शांत स्वर में कहा, ''ऋषिराज, क्रोध न करिए। यह मजाक नहीं था। आपको शायद याद न होगा। आप जब तीन साल के बालक थे, आपने एक तितली का पंख अपने हाथों से तोड़ दिया था। यह सजा उसी पाप की है।''

☞ **हर संत का भूतकाल है और हर पापी का भविष्य।**

262 मोर और मोरनी

एक था मोर, एक थी मोरनी। दोनों दाने चुग रहे थे। इसी बीच वहाँ एक तोता आया। उसे देखकर मोरनी ने कहा—

''मैं अलबेली मोरनी
मुझे डर किसका?
मोर भले ही सुंदर है,
पर हीरामन है बाप उसका।''

यह कहकर मोरनी तो तोते के साथ चली गई। मोर को बहुत बुरा लगा। उसने कहा, ''मैं परिंदों

की पंचायत बुलाऊँगा और उनसे न्याय माँगूँगा।''

मोर चल पड़ा। रास्ते में उसे मुरगा मिला।

मुरगे ने पूछा, ''मोर भैया, मोर भैया! कहाँ चले?''

मोर ने कहा, ''मोरनी तोते के साथ चली गई है। परिंदों की पंचायत बुलानी है। तुम आओगे न?''

मुरगा बोला—

''हम तो बाँग लगाते हं,
रंग हमारा भूरा है।
कौन हमपर यकीन करेगा,
वक्त हमारा बुरा है।''

मुरगा मोर के साथ नहीं गया। मोर कुछ आगे चला तो उसे बया मिली।

बया ने पूछा, ''मोर भैया, मोर भैया! कहाँ चले?''

मोर ने कहा, ''मोरनी तोते के साथ चली गई है। परिंदों की पंचायत बुलानी है। तुम भी आओगी न?''

बया बोली—

''हम तो बया कहलाती हैं,
घोंसला हमारा अनोखा है।
जो मर्द होकर रोता है,
वह मर्द नहीं धोखा है।''

बया मोर के साथ नहीं गई।

उदास चेहरा लिये मोर आगे बढ़ा। रास्ते में उसे एक तीतर मिला।

तीतर ने पूछा, ''मोर भैया, मोर भैया! कहाँ चले?''

मोर ने कहा, ''मोरनी तोते के साथ चली गई है। परिंदों की पंचायत बुलानी है। झगड़ा मिटाने के लिए तुम भी आ रहे हो न?''

तीतर बोला—

''हम हैं तीतर इस देश के,
लड़ाकू बनना हमारा पेशा है।
पंचायत है लफ्फाजी का डेरा,
वहाँ क्या काम हमारा है।''

मोर आगे बढ़ा। रास्ते में उसे बगुला मिला।

बगुले ने पूछा, ''मोर भैया, मोर भैया! कहाँ चले?''

मोर ने कहा, ''मोरनी तोते के साथ चली गई है। परिंदों की पंचायत बुलानी है। भैया, थोड़ा

समय निकालकर तुम भी आओ न?''

बगुला बोला—

''हम बगुले उजले हैं,
गरदन हमारी लंबी है।
तुम्हारा टंटा तुम जानो,
हमने टंटे से छुट्टी ली है।''

मोर ने सोचा, 'अब मैं बाज के पास चलूँ। शायद वह झगड़ा निपटा देगा।'

मोर आगे बढ़ा तो रास्ते में ही बाज मिल गया।

बाज ने पूछा, ''मोर भैया, मोर भैया! कहाँ चले?''

मोर ने कहा, ''मोरनी तोते के साथ चली गई है। परिंदों की पचांयत बुलानी है। पर कोई आने को राजी नहीं है। बाज भैया, तुम तो आओगे न?''

बाज बोला—

''हम कहलाते हैं बाज बहादुर,
सिर हमारा गंजा है।
परिंदों की सरकार कहे तो
हीरामन को भी सबक सिखाते हैं।''

मोर खुश हो गया। बाज को अपने साथ लेकर मोर तीतर, बया, बगुला सबके पास पहुँचा। परिंदों की पंचायत बैठी। सबने बाज को तोते को सबके सामने पेश करने का हुक्म दिया। बाज ने तोते के कान पकड़े और उसे सबके सामने हाजिर किया।

सबने कहा, ''हीरामनजी, इस मोर को इसकी मोरनी दे दो।''

तोता बोला, ''मैं नहीं दूँगा।''

सबने कहा, ''बाज भैया, इस मोर को इसकी मोरनी दिला दो।''

बाज बोला—

''हम कहलाते हैं बाज बहादुर
सिर हमारा गंजा है।
मोर को उसकी मोरनी दे दो,
वरना फौलादी यह पंजा है।''

यह कहकर बाज ने तोते पर झपट्टा मारा।

तोता डर गया। बोला, ''लो, यह मोरनी। इसे मोर को ही दे दो।''

मोर को मोरनी मिल गई और परिंदों की पंचायत बिखर गई।

☞ **बलवान से सभी डरते हैं।**

263 विश्वास की विजय

ब्रिटिश सेनापति नेल्सन की गिनती विश्व के महान् योद्धाओं में होती है।

बात उन दिनों की है जब नील नदी की भयानक जंग छिड़ने वाली थी। ब्रिटिश जहाजी बेड़े के सभी सेनाधिकारियों के हृदय में निराशा व्याप्त थी।

सहसा कैप्टन ने कहा, ''अगर हमारी जीत हो गई तो दुनिया दंग रह जाएगी।''

नेल्सन ने एक तीखी दृष्टि कैप्टन पर डाली और पूछा, '' 'अगर' से तुम्हारा क्या मतलब है ?''

कैप्टन तनिक सकपकाया, फिर साहस बटोरकर बोला, ''मेरा मतलब है कि दुश्मन हमसे कहीं ज्यादा ताकतवर है। ऐसे में हमारी जीत भाग्य पर ही निर्भर है।''

नेल्सन ने यह सुनकर गंभीर और दृढ़ स्वर में कहा, ''कैप्टन! हमारी जीत का भाग्य से कोई संबंध नहीं है। हम जीतेंगे और अवश्य जीतेंगे। यह भी समझ लो कि हमारी जीत भाग्य के सहारे नहीं, बहादुरी, हिम्मत, निष्ठा और विश्वास के बल पर होगी।''

सेनापति के इन आत्मविश्वास भरे शब्दों ने प्रत्येक सैनिक के हृदय में मंत्र सा फूँक दिया। भाग्य का भरोसा छोड़ वे विश्वास एवं साहस के साथ युद्ध में जूझ पड़े, और सचमुच, इस युद्ध में संसार उनकी विजय को देख चकित रह गया।

☞ **भाग्य से कर्म बड़ा होता है।**

264 लापरवाही का अंजाम

जूडिथ के माता-पिता बहुत धनी थे। जूडिथ के लिए अलग से एक कमरा था। मगर वह कभी अपना सामान तरतीब से नहीं रखती थी। उसकी माँ बार-बार उसे समझाती; किंतु जूडिथ की आदत में कतई सुधार नहीं हुआ।

इतवार का दिन था। जूडिथ नए कपड़े पहन माँ के साथ बाहर जाने की तैयारी कर रही थी कि तभी पड़ोसी की एक बेटी पके आमों से भरी टोकरी लेकर आई। कमरे में सामान बेतरतीबी से रखे हुए थे, अतः जूडिथ को आम की टोकरी रखने की भी जगह नहीं दिखाई दी। अंत में उसने टोकरी एक कुरसी पर रख दी और माँ के साथ शहर जाने को निकल पड़ी।

काफी रात गए वह माँ के साथ घर लौटी। काफी थक गई थी, अतः अपने कमरे में घुसकर जो भी कुरसी नजर आई उसी पर पसर गई। मुश्किल से कुछ क्षण बीते होंगे कि वह चीखकर उठ खड़ी हुई। वह आमों की टोकरी के ऊपर बैठ गई थी।

उसकी चीख सुन माँ हाथ में बत्ती लिये दौड़ी आई। माँ ने देखा, कुरसी पर रखी आमों की टोकरी में आम पिचपिचा गए हैं। उनका रस कोनों से बहकर नीचे टपक रहा था। जूडिथ की फ्रॉक बुरी तरह चिपचिपा रही थी।

यह देखकर माँ ने संजीदा स्वर में कहा, ''शायद अब तुम्हारी समझ में आ गया होगा कि कमरे में चीजों को तरतीब से रखना कितना जरूरी है।''

☞ **हमें अपने से बड़ों के कहे हुए पर तथा अच्छे विचारों पर अमल करना चाहिए।**

265 बरसात

एक व्यापारी निकट शहर के मेले से अपने घोड़े पर वापस लौट रहा था। उसके पास काफी माल था। पर मूसलाधार बरसात की वजह से वह बुरी तरह भीग गया। उसे भगवान् पर बड़ी झुँझलाहट हो रही थी। मन-ही-मन वह ईश्वर को कोसने लगा।

आगे पहुँचने के लिए उसे एक जंगल से गुजरना था। जैसे ही वह व्यापारी जंगल में घुसा, भय से उसका चेहरा फक पड़ गया। एक शिकारी की बंदूक का निशाना गलती से उसपर सधा हुआ था। भारी बरसात और धुंध की वजह से वह गोली नहीं चला पा रहा था। व्यापारी ने इस स्थिति का फायदा उठाया। अपने घोड़े को तेज दौड़ाकर वह खतरे से बाहर हो गया।

खतरे से बाहर आकर व्यापारी बोला, ''अगर आज मौसम अच्छा होता तो निश्चित था कि मैं शिकारी के निशाने से घायल हो मरा पड़ा होता और घर पर मेरे प्यारे बच्चे मेरी प्रतीक्षा में आँखें बिछाए बैठे रहते। बरसात ने ही मेरी रक्षा की, नहीं तो...''

☞ **भगवान् जो करता है, अच्छा ही करता है।**

266 उदारता का बदला

गरीब विधवा शीला रोज अपनी दिनचर्या शुरू करने से पूर्व ईश्वर की प्रार्थना करती थी। एक दिन प्रार्थना करते समय उसने एक पंक्ति पढ़ी, जो दूसरों की मदद करने का संदेश देती थी। शीला यह संदेश पढ़कर भाव-विभोर हो उठी। मन-ही-मन हाथ जोड़ ईश्वर से वह बोली, 'हे भगवान्, मैं दूसरों की क्या मदद कर सकती हूँ? मेरे पास तो कुछ भी नहीं है। अपने चरखे से मैं गुजारे भर का भी नहीं कमा पाती। तिसपर सर्दी के दिन आ रहे हैं। ठंड से मेरी उँगलियाँ सिकुड़ जाती हैं, तब मैं चरखा भी नहीं चला सकती। यहाँ तक कि मैं अपने कमरे का किराया तक नहीं चुका पाती। मैं खुद दुःखी हूँ, दूसरों की सहायता किस प्रकार करूँ?'

तभी उसके मन ने तर्क-वितर्क किया। जो कुछ मैंने पढ़ा वह गलत नहीं हो सकता। मैं अवश्य दूसरों की कुछ-न-कुछ मदद कर सकती हूँ। उसे सहसा खयाल आया। उसकी एक सहेली बीमार पड़ी है। रुपए-पैसे से नहीं, पर सेवा-शुश्रूषा से तो मैं उसकी सहायता कर सकती हूँ।

शीला ने दो सेब खरीदे और अपनी उस बीमार सहेली के घर जा पहुँची। सहेली ने उसे देखा तो

उसकी खुशी का ठिकाना न रहा। वह प्रसन्न होकर बोली, ''मेरी प्यारी शीला, मैं अभी-अभी तुम्हें याद कर रही थी। भाग्यवश मेरे हिस्से में एक छोटी सी जायदाद आई है। मैं चाहती हूँ कि तुम मेरी देखरेख करने के लिए अब मेरे पास रहो। तुम्हारा सारा खर्चा मैं उठाऊँगी। किसी भी चीज के लिए तुम्हें परेशान होने की जरूरत नहीं है।''

सहेली का प्रस्ताव सुन शीला खुश हो गई।

☞ **सबसे शानदार विजय है अपने पर विजय प्राप्त करना और सबसे शर्मनाक बात है अपने से परास्त हो जाना।**

267 मृतात्माओं का उत्सव

सुंबा द्वीप में वर्ष के प्रारंभ में मृतात्माओं का उत्सव मनाया जाता है। लोग अपने संबंधियों की कब्रों पर जाकर रोते-पीटते हैं और वहीं पर एक-दूसरे को निमंत्रण देकर खाने पर बुलाते हैं। किसी पशु-पक्षी को मारकर उसके दिल और गुरदे को चावल में मिलाकर मृतक की कब्र पर चढ़ाया जाता है। रात भर लोग नाचते-गाते और खेलते रहते हैं। सुबह को जुलूस बनाकर निकलते हैं। सबके हाथों में एक-

एक नारियल और एक-एक प्याला होता है, जिसमें अग्नि होती है। कब्रिस्तान में जाकर ये लोग इस अग्नि को मृतक की कब्र पर डालकर अपने-अपने घर लौट आते हैं। इसके बाद फिर से दावत होती है।

☞ **कहानी की तरह जिंदगी में यह देखा जाए कि वह कितनी अच्छी है, न कि यह कि वह कितनी लंबी है।**

268 विश्वास की रक्षा

फजल ऐयाज नाम के एक प्रसिद्ध मुसलिम संत हुए हैं। कहते हैं कि वह पहले डाकू थे; किंतु तब भी फकीरों के वेश में ही रहते थे। वह डाका डालते, पर लूट में आया धन गरीबों में बाँट देते थे।

एक बार की बात है, व्यापारियों का एक दल जा रहा था। डाकुओं ने उन लोगों को घेर लिया और लूटमार मचा दी। एक व्यापारी किसी तरह भागता हुआ उस तंबू में जा पहुँचा, जहाँ डाकुओं का सरदार फकीर के वेश में बैठा था।

व्यापारी ने कहा, ''मैं बहुत मुसीबत में हूँ, डाकुओं ने हमें घेर लिया है। कृपा करके मेरी रुपयों की यह थैली अपने पास रख लें। बाद में आकर मैं इसे ले जाऊँगा।''

सरदार ने कहा, ''उस कोने में रख दो।''

थैली रखकर व्यापारी चला गया।

कुछ देर बाद जब डाकू व्यापारियों को लूटकर चले गए तो वह व्यापारी अपने रुपयों की थैली लेने के लिए उस तंबू में आया। किंतु तंबू के भीतर उसने जो देखा, उससे वह काँप उठा। डाकू लोग लूट के धन को बाँट रहे थे। व्यापारी को अब अपनी भूल का पता लगा। वह मन-ही-मन पछताने लगा।

वह वापस लौटने ही वाला था कि अचानक आवाज आई, ''रुको!'' यह सरदार की आवाज थी। उसने कहा, ''अपनी अमानत ले जाओ। वह उसी जगह पड़ी है।''

व्यापारी को विश्वास नहीं हुआ। उसने निगाह बचाकर देखा तो सचमुच उसकी थैली जहाँ-की-तहाँ रखी हुई थी। उसने थैली उठाकर हाथ में ले ली और खुशी-खुशी चला गया।

''यह क्या किया आपने?'' व्यापारी के जाने के बाद डाकुओं ने सरदार से पूछा, ''हाथ में आया माल वापस कर दिया।''

''तुम ठीक कहते हो।'' सरदार ने शांत स्वर में उत्तर दिया, ''लेकिन वह मुझे ईश्वर का सच्चा भक्त और महात्मा समझकर रुपयों की थैली मेरे पास रख गया था। उसके विश्वास और श्रद्धा को मैं कैसे चोट पहुँचा सकता हूँ।''

☞ **सच कोंपलों की तरह कहीं भी फूट निकलता है।**

269 सोने के अंडे

एक किसान के पास एक जादुई बतख थी। वह बतख प्रतिदिन एक सोने का अंडा देती थी। एक दिन उस किसान ने सोचा, कई दिनों से यह बतख रोज एक अंडा देती है। मतलब यह कि इसके पेट में अवश्य सोने के अंडों का ढेर छिपा है। क्यों न ये अंडे एक ही दिन में हासिल कर लिये जाएँ।

यह विचार आते ही किसान ने फौरन बतख का पेट चीर डाला। पर अफसोस! पेट से कुछ भी न निकला।

☞ **लालच में पड़कर अपनी किस्मत पर कुल्हाड़ी नहीं मारनी चाहिए।**

270 एक लाख का हीरा

एक किसान को खेत में एक हीरा पड़ा मिला। किसान को क्या समझ। उसके लिए तो वह मात्र रंगीन पत्थर भर था। घर में ले जाकर उसने उस हीरे को अपने बच्चे को खेलने के लिए दे दिया।

लड़का दरवाजे पर हीरे के साथ कंचे की तरह खेल रहा था कि तभी पास से गुजरते हुए एक जौहरी ने उसे देखा। उसने किसान को बुलाया और कहा, ''तुम्हें पता है, इस काँच के टुकड़े की क्या कीमत है?''

"होगी कुछ भी। तुम्हें जो देना है सो दे दो और रास्ता नापो।"

उस हीरे की कीमत एक लाख रुपए थी।

जौहरी चलता-पुरजा था। उसने मात्र एक रुपया किसान को थमाया और चलता बना।

हममें से कितने ऐसे हैं जो पास में कीमती हीरा होने के बावजूद भी उसके मूल्य से अनभिज्ञ होते हैं और उसे पानी के भाव जाया करते हैं.।

☞ **एक की मूर्खता दूसरे का भाग्य बनती है।**

271 किसीसे न कहना

"इधर तो आओ, लिनी!" माँ ने कहा, "मैं तुम्हें एक बात बताना चाहती हूँ।"

"कैसी बात?" लिनी ने पूछा।

''राज की बात है, मगर ऐसी कि तुम किसीसे कहना मत।'' माँ ने कहा।

''अच्छा, किसीसे भी नहीं कहूँगी। पर तुम मुझे जल्दी से बताओ तो!''

''बहुत जल्दी तुम्हारे एक बहन होगी या फिर एक प्यारा सा भैया, लिनी।'' माँ बोली।

□

''पापा! मैं तुम्हें एक राज की बात बताती हूँ। पर किसीसे कहना नहीं। पक्का!''

''पक्का! पर बात तो बताओ, लिनी?'' पापा ने पूछा।

''मैं बहुत जल्दी एक प्यारे से भैया या बहन की दीदी बनने वाली हूँ।''

□

''दादा, दादी! एक बात बताऊँ? पर कहना नहीं किसीसे।''

''हरगिज नहीं, बिटिया। कोई खास बात है क्या?''

''जल्दी ही मेरे एक भैया या बहन होगी।''

थोड़ी देर बाद लिनी अपनी आंटी के पास पहुँची।

''एक बात बताऊँ, आंटी।''

''वह क्या?''

''मैं जल्दी से एक भैया या बहन पाऊँगी।''

''अच्छा!''

''हाँ, पर आंटी, कहना नहीं किसीसे।''

☞ **बुलबुल! तू वसंत की बात कह, बुरी खबर उल्लू के लिए छोड़ दे।**

---

272 संगति का प्रभाव

एक बार एक धनी व्यक्ति ने स्वामी रामकृष्ण परमहंस से निवेदन किया, ''भगवान्, यह रुपयों की थैली मैं आपके चरणों में भेंट करना चाहता हूँ। कृप्या आप इसे स्वीकार करें।''

परमहंस मुसकराए, ''भाई, मुझे माया के जाल में न फँसाओ। मैं तुम्हारा धन ले लूँगा तो मेरा चित्त उसमें लग जाएगा। इससे मेरी मानसिक शांति भंग होगी।''

धनिक ने तर्क दिया, ''स्वामीजी! आप तो परमहंस हैं। आपका मन उस तेल-बिंदु के समान है जो कामिनी-कंचन के महासमुद्र में स्थित होकर भी सदैव उससे अलग रहेगा।''

परमहंस गंभीर हो गए, ''भाई, क्या तुम नहीं जानते कि अच्छे से अच्छा तेल भी यदि बहुत दिनों तक पानी के संपर्क में रहे तो वह अशुद्ध हो जाता है और उससे दुर्गंध आने लगती है।''

धनी ने अपना आग्रह त्याग दिया।

☞ **मोह-माया जीवन का बंधन है।**

---

273 अप्रैल फूल

पहली अप्रैल थी। श्याम को चुहुल सूझी। अपनी बहन की पीठ पर उसने एक गत्ते की मछली बनाकर लगा दी। बहन को क्या पता। वह जहाँ से भी निकलती, सारे बच्चे उसपर हँसते। पीछे-पीछे चलता हुआ श्याम भी यह देख खूब हँस रहा था।

तभी किसीने उसे पीछे से पुकारा, "हैलो, गधे! कैसे हो, भाई? ढेंचूँ, ढेंचूँ-ढेंचूँ!"

श्याम चौंका। उसका हाथ अपनी पीठ पर चला गया। गत्ते का एक टुकड़ा हाथ लगा। फट से उसने खींच लिया। देखा तो गत्ते के टुकड़े पर काले रंग से एक गधे का चित्र बना हुआ था। सारा मामला श्याम की समझ में आ गया।

☞ **जैसे हम औरों को उल्लू बना सकते हैं वैसे ही कोई हमें भी उल्लू बना सकता है।**

274 रिश्वत

एक विधवा स्त्री के पास ऊँचे नस्ल की एक मुरगी थी, जो साल के तीन सौ पैंसठ दिन एक बड़ा सा अंडा प्रतिदिन देती थी। स्त्री ने सोचा, अगर मैं इस मुरगी को दोगुना दाना डालूँ तो यह मुरगी रोजाना मुझे दो अंडे दे सकती है। उसी दिन से उस स्त्री ने मुरगी को दोगुना दाना डालना शुरू कर दिया।

कुछ दिनों बाद मुरगी इतनी मोटी हो गई कि उसने अंडे देने ही बंद कर दिए।

☞ **प्रकृति को घूस देने से कोई फायदा नहीं है।**

275 परियों की शहजादी

सकीना दाँत के दर्द से बहुत परेशान थी। उसका दाँत हिल रहा था और लगता था कि उखड़कर गिरने ही वाला है।

माँ बोली, ''बेटी, अपना दाँत तो दिखा।''

''नहीं, माँ! वह उखड़कर गिर जाएगा।'' वह जोर से चिल्लाई।

माँ ने कहा, ''अच्छा, ठीक है। हम दोनों दाँतों के डॉक्टर के पास चलते हैं। वह इसका इलाज कर देगा।''

''नहीं, मैं किसी डॉक्टर के पास नहीं जाना चाहती।'' सकीना फिर चिल्लाई।

माँ ने फिर समझाया, ''नहीं, बेटी, इस दाँत के लिए कुछ-न-कुछ उपाय तो करना ही पड़ेगा। फिर इसका गिर जाना ही अच्छा है, क्योंकि उसके नीचे एक नया दाँत निकल रहा है। टूटे हुए दाँत को तकिए के नीचे छुपाकर रखना। रात को परियों की शहजादी आएगी और सुबह होते ही तुम्हारा दाँत गायब हो जाएगा। उसकी जगह एक पैसे का सिक्का रखा हुआ मिलेगा।''

सकीना मान गई।

☞ **अज्ञानी लोग भय से आज्ञापालन करते हैं तथा ज्ञानी लोग प्रेम से।**

276 अनोखा आशीर्वाद

गुरु नानक अपने शिष्यों के साथ घूमते-फिरते एक बार एक गाँव में पहुँचे। उस गाँव के लोग बहुत ही उदार थे, साधु-संतों के बड़े भक्त थे। उन्होंने गुरु नानक का बहुत स्वागत-सत्कार किया।

जब गुरु नानक गाँव से विदा होने लगे तो उन्होंने गाँववालों को आशीर्वाद दिया, ''तुम्हारा गाँव उजड़ जाए और तुम सभी अलग-अलग गाँव में जाकर बसो।''

गुरु नानक के शिष्यों को बड़ा आश्चर्य हुआ।

कुछ दिन बाद गुरु नानक अपने उन्हीं शिष्यों के साथ घूमते-फिरते एक दूसरे गाँव में पहुँचे। उस गाँव के लोग बहुत ही स्वार्थी थे। उस गाँव में एक भी सज्जन नहीं था। उस गाँव के लोगों ने स्वागत-सत्कार तो दूर, गुरुजी को बैठने तक को नहीं कहा और उन्हें पत्थरों से मारा।

पर गुरु नानक ने मन में दुःख नहीं माना। उन्होंने गाँववालों को आशीर्वाद दिया, ''तुम्हारा गाँव आबाद रहे और तुम लोग सदा इसी गाँव में बसे रहो।''

अब तो शिष्यों को गुरुजी पर बड़ा क्रोध आया। गाँव से बाहर निकलने पर उन्होंने गुरुजी से पूछा, ''गुरुजी, भला यह आपका कैसा न्याय है?''

गुरु नानक ने हँसकर उत्तर दिया, ''मैंने जो कुछ कहा है, उसमें एक राज है। अच्छे लोग जहाँ बसेंगे वहीं लोगों को अच्छी बातें सिखाएँगे, इससे अच्छाई फैलेगी। लेकिन यदि बुरे लोग गाँव छोड़कर दूसरे गाँवों में जाएँगे तो लोगों को बुरी बातें सिखाएँगे, जिससे बुराई फैलेगी। इसलिए मैंने अच्छे लोगों की बस्ती को उजड़ जाने के लिए कहा, जिससे वे चारों ओर फैल जाएँ और बुरे लोगों को एक ही गाँव में बसे रहने के लिए कहा, जिससे अपने दुर्गुणों का वे प्रसार न कर सकें।''

☞ **धोने से कोयले की कालिख नहीं छूटती, उसे तो आग में जलाना पड़ता है।**

277 एलिस की टोपी

एलिस खेलने पहुँची तो बच्चों ने पाया कि वह अपनी खूबसूरत टोपी पहने बड़े घमंड से इतरा रही है और खेलने को भी तैयार नहीं है।

बच्चों ने उसे समझाया, ''टोपी उतार दो न! तुम्हारे बिना हमें खेल में मजा नहीं आता।''

''यह सुंदर टोपी नीचे रखने से गंदी हो जाएगी तो!'' एलिस ने चिंतित स्वर में कहा।

''अरे नहीं। खेलो तो।'' बच्चों ने उसे उकसाया।

एलिस मान गई। वह एक चबूतरे पर टोपी रखकर खेलने लगी। खेल खत्म हुआ तो उसको

टोपी का खयाल आया। पर टोपी वहाँ नहीं मिली।

तभी एक गधे को बच्चों ने इत्मीनान से पगुराते देखा। गधे की आँखें चमक रही थीं।

''क्या तुमने टोपी खा डाली?'' एलिस ने घबराकर पूछा।

''धन्यवाद! वह बड़ी स्वादिष्ट थी।'' गधे ने रेंकती आवाज में जवाब दिया।

एलिस को खेलने के लालच पर बेहद पछतावा हुआ।

☞ **सुंदरता दो दिन का सुख है।**

278 बूढ़ा शेर

एक बूढ़ा शेर इतना कमजोर हो गया कि उसके लिए चलना-फिरना भी मुश्किल हो गया। सारा दिन वह अपनी गुफा में चुपचाप पड़ा रहता था। जब इस बात का पता जंगल के अन्य प्राणियों को चला तो उन्होंने सोचा, मौका बढ़िया है पुराना हिसाब-किताब बराबर कर लेने का। सबसे पहले एक बैल गुफा में दाखिल हुआ और उसने शेर को जोर से सींग मारी। शेर चुपचाप पड़ा रहा। फिर लोमड़ी अंदर आई और उसने शेर को काट खाया। एक के बाद एक छोटे-बड़े प्राणी गुफा में आते गए और वैर चुकाते गए। अंत में जब एक गधे ने आकर शेर को दुलत्ती मारी तब शेर की आँखों में आँसू आ गए।

☞ **शक्तिशाली के अशक्त होते ही गीदड़ भी शेर हो जाता है।**

279 चार चुहियाँ

चार चुहियाँ थीं। चारों सहेलियाँ थीं। एक रहती थी चक्की में, एक रहती थी दुकान में, एक रहती थी बाट में और एक रहती थी खेत में।

एक बार एक किसान अपनी बैलगाड़ी लेकर खेत पर जा रहा था। जाने कैसे बाट में रहनेवाली चुहिया बैलगाड़ी के पहिए तले आकर कुचल गई और ऐसी कुचली कि पहिए से चिपक गई। गाड़ी खेत पर पहुँची। जब किसान गाड़ी में घास भर रहा था तभी खेत में रहनेवाली चुहिया ने पहिए से चिपकी चुहिया को देखा। उसने किसान से कहा—

''ओ, किसान भैया,
ओ, घासवाले भैया!
दुकानवाली से कहना कि
बाटवाली मर गई।''

सुनकर किसान चौंका। बोला, ''अरे, यहाँ यह कौन बोल रहा है? कोई आदमी तो यहाँ है नहीं।''

इतने में चुहिया फिर बोली—

''ओ, किसान भैया,

ओ, घासवाले भैया!

दुकानवाली से कहना कि बाटवाली मर गई।''

किसान ने चारों ओर देखा, बार-बार देखा, पर कहीं कोई दिखाई नहीं दिया। किसान डर गया और अपनी बैलगाड़ी तथा घास छोड़कर भाग खड़ा हुआ।

घर आकर वह बनिये की दुकान पर तेल खरीदने गया। उसी दुकान में दूसरी चुहिया भी रहती थी। तेल लेते-लेते किसान बोला, ''सेठजी! आज तो गजब हो गया।''

सेठजी ने पूछा, ''क्या हुआ?''

किसान बोला, ''मैं गाड़ी में घास भर रहा था। तभी खेत में से कोई बोला—

''ओ, किसान भैया!

ओ, घासवाले भैया!

दुकानवाली से कहना कि बाटवाली मर गई।''

दुकानवाली चुहिया अपने बिल में बैठी यह बात सुन रही थी। उसने बिल में से ही पूछा, ''भैया! यह बात तुमसे किसने कही?''

सेठ और किसान दोनों एक साथ बोले, ''अरे! यह कौन बोला?''

दुकानवाली चुहिया ने फिर पूछा, ''भैया! यह बात तुमसे किसने कही?''

किसान बोला, ''सेठजी भागो! इस दुकान में भी कोई प्रेत है।'' सेठजी और किसान, दोनों दुकान छोड़कर भाग खड़े हुए।

घर पहुँचकर किसान ने अपनी घरवाली से कहा, ''तुमने कुछ सुना? आज तो चमत्कार हो गया। खेत में बैलगाड़ी खड़ी करके मैं उसमें घास भर रहा था, तभी कोई बोला—

''ओ, किसान भैया!

ओ, घासवाले भैया!

दुकानवाली से कहना कि बाटवाली मर गई।''

मैं तो इतना डर गया कि गाड़ी छोड़कर भाग खड़ा हुआ। अभी दुकान पर तेल खरीदने गया तो वहाँ भी यही हुआ। मैं सेठजी से कह रहा था कि आज खेत में कोई ऐसी-ऐसी बात कह रहा था। तभी दुकान में से कोई बोला—''भैया! यह बात तुमसे किसने कही? दुकान में दूसरा कोई नहीं था। हम तो वहाँ से भाग आए। लगता है, जरूर कोई प्रेत हमारे पीछे पड़ा है।''

इतने में तीसरी चुहिया चक्की में से बाहर आई और आँगन में बैठकर बोली, ''भैया! मैं जानती हूँ तुमको यह संदेश किसने भेजा है। मेरी बाटवाली सहेली मर गई और खेतवाली सहेली ने दुकानवाली और चक्कीवाली सहेली को यानी कि मुझे संदेश भेजा। हाय, हाय! गजब हो गया।''

किसान की समझ में अब राज आया। वह बोला, ''धत् तेरे की। यह तो खेत में रहनेवाली

चुहिया बोली थी। मैं बेकार ही डरकर भागा।''

किसान की घरवाली ने कहा, ''आप तो बस ऐसे ही हैं। चुहिया से भी डर जाते हैं।''

☞ **पूरी बात सुन-समझकर ही आगे कदम बढ़ाना चाहिए।**

280 भालू ने कहा था

दो मुसाफिर जंगल में मिले। दोनों खुश हुए। सोचा, एक से दो भले। अचानक कोई मुसीबत आ पड़े तो मिलकर सामना तो कर सकेंगे! तभी झाड़ियों में से एक भालू बाहर आया। भालू को देखकर एक मुसाफिर, जो पतला-दुबला था, फौरन पेड़ पर चढ़ गया। दूसरा, जो काफी मोटा था, उसके लिए तो पेड़ पर चढ़ना या तुरंत भाग निकलना मुमकिन नहीं था। वह फौरन जमीन पर औंधा लेट गया। भालू उसके करीब आया। उसने साँस रोक ली। भालू ने सोचा, यह तो मुरदा है, इसका क्या मारना! सूँघ-साँघकर वह आगे बढ़ गया।

थोड़ी देर बाद पेड़ पर चढ़ा यात्री नीचे उतरा और मोटे सहयात्री से पूछा, ''यार! मैंने देखा, भालू तुमसे कानाफूसी कर रहा था। क्या कहा उसने?''

मोटे मुसाफिर ने जवाब दिया, ''भालू ने कहा कि...''

☞ **जो वक्त पर काम न आए उसे मित्र नहीं कहते।**

281 कई नामोंवाला कुत्ता

कई दिन से राजू का कुत्ता लापता था। आज वह अपने आप लौट आया था। राजू ने अपने दोस्तों को बुलाकर कहा, ''सब लोग देखो। कितना प्यारा कुत्ता है! यह खो गया था। अब फिर वापस आ गया है। इसका नाम मैंने जलेबी रखा है।''

अजीत बोला, ''राजू, तुमने कितना बेकार नाम रखा है! इसका नाम तो रसगुल्ला होना चाहिए।''

उन सबकी बहस के बीच राजू की माँ आ गई और बोली, ''सब लोग तैयार हो जाओ। हम सब मेले में चलेंगे।''

सभी बच्चे तैयार होकर मेले में गए। वहाँ भरपेट मिठाइयाँ खाईं और खूब मस्ती की।

इधर राजू का कुत्ता फिर कहीं गायब हो गया। राजू इधर-उधर ढूँढ़ने लगा। इतने में राजू ने देखा कि एक छोटा लड़का उस कुत्ते को गोद में लेकर प्यार कर रहा है। उसके डैडी उसके पास खड़े देख रहे थे। वह लड़का अपने डैडी से कह रहा था, ''देखो डैडी! यह कितना प्यारा कुत्ता है! मैंने इसका नाम लड्डू रखा है।''

इतने में वह लड़का उस कुत्ते को लेकर राजू के पास आया और बोला, ''क्या नाम है तुम्हारा, दोस्त?''

''राजू।''

''मेरा नाम कमल है। आज से हम दोनों ही इसे प्यार किया करेंगे।''

राजू खुश हो गया। उसे अपना कुत्ता वापस मिल गया था और एक नया दोस्त कमल भी।

☞ **आनंद बाँटकर खाने में है।**

282 अक्ल की बात

मगन के काका बड़े चालाक थे। वह एक दिन मगन से बोले—

''मगन! पाव भर दूध तो ले आ।''

मगन—''काका! पैसा निकालो।''

काका—''पैसे से तो सभी दूध ले आते हैं। बिना पैसों के लाकर दिखाओ तो मानें।''

मगन—''लो काका! दूध पियो।''

काका—''पर मगन, इसमें दूध है कहाँ?''

मगन—''दूध हो तो सभी पी सकते हैं, पर बिना दूध के पीकर दिखाओ तो मानें।''

☞ **शेर को सवा शेर मिल ही जाता है।**

283 अपने-अपने गधे

एक किसान और उसका बेटा एक गधे को शहर ले जा रहे थे। रास्ते में एक पनिहारिन ने उन्हें देखा और बोल उठी, ''लगता है, दोनों की अक्ल घास चरने गई है। साथ में गधा है, फिर भी दोनों पैदल जा रहे हैं।''

यह बात सुनकर बूढ़े किसान ने अपने बेटे को गधे पर बिठा दिया।

कुछ दूर जाने पर उन्हें एक लकड़हारा मिला। उसने लड़के को गधे पर बैठा देखकर कहा, ''घोर कलियुग आ गया है। बूढ़ा बाप पैदल चल रहा है और मुस्टंडा बेटा गधे पर आराम से बैठा है।''

यह सुनना था कि बेटा गधे की पीठ से नीचे कूद पड़ा और उसने पिता को गधे पर बिठा दिया।

अभी उसने सफर का आधा रास्ता भी तय नहीं किया था कि एक तेली सामने से गुजरा। वह

पिता-पुत्र को देखकर बोला, "वाह! क्या अंधेर है! बाप मजे से गधे पर बैठा है और बेटा···"

वह आगे कुछ कहे, इससे पहले ही बूढ़े किसान ने अपने बेटे को भी अपने साथ गधे की पीठ पर चढ़ा लिया।

तभी कहीं से एक ब्राह्मण टपक पड़ा। पिता-पुत्र दोनों को गधे पर सवार देखकर वह बोला, "इस बेचारे गधे पर दोनों कैसे तनकर बैठे हैं! जरा भी दया-माया नहीं। राम, राम!"

पिता-पुत्र ने ब्राह्मण का ताना सुनकर सिर खुजलाया और गधे पर से उतर गए। फिर दोनों ने मिलकर गधे को ही उठा लिया। आगे बढ़ते हुए दोनों एक पुल पर आए तो एक नाई की दृष्टि उनपर पड़ी। उससे हँसे बिना न रहा गया। भला गधे को कोई सिर-आँखों पर बैठाता है! उसके ठहाके से बिचककर गधा उछला और सीधा नदी के गहरे पानी में जा गिरा। पिता-पुत्र अवाक् देखते रह गए।

☞ **सभी को प्रसन्न करनेवाले खुद दुःखी होते हैं।**

284 दादी माँ का दोस्त

जब जैकी स्कूल जाती तो उसकी दादी का घर रास्ते में पड़ता। दादी अकेली रहती थीं। उन्होंने एक तोता पाल रखा था। दादी सारे दिन तोते से बातें करती रहतीं।

जैकी सुबह स्कूल जाती तो उसकी दादी खिड़की से कहतीं, ''गुड मॉर्निंग, जैकी।'' दादी खिड़की में बैठकर जैकी के आने का इंतजार करती रहतीं।

रोज की तरह जैकी आज भी स्कूल जा रही थी। उसने आवाज सुनी, ''गुड मॉर्निंग, जैकी।'' किंतु जब उसने खिड़की की तरफ देखा तो दादी वहाँ नहीं थीं।

जैकी को आश्चर्य हुआ। आज दादी खिड़की पर क्यों नहीं हैं? फिर भी यह आवाज तो उन्हींकी लगती है। वह दादी के घर का दरवाजा खोल तेजी से अंदर गई।

दादी ने उसे देखा और पलंग पर लेटे-लेटे ही बोलीं, ''आज मुझे जुकाम हो गया है, बेटी। अत: गले में तकलीफ होने के कारण चिल्ला नहीं सकती।''

''लेकिन आपने तो अभी-अभी गुड मॉर्निंग किया था, दादी।''

दादी माँ मुसकराईं।

इतने में आवाज आई, ''गुड मॉर्निंग, जैकी!''

जैकी इधर-उधर देखने लगी। अब दादी माँ को हँसी आ रही थी।

तभी जैकी की नजर खिड़की के पास बैठे तोते पर पड़ी। तोता फिर बोला, ''गुड मॉर्निंग, जैकी! शुभ दिन!''

''अच्छा, तो आप हैं जनाब!'' जैकी ने तोते के सिर पर हाथ फिराया, ''अब मैं तुम्हें रोज सुबह देखने आया करूँगी। जब तक दादी माँ अच्छी नहीं हो जातीं, मैं अपने हाथ से तुम्हें खाना खिलाया करूँगी।'' कहकर जैकी स्कूल चली गई।

☞ **नकल अच्छों की करो, बुरों की नहीं।**

285 भूखे का धर्म

एक बार भगवान् बुद्ध के एक शिष्य ने भूख से व्याकुल एक भिखारी को धरती पर तड़पते देखा तो बोला, ''अरे मूर्ख! इस तरह धरती पर क्यों पड़ा है? भगवान् की शरण में चल। तेरे मन को शांति मिलेगी।''

पर भिक्षु की बात मानो उस भिखारी ने सुनी ही नहीं। भिक्षु ने भगवान् बुद्ध से जाकर सारी बात कही। भगवान् बुद्ध स्वयं चलकर भिखारी के पास गए। उसकी दशा देखकर उसके लिए भोजन मँगाया और फिर प्यार से उसे खिलाया। शिष्य को बहुत आश्चर्य हुआ। वह बोला, ''भगवन्, आपने इस मूर्ख को कुछ उपदेश तो दिया ही नहीं। भोजन कराके आराम से सुला दिया। भला ऐसे जीवोद्धार कैसे

होगा?''

भगवान् बुद्ध मुसकराए और बोले, ''सौम्य, यह भिखारी कई दिनों का भूखा था। भूखा मनुष्य भला धर्म का क्या पालन करेगा! भूखे को भोजन कराना ही सबसे पहला और बड़ा धर्म है। जब यह स्वस्थ हो लेगा, तभी तो ज्ञान और धर्म की बातें सुनेगा।''

☞ **दुर्बल शरीर मन को भी दुर्बल बना देता है।**

286 नन्हा भूरा मेमना

सुबह की सुनहरी धूप में एक नन्हा भूरा मेमना टहलने निकला।

''कहाँ जा रहे हो, मेमने?'' सब बड़ों ने पूछा।

''घूमने।'' उसने शांति से उत्तर दिया। पर उसके मन में तो कुछ और था। वह गाँव की पाठशाला में जा पहुँचा। उसने पाठशाला का दरवाजा खटखटाया।

''कौन है?'' मास्टरजी ने पूछा।

''मैं हूँ नन्हा मेमना।''

''क्या काम है?''

''पढ़ना चाहता हूँ, मास्टरजी।''

मास्टरजी हैरान रह गए। उन्होंने तुरंत मेमने को भीतर बुला लिया।

कक्षा खत्म हुई तो शाम को वह पहाड़ी के नीचे अपने परिवार के पास पहुँचा। सारा दिन वह गायब रहा था। सब लोग बेचैन थे। प्रश्न पर प्रश्न करने लगे, ''कहाँ थे दिन भर? क्या कर रहे थे?''

वह चुप रहा। कुछ भी न बोला।

फिर एक दिन लोग चकित रह गए। नन्हा भूरा मेमना तसवीरों से भरी कहानियों की किताब लाया और सबसे बोला, ''आओ, मेरे पास बैठो। मैं तुम्हें कहानियाँ सुनाता हूँ।'' बस, फिर क्या था। उसके आसपास एक भीड़ जमा हो गई। सब दिलचस्पी से रंग-बिरंगे चित्र देखते रहे और कहानी सुनते रहे।

''यह आज से हमारा नन्हा भूरा राजकुमार मेमना है।'' सब एक साथ बोले।

☞ **नेक बच्चे सभी को प्यारे लगते हैं।**

287 चमत्कारी रंग का डिब्बा

पिंकी को चित्रकला बहुत पसंद थी। वह हमेशा बैठी-बैठी चित्रकारी करती रहती।

एक दिन उसके चाचा उसके लिए एक सुंदर सा रंग का डिब्बा ले आए और पिंकी से बोले, ''यह डिब्बा चमत्कारी है।''

पिंकी डिब्बा लेकर कमरे में गई। कागज-ब्रश निकालकर उसने सोचा कि उसे क्या बनाना चाहिए। उसने तितली बनाने का निश्चय किया—और थोड़ी ही देर में दो सुंदर तितलियाँ बना दीं। उसे विश्वास नहीं हो रहा था कि वह इतना सुंदर चित्र बना सकती है। वह मन-ही-मन खुश हुई और अपनी ही प्रशंसा करने लगी।

जैसे ही उसने अपनी प्रशंसा की, दोनों तितलियाँ फुर्र से उड़ गईं।

अब पिंकी ने चिड़िया बनाने की सोची—और थोड़ी ही देर में बहुत ही खूबसूरत दो चिड़ियाँ बना डालीं। चिड़ियों की खूबसूरती देखकर वह प्रसन्न हुई।

जैसे ही उसने अपनी प्रशंसा की, दोनों चिड़ियाँ चीं-चीं करती हुई फुर्र हो गईं। पिंकी इनके पीछे दौड़ने लगी।

वह उन्हें पकड़ लेना चाहती थी कि इतने में उसके चाचा आ पहुँचे। वे उससे बोले, ''मैंने तुमसे कहा था न कि रंग का डिब्बा चमत्कारी है!''

☞ **अपने मुँह से अपनी तारीफ नहीं करनी चाहिए।**

288 डकार की दाई

डकार के सभी रहवासी बूढ़ी फतू को अच्छी तरह जानते हैं। यह वह औरत है जो नवजात शिशु को इस दुनिया में लाती है। ऐसी शायद ही कोई अफ्रीकी औरत रही हो, जिसे जन्म देते वक्त फतू की जरूरत न पड़ी हो। उसकी झोंपड़ी शहर से थोड़ी दूरी पर थी, जहाँ आज नई सड़कें बन गई हैं और गोरे लोगों के घर खड़े हो गए हैं।

लेकिन उन दिनों वह जगह बिलकुल सुनसान थी।

एक रात सोते हुए फतू ने दरवाजे पर दस्तक सुनी। चूँकि रात में उठकर जाने की उसकी आदत हो गई थी, अतः उसने बुरा न मानकर दरवाजा खोल दिया। सामने देखा तो एक बड़ा सा जिन खड़ा है। घबराहट के मारे उसने दरवाजा बंद करना चाहा; लेकिन जिन ने इस बात को ताड़कर उसे अपने पीछे चलने का इशारा किया। वह बेचारी डर से काँपने लगी और उसके पीछे-पीछे चल दी।

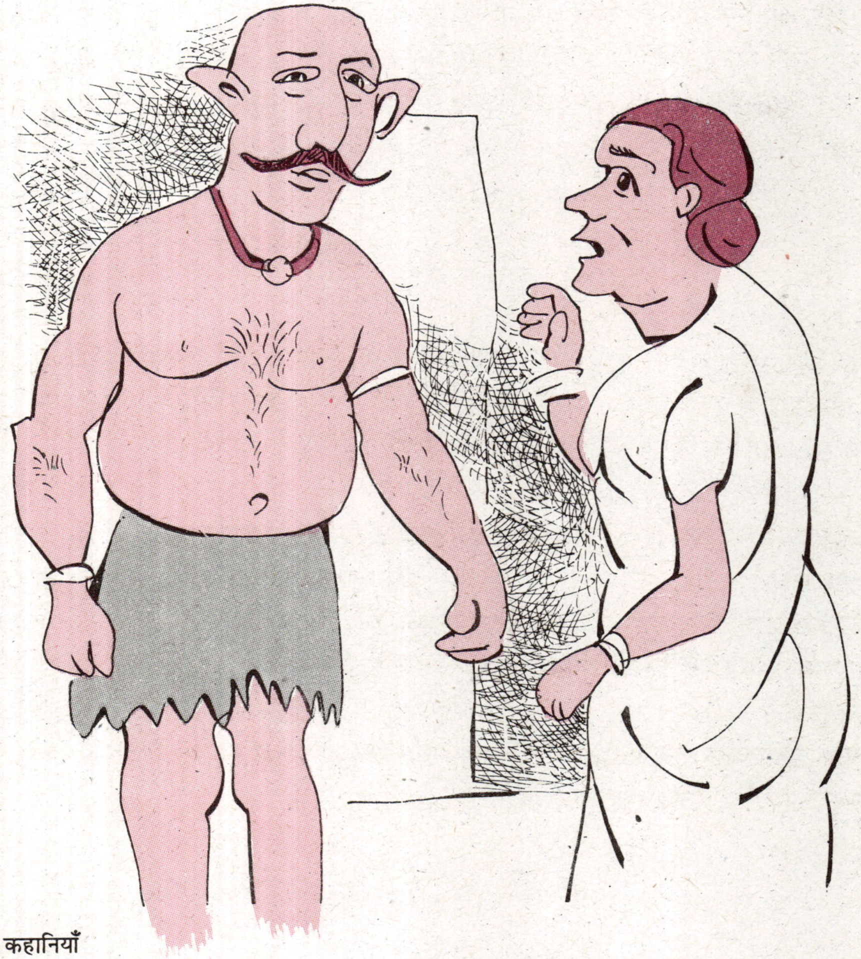

जब उसने देखा कि जिन उसे कोई भी कष्ट नहीं पहुँचा रहा है तो उसे थोड़ी राहत मिली। लेकिन डकार की सारी सड़कें ठीक से जानते-पहचाकनते हुए भी वह यह रास्ता नहीं पहचान पा रही थी। थोड़ी देर बाद वे एक बहुत ही सुंदर और विशालकाय महल के आगे पहुँचे, जि़से उसने पहले कभी नहीं देखा था। वे दोनों कई कमरों से गुजरकर एक बहुत ही खूबसूरत सजे हुए कमरे में पहुँचे, जहाँ लोगों से घिरी एक सुंदर जिन स्त्री अपने बिस्तर पर लेटी थी। वह जिनों की रानी थी। वह एक शिशु को जन्म देनेवाली थी और इसीलिए फतू को यहाँ बुलाया गया था।

बिना समय नष्ट किए फतू काम में लग गई। थोड़ी देर बाद एक जिन शिशु का जन्म हुआ। उसने वह बच्चा मुसकराती माँ के हाथों में देकर अपना काम खत्म ही किया था कि अचानक वे लोग, वह महल सबकुछ गायब हो गया। वह महल में न होकर डकार की एक अँधेरी गली में थी। उसकी हैरानी का ठिकाना न रहा।

वह अपने घर लौटी तो उसने देखा कि उसकी मेज पर हीरे की एक माला है। साथ ही ढेर सारे सोने के सिक्के भी रखे हुए हैं। उस धन के कारण वह आराम से रहने लगी। जिन लोगों ने उसकी कहानी सुनी, सबने उस हार की बहुत बड़ी कीमत देनी चाही; लेकिन उसने हीरे की माला का फल। चने से इनकार कर दिया—और अगर वह जिंदा है तो शायद आज भी उसे पहने हुए है।

☞ **यह संसार एक अजूबा है।**

289 खजाना कहाँ है

एक बूढ़े किसान को लगा कि अब वह ज्यादा नहीं जिएगा। बस कुछ ही क्षणों का वह मेहमान है। उसके तीनों बेटे उस वक्त पर उसके करीब ही खड़े थे। उसने अपने बेटों से कहा, ''मेरी उम्र भर की कमाई, मेरा सारा खजाना अपने खेतों में है।'' यह कहते हुए उसके प्राण निकल गए।

अभी उसकी चिता की राख ठंडी भी नहीं हुई थी कि उसके तीनों बेटे फावड़े लेकर खजाना खोजने खेत पर पहुँच गए। तीनों ने मिलकर सारा खेत खोद डाला, पर कुछ भी हाथ न लगने पर तीनों निराश हो गए।

तभी गाँव का एक बूढ़ा वहाँ आया। उसने तजुरबे की बात बताई। कहा, ''अब इस खेत में बीज बो दो। जो फसल तैयार होगी, वह किसी खजाने से कम नहीं होगी।''

तीनों बेटों ने वैसा ही किया। फसल लहलहाई तो तीनों को अपनी मेहनत का फल भी मिल गया—अर्थात् खजाना मिल गया।

☞ **जीवन है तो आनंद है और परिश्रम है तो जीवन है।**

290 मजबूर तोता

एक चिड़ियाघर में एक शरारती तोता रहता था। रोज सुबह वह अपने मालिक के हाथ से हरी मिर्च, सेब, फलियाँ इत्यादि अच्छी-अच्छी चीजें खाता रहता। लेकिन उसे पिंजरे में बंद रहना पसंद नहीं था।

दूसरे दिन सुबह मालिक ने उसे नाश्ता कराने के लिए जैसे ही पिंजरा खोला, वह फुर्र से उड़कर पेड़ की डाली पर जा बैठा।

मालिक परेशान हो गया।

''देखो तो, आज तुम्हारे लिए कितनी अच्छी-अच्छी चीजें खाने के लिए लाया हूँ!'' मालिक काफी देर तक उसे ललचाता रहा, लेकिन तोता नहीं आया।

मालिक की आवाज सुनकर चिड़ियाघर की बिल्ली बाहर आकर बोली, ''अच्छी बात है। अगर तू मालिक की बात नहीं मानता तो मैं तुझे बताती हूँ।'' इतना कहकर वह तोते के ऊपर झपट पड़ी।

''बचाओ! बचाओ!'' तोता चिल्लाया और घबराकर फिर अपने पिंजरे में घुस गया।

☞ **कायरों का भविष्य पिंजरे में ही होता है।**

291 ✿ महलों के सपने

एक चरवाहा मिट्टी की हाँड़ी में दूध भरकर गाँव में बेचने जा रहा था। उसने सोचा, यह दूध बेचकर मैं कुछ अंडे खरीद लूँगा। अंडों से बच्चे निकलेंगे। ये बच्चे बड़े होकर मुरगी या मुरगा बनेंगे। मुरगियाँ फिर अंडे देंगी। फिर बच्चे पैदा होंगे। फिर मैं अंडों और मुरगियों का व्यापार शुरू कर दूँगा। कुछ ही दिनों में मैं अमीर बन जाऊँगा। अपनी झोंपड़ी छोड़ बड़ी सी कोठी में रहने चला जाऊँगा।

वह यह सब सोच ही रहा था कि उसे सहसा ठोकर लगी। दूध की हाँड़ी जमीन पर गिर टुकड़े-टुकड़े हो गई। सारा दूध जमीन पर फैल गया।

☞ **महलों के सपने देखनेवाले कभी अपनी झोंपड़ी भी गँवा देते हैं।**

292 हवा-पानी और धूप

ओलीवर ने अपनी छोटी बहन निकोला को आवाज लगाई, ''निकोला! तुम कहाँ हो?''

वह घर के पीछे खेत में थी। बोली, ''मैं यहाँ हूँ। तुम भी यहाँ आ जाओ। देखो, मैंने क्या ढूँढ़ निकाला है!''

ओलीवर बाहर गया तो निकोला एक पौधे की पत्तियों को धीरे-धीरे छू रही थी, ''देखो, कितना सुंदर पौधा है! अपने आप उग आया है।''

ओलीवर बोला, ''इसे घर ले चलते हैं।''

निकोला ने बात मान ली। वे दोनों उसे उखाड़कर घर ले आए और गमले में लगाने लगे।

''अरे! यह क्या कर रहे हो?'' माँ दौड़ती हुई बाहर आई।

''कुछ नहीं, माँ! इस पौधे को लगा रहे हैं।'' दोनों बोले।

''लेकिन यह बढ़ेगा कैसे? इसे बढ़ने के लिए हवा, पानी तथा धूप की जरूरत होती है।''

''फिर क्या करें मम्मी?'' दोनों ने पूछा।

''इस पौधे के लिए खेत की मिट्टी ले आओ और गमले को आँगन में रख दो।''

दोनों खेत से मिट्टी खोद लाए और पौधे को लगा दिया। फिर गमला भी आँगन में रख दिया। निकोला व ओलीवर दोनों उसमें पानी देते। कुछ ही दिनों में पौधा हरा-भरा हो गया। अब उसे हवा, पानी व धूप पर्याप्त मात्रा में मिलने लगी थी। दोनों उसे देखकर बहुत खुश थे।

☞ **पल भर सोचो कि ईश्वर हमें हवा, पानी और धूप न दे तो?**

293 सोना और पत्थर

एक कंजूस के पास काफी सोना था। उसने उसे एक बक्से में भरकर खेत में गाड़ दिया। रोज रात को वह अकेला छिपकर खेत में पहुँचता, बक्सा खोदकर बाहर निकालता, सोने की अशर्फियों को टुकुर-टुकुर देखता और फिर बक्सा बंद कर वापस जमीन में गाड़ देता।

एक दिन एक चोर ने उसे ऐसा करते देख लिया। जैसे ही वह किसान अपने घर की ओर मुड़ा, चोर ने बक्सा खोद निकाला। बक्से का ढक्कन खोलते ही अशर्फियों की चमक से चोर की आँखें चौंधिया गईं। फौरन उसने सारी अशर्फियाँ अपने झोले में भर लीं और खाली बक्से में पत्थर भरकर पुनः उसे गाड़ दिया।

दूसरे दिन रात में कंजूस जब अपने खेत पर आया तो उसने बक्सा पत्थरों से भरा पाया। उसे चक्कर आ गया। कुछ देर बाद होश आने पर वह दहाड़ें मारकर चीखने-चिल्लाने लगा। गाँववाले उसकी आवाज सुन खेत पर दौड़े आए। जब उन्हें हकीकत का पता चला तो उनमें से एक बूढ़े किसान ने कहा—

☞ **जो धन किसीके काम नहीं आता उस धन का होना, न होना बराबर है।**

294 पीड़ा की बात

शनिवार का दिन था, प्रात:काल का स्कूल और सायंकाल चार बजे खेलों का आयोजन। बालक गांधी के पास घड़ी न थी और आकाश में बादल छाए रहने की वजह से उन्हें सही समय का अंदाजा न लगा। अत: वे खेल के आयोजन में देरी से पहुँचे। मास्टरजी ने कारण पूछा तो बालक गांधी ने सही बात बता दी। किंतु मास्टरजी को उनकी बात का विश्वास न हुआ। उन्होंने उनपर एक आना जुर्माना कर दिया।

बालक गांधी रो पड़े।

''एक आना जुर्माना देने की बात पर ही रो पड़ा, मोहन?'' उनके एक साथी ने कहा, ''अरे, तेरे पिता तो बड़े आदमी हैं।''

''मैं इसलिए नहीं रो रहा, मेरे दोस्त, कि मुझे एक आना जुर्माना देना पड़ेगा, मैं तो इसलिए दु:खी हो रहा हूँ कि मुझपर अविश्वास किया गया।'' बालक गांधी ने उत्तर दिया।

☞ **विश्व में एकमात्र मूल्यवान् वस्तु आत्मा है।**

295 नटखट सितारा

उन सभी सितारों में सबसे नटखट सितारे का नाम था रेणु।

एक रात, उसकी शरारतों से परेशान होकर सितारों की रानी ने रेणु को बुला भेजा और कहा, ''हम तुम्हारी शरारतों से तंग आ गए हैं। अभी कल ही मैंने सुना कि एक राही भटक गया, सिर्फ इसलिए कि तुम आसमान में अपनी जगह पर नहीं थे।''

और रानी कहती रही, ''आज से मैं तुम्हें अपने राज्य से निकालती हूँ। आज से तुम पृथ्वी पर

रहोगे। वहाँ के शाही घुड़साल में एक घोड़े के बच्चे के जन्म होने का सब इंतजार कर रहे हैं और तुम उसके माथे की शोभा बढ़ाओगे।''

और जब वह चमकदार काले रंग का बच्चा पैदा हुआ तो उसके माथे पर एक सफेद सितारा चमक रहा था।

वह शरारती सितारा खुश था, क्योंकि अब उसे अपनी जगह से भटकने का डर न था। वह अपनी जगह से हिल ही नहीं सकता था।

☞ **अपना काम ईमानदारी से करना चाहिए।**

296 अवसर

एक चित्रकार ने अपने चित्रों की प्रदर्शनी लगाई। उन चित्रों में एक चित्र ऐसा भी था, जिसका चेहरा बालों से ढका हुआ था और पैरों में पंख लगे थे।

बहुत से कलाप्रेमी, पत्रकार, आलोचक उस प्रदर्शनी को देखने आए। दूसरे चित्रों को देखकर सबने 'वाह-वाह' की, पर उस चित्र का अर्थ किसीकी समझ में नहीं आया।

चित्रकार से लोगों ने पूछा, ''क्यों भई, यह चित्र किसका है ?''

''यह अवसर का चित्र है।'' चित्रकार बोला।

''तो तुमने इसका चेहरा क्यों ढक दिया है ?''

''इसलिए कि यह लोगों के सामने आता है तो लोग इसे पहचान नहीं पाते।'' चित्रकार ने कहा।

''और इसके पैरों में पंख किसलिए हैं ?''

''इसलिए कि अवसर बड़ी तेजी से चला जाता है और एक बार गया तो फिर किसीके हाथ नहीं आता।''

☞ **महान् कलाकार वह है जो सत्य को सरल कर दे।**

297 कैथरीन और भेड़िया

कैथरीन एक बार किसी 'फैंसी ड्रेस पार्टी' में जाना चाहती थी। उसने वहाँ 'रेड राइडिंग हुड' बनकर जाने की बात सोची। तभी माँ ने कहा, ''बस, इस लिबास में सिर्फ एक बात की कमी है—और वह है एक भेड़िए की। फिर तो पहला इनाम तुम्हारा है।''

कैथरीन एक छोटे से जंगल के रास्ते से गुजर रही थी। तभी अचानक एक भेड़िया उसके सामने निकल आया।

''कहो, कैसी हो, रेड राइडिंग हुड ?'' भेड़िया बोला, ''मैंने तुम्हारे और तुम्हारी प्रिय दादी माँ के बारे में खूब सुना है।''

''मैं रेड राइडिंग हुड नहीं हूँ।'' वह सच-सच बोली, ''मैं कैथरीन हूँ।''

''ओह!'' भेड़िया हैरान सा होता हुआ बोला।

''क्या तुम वह खूँखार भेड़िए हो ?'' कैथरीन ने डरते-डरते पूछा।

''नहीं।'' उसने भी सच-सच जवाब दिया।

''अच्छा,'' कैथरीन बोली, ''चूँकि मैं नन्ही रेड राइडिंग हुड बनी हुई हूँ, तुम भी वह खूँखार भेड़िया बनकर मेरे साथ पार्टी में चलो।''

भेड़िए ने सोचा, यह अच्छा रहेगा। दोनों मित्र उस पार्टी में गए और पहला इनाम जीत लाए।

☞ **दो दुश्मन दोस्त बन जाएँ तो जीवन खुशी से महक उठता है।**

298 चाँदी का फावड़ा

एक नहर के उद्‌घाटन समारोह पर पं. नेहरू को चाँदी का फावड़ा दिया गया। उन्होंने गौर से उसे देखा, फिर हाथों में लिये हुए पास के एक सज्जन से पूछ बैठे, ''यह क्या है ?''

उन सज्जन ने प्रसन्नतापूर्वक जवाब दिया, ''जी, यह चाँदी का फावड़ा है।''

नेहरूजी का चेहरा शर्म और दु:ख से भारी हो उठा। उन्होंने फावड़े को दूर फेंककर कहा, ''क्या हमारे देश के किसान चाँदी का फावड़ा उपयोग करते हैं? देश की जनता दाने-दाने को मोहताज हो रही है, उनके पास पहनने के लिए साधारण कपड़े तक नहीं, रहने के लिए घर नहीं, क्या ऐसी स्थिति में यह चाँदी का फावड़ा मेरे हाथों में शोभा देता है?''

फौरन उन्हें लोहे का फावड़ा लाकर थमाया गया, तब कहीं जाकर उनका क्रोध शांत हुआ।

☞ **मधुर पुष्प धीमे-धीमे उगते हैं, घास तेजी से।**

299 बादामी रंग का भालू

एक बार किसी चिड़ियाघर में दो भालू मिले। एक सफेद रंग का था और दूसरा बादामी रंग का। दोनों मित्र बन गए।

बादामी भालू बोला, ''मित्र! कुछ दिनों में मैं यहाँ से भाग जाना चाहता हूँ।''

सफेद भालू ने कहा, ''मैं भी वही सोच रहा था कि इस गुलामी से निकल भागना ही अच्छा है।''

मौका पाकर दोनों ही वहाँ से भाग निकले। दिन-रात भागते-भागते वे दोनों एक समुद्र के किनारे जा पहुँचे। समुद्र में पानी का एक जहाज था। दोनों ही उसपर उछलकर चढ़ गए।

कई दिनों तक समुद्र यात्रा करने के बाद उन्होंने उत्तरी ध्रुव पर बर्फ का ढेर देखा। वे जहाज से कूद पड़े और बर्फ में छेद करके मछलियाँ ढूँढ़ने लगे।

दोनों ने पेट भरकर मछलियाँ खाईं और वहीं रहने लगे।

और इस तरह बादामी रंग का भालू उत्तरी ध्रुव पर पाया जाने लगा।

☞ **जिन्हें स्वतंत्र होना होता है उन्हें स्वयं ही प्रयास करना पड़ता है।**

300 कंजूस

एक बार एक विद्वान् और एक कंजूस साथ-साथ कहीं जा रहे थे।

दिन बीत गया, रात हुई। सर्दी इतनी थी कि कंजूस को नींद ही नहीं आ रही थी। उसने तय किया कि लकड़ी खोजकर वह आग जलाएगा, ताकि ठिठुरन से बच सके। उसने आसपास लकड़ियाँ खोजीं, पर उसे कहीं सूखी घास भी न मिली। तभी उसकी निगाह सोए हुए विद्वान् के सिरहाने रखी हुई किताबों के पुलिंदे पर गई। बस, बात बन गई। उसने धीरे से किताबों का पुलिंदा सरकाया और आग जला ली। गरमाहट से उसे नींद आने लगी और वह आराम से सो गया।

थोड़ी देर बाद आग बुझ गई और सर्दी से विद्वान् की नींद खुल गई। मगर आग जलाने का कोई

साधन उन्हें न सुझाई पड़ा। तभी दृष्टि कंजूस की बगल में रखे नोटों की गड्डियों पर गई। विद्वान् ने सोचा, यह बड़ी बेकार की चीज है। उन्होंने उसीसे आग जलाई और आराम से सो गए।

सुबह हुई तो दोनों को अपने नुकसान का एहसास हुआ। मगर बिना एक-दूसरे से कुछ बोले वे अपने-अपने रास्ते हो लिये।

☞ **आज पढ़ना सब जानते हैं, पर क्या पढ़ना चाहिए, यह बहुत कम लोग जानते हैं।**

301 काम बताओ, नहीं तो जान गँवाओगे

एक राक्षस हमेशा विभिन्न देशों के राजाओं के पास जाता और कहता कि मुझे नौकर रख लो। लगातार काम दो। अगर काम नहीं मिला तो मैं तुम्हें खा जाऊँगा। इस तरह वह कई देशों के राजाओं को खा चुका था।

एक बार वह बीकानेर के राजा के पास पहुँचा और अपनी इच्छा दोहराई। राजा ने उसे युद्ध पर भेज दिया। युद्ध से लौटा तो उसे महल तैयार करने के लिए कहा। उसने झटपट महल खड़ा कर दिया। इस तरह जो काम राजा उसे बतलाता, वह झटपट कर देता। राजा यह देख घबड़ाया। उसने मंत्री से सलाह ली।

मंत्री चालाक था। बोला, ''आप चिंता न कीजिए।''

इतने में राक्षस आकर काम के लिए पूछने लगा। मंत्री ने एक कुत्ता मँगवाया और उससे बोला कि इसकी पूँछ सीधी कर दो।

राक्षस कुत्ते की पूँछ सीधी करके छोड़ता तो वह फिर से टेढ़ी हो जाती। राक्षस पूँछ सीधी करते-करते परेशान हो उठा। तंग आकर उसने राजा से क्षमा माँगी और वापस चला गया।

☞ **कुत्ते की दुम टेढ़ी-की-टेढ़ी।**

302 ठगों की टोली

एक बार एक ब्राह्मण को किसीने गाय का बछड़ा दान में दिया। बछड़ा छोटा था, इसलिए ब्राह्मण उसे कंधे पर उठाकर घर की ओर चला। उसे कुछ ठगों ने देखा और उससे बछड़ा हथियाने की सोचने लगे। वे अलग-अलग बिखर गए।

ब्राह्मण थोड़ी दूर ही गया था कि एक ठग सामने से आया और बोला, ''पंडितजी, कुत्ता तो बहुत सुंदर है।''

ब्राह्मण को बहुत गुस्सा आया। वह बोला, ''अंधे हो! यह बछड़ा है, कुत्ता नहीं।''

''होगा।'' और वह आदमी अपने रास्ते चला गया।

वह ब्राह्मण अभी थोड़ी ही दूर चला था कि उसे एक और ठग मिला। उसने कहा, ''पंडितजी! यह कुत्ता कितने में बेचेंगे?''

ब्राह्मण को थोड़ा शक हुआ कि कहीं यह कुत्ता तो नहीं। उसने एक बार फिर देखा। आश्वस्त होकर बोला, ''यह बछड़ा है, कुत्ता नहीं।'' और आगे बढ़ गया।

आगे उसे तीसरा ठग मिला। उसने भी पंडितजी को देखकर यही कहा, ''महाराज, यह पागल कुत्ता आपने कहाँ कंधे पर बिठा रखा है! इसे छोड़ दीजिए, नहीं तो काट खाएगा।'' और यह कहकर वह डर से भागने लगा।

पंडितजी ने बछड़े को वहीं छोड़ बचाव में दौड़ लगाई और गाँव की ओर भाग निकले। तभी तीनों ठगों ने मिलकर बछड़े को पकड़ लिया।

☞ **केवल बहुमत से कोई चीज सत्य नहीं हो जाती।**

303 मित्रता

एक गिलहरी और पिल्ले में गाढ़ी मित्रता थी। वे दोनों साथ रहते, साथ खेलते।

गिलहरी हर खेल में बाजी मार ले जाती। जब भी उसे लगता कि वह हार जाएगी, लपककर पेड़ पर चढ़ जाती और वहाँ से झुककर अपने मित्र पिल्ले को चिढ़ाया करती। दोनों ही खुश रहकर अपना समय गुजार रहे थे।

गरमी खत्म होते ही ठंड के दिन आए। बर्फ का गिरना शुरू हो गया। पिल्ला तो किसी तरह अपना बचाव करता रहा, लेकिन गिलहरी अपना बचाव नहीं कर पा रही थी।

एक दिन गिलहरी पेड़ पर चढ़कर गूलर खा रही थी कि अचानक बरसात शुरू हो गई। आँधी चलने लगी। पेड़ पुराना था। जड़ समेत टूटकर जमीन पर गिर पड़ा। पेड़ के साथ ही गिलहरी भी पानी में जा गिरी।

''बचाओ, बचाओ!'' गिलहरी चिल्लाई।

पिल्ले ने जब अपनी मित्र की आवाज सुनी तो पानी में कूद पड़ा। गिलहरी उसकी पीठ पर बैठकर किनारे पर आ गई। इस तरह पिल्ले ने अपनी मित्र की जान बचाई और दोनों प्रेमपूर्वक रहने लगे।

☞ **जहाँ प्यार होता है वहाँ ईश्वर होता है।**

304 छिपा हुआ खजाना

एक बहुत बड़ा नगर था। उसके एक मुहल्ले में एक भिखारी रोज एक ही स्थान पर बैठकर भीख माँगा करता था। एक दिन वहीं उसके प्राण निकल गए। श्मशान में उसका क्रिया-कर्म कर दिया गया।

उस मुहल्ले के लोग उस भिखारी को बराबर देखते थे। उन्हें लगा कि वह लगातार उसी जगह पर बैठता था, पता नहीं उसे क्या रोग था। वहाँ की मिट्टी गंदी हो गई होगी! यह सोचकर वे लोग फावड़े ले आए और उन्होंने उस स्थान की मिट्टी खोदना शुरू कर दिया।

उन्होंने थोड़ा ही खोदा था कि उन्हें वहाँ छिपा बड़ा भारी खजाना दिखाई दिया। वे चकित रह गए। बेचारा भिखारी पैसे-पैसे के लिए तरसता रहा, जबकि उसके नीचे अपार धन था।

जिस समय वे हैरानी से उस खजाने को देख रहे थे, कहीं से आवाज आई, ''हम सबकी यही हालत है। हमारे अंदर अनमोल संपदा छिपी पड़ी है, पर हम उसे नहीं पहचानते और रात-दिन दुनिया के आगे दीन बने रहते हैं।''

☞ **मन चंगा तो कठौती में गंगा।**

305 चील और चिड़िया

''मैं शर्त लगाती हूँ कि मैं तुमसे ज्यादा ऊँची उड़ान भर सकती हूँ।'' चिड़िया ने चील से कहा।

''ठीक है, मैं तुम्हारी शर्त मंजूर करता हूँ।'' चील ने कहा, ''हालाँकि मैं चाहूँगा कि तुम जैसा छोटा पक्षी एक चील जितनी ऊँची उड़ान भरे।''

''उसमें कौन सी बड़ी बात है!'' चिड़िया बोली, ''मैं अभी दिखाती हूँ।''

चील ने अपने चौड़े पंख फैलाकर उड़ना शुरू कर दिया। वह नीले आसमान में और भी ऊँची उड़ानें भरने लगा। ''मैं पक्षियों का राजा हूँ और सबसे ऊँचा उड़ सकता हूँ।'' वह चिल्लाया।

''चीं, चीं! मैं यहाँ हूँ।'' उसके ऊपर चिड़िया बोली।

चील ने नीचे, दाएँ-बाएँ देखा, लेकिन चिड़िया उसे कहीं भी नजर नहीं आई।

''तुम कहाँ हो?'' वह बोला।

''यहाँ, तुमसे ऊपर, चील भाई।'' चिड़िया बोली।

चील को अचंभा हुआ। वह ज्यादा ऊँची-उड़ान भरने में असमर्थ था—और इसीलिए चिड़िया शर्त जीत गई।

दरअसल हुआ यह था कि चिड़िया उचककर उसकी पीठ पर बैठ गई थी। जब वह पूरी ऊँचाई पर पहुँच गया तो उसकी पीठ से उड़कर वह उसके और ऊपर हो ली। इस तरह वह शर्त जीत गई।

☞ **ताकतवर विरोधी को हराने के लिए ताकत की नहीं बल्कि बुद्धि की जरूरत होती है।**

306 शराबी

एक महात्मा लोगों को बुराइयों से दूर रहने का उपदेश दिया करते थे।

एक बार जब वे नशे के बारे में लोगों को बतला रहे थे, भीड़ में से एक व्यक्ति बोला, ''महात्माजी, मुझे शराब पीने की आदत है। मैं उसे छोड़ना चाहता हूँ, पर वह है कि छूटती ही नहीं। क्या आप मुझे इसकी कोई तरकीब बतलाएँगे?''

अचानक महात्माजी ने एक पेड़ के तने को पकड़ लिया और बोले, ''मैं तुम्हें तरकीब बतलाता हूँ; पर क्या करूँ, मुझे इस तने ने पकड़ लिया है। अब यह मुझे छोड़े तो मैं तुम्हें उपाय बताऊँ।''

पहले तो वह व्यक्ति भौचक्का सा होकर महात्माजी को देखने लगा, फिर कुछ झिझककर बोला, ''महात्माजी, क्षमा करें! क्या पेड़ भी आदमी को पकड़ सकता है?''

महात्माजी ने कहा, ''मूर्ख! मैं भी तो यही कहता हूँ। क्या कोई भी बुराई आदमी को पकड़कर रख सकती है!''

☞ **दृढ़ संकल्प के आगे हर काम सहज हो उठता है।**

307 गोटामार त्योहार

महाराष्ट्र के प्रसिद्ध त्योहार 'पोला' के अगले दिन सुबह से ही गाँवों में गाड़ियाँ भर-भरकर पत्थर आने लगते हैं और देखते-ही-देखते जाम नदी के दोनों किनारों पर पत्थर के ऊँचे ढेर-पर-ढेर लग जाते हैं। इस समय तक दोनों गाँववालों में आपस में खूब हँसी-मजाक चलता रहता है। तब उन्हें देख कोई सोच भी नहीं सकता कि अभी कुछ देर में अपने-अपने ग्राम देवता की पूजा कर लौटने के बाद ये ही लोग एक-दूसरे के जानी दुश्मन बन जाएँगे।

नदी के बीचोबीच लकड़ी का एक खंभा गाड़ दिया जाता है। इस खंभे को उखाड़कर ले जाने के लिए ही पांढुना और साबर गाँव के निवासियों में भयंकर होड़ लगती है। दोनों ओर के अनेक तैराक नवयुवक पत्थरों की वर्षा से बचाव के लिए अपने सिरों को कपड़ों के कवच में लपेटे हुए नदी में कूद पड़ते हैं। कुछ निहत्थे होते हैं तो कुछ के हाथों में फरसे और कुल्हाड़ियाँ होती हैं। अगर खंभा उखाड़ा न जा सका तो काटकर ही ले जाना होता है।

ज्यों ही दोनों ओर के युवक लहरों से जूझते हुए तैरकर खंभे की ओर बढ़ते हैं, दोनों किनारों पर खड़े सैकड़ों लोग अपने हाथों में पत्थर उठा लेते हैं और निशाने ताक-ताककर पूरी ताकत से विपक्षी तैराकों को मारते हैं। इसके लिए वे लोग महीनों पहले से ही निशानेबाजी का अभ्यास करते हैं। तेज गति से फेंके जानेवाले ये पत्थर किस सिर से होली खेलेंगे, कोई ठिकाना नहीं!

आप सोचते होंगे कि इस भीषण पत्थरबाजी में बहुतों की तो जान भी चली जाती होगी। पर आपको यह जानकर आश्चर्य होगा कि यह अनोखा पर्व यहाँ सदियों से मनाया जाता रहा है। लेकिन कहा जाता है कि 'गोटामार' की चोट के कारण आज तक तो कोई मरा नहीं।

☞ **मृत्यु से नया जीवन मिलता है। जो व्यक्ति या जाति मरना नहीं जानती वह जीना भी नहीं जानती।**

308 सभ्यता

फ्रांस का राजा हेनरी एक दिन पेरिस नगर में अपने उच्चाधिकारियों के साथ कहीं जा रहा था। मार्ग में एक भिक्षुक ने अपनी टोपी सिर से उतारकर तथा सिर झुकाकर उसे प्रणाम किया। प्रत्युत्तर में हेनरी ने भी अपनी टोपी उतारकर और सिर झुकाकर भिक्षुक को प्रणाम किया।

यह देखकर एक अफसर ने कहा, ''श्रीमान! एक भिक्षुक को आप इस प्रकार प्रणाम करें, क्या

यह उचित है?''

हेनरी ने सरलता से उत्तर दिया, ''क्या फ्रांस के नरेश में एक भिक्षुक जितनी भी सभ्यता नहीं है?''

☞ **सज्जनता की कसौटी सही आचरण है।**

309 सेवा हमारा धर्म है

किसी जमाने की बात है, बगदाद में एक धनी आदमी रहता था।

एक दिन उसकी हवेली में आग लग गई। अन्य सब तो बाहर निकल आए, पर एक नौकर भीतर रह गया। अमीर बड़ा दुःखी हुआ। उसने घोषणा की कि जो कोई उस नौकर को जलते घर से बाहर निकाल लाएगा, उसे वह एक हजार दीनार इनाम में देगा।

इतने में एक साधु वहाँ पर आया। उसने आव देखा न ताव, एकदम भीतर की तरफ दौड़ा और नौकर को निकाल लाया। लोगों ने देखा कि जलते हुए घर में घुसने के बाद भी न साधु के कपड़े जले,

न बदन झुलसा। वे अचरज से भर उठे।

धनी आदमी साधु के सामने श्रद्धा से झुक गया। फौरन उसने एक हजार दीनार उसके सामने रख दिए।

साधु ने उत्तर दिया, ''सेवा हमारा धर्म है। हम इनाम के लिए सेवा नहीं करते।''

अब लोगों की समझ में आया कि साधु आग में से बेदाग क्यों निकल आया था।

☞ **साँच को आँच नहीं लगती।**

310 दु:ख की गठरी

एक नगर के लोग बड़े दु:खी थे। अचानक एक दिन आकाशवाणी हुई कि लोग अपना-अपना दु:ख गठरी में बाँधकर ले जाएँ और शहर के बाहर अमुक जगह पर पटककर वहाँ से सुख बाँध लाएँ।

लोग बड़े खुश हुए। उन्होंने अपने दु:खों की गठरी बाँधी और चल दिए। फिर दु:ख को फेंककर और सुख को लेकर वे अपने-अपने घर लौट आए। सारे शहर में सुख का साम्राज्य छा गया।

लेकिन मुश्किल से दो दिन बीते होंगे कि लोग फिर दु:खी होने लगे—यह सोचकर कि उनका पड़ोसी जितना सुखी है, वे उतने सुखी क्यों नहीं हैं? दूसरे के पास यह है, वह है—पर उनके पास तो उतना नहीं है।

लेकिन एक साधु मस्त था और हँस रहा था।

वे उसके पास गए और बोले, ''महाराज! दु:ख हमारा पीछा नहीं छोड़ता, लेकिन आप इतने सुखी कैसे हैं?''

साधु बोला, ''बात यह है कि तुम लोग सुख बाहर खोजते हो, पर सुख बाहर है कहाँ! सुख तो अपने अंदर है।''

☞ **सुख और आनंद ऐसे इत्र हैं जिन्हें जितना अधिक तुम दूसरों पर छिड़कोगे उतनी ही अधिक सुगंध तुम्हारे अंदर आएगी।**

311 गुरु-चेला

एक गुरु थे। उनके पास एक शिष्य रहता था। उसे एक दिन किसी काम से कहीं जाना था। वह चला तो रास्ते में जोरों से वर्षा होने लगी। शिष्य लौट आया और गुरु से बोला, ''गुरुजी! मूसलाधार बरसात हो रही है। रास्ते में नाले पड़ेंगे, मैं नाले कैसे पार करूँगा?''

गुरुजी ने कहा, ''भगवान् का नाम लेना, पार हो जाओगे।''

शिष्य को गुरु के प्रति बड़ी श्रद्धा थी। वह चल दिया। रास्ते में उसे गहरा नाला मिला। उसने पूरी श्रद्धा से गुरु के नाम का स्मरण किया और नाला पार कर गया।

अगले दिन गुरु को कहीं जाना था। वह चले। आगे बढ़ने पर नाला आया। नाला बड़ा गहरा था और धारा तेजी से बह रही थी। पानी में पैर डालते ही गुरु के मन में शंका उत्पन्न हुई कि क्या मैं नाला पार कर सकूँगा? शंका उपजी कि गुरुजी वहीं डूब गए।

☞ **शंका डुबाती है, श्रद्धा उबारती है।**

312 मुरगे का चौकीदार

एक कुत्ता और एक मुरगा लंबे सफर के लिए साथ निकल पड़े। सूरज ढला, तब वे दोनों एक घने जंगल में थे। मुरगा एक पेड़ पर चढ़कर सो गया। कुत्ते ने पेड़ के पीछे फैली झाड़ियों में अपनी रात बिताने का इंतजाम कर लिया। सुबह हुई तो मुरगा जागा और चिल्लाया—कुकड़ू कूँऽऽ!

उसकी आवाज सुनकर एक सियार दौड़ा आया और मुरगे को पेड़ पर देखकर बोला, ''यह तो तुमने बड़ा नेक काम किया कि बाँग देकर मुझे सुबह की प्रार्थना के लिए जगा दिया। अगर तुम नीचे आ जाओ तो हम दोनों साथ-साथ मिलकर प्रार्थना कर लें।''

मुरगा बेवकूफ नहीं था। सियार की नीयत वह तुरंत भाँप गया। उसने कहा, ''सियार भैया! इस

पेड़ के नीचे मेरा चौकीदार सोया है। जरा उसे भी प्रार्थना के लिए बुला लो।''

सियार दौड़कर पेड़ के पीछे आया तो कुत्ता उसपर लपका। चंद मिनटों में कुत्ते ने सियार का भुरता बना डाला।

☞ **अपना उल्लू सीधा करने के लिए शैतान भी धर्मशास्त्र के हवाले दे सकता है।**

313 आगे-आगे ब्राह्मण

एक था पंडित और एक था बाबा। दोनों एक साथ यात्रा पर चले। गरमी के दिन थे। ठीक दोपहर का समय। दोनों को प्यास लगी, पर आसपास कहीं पानी नहीं था। भूख भी लगी थी। भूख-प्यास के बारे में सोचते हुए दोनों आगे बढ़े। रास्ते में एक बनिया मिला। बनिया भी भूखा-प्यासा था।

तीनों ने मिलकर तय किया कि थोड़ी मेहनत करें। जो भी मिल जाए, बराबर-बराबर बाँट लें। चलते-चलते रास्ते में गन्ने का एक खेत आया। पहले पंडित खेत में पहुँचा और बोला, ''नारायण ! नारायण··· !''

गन्नेवाले किसान ने कहा, ''पता नहीं ये भिखमंगे कहाँ से चले आते हैं? यहाँ कोई भंडार भरा है कि देते ही चले जाएँ।''

ब्राह्मण का फेरा खाली गया और वह लौट आया।

अब बाबाजी खेत में पहुँचकर बोले, ''अलख निरंजन! अलख निरंजन!''

सुनकर किसान बोला, ''अरे, इस अभागे देश में इन लँगोटधारियों की कोई कमी ही नहीं है। किन-किन को दें और कितना दें।'' बाबाजी भी खिसियाकर लौट आए। अब बनिये की बारी आई। बनिया खेत में पहुँचा और किसान से पूछा, ''कहिए श्रीमानजी, गन्ने से गुड़ कब तैयार होगा?''

किसान बोला, ''पधारिए सेठजी! कितना गुड़ खरीदना है?''

बनिये ने कहा, ''यही कोई सौ मन।''

किसान बोला, ''बैठिए, हम दाम तय कर लें।''

किसान और बनिये ने मिलकर भाव तय कर लिया और तुलवाने का दिन भी ठहरा लिया। सब कुछ निपटने के बाद विदा लेने से पहले बनिया बोला, ''श्रीमानजी, सौदा तय हो गया। कुछ नमूना तो दो।''

किसाने ने बीस बढ़िया गन्ने उखाड़कर बनिये को सौंप दिए।

अब बँटवारे का काम शुरू हुआ। सबको बराबर का हिस्सा मिलना चाहिए।

लेकिन बनिये ने एक तरकीब की। कुछ सोचने का दिखावा कर उसने कहा, ''सुनो भैया! शास्त्र में लिखा है कि पहले ब्राह्मण। इसलिए ब्राह्मण को तो हमें आगे का हिस्सा देना चाहिए।''

यह कहकर बीसों गन्नों का ऊपरवाला हिस्सा काटकर उसने पंडित को सौंप दिया। पंडित ने अपना हिस्सा खुशी-खुशी स्वीकार कर लिया। फिर बनिये ने कहा, ''शास्त्र में लिखा है कि बनिए को बीच का हिस्सा मिलना चाहिए।''

यह कहकर गन्नों के बीचवाले टुकड़े बनिये ने अपने लिए रख लिये।

अब गन्नों का नीचे का हिस्सा बचा।

बनिये ने कहा, ''शास्त्र का तीसरा वचन है कि बाबाजी के लिए जड़वाला हिस्सा बेहतर होता है। क्योंकि जड़ों में असली ताकत होती है। उससे बूटियाँ बनती हैं।''

बनिये ने बीच का बढ़ियावाला हिस्सा खुद अपने लिए रख लिया और पंडित तथा बाबाजी को भी खुश कर दिया।

सब खुश होकर अपने-अपने घर लौट गए।

☞ **बुद्धि की सब जगह विजय होती है।**

314 गरीब बादशाह

बादशाह नासिरुद्दीन के बारे में मशहूर है कि वे अपने खाने-पीने और ऐश-आराम के लिए शाही खजाने से एक भी पैसा न लेते थे। वे किताबों की नकल करते थे और उन नकल की हुई किताबों को बेचकर जो पैसा मिलता था, उसीसे अपना और अपने परिवार का खर्च चलाते थे।

बादशाह होते हुए भी खाना पकाने के लिए घर में कोई रसोइया नहीं था, जिस कारण बेगम को ही खाना पकाना पड़ता और घर के दूसरे काम भी करने पड़ते थे।

एक बार रोटी पकाते समय बेगम की अँगुलियाँ जल गईं। बेगम ने डरते-डरते बादशाह से एक दासी रखने के लिए कहा।

इसपर बादशाह बोले, ''मैं जो कमाता हूँ, उससे दोनों वक्त का खाना ही किसी तरह जुट पाता है, दासी कहाँ से रखूँ? खजाने के रुपए तो प्रजा के हैं। उन्हें प्रजा की भलाई के लिए ही खर्च करना चाहिए। एक गरीब बादशाह की बेगम होकर तुम्हें ऐसी बात ख्वाब में भी नहीं सोचनी चाहिए।''

☞ **मेहनत की रोटी सबसे मीठी होती है।**

315 बीमारी का इलाज

एक राजा बहुत बीमार हो गया। दूर-दूर से चिकित्सक आए, लेकिन उसे फायदा नहीं पहुँचा। लोग बड़े दुःखी हुए कि अब क्या हो?

अचानक एक साधु आया। उसने राजा को देखा और बोला, ''ये तो जरा सी देर में ठीक हो जाएँगे। इनको पहनाने के लिए ऐसे धनी की पोशाक लाओ, जो सुखी हो।''

राजा के महल से कुछ दूर एक सेठ रहता था। दीवान दौड़ा-दौड़ा उसके यहाँ पहुँचा।

सेठ ने कहा, ''दीवानजी! पोशाक एक नहीं, चार ले जाओ, पर बात यह है कि मैं सुखी नहीं हूँ।''

दीवान दूसरे सेठ के यहाँ पहुँचा। उसने भी वही जवाब दिया। दीवान ने रात तक जाने कितने घरों में चक्कर काटे, पर कोई भी सुखी नहीं मिला।

हैरान होकर दीवान लौटने लगा तो नदी के उस पार से बाँसुरी की तान सुनाई दी। कोई आनंदमग्न हो बाँसुरी बजा रहा था।

दीवान ने सोचा, अब काम बन गया। फौरन नदी पार कर वहाँ पहुँचा तो पाया कि एक नौजवान मस्ती में तान छेड़ रहा है।

''ओ भाई! तू बड़ा सुखी जान पड़ता है। ला, अपने कपड़े राजा के लिए दे दे।'' दीवान ने नौजवान से कहा।

नौजवान ने बाँसुरी बजाना बंद कर दिया और बोला, ''मेरे पास कपड़े हैं कहाँ! मैं तो बस एक लँगोटी लगाए हुए हूँ।''

☞ **हँसनेवाले लखपति दुर्लभ हैं।**

316 शेर का बेटा शेर

एक रोज जंगल के सारे प्राणी आपस में लड़ बैठे। हर एक प्राणी कहता था कि उसका परिवार सबसे बड़ा है। अंत में कुछ तय न होने पर वे जंगल की रानी शेरनी के पास आए और पूछा, ''महारानी!

आपके कितने बच्चे हैं?''

शेरनी ने तुरंत जवाब दिया, ''सिर्फ एक; पर वह शेर है।''

☞ **शक्तिशाली दस के बराबर एक होता है।**

317 त्याग और लोभ

किसी नगर में एक सेठ रहता था। उसके पास बहुत धन था।

संयोग की बात कि एक दिन उसके यहाँ एक साधु आया। उसे देखकर अचानक सेठ को जाने क्या हुआ कि उसकी झोली में उसने एक पैसा डाल दिया। साधु चला गया। सेठ अपने काम में लग गया।

लेकिन उसके आश्चर्य का ठिकाना न रहा, जब उसने देखा कि शाम को उसे एक मुहर प्राप्त हुई। पैसे के बदले में मुहर! वह मारे खुशी के कूदने लगा। परंतु थोड़ी देर में उसकी सारी खुशी काफूर हो गई। उसके भीतर कोई कह रहा था, 'ओ मूर्ख! तूने साधु को सिर्फ एक पैसा ही क्यों दिया? यदि एक मुहर दी होती तो तू मालामाल हो जाता।''

अगले दिन वही साधु फिर आया।

उसे देखते ही फौरन सेठ ने एक मुहर निकाली और उसकी झोली में डाल दी। मुहर लेकर साधु अपने रास्ते चला गया। पर अब सेठ के लिए वक्त काटना मुश्किल हो गया। एक-एक पल एक-एक युग जैसा लग रहा था। शाम ढल गई, रात हो गई; लेकिन उसकी इच्छा पूरी नहीं हुई। वह सिर धुनने लगा।

तभी भीतर से फिर आवाज फूटी—'सेठ! याद रख, त्याग फलता है, लोभ छलता है।'

☞ **संसार में सबसे दयनीय वह है जो धनवान् होकर भी [illegible]।**

318 कौआ और गेहूँ का दाना

एक किसान था। उसकी घरवाली एक रोज गेहूँ साफ कर रही थी। तभी एक कौआ आया और डलिया में से एक दाना लेकर पेड़ पर जा बैठा। किसान की जोरू भड़क उठी, उसने एक पत्थर कौए को दे मारा। कौआ 'काँव-काँव' करता हुआ पेड़ से नीचे आ गिरा और गेहूँ का दाना पेड़ के कोटर में फँस गया। किसान की घरवाली लपककर कौए के पास पहुँची और उसका एक पंख पकड़कर बोली, ''गेहूँ का मेरा दाना दे, वरना मैं तुझे अभी मार डालूँगी।''

कौए ने कहा, ''मुझे क्षमा करो। गेहूँ का दाना मैं अभी ला देता हूँ।''

इसके बाद कौआ पेड़ के पास गया। दाना पेड़ के कोटर में जा फँसा था, इसलिए उसने पेड़ से कहा, ''पेड़, पेड़, दाना दो।''

पेड़ बोला, ''मैं हरगिज नहीं दूँगा।''

कौआ बढ़ई के पास पहुँचा और कहा—

''बढ़ई-बढ़ई, पेड़ काटो।
पेड़ ने मेरा दाना लिया।
माँगने पर भी नहीं दिया।''

बढ़ई बोला, ''पेड़ को मैं हरगिज नहीं काटूँगा।''

इसपर कौआ राजा के पास पहुँचा। कौए ने राजा से कहा—

''राजा, राजा, बढ़ई को पीटो।
बढ़ई पेड़ नहीं काटता।
पेड़ ने मेरा दाना लिया।
माँगने पर भी नहीं दिया।''

राजा बोला, ''मैं बढ़ई को हरगिज नहीं पीटूँगा।''

फिर कौआ रानी के पास पहुँचा। उसने रानी से कहा—

''रानी, रानी, राजा से रूठो।

राजा बढ़ई को नहीं पीटता।
बढ़ई पेड़ नहीं काटता।
पेड़ ने मेरा दाना लिया।
माँगने पर भी नहीं दिया।''
रानी बोली, ''मैं राजा से हरगिज नहीं रूठूँगी।''
यह सुनकर कौआ साँप के पास गया। उसने साँप से कहा—
''साँप, साँप, रानी को काटो।
रानी राजा से नहीं रूठती।
राजा बढ़ई को नहीं पीटता।
बढ़ई पेड़ नहीं काटता।
पेड़ ने मेरा दाना लिया।
माँगने पर भी नहीं दिया।''
साँप बोला, ''मैं रानी को हरगिज नहीं काटूँगा।''
यह सुनकर कौआ डंडे के पास पहुँचा। उसने डंडे से कहा—
''डंडे, डंडे, साँप को मारो।
साँप रानी को नहीं काटता।
रानी राजा से नहीं रूठती।
राजा बढ़ई को नहीं पीटता।
बढ़ई पेड़ नहीं काटता।
पेड़ ने मेरा दाना लिया।
माँगने पर भी नहीं दिया।''
डंडा बोला, ''भाई, मैं साँप को हरगिज नहीं मारूँगा।''
फिर कौआ आग के पास पहुँचा। उसने आग से कहा—
''आग, आग, डंडे को जलाओ।
डंडा साँप को नहीं मारता।
साँप रानी को नहीं डँसता।
रानी राजा से नहीं रूठती।
राजा बढ़ई को नहीं पीटता।
बढ़ई पेड़ नहीं काटता।
पेड़ ने मेरा दाना लिया।
माँगने पर भी नहीं दिया।''
आग बोली, ''मैं डंडे को हरगिज नहीं जलाऊँगी।''

फिर कौआ समंदर के पास पहुँचा। उसने समंदर से कहा—
''समंदर, समंदर, आग को बुझाओ।
आग डंडे को नहीं जलाती।
डंडा साँप को नहीं मारता।
साँप रानी को नहीं डँसता।
रानी राजा से नहीं रूठती।
राजा बढ़ई को नहीं पीटता।
बढ़ई पेड़ नहीं काटता।
पेड़ ने मेरा दाना लिया।
माँगने पर भी नहीं दिया।''
समंदर बोला, ''मैं आग को हरगिज नहीं बुझाऊँगा।''
सुनकर कौआ हाथी के पास पहुँचा। उसने हाथी से कहा—
''हाथी, हाथी, समंदर पी लो।
समंदर आग नहीं बुझाता।
आग डंडे को नहीं जलाती।
डंडा साँप को नहीं मारता।
साँप रानी को नहीं डँसता।
रानी राजा से नहीं रूठती।
राजा बढ़ई को नहीं पीटता।
बढ़ई पेड़ नहीं काटता।
पेड़ ने मेरा दाना लिया।
माँगने पर भी नहीं दिया।''
हाथी बोला, ''मैं समंदर को हरगिज नहीं पीऊँगा।''
इसपर कौआ रस्से के पास पहुँचा। उसने रस्से से कहा—
''रस्से, रस्से, हाथी को बाँधो।
हाथी समंदर को नहीं पीता।
समंदर आग नहीं बुझाता।
आग डंडे को नहीं जलाती।
डंडा साँप को नहीं मारता।
साँप रानी को नहीं डँसता।
रानी राजा से नहीं रूठती।
राजा बढ़ई को नहीं पीटता।

बढ़ई पेड़ नहीं काटता।
पेड़ ने मेरा दाना लिया।
माँगने पर भी नहीं दिया।''
रस्सा बोला, ''मैं हाथी को हरगिज नहीं बाँधूँगा।''
सुनकर कौआ चूहे के पास पहुँचा। उसने चूहे से कहा—
''चूहे, चूहे, रस्से को काट।
रस्सा हाथी को नहीं बाँधता।
हाथी समंदर को नहीं पीता।
समंदर आग नहीं बुझाता।
आग डंडे को नहीं जलाती।
डंडा साँप को नहीं मारता।
साँप रानी को नहीं डँसता।
रानी राजा से नहीं रूठती।
राजा बढ़ई को नहीं पीटता।
बढ़ई पेड़ नहीं काटता।
पेड़ ने मेरा दाना लिया।
माँगने पर भी नहीं दिया।''
चूहा बोला, ''मैं रस्से को हरगिज नहीं काटूँगा।''
फिर कौआ बिल्ली के पास पहुँचा। उसने बिल्ली से कहा—
''बिल्ली, बिल्ली, चूहे को खा जा।
चूहा रस्से को नहीं काटता।
रस्सा हाथी को नहीं बाँधता।
हाथी समंदर को नहीं पीता।
समंदर आग नहीं बुझाता।
आग डंडे को नहीं जलाती।
डंडा साँप को नहीं मारता।
साँप रानी को नहीं डँसता।
रानी राजा से नहीं रूठती।
राजा बढ़ई को नहीं पीटता।
बढ़ई पेड़ नहीं काटता।
पेड़ ने मेरा दाना लिया।
माँगने पर भी नहीं दिया।''

बिल्ली ने जैसे ही चूहे को देखा, वह लपककर उसको खाने दौड़ी। बिल्ली को आते देखकर चूहा रस्सा काटने दौड़ा। कटने के डर से रस्सा हाथी को बाँधने पहुँचा। बँधने के डर से हाथी समंदर को पीने लगा। सूखने के डर से समंदर आग बुझाने चला। आग बुझने लगी तो उसने डंडे को जलाना शुरू किया। इसपर डंडा साँप को मारने दौड़ा। मार के डर से साँप रानी को काटने चला। साँप के डर से रानी राजा से रूठ गई। रानी को रूठते हुए देख राजा ने बढ़ई को बुलवाया। बढ़ई को पिटाई का डर लगा, वह अपना बसूला लेकर पेड़ को काटने चला। बढ़ई को आते हुए देखकर पेड़ ने गेहूँ का दाना कौए को दे दिया। फिर कौआ किसान की घरवाली के पास पहुँचा और दाना उसे लौटा दिया।

☞ **बिना भय के प्रीति नहीं होती है।**

319 आत्मबोध

एक बार एक गुरु आत्मा के बारे में अपने एक शिष्य को समझा रहे थे। पर शिष्य कहता, "आत्मा को कैसे मानें? वह दिखाई तो देती नहीं।"

हारकर गुरु ने शिष्य से कहा, "अच्छा, जाओ, सामने के पेड़ से फल ले आओ।"

शिष्य गया और फल ले आया।

गुरु ने कहा, "इस फल को तोड़ डालो।"

शिष्य ने वैसा ही किया।

गुरु ने पूछा, ''इसमें तुम्हें क्या दिखाई देता है ?''

शिष्य ने उत्तर दिया, ''गुरुदेव! इसमें बीज दिखाई दे रहा है।''

गुरु ने कहा, ''इस बीज को पीस डालो।''

शिष्य ने बीज को पीस डाला।

गुरु ने पूछा, ''अब तुम्हें क्या दिखाई देता है ?''

शिष्य ने बड़े ध्यान से देखा और बोला, ''गुरुजी, अब तो कुछ भी दिखाई नहीं देता।''

तब गुरु ने कहा, ''वत्स! जो तुझे दिखाई नहीं देता उसीसे इतना बड़ा वृक्ष पैदा हुआ है। बीज के अंदर जो शक्ति है वही आत्मा है। और तू भी वही है।'' शिष्य की समझ में सारी बात आ गई।

☞ **आत्मा की ऊँचाई जीवन की ऊँचाई है।**

320 कसौटी

अकबर बादशाह के दरबार में एक खिलाड़ी आया। वह बैल का अभिनय कर रहा था, बैल की तरह चल रहा था, बैल की तरह उछल-कूद रहा था। गले से आवाज भी बैलों की तरह निकाल रहा था। यह देखकर एक बच्चे ने अपनी टोपी उतारकर उस खिलाड़ी की ओर फेंकी।

सभी को हैरानी हुई।

बादशाह सलामत ने उस बच्चे से पूछा, ''टोपी क्यों फेंकी ?''

बच्चा—''मैंने उसे टोपी इनाम में दी है।''

बादशाह, ''क्यों ?''

बच्चा—''मैंने उसकी परीक्षा ली। वह सफल रहा है।''

बादशाह—''कैसी परीक्षा ?''

बच्चा—''उस खिलाड़ी पर पहले मैंने कंकड़ फेंका। जब बैल की चमड़ी से कंकड़ टकराता है तो बैल अपनी चमड़ी थरथराता है। इस खिलाड़ी ने भी वैसा ही किया।''

बादशाह सलामत उस नन्हे से बच्चे की अक्लमंदी पर खुश हो गए। वह बच्चा और कोई नहीं बल्कि हमारा बाल बीरबल ही था।

☞ **संसार में प्रतिध्वनियाँ बहुत हैं, ध्वनियाँ कम।**

321 कंजूस की मौत

एक था कंजूस। एक रोज वह नारियल खरीदने बाजार गया। उसने नारियल का दाम पूछा तो दुकानदार ने बताया, ''पूरा एक रुपया होगा।''

कंजूस ने कहा, ''मैं तो पचास पैसे दूँगा।''

"मील भर पर नारियल की बाड़ी है।" दुकानदार ने सलाह दी, "वहाँ चले जाओ, पचास पैसे में मिलेगा।"

कंजूस मील भर चलकर नारियल की बाड़ी में पहुँचा। वहाँ दाम पूछा।

बगीचेवाले ने बताया, "सिर्फ पचास पैसे।"

कंजूस ने कहा, "मैं तो सिर्फ पच्चीस पैसे दूँगा।"

बगीचेवाला मुसकराया और बोला, "भई, पच्चीस पैसे भी क्यों खर्च करते हो! वह रहा सामने पेड़। ऊपर चढ़ जाओ और जितने भी चाहो उतने तोड़ लो।"

कंजूस को यह प्रस्ताव जँच गया। हींग लगे न फिटकरी, रंग चोखा। वह पेड़ की ओर लपका

और सँभल-सँभलकर चढ़ने लगा। काफी ऊपर जाने के बाद उसने नीचे देखा तो उसे चक्कर आ गया। उसके हाथ से पेड़ छूट गया। जमीन पर गिरते ही उसके प्राण-पखेरू उड़ गए।

☞ **लालच कभी-कभी जानलेवा भी होता है।**

322 दाँत भगवान् का

भगवान् बुद्ध का दाँत किसी भारतीय राजकुमारी के बालों में लपेटकर ईसा से 311 वर्ष पूर्व लंका ले जाया गया था और वहाँ अनुराधपुर के मंदिर में प्रस्थापित कर दिया गया था। लंकावासी उस दाँत को बहुत आदर एवं श्रद्धा की दृष्टि से देखते और उसकी पूजा करते थे।

लेकिन सन् 1560 में जब पुर्तगालियों ने लंका पर हमला किया तो लूट के दूसरे माल के साथ वे भगवान् बुद्ध के उस दाँत को भी गोआ ले गए। गोआ उन दिनों भारत में पुर्तगालियों की राजधानी थी।

गोआ के पादरी के लिए भला उस दाँत का क्या महत्त्व हो सकता था! उसने इस सबको ढोंग समझा और उस दाँत को बारीक पीसकर उसमें आग लगा दी। जलने के बाद जो राख बची, उसे समुद्र में बहा दिया।

इस घटना को सुनकर आप शायद सोचते होंगे कि भगवान् बुद्ध का वह दाँत हमेशा के लिए नष्ट हो गया, लेकिन आपको यह जानकर आश्चर्य होगा कि इस घटना के कुछ ही वर्ष बाद वह दाँत कैंडी के मंदिर में अपने आप फिर से आ गया। लोगों ने उस दाँत को वहीं पाया जहाँ वह सन् 1560 तक रखा हुआ था।

☞ **श्रद्धा वह चिड़िया है जो प्रकाश का अनुभव कर लेती है और अँधेरे प्रभात में गाने लगती है।**

323 गधा और बैल

एक बार दो बड़े पंडित एक सेठ के यहाँ पधारे। भोजन से पूर्व पंडितों ने स्नान करना चाहा।

जब एक पंडित स्नानागार में गया तो सेठजी ने दूसरे पंडित से पूछ लिया, ''पंडितजी, आपके साथी तो बड़े विद्वान् मालूम पड़ते हैं।''

पंडित बोला, ''अजी, काहे के विद्वान्! उसे आता क्या है! वह तो निपट बैल है।''

इतने में वह पंडित स्नान करके आ गया। तभी दूसरा पंडित स्नानागार में गया तो सेठजी ने उस पंडित से भी वही सवाल पूछा, ''पंडितजी, वे दूसरे पंडित तो शास्त्रों के बड़े ज्ञाता मालूम पड़ते हैं।''

यह पंडित बोला, ''वाह सेठजी! आप भी बड़े नासमझ हैं। अरे, वह तो निरा गधा है।''

स्नान के बाद संध्या-पूजा आदि से निवृत्त होकर दोनों पंडित भोजन के लिए आसन पर बैठे। भोजन की थालियाँ परोसी गईं तो पंडितों ने देखा कि भोजन के बजाय एक थाली में घास और दूसरी में

भूसा रखा है। वे क्रोध में खड़े हो गए।

सेठजी हाथ जोड़कर बड़ी नम्रतापूर्वक बोले, ''महाराज! शांत हों। यह सब तो आपके बताए अनुसार ही हुआ है। आप दोनों ने एक-दूसरे को बैल तथा गधा बताया है। अत: दोनों का भोजन भूसा और घास मौजूद है। कृपया ग्रहण करें।''

☞ **कुछ जन्म से ही महान् होते हैं, कुछ महानता प्राप्त करते हैं और कुछ लोगों पर महानता लाद दी जाती है।**

324 अपमान का बदला

महान् वैज्ञानिक अलबर्ट आइंस्टीन से एक बार एक बालक ने पूछ, ''अंकल! मुझे कोई ऐसा मंत्र बताएँ जिससे जीवन में शत-प्रतिशत सफलता मिल सके।''

आइंस्टीन ने मुसकराते हुए उत्तर दिया, ''हिम्मत न हारो।''

बालक ने पूछा, ''यह कैसे, अंकल?''

आइंस्टीन ने बताया, ''जब मैं तुम्हारी तरह बालक था तो स्कूल के साथी मुझे बहुत तंग करते थे और बुद्धू कहकर मुझे चिढ़ाया करते थे। गणित के अध्यापक मेरा इतना अपमान करते थे कि मैं शर्म से गड़ जाता था। वे हमेशा ताना कसते थे कि तुम सात जन्म में भी गणित नहीं सीख पाओगे। इन सब बातों से चिढ़कर मैंने निश्चय किया कि मैं पूरी मेहनत से सारी चीजें सीखूँगा। किसीके भी अपमानित करने से हिम्मत नहीं हारूँगा। इसीलिए मैं कुछ कर सका। सोचो, यदि मैं डरकर हिम्मत हार बैठता तो मेरी क्या गति हुई होती!''

☞ **जो हिम्मत हारा वह जीवन हारा।**

325 शांति की खोज

एक महात्मा से एक धनिक ने कहा, ''महात्मन्, आप मुझसे जितना धन चाहें, ले लें, लेकिन सुख और शांति को प्राप्त करने की राह बता दें।''

अँधेरा होने पर महात्माजी ने धनिक से कहा, ''मेरा कमंडलु खो गया है, मैं उसे खोजने के लिए बाहर जा रहा हूँ।''

यह कहकर महात्माजी कुटी से बाहर चंद्रमा के प्रकाश में कमंडलु ढूँढ़ने लगे।

धनिक शिष्य पीछे-पीछे जाकर बोला, ''महात्मन्, आपने कमंडलु तो कुटी में रखा था, फिर आप उसकी खोज बाहर क्यों कर रहे हैं?''

महात्माजी ने उत्तर दिया, ''प्रियवर, कुटी में तो अँधेरा है, वहाँ कमंडलु कैसे ढूँढ़ूँ? यहाँ प्रकाश है, इसलिए यहीं कमंडलु ढूँढ़ रहा हूँ।''

धनिक को इस बात पर हँसी आई। वह बोला, ''महात्मन्, कुटी में प्रकाश कीजिए, बाहर के प्रकाश से भीतर तो सहायता नहीं मिलेगी।''

तभी महात्माजी ने कहा, ''भद्र! यही तो तुम्हारे प्रश्न का उत्तर है। बाहर की धन-सामग्री से भीतर मन में प्रकाश कैसे हो सकता है?''

☞ **शांति की खोज में हम चाहे पूरे संसार का चक्कर लगा आएँ। अगर वह हमारे भीतर नहीं है तो कहीं नहीं मिलेगी।**

326 सियार और बकरी

एक सियार पानी पीने के लिए कुएँ में झुका तो अंदर गिर गया। अब उसके लिए बाहर निकलना मुश्किल था। तभी एक बकरी पानी पीने के लिए उधर आई। कुएँ के भीतर सियार को देखकर उसने पूछा, ''सियार भैया! पानी कैसा है?''

सियार ने तुरंत कहा, ''अरे बहना! यह तो गंगाजल से भी मीठा है। आ जाओ अंदर।''

मूर्ख बकरी फौरन अंदर कूद पड़ी। वह पानी पीने लगी। उसी समय सियार फुरती से उसकी

पीठ पर चढ़कर कुएँ से बाहर कूद गया।

☞ **जहाँ दिमाग होता है वहाँ रास्ता भी होता है।**

327 बिच्छू के डंक

एक महात्मा नदी के किनारे स्नान कर रहे थे। उन्होंने देखा कि एक बिच्छू पानी की धार में बह रहा है। उन्होंने उसको बचाने के लिए हाथ में उठा लिया। बिच्छू ने डंक मारा, जिससे हाथ हिला और बिच्छू फिर पानी में जा गिरा। महात्मा ने उसे फिर उठा लिया। बिच्छू ने फिर डंक मारा और हाथ हिलने से वह फिर पानी में गिरकर बहने लगा। तीन-चार बार ऐसा ही हुआ।

किनारे पर खड़े एक व्यक्ति ने कहा, ''अरे महात्माजी, डंक मारता है तो उसे छोड़ क्यों नहीं देते ?''

महात्मा ने उत्तर दिया, ''भाई, बिच्छू का स्वभाव है डंक मारना और मेरा स्वभाव है बचाना। जब यह कीड़ा होकर भी अपना स्वभाव नहीं छोड़ता तो मैं मनुष्य होकर अपना स्वभाव कैसे छोड़ूँ!''

☞ **दूसरे का स्वभाव चाहे तुम्हें पसंद न हो, लेकिन तुम्हें अपना नेक स्वभाव नहीं छोड़ना चाहिए।**

328 औरत

तीन मनुष्य ब्रह्माजी के पास अपनी-अपनी आवश्यकता बताने पहुँचे।

पहले ने कहा, ''मुझे एक घोड़ा चाहिए।''

दूसरे ने कहा, ''मुझे एक कुत्ते की जरूरत है, ताकि जंगल में शिकार पकड़ सकूँ।''

तीसरे आदमी ने कहा, ''मुझे एक औरत चाहिए, जो आराम और खुशी दे सके।''

ब्रह्माजी ने तीनों की इच्छा पूरी कर दी।

तीनों चल पड़े। रास्ते में उन्हें भीषण आँधी-पानी ने जंगल में ठहरने के लिए मजबूर किया। ऐसी स्थिति में न घोड़ा किसी काम आया न कुत्ता। पर औरत ने किसी तरह उन तीनों के लिए कुछ चीजों की व्यवस्था करके खाना बनाया और खिलाया। अब उन दोनों को ब्रह्मा से घोड़ा और कुत्ता माँगने पर पछतावा हुआ। उन दोनों ने निश्चय किया कि वे वापस ब्रह्माजी के पास जाएँगे और उनसे औरत ही देने की प्रार्थना करेंगे।

ब्रह्माजी बड़े दयालु थे। उन्होंने घोड़ा और कुत्ता औरत में बदल दिया। पर जो घोड़े से औरत बनी थी, वह स्त्री बड़ी पेटू थी और जो कुत्ते से औरत बनी थी, वह बड़ी संकीर्ण विचारों की थी। किंतु वह पहली औरत, जो असली स्त्री थी, बड़ी प्यारी और अच्छी थी। वही मानवता की जननी है।

☞ **रूप बदल जाने से उनकी असलियत नहीं बदल जाती।**

329 कुछ भला, कुछ बुरा

कुछ शिकारी एक लोमड़ी का पीछा कर रहे थे।

लोमड़ी उछलती-कूदती एक लकड़हारे की झोंपड़ी के पास आई। उसने लकड़हारे से विनती की, ''मुझे बचा लो। मेरी जान खतरे में है।''

लकड़हारे को दया आ गई। उसने लोमड़ी को झोंपड़ी में छिपा लिया।

कुछ ही मिनटों के बाद शिकारी वहाँ आ पहुँचे। उन्होंने लकड़हारे से पूछा, ''क्या तुमने यहाँ से किसी लोमड़ी को गुजरते देखा है?''

लकड़हारे ने चिल्लाकर जवाब दिया, ''नहीं।'' पर हाथ से झोंपड़ी की ओर संकेत भी कर दिया।

शिकारी उसका यह संकेत समझ न सके और आगे बढ़ गए। कुछ देर बाद लोमड़ी झोंपड़ी से बाहर निकली और आगे बढ़ गई।

यह देखकर लकड़हारे ने उससे कहा, ''मैंने तुम्हारी जान बचाई है, कम-से-कम मेरा शुक्रिया तो अदा करो।''

लोमड़ी ने तुरंत जवाब दिया, ''जितनी भली तुम्हारी जीभ है, अगर उतना ही ईमानदार तुम्हारा हाथ होता तो अवश्य मैं तुम्हारा आभार मानती।''

☞ **तन के साथ मन का पवित्र होना भी जरूरी है।**

330 खजाने के पत्थर

एक साधु ने एक राजा का खजाना देखने की इच्छा प्रकट की। राजा साधु-महात्माओं का बहुत आदर करते थे, इसलिए मना नहीं कर सके और उन्हें लेकर कोषागार में पहुँचे।

हीरे, मोती, नीलम और पन्नों का विशाल ढेर देखकर साधु ने पूछा, ''इन पत्थरों से आपको कितनी आय होती है ?''

राजा ने कहा, ''इनसे आय नहीं होती, उलटे इन्हें सुरक्षित रखने के लिए खर्चा करना पड़ता है, पहरेदार रखने पड़ते हैं।''

साधु ने कहा, ''आप मेरे साथ चलें, महाराज! इससे बहुत भारी और बहुमूल्य पत्थर मैं आपको दिखलाता हूँ।''

साधु राजा को एक विधवा की झोंपड़ी में ले गए। उसके घर में पत्थर की आटा पीसने की एक चक्की थी। दूसरों का अनाज पीसकर वह अपना और अपने बाल-बच्चों का पेट पालती थी।

साधु ने चक्की के पत्थरों की ओर संकेत करके कहा, ''राजन्! तुम्हारे उन बेकार पत्थरों से ये

पत्थर अधिक बहुमूल्य हैं, क्योंकि इस विधवा के लिए ये उपयोगी हैं।''

☞ **कुछ चीजें उपयोग के लिए होती हैं, कुछ दिखावे के लिए। तुम कौन सी चीज पसंद करते हो?**

331 आग पर चलना

एक विशेष अवसर पर फिजीवासी नंगे पाँव आग पर चलने का पर्व मनाते हैं। आग पर उतरने के दिन से एक सप्ताह पूर्व ही तैयारी शुरू हो जाती है। एक विशाल गड्ढा खोदा जाता है। उस गड्ढे में मोटी-मोटी लकड़ियों और बड़े-बड़े पत्थरों की बहुत ऊँची तह-पर-तह लगाकर उसमें आग लगा दी जाती है और फिर कई दिन तक बराबर ईंधन डाल-डालकर उसे प्रज्वलित किया जाता है।

जब लकड़ियाँ जल-जलकर उनके बड़े-बड़े अंगारे बन जाते हैं और पत्थर इतने तपने लगते हैं कि अग्निकुंड के बीस कदम इर्दगिर्द आनेवाला भी उसकी गरमी से झुलस जाए, तब आग पर चलनेवाले नंगे पैरों अंगारे और पत्थरों को रौंदते हुए अग्निकुंड के आर-पार कई चक्कर लगाते हैं।

अग्निकुंड में उतरने से पूर्व आग पर चलनेवालों का मुखिया अपने गले में पड़ी फूलों की माला से एक फूल तोड़कर आग में फेंकता है। अगर फूल खिला-का-खिला रहता है, तब तो सबके सब बेधड़क अग्निकुंड में उतर जाते हैं; यदि फूल मुरझा जाता है तो समझा जाता है कि उनकी साधना में कोई त्रुटि रह गई। लेकिन ऐसा शायद ही कभी होता है। आग पर चलते समय उसके पाँव इस प्रकार पड़ते हैं, मानो वे सचमुच फूलों पर कदम रख रहे हों।

☞ **ईश्वर बड़े-बड़े साम्राज्यों से विमुख हो सकता है, लेकिन छोटे-छोटे फूलों से कभी नाराज नहीं होता।**

332 किसानों का देश

गुरुदेव रवींद्रनाथ ठाकुर को तड़क-भड़क और दिखावा तनिक भी पसंद न था। वे सादगी के हिमायती थे।

एक बार की बात है कि उनकी पत्नी ने जन्मदिन के अवसर पर उन्हें सोने के बटन भेंट में दिए।

रवींद्र ने उनसे कहा, ''छिः-छिः! मैं सोने के बटन लगाऊँगा! मेरा देश किसानों का है, मुझे तो लोहे के साधारण बटन दो।''

☞ **मूर्ति के समान मनुष्य का जीवन सभी ओर से सुंदर होना चाहिए।**

333 बंदर और खरगोश

एक बार एक खरगोश और एक बंदर बातों में लगे थे। बातों-बातों में बंदर अपने पंजे से अपना शरीर खुजा रहा था और खरगोश पकड़े जाने के डर से चारों तरफ सिर घुमा रहा था।

''हैरानी की बात है,'' खरगोश बोला, ''तुमने एक क्षण के लिए भी अपने आपको खुजाना नहीं छोड़ा।''

''और तुम भी बिना किसी वजह के बार-बार इधर-उधर सिर घुमा रहे हो।''

''ओह, वह तो मैं जब चाहूँ रोक सकता हूँ।'' खरगोश बोला।

''अच्छा चलो, हम दोनों शांत बैठने की कोशिश करें। लेकिन जो पहले हिलेगा, वह शर्त हार जाएगा।''

खरगोश मान गया। फिर दोनों एक-दूसरे को देखते रहे।

लेकिन थोड़ी ही देर बाद दोनों को बेचैनी होने लगी। बंदर का सारा शरीर सटपटा रहा था। उसे जिंदगी में ऐसी खुजली कभी नहीं हुई थी। दूसरी तरफ खरगोश उसी डर से सहमा बैठा था कि बस, अभी कोई दुश्मन पीछे से उसपर वार कर देगा।

जब और नहीं सहा गया तो खरगोश बोला, ''क्या हम एक-दूसरे को कहानी भी नहीं सुना सकते?''

''क्यों नहीं!'' बंदर उसी बेचैनी को भाँपते हुए बोला।

''ठीक है।'' यह कहते हुए खरगोश ने कहानी शुरू की, ''एक दिन मैं एक बड़े से खेत में था, जहाँ मेरे लिए बहुत खतरा था।...''

''अरे! हैरानी की बात तो यह है कि मेरे साथ भी कुछ इसी क़िस्म की बात हुई!'' बंदर ने टोका।

''सचमुच!'' कहते हुए खरगोश ने अपनी बात आगे बढ़ाई, ''फिर मैंने देखा, कई सारे कुत्ते खेत में दौड़ रहे हैं। उन्होंने चारों तरफ से मुझे घेर लिया। मैं अपना सिर इधर-उधर हिलाने लगा।'' और सचमुच वह अपना सिर चारों तरफ हिलाने लगा।

फिर बंदर ने भी एक कहानी सुनाई, ''उस दिन बच्चों की एक टोली मेरी तरफ पत्थर फेंक रही थी। मुझे बहुत पीड़ा हुई। एक यहाँ फेंका, एक वहाँ फेंका।'' यह कहते हुए वह अपने पंजे से अपने को ही घूँसे मारता रहा, ताकि खुजली रुक जाए।

खरगोश बात को समझते हुए जोर से हँसकर बोला, ''क्यों न हम सच को स्वीकार लें! लाख चाहने पर भी हम अपना स्वभाव नहीं बदल सकते।''

☞ **इनसान चाहे तो अपना स्वभाव बदल सकता है।**

334 मछलियाँ पेट में

एक सिद्ध महात्मा अपने शिष्यों के साथ कहीं जा रहे थे कि जंगल में उन्हें एक तालाब दिखा। तालाब में मछलियाँ भरी थीं। महात्माजी तालाब के किनारे रुक गए और तालाब में से मछलियाँ निकाल-निकालकर मुँह में भरने लगे। उनकी देखा-देखी उनके शिष्य भी तालाब में घुस गए और बड़े चाव से मछलियों को खाने लगे।

महात्माजी कुछ बोले नहीं और थोड़ी देर बाद शिष्य मंडली सहित आगे बढ़ गए।

गाँव के निकट उन्हें दूसरा तालाब मिला। इस तालाब में एक भी मछली नहीं थी। बस, महात्माजी तालाब के किनारे खड़े होकर निगली हुई मछलियों को उगलने लगे। आश्चर्य! उनके पेट में से सभी मछलियाँ जीती-जागती निकलीं। भला शिष्य गुरुजी की नकल करने से क्यों चूकते। वे भी अपने-अपने गले में अँगुली डालकर उलटी करने लगे। बड़ी कठिनाई से उनके पेट से कुछ मरी हुई मछलियाँ निकलीं।

तब महात्माजी ने अपने शिष्यों से कहा, ''मूर्खो! जब तुममें इतनी शक्ति नहीं थी कि तुम मछलियों को मेरी तरह पेट में जीती-जागती सुरक्षित रख सकते, तो तुमने व्यर्थ ही मेरा अनुकरण किया।''

☞ **नकल को अकल नहीं होती।**

335 तू भिखारी मुझे क्या देगा

एक बार एक फकीर बादशाह के पास पहुँचा। बादशाह ने उसे सम्मानपूर्वक बैठाया। परंतु नमाज का समय हो गया था, इसलिए फकीर से अनुमति लेकर बादशाह वहीं नमाज पढ़ने लगा।

नमाज पूरी हो जाने पर बादशाह ने प्रार्थना की, ''पाक परवरदिगार ! मुझपर रहम कर। मेरी फौज को कामयाबी दे। मेरा खजाना तेरी मेहरबानी से बढ़ता रहे। मेरे शरीर को तंदुरुस्त रख।''

फकीर ने बादशाह की प्रार्थना सुनी और उठकर चल दिया। बादशाह नमाज तो पढ़ ही चुका था, तुरंत फकीर के पास आया और बोला, ''आप क्यों चले जा रहे हैं ? मेरे लायक कोई खिदमत फरमाएँ।''

फकीर ने कहा, ''मैं तुझसे कुछ माँगने आया था, किंतु देखता हूँ कि तू खुद कंगाल है। तू भी किसीसे माँगता है। जिससे तू माँगता है उसीसे माँग लूँगा। तू भिखारी मुझे क्या देगा!''

☞ **माँगना हो तो ईश्वर से माँगो।**

336 प्रेम का झरना

अरब के खलीफा हजरत उमर ने अपने किसी सरदार को किसी प्रदेश का गवर्नर नियुक्त किया। तभी एक छोटा बच्चा दौड़ता हुआ हजरत उमर के पास आया। बस, फिर क्या था, प्यार से उन्होंने बच्चे को चूमा और उठाकर गोद में बैठा लिया।

वह सरदार, जिसकी गवर्नर के पद पर नियुक्ति हुई थी, यह सबकुछ देखकर चकित था। वह बोला, "खलीफा साहब! मेरे यहाँ भी बच्चे हैं, पर मैंने कभी उनसे इस तरह का प्यार नहीं जताया। वे मुझसे इतना डरते हैं कि मेरी आवाज सुनते ही भीगी बिल्ली बन जाते हैं।"

यह सुनते ही हजरत उमर गंभीर हो गए। उन्होंने कहा, "मुझे अपने गलत चुनाव के लिए अफसोस है। पर खुदा का लाख-लाख शुक्र कि तुमने समय रहते मुझे चेता दिया। जब तुम्हें अपने बच्चों से ही प्यार नहीं तो तुम मेरी प्रजा को कैसे प्यार कर सकोगे!"

और यह कहकर खलीफा ने नियुक्ति पत्र के टुकड़े-टुकड़े कर दिए।

☞ **मनुष्य जिससे डरता है उससे प्रेम नहीं करता।**

337 चोर और साहूकार

एक साहूकार के घर चोरी हो गई। चोर हजारों के गहने चुरा ले गया। काफी तलाश करने के बाद भी जब चोर का पता न चला तो साहूकार बीरबल के पास आया और रो पड़ा।

बीरबल ने उसे विश्वास दिलाते हुए कहा, "कल सुबह तक चोरों को न ढूँढ़ निकालूँ तो मेरा नाम बीरबल नहीं।" फिर बीरबल ने साहूकार के चारों नौकरों को एक-एक लकड़ी दी और उन्हें यह कहकर अलग-अलग कमरे में बंद कर दिया कि तुममें से जो चोर होगा, सवेरे तक उसकी लकड़ी एक बालिश्त बढ़ जाएगी।

चारों नौकरों में से एक नौकर चोर था। उसने सोचा, मेरी लकड़ी जरूर सुबह तक एक बालिश्त बढ़ जाएगी। क्यों न उतना ही इसे कम कर दूँ। उसने फौरन एक बालिश्त लकड़ी काट दी।

सवेरे बीरबल जब चारों नौकरों की लकड़ी देखने लगे तो एक नौकर की लकड़ी को एक बालिश्त छोटा पाया। चोर पकड़ा गया। बीरबल ने फौरन उस नौकर को थानेदार के हवाले कर दिया। थानेदार के पिटाई करने के पूर्व ही उसने अपना जुर्म कबूल कर लिया और साहूकार के गहने लौटा दिए।

☞ **फैसला जल्दी कीजिए, लेकिन देर तक सोचने के बाद।**

338 सबसे बड़ा गुण

एक संत का जब अंतिम समय आया तो उन्होंने अपने सभी शिष्यों को बुला भेजा। संत ने

शिष्यों को अपने मुँह के अंदर झाँककर दाँत गिनने को कहा।

शिष्यों ने कहा, ''दाँत तो एक भी नहीं है।''

संत बोले, ''अच्छा, जीभ देखो, है ?''

शिष्यों ने उत्तर दिया, ''हाँ, है।''

तब संत ने कहा, ''जीभ जन्म से थी, दाँत बाद में आए। दाँत बाद में आकर भी चले गए और जीभ अभी तक है। बता सकते हो, ऐसा क्यों हुआ ?''

शिष्यों ने अपनी अज्ञानता प्रकट की।

संत ने समझाया, ''जीभ अभी तक है, इसका कारण यह है कि यह कठोर नहीं, नम्र है। दाँत कठोर थे, इसलिए अपने अभिमान के कारण जल्दी मिट गए।''

☞ **जीवन में नम्रता ही सबसे बड़ा गुण है।**

339 जब बकरा बोल उठा

एक बार एक राजा यज्ञ करने जा रहे थे। यज्ञ में बलि देने के लिए उन्होंने एक बकरा मँगवाया। बकरा चिल्ला रहा था। यह देखकर राजा ने अपनी सभा के एक विद्वान् पंडित से पूछा, ''यह बकरा क्या कहता है ?''

पंडित ने बताया, ''यह कहता है कि स्वर्ग के उत्तम भोगों को उसे अब इच्छा नहीं है। स्वर्ग का उत्तम भोग दिलाने के लिए उसने आपसे कोई प्रार्थना भी नहीं की। वह तो घास चरकर ही संतुष्ट था। इसलिए उसे बलि देने के लिए आपने पकड़ मँगाया। यह उचित नहीं किया। यदि यज्ञ में बलि देने से प्राणी स्वर्ग जाता है तो अपने माता-पिता, भाई, पुत्र और अन्य कुटुंबियों को बलि देकर यज्ञ क्यों नहीं करते ?''

विद्वान् पंडित की बात सुनकर राजा ने बकरे को छोड़ दिया।

☞ **अपनी आत्मा ही अपना स्वर्ग और नरक है।**

340 स्वामीजी

बात उन दिनों की है, जब स्वामी विवेकानंद अमेरिका गए हुए थे। सिर पर पगड़ी, कंधों पर चादर और उनके गेरुए वस्त्र अमेरिकावासियों के लिए बड़े कौतूहल की चीज थे। एक दिन जब स्वामीजी शिकागो नगर की एक मुख्य सड़क से होकर गुजर रहे थे तो एक भद्र महिला उनके वस्त्रों की ओर देखकर मुसकरा दी।

स्वामी विवेकानंद उसका इशारा समझ गए। उन्होंने कहा, ''बहन, मेरे इन गेरुए वस्त्रों को देखकर तुम्हें आश्चर्य नहीं करना चाहिए। तुम्हारे देश में तो सज्जनता की पहचान कपड़ों से होती है;

लेकिन जिस देश से मैं आया हूँ, वहाँ सज्जनता की पहचान कपड़ों से नहीं बल्कि उसके चरित्र से होती है।''

☞ **सज्जनता की पहचान आदमी के कपड़ों से नहीं, गुणों से होती है।**

341 अक्ल का कच्चा

चार दिन से श्याम के पेट में दर्द था। वह दवा लेने डॉक्टर के पास पहुँचा।

डॉक्टर ने उसे दवा थमाते हुए हिदायत दी, ''यह है आपकी दवा। इसमें से आपको रोजाना एक चम्मच दवाई चार चम्मच पानी में मिलाकर लेनी होगी।''

श्याम था अक्ल का कच्चा। बोला, ''लेकिन डॉक्टर साहब, हमारे घर में तो सिर्फ दो ही चम्मच हैं।''

☞ **मूर्ख हर जगह अपनी बेवकूफी का प्रदर्शन करते हैं।**

342 दरिद्र कौन

एक बार की बात है, एक संत के पास एक धनवान् आया। उसने रुपयों की थैली संत के चरणों में रख दी।

संत ने कहा, ''अत्यंत निर्धन का धन मैं स्वीकार नहीं करता।''

''पर मैं तो धनवान् हूँ। लाखों रुपए मेरे पास हैं।'' धनवान् ने उत्तर दिया।

''धन की और कामना तुम्हें है या नहीं?'' संत ने प्रश्न किया।

''अवश्य है।''

''जिन्हें धन की कामना है उन्हें रात-दिन धन जुटाने की चिंता रहती है। धन के लिए नाना प्रकार के दुष्कर्म करने पड़ते हैं। उनके जैसा तो कोई दरिद्र नहीं।''

धनवान् अपनी थैली लेकर वापस लौट गया।

☞ **धन का लालच करना धन की गुलामी है।**

343 अत्याचारी की तपस्या

एक राजा बहुत दुष्ट स्वभाव का था। दीन-दुर्बलों को दुःख देने, सताने-तड़पाने में उसे बहुत मजा आता था। प्रजा उसके अत्याचारों से बहुत परेशान थी।

एक बार एक सिद्ध महात्मा राजसभा में पधारे। राजा ने उनसे पूछा, ''स्वामीजी, इस जीवन में मैंने जो चाहा, किया। अब मैं चाहता हूँ कि अगले जन्म में भी मुझे ऐसा ही राजपाट मिले। क्या आप इसका कोई उपाय बताएँगे?''

महात्मा सोच-विचारकर बोले, ''आप दिन भर सोया कीजिए, राजन्! जितना ही अधिक आप सोइएगा उतना ही अधिक पुण्य होगा।''

जब महात्मा राजा से विदा लेकर सभा भवन से बाहर निकले तो एक सज्जन ने कहा, ''स्वामीजी, सोने से भी कहीं पुण्य मिलता है!''

महात्मा ने कहा, ''भाई, साधु पुरुषों का पुण्य सोने से भले ही न बढ़े, परंतु दुष्टों का तो बढ़ता ही है; क्योंकि सोते समय वे दुष्कर्मों से बचे रहते हैं। जितनी भी देर यह नर-पिशाच सोएगा उतनी ही देर लोग इसके जुल्मों से बचे रहेंगे। क्या इससे उसे पुण्य नहीं मिलेगा?''

☞ **आपत्ति 'मनुष्य' बनाती है और संपत्ति 'राक्षस'।**

344 बंदर पेड़ पर क्यों रहता है

दिन भर शिकार की तलाश में भटकने के बाद भी वन बिलाव के हाथ कुछ नहीं लगा। थककर

वह एक पेड़ के नीचे बैठ गया। पर मक्खियों ने उसे आराम करने नहीं दिया। तभी निकट से एक बंदर को जाता देख उसने आवाज दी, ''बंदर भैया! ओ बंदर भैया! जरा इन मक्खियों को तो पकड़ो!''

बंदर को उसकी थकन देख दया आ गई। वह मक्खियों को उड़ाता रहा और वन बिलाव आराम से सो गया। उसके सोते ही बंदर को एक चुहल सूझी। उसने वन बिलाव की पूँछ को तने से बाँध दिया और भाग गया।

जब वन बिलाव की नींद उचटी तो उसने पाया कि उसकी पूँछ पेड़ के तने से बँधी है। काफी कोशिश के बाद भी वह अपने को छुड़ा न सका। अचानक एक चूहे पर उसकी नजर पड़ी। वह गिड़गिड़ाया, ''चूहे भैया! मुझपर बड़ा एहसान होगा; अगर तुम मेरी पूँछ खोल दोगे।''

''खोलने पर तुम मुझे खा नहीं जाओगे!'' चूहा डरते-डरते बोला।

वन बिलाव ने उसे आश्वासन दिया।

चूहे ने आगे बढ़कर वन बिलाव की पूँछ खोल दी। वन बिलाव छूटकर बोला, ''ठीक आज से पाँचवें दिन तुम घोषणा करना कि मैं मर गया हूँ और तुम मुझे जलाने जा रहे हो।''

पाँचवें दिन वन बिलाव मरे हुए की मुद्रा में लेट गया। जंगल के सारे पशु उस बंदर सहित वहाँ पहुँचे और उसके चारों तरफ गोल बनाकर नाचने लगे। अचानक वन बिलाव ने एक छलाँग भरी और बंदर पर झपटा। पर बंदर उसकी झपट में आने से पहले ही कूदकर पेड़ पर जा चढ़ा। एक पेड़ से दूसरे पेड़ पर कूदता हुआ वह गायब हो गया।

उस दिन से बंदर हमेशा पेड़ पर ही रहता है। वह वन बिलाव के भय से कभी जमीन पर नहीं रहता।

☞ **अक्लमंद को इशारा काफी होता है।**

345 बैलगाड़ी और हनुमान

एक किसान बैलगाड़ी में बैठकर अपने घर लौट रहा था कि बैलगाड़ी का एक पहिया कीचड़ में फँस गया। बैल खड़े हो गए। किसान बैलों को कोड़े मारने लगा। पर फिर भी बैल टस-से-मस न हुए। फिर निरुपाय हो किसान ने आकाश की ओर देखा और दोनों हाथ जोड़कर हनुमानजी से प्रार्थना की, ''हे बजरंगबली हनुमान! अब तो बस आप ही इस पहिए को कीचड़ से निकाल सकते हैं।''

तभी हनुमानजी प्रकट हुए और उससे बोले, ''श्रीमान! पहले आप भी तो अपनी ताकत आजमाकर देखो!''

☞ **ईश्वर भी उसीकी मदद करता है जो अपनी मदद आप करता है।**

346 दर्पण

औरंगजेब की लड़की जेबुन्निसा के पास एक चीनी व्यापारी का दिया हुआ बहुमूल्य दर्पण था। एक दिन वह छत पर बैठी धूप सेंक रही थी कि उसे दर्पण की याद आ गई। उसने दासी से कहा, ''जा, वह दर्पण तो ले आ।''

दासी दर्पण लेने गई। उसे हाथ में लेकर ज्यों ही उसने अपना मुख देखना चाहा कि वह फिसलकर फर्श पर जा गिरा और चूर-चूर हो गया। दासी डर गई। वह भय से काँपने लगी। उसने सोचा, अब उसकी खाल उतरवा ली जाएगी।

डरती-काँपती वह जेबुन्निसा के पास पहुँची और सारी घटना उसे बताई।

जेबुन्निसा ने मुसकराकर कहा, ''अरे पगली! तू डरती क्यों है? अच्छा हुआ जो टूट गया। मैं उसमें जब-जब अपना रूप देखती तो व्यर्थ में ही अभिमान बढ़ता। अब न उसमें मुखड़ा देखूँगी और न अभिमान होगा।''

☞ **सर्वोत्तम धर्म है—सहनशीलता।**

347 घर

एक सुबह छोटी सफेद चुहिया अपने पिंजरे में बंद ऊब रही थी। वह चुपचाप किसी तरह दरवाजा खोलकर बाहर निकल आई और दुनिया देखने चल दी।

खुशबू लिये हुए प्यारी ठंडी हवा चल रही थी। वह दीवार पर बैठे अनेक पक्षियों से मिलती हुई फूलों की ओर भागी। तभी अचानक उसने एक बड़ी सी काली बिल्ली को आते हुए देखा। वह भागी और डरकर एक बड़े से पत्ते के नीचे छुप गई।

तभी बूढ़े कछुए ने गरदन बाहर निकालकर पूछा, ''तुम मेरी क्यारी में क्या कर रही हो?''

वह चुहिया अपने को कहीं और छुपाने के लिए भागी। भागते-भागते वह माली के पाँवों पर से गुजरी, जो वहाँ पौधों को पानी दे रहा था।

''शरारती चुहिया! इससे पहले कि तुम किसी खतरे में पड़ो, अपने बिल में वापस चली जाओ।'' उसने कहा।

चुहिया बिल में लौट आई। वह अपने को सुरक्षित पा खुश थी। ठंडी साँस ले, उसने पनीर के टुकड़े को कुतरते हुए कहा, ''घर से बढ़कर और कोई स्थान नहीं है!''

☞ **अगर घर में शांति है तो अपने घर से बढ़िया जगह और क्या हो सकती है!**

348 भलाई की राह

एक राजा था। वह जितना दयालु था राजकुमार उतना ही दुष्ट और निर्दयी था। आखिर जब प्रजा उसके अत्याचारों से हाहाकार कर उठी तो भगवान् बुद्ध स्वयं उसके पास गए। उसे घुमाते-फिराते नीम के एक पौधे के पास ले गए और बोले, ''राजकुमार, इस पौधे का एक पत्ता चखकर तो बताओ कि कैसा है!''

राजकुमार ने नीम का एक पत्ता तोड़कर चखा। उसका मुँह कड़वाहट से भर उठा। उसने तिलमिलाकर नीम का पौधा ही जड़ से उखाड़ फेंका और कहा, ''जब यह पौधा अभी से ऐसा कड़वा है तो बढ़ने पर तो पूरा जहरीला ही बन जाएगा। ऐसे पेड़ को जड़ से उखाड़ फेंकना ही उचित है।''

अब भगवान् बुद्ध ने हँसकर कहा, ''राजकुमार! तुम्हारे कटु व्यवहार से पीड़ित जनता भी यदि तुम्हारे साथ ऐसा ही करे तो तुम्हारी क्या गति होगी? यदि तुम फलना-फूलना चाहते हो तो स्वभाव के मीठे बनो। इसीमें तुम्हारी और सबकी भलाई है।''

☞ **मुसकान प्रेम की भाषा है।**

349 एक लाजवाब जवाब

सेतु के पिताजी घर आए तो उन्होंने गुस्से से सेतु को पुकारा, ''सेतु, इधर आओ!

सेतु डर गया। पता नहीं क्या बात है। आज तो पापा ऑफिस से आते ही उसपर नाराज हो रहे हैं।

वह डरते-डरते उनके करीब पहुँचा तो वे बोले, ''तुम्हारे मास्टरजी मिले थे, तुम्हारी शिकायत कर रहे थे कि तुम रोजाना देर से स्कूल पहुँचते हो!''

सेतु ने पल भर सोचकर जवाब दिया, ''इसमें मेरा कोई कसूर नहीं, पापा! मेरे स्कूल पहुँचने से पहले ही वे लोग घंटी बजा देते हैं।''

☞ **छोटे मुँह से निकली बात भी कभी लाजवाब होती है।**

350 गर्व किस पर

एक दिन एक जमींदार महात्मा सुकरात से अपने ऐश्वर्य की डींग हाँकने लगा। सुकरात उसकी बात कुछ देर तो चुपचाप सुनते रहे, फिर उन्होंने दुनिया का नक्शा मँगाया। नक्शा फैलाकर वह बोले, ''बता सकते हो, अपना देश इस नक्शे में कहाँ है?''

''यह रहा।'' जमींदार ने नक्शे पर उँगली रखी।

''और अपना प्रांत?'' सुकरात ने फिर पूछा।

बड़ी कठिनाई से जमींदार अपने छोटे से प्रांत को ढूँढ़ सका।

सुकरात ने फिर पूछा, ''इसमें तुम्हारी जागीर की भूमि कहाँ है?''

''श्रीमान! नक्शे में इतनी छोटी जागीर कैसे बताई जा सकती है!''

अब सुकरात ने कहा, ''भाई, इतने बड़े नक्शे में जिस भूमि के लिए बिंदु भी नहीं रखा जा सकता, उस नन्ही सी भूमि पर तुम गर्व करते हो! इस पूरे ब्रह्मांड में तुम्हारी भूमि और तुम कितने से हो, यह सोचो और विचार करो कि यह गर्व किस पर!''

☞ **अहंकार ठीक नहीं। हम ही सबकुछ नहीं। हमारे अलावा भी बहुत कुछ है।**

351 चूहे की शादी

एक बार एक बेहद सुंदर सफेद चूहे का जन्म हुआ। जैसे-जैसे वह जवान होने लगा, उसकी बर्फ-सी सफेदी, सुंदर चाल-ढाल देख उसके मित्र और परिवारवाले दंग हो उठे। उसके परिवार के सदस्य अकसर उसके विषय में बात करते, 'इसकी जोड़ की कन्या हम कहाँ से खोजेंगे? इसके मुकाबले की लड़की मिलना मुश्किल है।'

आखिर वह समय आ पहुँचा, जब उसके परिवारवालों को लगा कि अब तो उसकी शादी होनी चाहिए। विचार-विमर्श के बाद उन्होंने तय किया कि इसके रूप-गुण के मुताबिक कहीं कन्या मिल सकती है, तो वह सिर्फ भगवान् के परिवार से ही।

रिवाज के अनुसार, परिवार के तीन बूढ़े सदस्यों को चुना गया कि वे ईश्वर के पास जाएँ और उसके अनुरूप कन्या का प्रस्ताव रखें।

वे तीनों बूढ़े भगवान् के घर पहुँचे। भगवान् ने आग्रहपूर्वक उन्हें भीतर बुलाया।

तीनों बूढ़े सकुचाते हुए भीतर दाखिल हुए। बोले, ''हम सफेद चूहे के परिवार की ओर से भेजे गए हैं। आपने उसके रूप-गुणों की तारीफ अवश्य सुनी होगी। हम उसके अनुरूप उसकी वधू खोजना चाहते हैं। आपका परिवार संसार में सबसे महान् और ताकतवर है। आपके परिवार से ही हमें उसके रूप-गुणों के अनुकूल कन्या मिल सकती है।''

भगवान् कुछ देर तक सोचते रहे। फिर मुसकराते हुए बोले, ''अच्छा विचार है तुम लोगों का। किंतु सच तो यह है कि तुम लोग गलत जगह पर आए हो। हमारी अपेक्षा पवन का परिवार अधिक महान् तथा शक्तिशाली है।''

''क्या आप पवन की अपेक्षा अधिक बलवान् नहीं हैं?'' बूढ़ों ने प्रश्न किया।

''सब सोचते यही हैं, किंतु सच्चाई यह नहीं है। पवन तेज चलने लगता है। वह पूरी पृथ्वी को धूल से ढक देता है। यहाँ तक कि वह मेरी आँखों में भी धूल भर देता है। अब तुम अनुमान लगा लो कि ताकतवर कौन है!''

तीनों बूढ़ों ने आपस में सलाह-मशविरा किया और भगवान् की बात को सही पाया।

''पवन का घर कहाँ है?'' एक बूढ़े ने ईश्वर से पूछा।

भगवान् ने मुसकराकर सामने संकेत किया। तीनों बूढ़े पवन के दरवाजे पर पहुँचे।

पवन ने उनकी बात ध्यान से सुनी, फिर कुछ समय के लिए सोच में डूब गए। अंत में उन्होंने कहा, ''तुम लोगों का विचार बढ़िया है। परंतु बात यह है कि मैं सबसे अधिक बलवान् नहीं हूँ। हालाँकि मैं आँधी का रूप धारण कर, हहराता बढ़ने लगता हूँ, पेड़-पौधे उखाड़ देता हूँ, घरों को ढहा देता हूँ; पर चाहे जितनी उखाड़-पछाड़ करता रहूँ, पर्वतराज टस से मस नहीं होते। वे मुझे पीछे ढकेल देते हैं। तुम लोग सोच सकते हो कि कोई मुझसे भी बलवान् मौजूद है। और वे हैं पर्वतराज।''

तीनों बूढ़ों ने उन्हें हार्दिक धन्यवाद दिया और पर्वतराज के घर की ओर चल दिए।

पर्वतराज ने उनकी बात ध्यान से सुनी और बोले, ''यह तो होना ही चाहिए। सबसे अलग ऐसे चूहे के लिए कन्या भी एकदम उसी प्रकार की होनी चाहिए। किंतु ऐसी लड़की तुम्हें मेरे परिवार में नहीं मिलेगी। मुझसे भी बलशाली कोई है। वह मेरी नींव में ही रात-दिन छेद करता रहता है और मेरे भीतर लंबी-लंबी सुराखें बना डालता है। मैं कुछ नहीं कर पाता। उसका परिवार मुझसे अधिक बड़ा और ताकतवर है।''

''सचमुच!'' तीनों ने अचरज से भरकर कहा। फिर पर्वतराज से पूछा, ''हम उससे कहाँ मिल सकते हैं?''

''वहाँ।'' पर्वतराज ने सामने की तरफ इशारा किया।

वे वहाँ पहुँचे तो पाया कि वह एक चूहे का घर था।

''आप लोग दरवाजे पर क्यों खड़े हैं? अंदर आओ न!'' उस चूहे ने कहा।

उन्होंने उस चूहे से अपने आने का कारण बताया।

चूहे ने ध्यान से सुना और बोला, ''समझ लो कि तुम्हारे सुंदर बेटे के लिए तुम्हें अनुकूल बहू मिल गई। मेरी बिटिया भी बेजोड़ गुणोंवाली है। मैं भी हैरान था कि उसके अनुकूल वर कहाँ खोजूँ!''

और इस प्रकार उस सुंदर गुणी सफेद चूहे को अपने अनुकूल बहू मिल गई।

☞ **अपनी-अपनी जगह सब बलवान् हैं।**

352 उम्र का सम्मान

उन दिनों रुजवेल्ट अमेरिका के राष्ट्रपति थे। कोई पार्टी हो रही थी। उसमें बहुत प्रतिष्ठित और महत्त्वपूर्ण व्यक्ति आए हुए थे। श्रीमती रुजवेल्ट भी वहाँ उपस्थित थीं। एक वृद्ध महोदय अपने स्थान से उठे और श्रीमती रुजवेल्ट के पास जाकर बोले, ''मेरी पत्नी आपसे मिलने के लिए बहुत उत्सुक है। यदि आप अनुमति दें तो मैं उसे यहाँ बुला लाऊँ?''

श्रीमती रुजवेल्ट ने पहले तो उन वृद्ध महोदय की ओर देखा और फिर पूछा, ''आपकी पत्नी की उम्र क्या है?''

''यही कोई बयासी वर्ष होगी।'' वृद्ध ने उत्तर दिया।

''ओह!'' श्रीमती रुजवेल्ट उठ खड़ी हुईं और बोलीं, ''वे तो मुझसे बारह वर्ष बड़ी हैं। वे क्या मेरे पास आएँगी, मैं ही उनके पास चलती हूँ।''

☞ **बड़ों की इज्जत करना हमारा फर्ज है।**

353 दो सुराहियाँ

दो सुराहियाँ थीं। एक मिट्टी की और एक चाँदी की। दोनों तूफान के झोंकों से उठाकर नदी में फेंक दी गईं। तब चाँदी की सुराही ने मिट्टी की सुराही से विनती की, ''क्यों न हम साथ-साथ बहते हुए आगे की ओर बढ़ें! इससे हमें एक-दूसरे का सहारा रहेगा।''

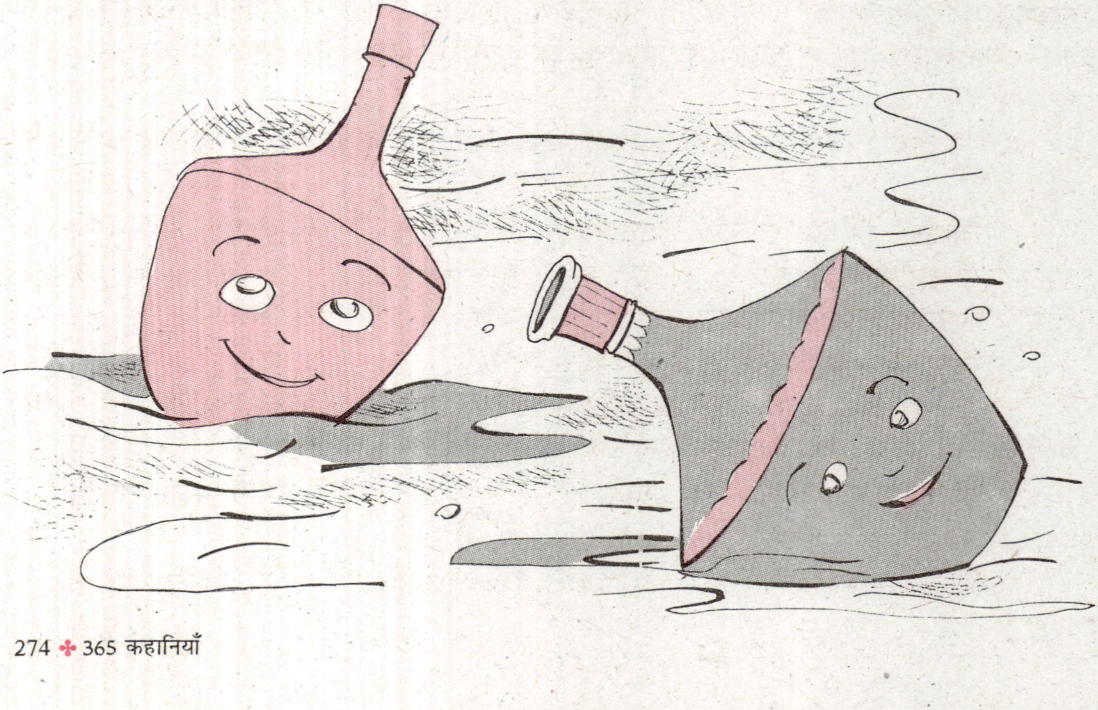

मिट्टी की सुराही ने कुछ देर सोचकर जवाब दिया, ''यह मुमकिन नहीं। अगर हम करीब-करीब रहे और टकरा गए तो मेरे तो टुकड़े हो जाएँगे। मेरी भलाई इसीमें है कि तुम मुझसे दूर रहो, ताकि मैं पानी की लहरों के साथ बहती हुई किनारे तक सही-सलामत पहुँच सकूँ।''

☞ **ताकतवर पड़ोसी से दूर रहो। जब भी टकराव होगा, कमजोर पड़ोसी ही परिणाम भुगतेगा।**

354 फूल की मार

मुसलमानों में मंसूर नाम के एक बहुत बड़े संत हुए हैं। एक बार कुछ दुष्टों ने उन्हें किसी कुचक्र में फँसा दिया। परिणामस्वरूप उनपर मुकदमा चला और उन्हें फाँसी की सजा सुना दी गई।

जब उन्हें सूली पर चढ़ाया जा रहा था तो उस समय वहाँ भारी भीड़ वहाँ एकत्र थी, जो उस संत पर ईंट-पत्थरों की बौछार कर रही थी। दर्शकों की इस उग्र भीड़ में जुन्नैद नाम का सूफी संत भी था। उसने दिखावे के लिए मंसूर की ओर एक फूल फेंका। उसने सोचा, मंसूर को इससे चोट भी नहीं लगेगी और भीड़ भी समझेगी कि मैं भी कुछ-न-कुछ फेंक रहा हूँ। पर वह फूल जैसे ही मंसूर की देह से टकराया, वह चीख-चीखकर रोने लगे।

जुन्नैद यह देखकर घबराया। उसने मंसूर से पूछा, ''तुमने ईंट-पत्थरों की मार तो सहन कर ली, परंतु मेरे द्वारा फेंके गए कोमल फूल पर इतना शोर-शराबा क्यों कर रहे हो?''

मंसूर बोला, ''लोग तो नासमझ हैं, उन्होंने मुझे समझा नहीं; पर तुम तो मुझे समझते हो। यही कारण है कि तुम्हारे द्वारा फेंका गया फूल भी मुझे ईंट-पत्थरों की मार से कहीं अधिक घातक लगा।''

☞ **जब अपने ही अपनों को न समझ पाएँ तो बहुत पीड़ा पहुँचती है।**

355 एक ही झूठ

किसी जमाने में इनसान बेचे और खरीदे जाते थे। इसलिए वे गुलाम कहलाते थे। एक बार ऐसी ही एक मंडी में एक सुंदर युवक स्वयं को बेचने के लिए आया। नगर सेठ धनपतराय ने उसे एक नजर देख मुँहमाँगे दाम देकर खरीद लिया।

उसे घर ले जाते हुए सेठजी ने पूछा, 'क्या तुम पहली बार बिके हो?'

उसने बताया कि वह बीसियों बार बिक चुका है।

सेठजी को ताज्जुब हुआ। पूछा, 'मगर क्यों?'

वह बोला, 'साल में मैं एक बार झूठ बोलता हूँ, जो मालिक लोग पसंद नहीं करते और मुझे बेच देते हैं।'

सेठजी मुसकराए। वे कैसे मूर्ख मालिक होंगे, जो सिर्फ एक झूठ के कारण ऐसे सुंदर, गठीले

गुलाम को बेच देते हैं। मेरे अन्य गुलाम तो दिन में दस झूठ बोलते हैं। उससे क्या फर्क पड़ता है।

लगभग एक वर्ष बीत गया। गुलाम न सिर्फ सुंदर था, बल्कि मेहनती भी था। वह सेठजी के गोदाम में बोरे उठाने से लेकर छोटे-बड़े सभी काम करता था। इसी कारण वह परिवार के सभी सदस्यों का चहेता बन गया। एक झूठ बोलने वाली बात भी आई-गई हो गई।

एक रोज सेठजी ने उसे किसी काम से घर भेजा। रास्ते में गुलाम को झूठ बोलने की कुलबुलाहट शुरू हो गई। तुरंत उसने अपने वस्त्र फाड़े और सिर पीटते हुए जार-जार रोने लगा। लोगों ने कारण पूछा तो उसने बताया कि नगर सेठ धनपतराय को दिल का दौरा पड़ा और वे स्वर्ग सिधार गए।

यह सुनना था कि सारा मजमा रोता-बिलखता हुआ उसके पीछे चला। थोड़ी देर बाद सभी सेठजी के घर पहुँचे और सेठानी को बताया। सेठानी अपने बाल नोचने लगीं—'हाय, मैं तो बेवा हो गई।' वह भी सियापा करने लगी। सियापा करते-करते खिलखिलाकर हँसने लगी। वह पागल हो गई थी।

जब सेठजी को इस खतरनाक झूठ का पता चला तो उन्हें बहुत ही पछतावा हुआ। अब उनकी समझ में सच्चाई आ गई कि बीसियों मालिकों ने इस गुलाम को क्यों बेच दिया था।

उन्होंने सोचा—लेकिन मैं इसे बेचकर किसी और का घर तबाह नहीं करूँगा। अत: सेठजी ने उसे मुक्त ही कर दिया।

☞ **झूठे की सोहबत, मुसीबत की जड़।**

356 कौवा सफेद था

सुना है किसी जमाने में सारे परिंदे सफेद थे। यह पहचानना कठिन था कि उनमें कौन कबूतर है और कौन कोयल। अत: उन्होंने सभा बुलाई और यह तय किया कि अपने-अपने मनपसंद रंग से सारे परिंदे अपने शरीर रँग डालें।

हँस और कौवा, ये दो मित्र बड़े ही आलसी थे। दोनों हफ्ते भर तक एक-दूसरे से प्रार्थना करते रहे कि जाकर कोई चटकीला रंग ले आए। आखिरकार दोनों के बीच टॉस किया गया। हँस हारा।

रंग खरीदने के लिए हँस दुकान पर पहुँचा, तो पता चला कि सारे रंग खत्म हो चुके हैं, केवल एक को छोड़कर और वह था काला। उसने वही खरीद लिया, यह सोचकर कि—मैं खुद काला हो जाऊँगा। भले ही मेरा मित्र सफेद रहे। लेकिन कौवा तो काला रंग देखकर भड़क उठा। वह सोचे-समझे बिना ही हँस पर बरस पड़ा—'तुममें इत्तीसी भी अकल नहीं; जो मेरा मुँह काला करने के लिए यह रंग ले आए? दिन को रात बनानेवाले इस रंग को चुनने से पहले चुल्लू भर पानी लेकर डूब क्यों नहीं मरे? बोलो, जवाब दो।'

उत्तर में हँस ने काले रंग का डिब्बा उसपर उँडेल दिया। तब से कौवा काला हो गया।

☞ **क्रोध का अंजाम कभी अच्छा नहीं होता।**

357 नादान मित्र

एक था मेढक। उसने नादान गिलहरी से दोस्ती की। यही नहीं, उसने अपने मन की बात भी गिलहरी के आगे जाहिर कर दी। कहा, 'बहन, मुझे ब्याह करना है।'

गिलहरी बोली, 'यह तो बड़ी अच्छी बात है कि बैंड-बाजे बजेंगे और सबके साथ मैं भी नाचूँगी। चलो मेरे साथ। तुम्हारा ब्याह मैं राजकुमारी से कराऊँगी।'

दोनों चल पड़े। घंटों चलने के बाद मेढक थक गया। उसने पूछा, 'बहन, राजा का महल और कितनी दूर है?'

गिलहरी बोली, 'बस, हमें इन टीलों के पार जाना है। चाहो तो इस पेड़ पर चढ़कर महल देख लो।'

मेढक ने कहा, 'लेकिन मैं पेड़ पर चढ़ना नहीं जानता और वैसे भी यह तो ताड़ का पेड़ है।'

गिलहरी ने उपाय सुझाया। मेढक उसकी पीठ पर सवार हो गया। गिलहरी फर्राटे से पेड़ पर चढ़ गई। मेढक को उसने एक पत्ते पर बिठाया। यहाँ से टीलों के पार राजा के महल को देखा जा सकता था।

मेढक एकटक देखता रहा। मन-ही-मन राजकुमारी के सपने देख मुसकराता रहा और गिलहरी उसे भूलकर अकेली ही नीचे उतर गई।

जब मेढक को होश आया तो उसे भारी पछतावा हुआ। उसका दिल पुकार उठा—

नादान से दोस्ती की ताड़ पर चढ़ गए हम,
ब्याह बन गया एक सपना ताड़ पर फँस गए हम।

☞ **नादान की दोस्ती प्राण को खतरा।**

358 चोर मचाए शोर

एक था दल्लू दमादम। एक रोज उसकी जोरू को बैगन का भरता खाने की इच्छा हुई। वह झोला लेकर बाजार पहुँचा। वहाँ बैगन नहीं मिले तो एक बाड़ी में चला गया। बाड़ी का मालिक किसी काम से शहर गया था। अब इजाजत किससे ली जाए?

मालिक नहीं है तो न सही, बाड़ी तो है। अतः दल्लू दमादम ने बाड़ी से पूछा—'बाड़ी बेगम, बाड़ी बेगम!'

बाड़ी कैसे बोलती? इसलिए खुद ने ही जवाब दिया—'फरमाइए हुजूर।'

'बैगन तोड़ लूँ दो-चार?' फिर से खुद ने पूछा और उदारता से जवाब भी दिया—'हाँ-हाँ, ले लो दस-बारह।'

दल्लू दमादम ने बैगन तोड़े और घर पहुँचकर जोरू को दिए। जोरू ने भरता बनाया। दोनों ने चटखारे लेते हुए खाया।

दोनों को भरते का चस्का ऐसा लगा कि दल्लू दमादम रोजाना वाड़ी में घुसता और बैगन चुराकर ले

आता। बाड़ी में बैगन कम होने लगे। बाड़ी के मालिक ने सोचा जरूर कोई उचक्का चुरा ले जाता होगा।

एक रोज सुबह से वह बाड़ी में एक पेड़ के पीछे छिपकर खड़ा हो गया। घंटे भर बाद दल्लू दमादम आया और हमेशा की तरह बोला, 'बाड़ी बेगम, बाड़ी बेगम!'

फिर खुद ही ने जवाब दिया, 'फरमाइए हुजूर।'

'बैगन ले लूँ दो-चार?' खुद ही ने दोबारा सवाल किया और उदारता से जवाब भी दिया, 'हाँ-हाँ, ले लो दस-बारह।'

झोले में बैगन भरकर जैसे ही वह जाने लगा कि बाड़ी के मालिक ने उसे धर दबोचा। अब इस अनोखे चोर को सजा भी अनोखी मिलनी चाहिए, इसलिए बाड़ीवाले ने उसे रस्सी से बाँधकर कुएँ में उतारा। फिर दल्लू दमादम के लहजे में कहा, 'कुएँ मियाँ, कुएँ मियाँ।'

कुआँ कैसे बोलता? इसलिए खुद ही ने जवाब दिया, 'फरमाइए हुजूर।'

'डुबकियाँ खिला दूँ दो-चार?' फिर से खुद ने पूछा और उदारता से जवाब भी दिया, 'हाँ-हाँ, खिला दो दस-बारह।'

दो डुबकियों में ही दल्लू दमादम के नाक, कान और मुँह में पानी भर गया। वह गिड़गिड़ाने लगा। रोने लगा। दोनों हाथ जोड़कर माफी भी माँगने लगा; लेकिन बाड़ीवाले ने उसे पूरी सजा देने के बाद ही छोड़ा।

☞ **जो चोरी करेगा वह सजा भी पाएगा।**

359 अक्ल के दुश्मन

एक गाँव था। उसमें रहनेवाले सभी अक्ल के दुश्मन थे।

एक रोज बारिश के दिनों में कहीं से गाँव में एक मेढक आ गया। सारा गाँव उसे देखने के लिए इकट्ठा हुआ; लेकिन कोई भी समझ नहीं पाया कि यह कौन सा प्राणी है। अत: एक ने अटकल लगाई। वह सोच-विचारकर बोला, "मुझे तो यह घड़ियाल का बच्चा मालूम पड़ता है।"

दूसरा तपाक से बोला, "काठ के उल्लू, यह घड़ियाल का नहीं, कछुए का बच्चा है।"

तीसरे ने टोका, "कछुए का बच्चा क्या ऐसा होता है? यह तो हाथी का बच्चा है।"

यह सुनकर सबने सिर पीट लिया। आखिरकार यह तय हुआ कि गाँव के बुजुर्ग मियाँ लाल बुझक्कड़ से पूछा जाए। दो लोग जाकर मियाँजी को बुला लाए। उन्होंने आँखों पर ऐनक चढ़ाकर बड़े गौर से मेढक को देखा और मुसकरा दिए। फिर गर्व से कहा, "इसके आगे चुटकी भर दाने डालो। अगर चुगने लगे तो समझो कि यह काली चिड़िया है, वरना चमगादड़ तो होगा ही।"

☞ **ज्ञान जीवन की चाबी है।**

360 अभिमानी गिद्धराज

एक रोज गिद्धराज ने सारे परिंदों को ललकारा, ''मैं पक्षियों का राजा हूँ। सबसे ऊँचा उड़ सकता हूँ। आकाश को छू सकता हूँ।''

सब चुप, मगर नन्ही गौरैया कैसे चुप बैठती? वह बोली, ''अभिमान तो राजा रावण का भी नहीं रहा। मैं आकाश को छूकर दिखाऊँगी।''

दोनों में शर्त लग गई। शर्त यह थी कि दोनों सिर पर कोई चीज उठाकर उड़ेंगे।

गिद्धराज सयाने थे। उन्होंने अपने सिर पर रुई का फाहा रखा, जो दिखने में बड़ा, लेकिन वजन में हलका होता है और गौरैया के सिर पर नमक की डली रखी, जो दिखने में छोटी मगर वजन में भारी होती है।

अब दोनों ने उड़ना शुरू किया। गिद्धराज तो रॉकेट की गति से उड़ने लगे, जबकि गौरैया सिर पर के बोझ के कारण बड़ी मुश्किल से उड़ पा रही थी। तभी एक चमत्कार हुआ। आकाश में घूम रही एक बदली गौरैया पर तरस खाकर बरसने लगी।

बाजी पलट गई। रुई के फाहे पर पानी गिरा तो वह वजनी हो गया और नमक की डली पर पानी गिरा तो वह पिघल गई। यानी गौरैया के सिर पर से बोझ गायब हो गया और गिद्धराज के सिर पर दोगुना हो गया। अब उसके लिए तेजी से उड़ना संभव न था। लेकिन गौरैया फर्राटे से उड़ती हुई आकाश तक पहुँच गई। आकाश को छूकर धरती पर भी आ गई। गिद्धराज अपने भाग्य पर लानतें बरसाते हुए बीच में कहीं पंख फड़फड़ा रहे थे।

☞ **जिसके साथ अभिमान होता है, उसके साथ राम नहीं होते।**

361 अक्ल बड़ी या···

एक था दब्बू। दिन भर जंगल में लकड़ी काटने के बाद घर पहुँचा और अपनी बीवी से कहा, ''लल्लू की माँ! आज तो मैं थककर चूर हो गया हूँ। थोड़ा पानी गरम कर दो तो मैं नहाकर अपनी थकान उतार लूँ।''

बीवी ने सोचा, मना करूँगी तो दब्बू आगबबूला हो जाएगा। शायद मेरी पिटाई भी कर डाले। अत: उसने समझदारी से काम लिया। कहा, ''आपकी सेवा करना तो मेरा धर्म है। अभी पानी गरम कर देती हूँ। जरा वह हँड़िया तो उठा लाना।''

दब्बू ने हँड़िया उठाई और पूछा, ''अब ?''

बीवी बोली, ''कुएँ से पानी भर लाओ।''

दब्बू हँड़िया में पानी भरकर ले आया और पूछा, ''अब ?''

बीवी बोली, ''हँड़िया को चूल्हे पर रख दो।''

दब्बू ने हँड़िया चूल्हे पर रखी और पूछा, ''अब?''

बीवी बोली, ''लकड़ी सुलगाकर चूल्हा फूँको।''

दब्बू ने चूल्हा जलाया और पूछा, ''अब?''

बीवी बोली, ''पानी गरम हो जाए तो नहा लो।''

थोड़ी देर बाद पानी गरम हुआ तो दब्बू ने मजे से स्नान किया और प्रसन्न होकर बीवी से कहा, ''वाह, मेरी सारी थकान दूर हो गई। लल्लू की माँ, तुम रोजाना ऐसे ही पानी गरम कर दिया करो तो कितना अच्छा हो।''

बीवी मुसकराकर बोली, ''आपकी सेवा करना तो मेरा धर्म है।''

☞ **काम प्रेम से लिया जाना चाहिए, न कि डरा-धमकाकर।**

362 मुकद्दर और सिकंदर

दो तीर्थ यात्री थे। एक पंडित, दूसरा जुलाहा। तीर्थयात्रा करते हुए रास्ते में एक नगर आया। पंडित ने अपने साथी से कहा, ''चलो, राजा से मिलें। हमपर वह प्रसन्न होगा तो हमारी किस्मत खुल जाएगी।''

जुलाहा बोला, ''देगा तो मुकद्दर, क्या करेगा सिकंदर? राजा दे या न दे, नसीब में होगा तभी मिलेगा।''

पंडित ने कहा, ''बकवास! देगा तो सिकंदर क्या करेगा मुकद्दर? हमें राजा देगा तभी मिलेगा।''

अंततः दोनों राजा के दरबार में पहुँचे और अपनी-अपनी बात सुनाई।

पंडित की बात सुनकर राजा खुश हुआ। राजा ने उसे एक सेर चावल, एक सेर घी और एक कद्दू दिया। कद्दू में सोने का हार छिपाकर रखा गया था।

जुलाहे की बात सुनकर राजा नाराज हो गया था, इसलिए उसे सिर्फ एक मुट्ठी चावल, एक मुट्ठी दाल और चुटकी भर नमक ही दिया गया। अब राजा ने कहा, ''जाओ भोजन कर शाम को फिर से हाजिर हो जाना।''

दोनों महल से निकलकर एक झील के किनारे आए और रसोई बनाने की तैयारी करने लगे। पंडित मन-ही-मन सोचने लगा—जाने क्यों राजा ने जुलाहे को आसानी से बन जानेवाली दाल दी और मुझे कद्दू। अब कौन इसे छीले, काटे और बनाने का झंझट करे?

उसने जुलाहे से प्रार्थना की, ''बंधु, मुझे दाल पसंद है और महाराज ने मेरे हाथ में यह कद्दू थमा दिया। क्या तुम दाल के बदले में यह लेना चाहोगे?''

जुलाहे को इसमें कोई एतराज नहीं था। जुलाहे ने दाल के बदले में कद्दू ले लिया और दोनों रसोई बनाने में जुट गए। पंडित दाल-चावल बनाने लगा और जुलाहा कद्दू की सब्जी। जैसे ही जुलाहे ने कद्दू काटा कि उसे सोने का हार दिखाई दिया। उसने चुपके से हार निकालकर जेब में डाल लिया।

थोड़ी देर बाद दोनों ने पेट भरकर खाना खाया और शाम को फिर से महल में हाजिर हो गए। राजा

ने देखा, जुलाहे के गले में सोने का हार था। वह समझ गया—देगा तो मुकद्दर, क्या करेगा सिकंदर? हार जुलाहे की किस्मत में था, सो उसीके पास पहुँच गया।

☞ **जिसका हो राम, किसी और से क्या काम।**

363 गँगवा भूत

एक गाँव के सिवान पर बरगद के पेड़ पर एक भूत रहता था। लोग उससे बहुत डरते थे। न केवल रात में बल्कि दिन में भी कोई मनुष्य उस बरगद के पास जाने का साहस नहीं कर पाता था।

एक दिन उस गाँव में एक गरीब किसान आया और उसने उसी बरगद के नीचे कुटिया बनाकर आसपास की खाली पड़ी जमीन पर खेती करने का फैसला किया। लोगों ने उसे काफी समझाया, डराया; लेकिन वह अपने इरादे पर अटल रहा।

आखिर कुटिया बन गई। रात होने पर वह अभी सोया ही था कि किसीने उसे झकझोरकर बैठा दिया। उसने आँखें मलकर देखा तो सामने गँगवा भूत खड़ा था। किसान डर गया। पर दूसरे ही पल सारा साहस जुटाकर बोला, ''क्या चाहते हो?''

भूत ने कहा, ''बरगद के नीचे वही रह सकता है, जो मुझे रोजाना एक मनुष्य का भोग चढ़ाए।''

किसान बोला, ''यह तो बहुत आसान है। कल से तुम्हें रोज आदमी मिलता रहेगा; लेकिन मेरी भी एक शर्त है।''

भूत ने पूछा, ''वह क्या?''

किसान ने बताया, ''अगर तुम असली भूत हो तो स्वर्गलोग जाकर चित्रगुप्त के पोथे से मेरी उम्र पता करके आओ।''

भूत मुसकराकर बोला, ''बस?'' और गायब हो गया। घंटे भर बाद वह लौटा तो किसान को मालूम हुआ कि उसकी उम्र नब्बे साल की है। न एक दिन कम, न ज्यादा।

भूत ने कहा, ''अब बताओ! मुझे भोग कब दोगे? मुझे भूख लगी है। मुझे मनुष्य चाहिए।''

किसान ने सीना तानकर कहा, ''गँगवा! मुझे मेरी उम्र का पता चल गया है। अब तुम मेरा बाल भी बाँका नहीं कर सकते। तुम्हारी भलाई इसीमें है कि फौरन तुम इस गाँव से नौ दो ग्यारह हो जाओ, वरना मैं तुम्हारा ही कलेवा कर जाऊँगा।''

गँगवा भूत वहाँ से ऐसा भागा कि उसने फिर कभी पलटकर नहीं देखा।

☞ **भूत-प्रेत कहानियों में होते हैं, हकीकत में नहीं।**

364 बकरे की माँ कब तक खैर मनाए

एक थी बकरी। उसने एक बच्चे को जन्म दिया। चंद महीनों में ही वह मोटा-ताजा बकरा बन

गया। दाढ़ी और सींग भी निकल आए। गाँव के कसाई की नजर उसपर पड़ी तो बकरे की माँ घबरा गई।

''बेटा!'' रात में उसने बच्चे से कहा, ''कल बकरा-ईद है। मालिक तुझे बेच दे, इससे पहले ही तू दूर कहीं जंगल में चला जा।''

उसी समय बकरा भाग निकला। संयोग से घने जंगल में उसका सामना एक बाघ से हो गया। दोनों एक-दूसरे को देखकर डर गए। बाघ ने ऐसा जानवर पहले कभी नहीं देखा था। फिर भी थोड़ी हिम्मत कर उसने बकरे से पूछा—

''माथे पर सींग हैं या कटारी
नीचे चूहे सी दाढ़ी रे···
बोल कहाँ से आया है तू
वरना याद दिला दूँगा नानी रे···''

बकरे ने भी मुँहतोड़ जवाब दिया—

''हलवा खाया पूरी खाई
खाए वनराज खासमखास
जिस रोज दस हाथी न खाऊँ
तब खाऊँ बाघ पाँच-पचास''

यह सुनते ही डरपोक बाघ वहाँ से दुम दबाकर भागा। रास्ते में उसे एक लोमड़ी मिली। लोमड़ी ने पूछा, ''महाराज, यों मारे-मारे कहाँ भागे जा रहे हैं?''

दम भर रुकते हुए बाघ ने बताया, ''गजब हो गया। जंगल में एक खूँखार जानवर आया है। कटारी जैसे सींग और चूहे जैसी दाढ़ी···कहता है, हाथियों का वह कलेवा करता है और बाघों का····''

''आप धोखा खा गए हैं, महाराज।'' लोमड़ी ने हँसकर कहा, ''वह तो बकरा है। चलो, चलकर हम ही उसे खा जाएँ।''

बाघ को पहले तो लोमड़ी की बात पर यकीन नहीं हुआ, पर थोड़ी बहस के बाद वह लोमड़ी के साथ चलने को राजी हो गया।

बकरे ने जब दोनों को आते देखा तो उसने सोचा—अब मेरी खैर नहीं है। फिर भी····

उसनें तुरंत उपाय सोचकर लोमड़ी की ओर देखकर कहा, ''अरे, मैंने तो तुझे पाँच बाघ लाने को कहा था और लाई है सिर्फ एक!''

यह सुनते ही बाघ ने सोचा कि लोमड़ी उसे मरवाने के लिए फुसलाकर यहाँ लाई। वह वहाँ से भागकर दूसरे जंगल में चला गया।

☞ **कैसी भी मुश्किल क्यों न हो, बुद्धि और धैर्य से काम लेकर बचा जा सकता है।**

365 सुझाव

365 कहानियों का यह संग्रह पढ़कर एक पाठक संपादिका के घर आया और बोला, ''इस पुस्तक में आपने बढ़िया कहानियाँ और बढ़िया उपदेश दिए हैं। अब एक बात मैं बताऊँ?''

''कहो।'' संपादिका ने हैरानी से कहा।

वह मुसकराकर बोला—

☞ **उपदेश देना सरल है, उपाय बताना कठिन।**

□□□